Ford Madox Ford

PARADE'S END

2

서양편 · 778

Ford Madox Ford

PARADE'S END
퍼레이즈 엔드

2

포드 매독스 포드 지음
김일영 옮김

더 이상의 퍼레이드는 없다

한국문화사

서문

『퍼레이즈 엔드』(Parade's End)의 작가 포드 매독스 포드(Ford Madox Ford)는 20세기 영미 시에 지대한 영향을 끼친 에즈라 파운드(Ezra Pound)의 문학적 스승이었을 정도로 영문학에서 중요한 위치를 차지하는 소설가이며, 20세기 영국의 대표적인 모더니즘 소설가인 조셉 콘래드(Joseph Conrad)와 함께 『후계자들』(The Inheritors), 『로맨스』(Romance) 등의 작품을 저술하기도 하였다.

그의 4부작 『퍼레이즈 엔드』는 랜덤 하우스(Random House)에서 20세기 세계 영문학 100선에 선정되었으며, 2012년에는 영국 BBC 방송과 케이블TV 방송 제작사인 HBO의 합작으로 5부작 드라마로 제작되기도 하였다. 이러한 사실은 이 소설이 문학적으로도, 대중적으로도 가치가 있음을 증명하고 있다.

이 작품은 문학적·상업적 가치뿐만 아니라, 시대적·역사적 가치를 가지고 있다. "앞으로 일어나게 될 모든 전쟁들을 막기" 위해 썼다는 이 작품은 포드가 웰링턴 하우스(Wellington House)에서 1차 세계 대전 당시 복무한 경험을 고스란히 녹여 보여주고 있으면서, 전쟁이 참상과 전쟁을 일으키고 이를 하나의 게임처럼 수행하는 일그러진 인간 군상들의 모습을 적나라하게 파헤치고 있다.

또한 이 소설의 중심에는 시대의 변화가 불러오는 가치의 문제가 자리 잡고 있다. 영국의 빅토리아 시대와 그 이후에 도래한 에드워드

(Edward) 왕조 시대에 영국 사회의 변화와 그 변화의 물결 속에 영국인의 가치관이 어떻게 변화하였는지 이 작품은 잘 보여주고 있다. 이를 위해 이 소설은 "마지막 토리주의자"(Tory)를 자처하는 크리스토퍼 티전스(Christopher Titjens)라는 보수적 인물과 그의 보수적 가치관에 저항하는 그의 아내 실비아(Sylvia), 그리고 진보적 성향의 사회 운동가이자 여성 권익을 위해 싸우는 발렌타인 워놉(Valentine Wannop)이라는 인물 사이의 관계를 중점적으로 파헤친다. 포드는 이들을 통해 정말로 중요한 인간의 가치는 무엇인지, 특히 티전스가 대변하는 전통 귀족 사회에서 말하는 전통 혹은 체면과 명예 같은 것이 어떠한 의미인지를 팜 파탈의 전형인 실비아와 남성 우월주의를 거부하는 워놉과의 관계 속에서 보여주고자 하였다.

1차 세계 대전을 배경으로 한 이 소설은 가치관의 대립 혹은 전통적 가치와 새로운 인간관의 충돌을 넘어 인간 심리의 근원을 파헤친다. 스스로가 17, 18세기적인 보수적 사고를 가졌다고 자처하는 이 작품의 주인공 크리스토퍼 티전스는 실비아가 자신의 아이(본인도 자신의 아이인지 확신하지 못하는)를 가졌다는 이유만으로 실비아와 사랑 없는 결혼을 하였고, 아내에게 이혼을 요구하는 것은 신사답지 못하다는 생각에 아내 실비아가 그 어떤 행동을 하여도 이를 빌미로 이혼하려 하지 않는다. 하지만 실비아도 티전스처럼 자신의 감정을 억누르며 살기는 마찬가지다. 실비아는 티전스를 사랑하면서도 자신의 그러한 마음을 직접 드러내지 못한 채, 남편이 자신에 대해 관심을 갖도록 하기 위해 의도적으로 다른 남자와의 외도를 시도하였고, 더 나아가 남편에 대한 거짓 소문을 퍼트려 명예를 훼손하고자 한다. 이 두 사람의 이러한 행동을 전형적인 '히스테리'와 '강박'에 의한 것으로 정신 분석의 관점에서 살펴보아야 할 이유가 여기에 있다. 더 나아가 전쟁 중 티전스가 겪게 되는 트라우마는 이 소설이 인간 심리의 근원적인 문제와 더불어 혼란한 시대를 살아가는 어느 누구나 겪을 수 있는 정신적 상처의 문제를 다루고 있음을 시사한다. 이런 점에서 티전스라는 주인공이 가족으로부터, 사회로부터, 전쟁으로부터 겪게 되는 상처와 트라우마는 오늘날 우리가 겪을 수 있는 트라우마로 티전스의 이야기는 오늘날 우리의 이야기가 될 수 있는 것이다.

전쟁을 다룬 이 소설에는 군사 용어와 군인들의 말투, 그리고 비속어가 많이 나온다. 군대 용어는 우리나라식의 군대 용어로 바꾸었고, 비속어는 우리말 중 가장 느낌을 잘 전달할 수 있는 용어로 번역하였다. 하지만 문화적으로 다르기 때문에 그 느낌을 정확히 전달하는 것은 불가능하다고 생각한다. 그리고 이 작품에는 다른 작가의 글을 인용한 부분이 많이 나온다. 그 인용 부분에 대한 번역본이 있을 때는 번역본에서 가져왔지만, 대부분 번역본이 없어서 새로 번역할 수밖에 없었다. 어떤 인용문은 맥락을 파악할 수 있어 맥락에 맞게 번역하였지만, 맥락을 알 수 없는 부분 인용은 직역할 수밖에 없었다.

무엇보다 독자들은 이 책을 읽으면서 이해할 수 없는 구절이나 문구를 자주 접하게 될 것이다. 총 4권으로 구성된 이 소설은 시간적 순서에 따라 쓰인 것이 아니기 때문에 본문에 나오는 많은 문구들이 뒤에 나오는 혹은 묘사되는 상황을 알아야만 이해할 수 있기 때문이다. 따라서 작품을 다 읽어야만 앞에서 읽었던 내용이 어떠한 상황을 혹은 사건을 지칭하는지 알 수 있게 되며, 퍼즐 조각을 맞출 수 있게 되는 것이다.

이 소설에는 기존 소설과는 다른 독특한 점이 있는데 그것은 언어 구사에서 찾을 수 있다. 포드가 20세기의 시인 에즈라 파운드의 문학적 스승이었다는 사실에서도 짐작할 수 있듯이, 포드는 이 소설에서 암시적이고 추상적이며 동시에 함축적인 표현을 많이 사용하였다. 따라서 이 소설을 번역할 때 역자는 그런 부분은 시적으로 혹은 압축적인 표현으로 번역하고자 하였다. 그러는 것이 저자의 의도라고 생각해서였다.

4부작인 이 소설은 4권의 소설이지만 사실상 하나의 방대한 소설이다. 1차 세계 대전이 발발하기 전의 영국 사회와 전쟁으로 인해 폐허가 된 영국 사회, 그리고 전쟁이 끝난 뒤의 영국 사회가 어떠한 변화를 겪게 되었는지 보여주는, 즉 영국인의 삶의 파노라마를 보여주는 작품이다. 이런 점에서 이 작품은 전쟁 뒤 유럽 사회가 어떻게 변모하였는지, 더 나아가 어떤 방향으로 변모하게 될지 보여주는, 사실적이면서 동시에 예지적인 작품인 것이다.

차례

Parade's end

2권
더 이상의 퍼레이드는 없다

서문 · 5
제1부 · 11
제2부 · 171
제3부 · 289

Parade's end

1권
어떤 이들은 하지 않는다

제1부 · 11

제2부 · 289

3권
남자라면 일어설 수 있다

제1부 · 11

제2부 · 87

제3부 · 273

4권
일과 종료 나팔 소리

제1부 · 11

제2부 · 205

제1부

1

　안에 들어오면, 사각형 모양의 산만한 공간을 접하게 된다. 겨울밤이 내려앉은 뒤의 이곳은 포근했고, 갈색과 오렌지색 기운이 감도는 먼지가 퍼져 있었다. 이곳의 모양은 아이들이 그린 집 같아 보였다. 얇은 철판이 덮인 연통 모양의 양동이 안에는 코크스가 벌겋게 타고 있었는데, 이 양동이에 뚫린 여러 개의 구멍에서 새어 나오는 희미한 불빛은 구릿빛으로 얼룩진 갈색 피부의 팔을 드러낸 세 무리의 사람들을 비추고 있었다. 제일 계급이 낮은 것 같은 사내 둘은 화로 옆 바닥에 웅크리고 앉아 있었고, 임시 막사의 양쪽 끝에 각각 둘씩 모여 있는, 사내 넷은 아무런 관심도 없다는 듯, 탁자 위에 머리를 수그리고 앉아 있었다. 평행사변형 모양의 출입구 위 처마에서는 모인 습기가 방울을 이루어 음악소리처럼 간헐적이지만 꾸준히 떨어졌다. 광부 출신의 두 사내는 뒤꿈치를 바닥에 대고 화로를 앞에 두고 쪼그려 앉아, 서의 들리지 않을 정도의 나지막한 시투리로 이야기했다. 그들의 말은 생기 없이 단조롭게 이어졌다. 한 사람이 길고 긴 이야기를 하면 상대방은 알아들었다는 듯, 혹은 공감한다는 듯이 동물처럼 킁킁거리는 소리를 냈다…

거대한 차 쟁반이 떨어질 때 나는 것 같은 소리가 칠흑같이 어두운 공간을 가득 메웠다. 수많은 강판이 "쨍그랑 쨍그랑 쨍그랑" 하는 소리를 냈다. 잠시 뒤 임시 막사의 흙바닥이 흔들렸고 고막 안쪽을 파고드는 것 같은 커다란 소리가 났다. 사방곳곳으로 소리가 빗발치듯 울려 퍼졌다. 울려 퍼지는 이 커다란 소리에 어떤 사람은 오른쪽으로, 또 어떤 사람들은 왼쪽으로, 혹은 탁자를 향해 달려갔다. 밤에는 거대한 덤불에 불이 나서 번질 때처럼 딱딱거리는 소리가 끊임없이 들려왔다. 바닥에 앉아 화로 위로 몸을 수그리고 있던 두 사람 중 한 사람의 입술은 화로에서 나오는 빛을 받아 믿지 못할 정도로 붉고 짙게 보였다. 그는 계속 이야기를 이어갔다…

바닥에 앉아 있던 두 남자는 웨일즈 출신의 광부였다. 그중 한 사람은 론다[1] 밸리 출신으로 미혼이었다. 나머지 한 사람은 폰타르딜라이스[2] 출신으로 전쟁이 일어나기 바로 직전에 광산 일을 그만두어 그의 아내가 세탁소를 운영했다. 문 오른쪽 탁자에 앉아 있는 두 사람은 선임상사들이었다. 그중 한 사람은 서퍽[3] 출신의 상비군 상사로 16년 동안 선임자의 특권을 누리며 거의 하는 일 없이 시간만 보냈고, 다른 선임상사는 영국계 캐나다인이었다. 임시 막사 다른 쪽 끝에 있는 장교 두 사람의 계급은 대위로 그중 한 사람은 스코틀랜드에서 태어나 옥스퍼드에서 교육받은 젊은 정규군 장교이었고, 다른 한 사람은 요크셔 출신의, 거의 중년의 나이에 접어든 몸집이

---

[1] Rhonda: 영국 웨일스 남부의 도시.
[2] Pontardulais: 웨일즈(Wales)의 스원지(Swansea)시에 있는 작은 마을.
[3] Suffolk: 영국 잉글랜드 남동부에 있는 카운티(county).

큰 시민군 대대 소속이었다. 바닥에 앉아 있던 전령 중 하나는 아내가 세탁소를 팔았는데도 왜 여태까지 구매자에게 대금을 받지 못했는지 알아보기 위해 고향으로 가고 싶었으나 나이 든 장교가 허락하지 않아 몹시 화가 나 있었고, 다른 전령은 어떤 암소에 대해 생각하고 있었다. 카필리[4] 너머 산악 지대에 있는 농장에서 일하는 그의 여자 친구가 홀스타인종의 흑백 얼룩무늬가 있는 기이한 암소에 대한 편지를 썼기 때문이다. 영국인 선임상사는 출병이 미루어지고 있어서 눈물이 날 정도로 걱정이 되었다. 자정이 넘어서야 병사들의 출병이 이루어질 것 같기 때문이었다. 병사들이 그렇게 빈둥거리며 시간을 보내게 하는 건 옳지 않으며, 병사들도 빈둥대며 마냥 기다리는 걸 좋아하지 않는다고 생각했기 때문이다. 그 사실이 그들에겐 불만이었고 마음에 들지 않았던 것이다. 그는 병참보급 장교가 왜 덮개 달린 램프에 쓸 초의 물량을 충분히 확보해두지 못했는지 이해할 수 없었다. 병사들은 기다리라는 명도 받지 않았다. 조만간 병사들은 저녁을 먹어야 한다. 본부도 이런 상황을 바라진 않을 것이다. 그가 불평하는 건 당연하였다. 저녁 주문서를 작성해야 했기 때문이다. 식비도 빼 주어야 맞다. 1페니 반에 2,994명분의 저녁 식사비 말이다. 그래도 자정까지 저녁도 주지 않고 병사들을 기다리게 하는 것은 옳지 않은 일이다. 태어나서 처음으로 전선에 투입되는 그들에게 그것은 불만스러운 일일 것이다. 불쌍한 친구들 같으니라고.

---

[4] Caerphilly: 여기서 생산되는 치즈는 웨일스 특산물로 광부들이 양배추 잎에 싸가지고 갱에 들어갔기 때문에 '광부들의 치즈'라고 불리기도 했다.

캐나다인 선임상사는 마을 군수품 보급소에서 산 돼지가죽 지갑 때문에 걱정스러웠다. 그는 열병식 때 부대장에게 보고서나 뭐 그런 걸 읽기 위해 그 지갑을 꺼내는 자신의 모습을 상상해 보았다. 키가 큰 자신이 몸을 꼿꼿이 세운 채 그렇게 하면 열병식 때 아주 멋지게 보일 것이다. 하지만 그 지갑을 배낭에 넣었는지 아닌지 기억나지 않았다. 일단 현재 자기 몸에는 없었다. 그는 가슴 부위에 있는 오른쪽과 왼쪽 호주머니를, 바지의 오른쪽 왼쪽 호주머니를, 그리고 자신이 앉아 있는 의자에서 손을 뻗으면 닿는 거리에 있는 못에 걸린 외투의 주머니란 주머니는 모두 뒤져보았다. 자신의 당번병이 그 지갑을 자기 배낭에 넣었는지 확실치 않았다. 당번병은 그랬다고 분명히 말하긴 했지만 말이다. 참 짜증 나는 일이다. 그가 현재 지닌 지갑은 온타리오[5]에서 산 것으로 불룩한데다 갈라지기까지 했기 때문이다. 그는 대영 제국의 장교들이 보고서의 내용 중 무언가에 대해 물어볼 때 현재 지니고 있는 지갑을 꺼내고 싶지 않았다. 그러면 캐나다 군인들에 대한 잘못된 생각을 심어줄 수도 있기 때문이다. 그것은 정말 짜증 나는 일이다. 그는 경매업자였다. 이 정도 속도라면 1시 반이나 되어서야 병사들을 역에 데려가 열차에 태울 수 있을 거란 사람들 말에 그는 수긍이 갔다. 어쨌든 지갑을 챙겼는지 안 챙겼는지 긴가민가하는 건 아주 짜증스러운 일이다. 그는 키가 큰 자신이 열병식 때 몸을 꼿꼿이 펴고 서 있으면서, 보고서 중 특정 수치를 알려달라고 부관이 요구할 때, 그 지갑을 꺼내면 좋은 인상

---

[5] Ontario: 캐나다 남부의 주.

을 남길 거라고 생각했다. 부관들이 지금 프랑스에 와 있기 때문에 대영 제국 장교가 될 거라는 것을 그는 알고 있었다. 그건 몹시 짜증스러웠다.

꽝하는 커다란 소리가 났다. 각각의 사람들에게, 혹은 하나의 집단으로서의 그들 모두에게 몹시도 친숙한 소리였다. 꽝하는 소리가 끔찍스럽게 난 뒤에 들려오는 모든 소리는 몸 안에서 피가 흐르는 소리를 들을 정도로 예민한 귀에도 고요처럼 느껴졌다. 젊은 장교는 벌떡 일어나 못에 걸려있는 자신의 벨트를 잡았다. 탁자 맞은편에 비스듬히 기대어 앉아 있던 나이 든 장교는 손을 아래로 뻗었다. 그는 자신보다 선임인 젊은 장교가 지금 제정신이 아니라는 것을 알았다. 몹시 지친 이 젊은 장교는 나이 든 장교에게 날카로운 어조로 심한 말을 내뱉었지만 그의 말은 들리지 않았다. 나이 든 장교도 마찬가지로 심한 말을 짤막하게 내뱉었지만 마찬가지로 잘 들리지 않았다. 나이 든 장교는 탁자 위에 손을 올려놓은 채 몸을 아래로 움직였다. 나이 든 영국인 선임상사는 캐나다인 선임상사에게 맥켄지 대위가 다시 발작을 일으켜 제정신이 아니라고 말했다. 하지만 그의 말은 다른 사람에겐 들리지 않았고 그도 이 사실을 알고 있었다. 그는 이 순간 2,934명의 젖먹이들을 불쌍히 여기는 어머니와 같은 마음으로, 이 장교에게 어머니의 역할을 해야 할 필요를 느꼈다. 그는 캐나다 선임상시에게 맥켄지 대위가 지금은 잠시 제정신이 아니지만 영국군 중에서 가장 훌륭한 장교라고 말했다. 바보 같은 일은 저질렀지만 영국군 중 최고의 장교로, 그보다 나은 장교는 없다고 했다. 그는 맥켄지 대위가 세심하고, 똑똑하며, 아주 용감하다고 했다. 그리고 전선에 있는 부하들을 잘 배려해준다고 했다. 믿기 힘들겠지만 그렇다고 말했다… 그는 장교를 돌보는 일이 노역이라는 사실을 어렴풋이 느꼈다. 일병이나 젊은 하사관이 잘못을 저지르면, 콧수염을 기른 자신은 진부한 말로 충고할 수 있다. 하지만 장교에게는 말을 돌려서 해야 한다. 그런데 그게 참 어렵다. 그래도 다른 나이 든 장교는 냉정하고 침착하니 참 다행이다. 나이 든 사람이 낫다는 옛말 틀린 거 없다.

무거운 침묵이 흘렀다.

"잃어버렸어…" 론다 출신의 전령이 놀랄 정도로 큰 소리로 말했다. 문간에서 보이는 임시 막사의 박공에 환한 빛이 번쩍거렸다.

폰타르딜라이스 출신인 그의 동료가 아주 애처롭게 웅얼거리듯 말했다. "이 빌어먹을 놈의 탐조등이 왜 우릴 비추는 거야? … 비행기나 찾지. 그 빌어먹을 멈블[6]에 있는 내 코딱지만 한 오두막집을 다시 보고 싶구만."

"09모건, 욕은 하지 말게." 선임상사가 말했다.

09모건의 동료가 말을 이었다. "다이[7] 모건. 하여튼 그건 기이한 암소가 틀림없어. 그건 흑백 얼룩의 홀스타인종이었는데…"

젊은 대위는 이들의 대화를 듣는 걸 포기한 것 같았다. 그는 탁자 위에 덮인 담요에 양손을 올려놓은 채 소리쳤다.

"도대체 당신이 뭔데 나한테 이래라저래라 하는 거요? 난 당신보

---

[6] Mumbles: 스완시만(Swansea Bay)의 서쪽 가장자리에 있는 갑(岬).
[7] '나인'이라고 발음해야 할 것을 사투리가 심해 '다이'라고 발음한 것이다.

다 선임인데 말이요. 도대체… 맙소사. 도대체… 아무도 내게 명령한 적 없었는데…" 그의 목소리가 그의 가슴 안에서 약하게 사그라졌다. 콧구멍을 엄청 크게 벌름거리자 콧구멍으로 들어가는 공기가 차갑게 느껴졌다. 그는 자신에 대한, 그리고 자신을 둘러싼 얽히고설킨 음모가 있다고 느꼈다. 그는 소리쳤다. "당신과 당신의… 그 뚜쟁이 같은 장군…" 그는 몸에 지니고 있는 날카로운 단검으로 어떤 사람의 목을 따고 싶었다. 그러면 가슴을 누르는 체증이 가실 것만 같았다. 하지만 맞은편에 있는 덩치 큰 사람이 "앉아."라고 한마디 하자 그의 사지는 마비되었다. 그는 믿기지 않을 정도의 증오를 느꼈다. 손을 움직여 단검을 잡을 수만 있다면…

09모건이 말했다. "내 세탁소를 산 그놈의 이름이 윌리엄스 뭐시기라는구만… 그자가 카스텔 고흐 출신의 에반스 윌리엄스라면 난 탈영할 거네."

"자기 젖먹이 새끼를 미워하다니." 론다 출신의 전령이 말했다. "이봐! 뭔 말을 하기 전엔 …" 이들은 장교들의 대화 같은 건 신경 쓰지 않았다. 장교들은 재미없는 이야기만 하니 말이다. 도대체 뭐에 홀려 자기 젖먹이 새끼를 미워할 수 있는 거지? 카필리 너머 산악 지대에 있는 농장 소 말이다. 가을 아침엔 언덕 중턱이 온통 거미줄로 뒤덮이고 그 거미줄은 실유리처럼 햇빛을 아래로 반사시켜서 암소가 틀림없이 제대로 보지 못해시일 것이다.

탁자 위로 몸을 수그린 젊은 대위는 누가 더 선임인지에 대한 긴 논쟁을 시작했다. 그는 알아듣기 어려울 정도로 엄청 빠르게 둘을 비교하면서 혼자서 갑론을박을 하고 있었다. 자신은 게루벨트[8] 전투가 끝난 뒤 승진이 되어 관보에 실렸지만, 상대방은 1년 뒤에나 승진이 되었다는 것이다. 상대방은 이 보충대의 지휘를 맡고 있는 상시 지휘관이고, 자신은 배급과 훈련을 담당하기 위해 이 부대로 전출되어 온 게 사실이긴 하지만, 그렇다고 해서 상대방이 자신을 앉으라고 명령할 자격은 없다는 것이다. 그러고는 도대체 무슨 의도로 그런 말을 했는지 그 이유를 알고 싶다고 했다. 그는 그 어느 때보다도 빨리 원에 대해 말하기 시작했다. 원자가 떨어져나가 원 주위를 완전히 돌면 이 세상은 종말에 이를 것이라고 했다. 천년왕국[9]에서는 명령하고 명령을 받는 일은 없을 거라고 했다. 물론 그때까지 자신은 명령에 복종할 거라고 말하면서 말이다.

대규모 부대를 지휘하는 일, 계속 바뀌는 탓에 별 도움이 안 되는 부관들로 급조된 사령부, 일하고 싶어 하지 않는 하사관, 제대로 된 장비 없이는 일하는 게 익숙하지 않은 식민지 출신 병사들, 그리고 오래전에 설립되어 이런 것에 의존해야 하는 보충대, 이런 것들이 나이 든 장교에게는 짐이었다. 따라서 그는 이 보충대가 영국 정규군에 소속되어야 한다고 생각하면서, 자신이 이런 사람들에게 의존할 수밖에 없다는 사실에 분개했다. 매일매일 그가 실제로 겪는 고충도 이미 많았고 개인적으로도 힘든 일이 많았으니 말이다. 그는 최근 병원에서 퇴원했다. 휴가차 영국으로 돌아간 보충대 군의관에게 빌려 현재 사용하고 있는, 거친 마포로 지은 임시 막사는 석유난

---

[8] Gheluvelt: 1914년 10월 1차 이프르 전투(Battle of Ypres)의 격전지.
[9] millennium: 예수가 지상에 재림하여 천 년 동안 통치한다는 신성한 왕국.

로를 틀면 숨이 막힐 정도로 덥고, 끄면 너무 춥고 축축했다. 그 군의관이 임시 막사를 관리하라고 맡긴 당번병은 머리가 모자란 것 같았다. 독일군 공습이 최근 계속되었다. 기지는 콩나물시루처럼 병사들로 꽉 들어찼다. 마을로 내려가게 될 경우엔 길로 다닐 수 없었다. 부대원들이 가능한 한 눈에 띄지 않게 하라는 명령이 하달되었기 때문이다. 보충대는 밤에만 파견되었다. 하지만 공습 때문에 두 시간이나 불을 꺼야 하는데 어떻게 10분마다 보충대를 파견할 수 있겠는가? 모든 병사에겐 장교가 서명해야 할 아홉 종류의 서류와 표가 있었다. 이 불쌍한 병사들에 관한 서류 작업을 철저히 하는 것은 아주 적절한 것이다. 하지만 어떻게 그렇게 할 수가 있겠는가? 그날 밤 파견해야 할 병사들이 2,994명이어서, 그가 작성해야 할 서류는 2,994에 9를 곱한 26,946개인데 말이다. 사령부에선 신분 인식표 펀치기[10]를 사용하지 못하게 했다. 하지만 보충대 병기공들이 원래 하는 일 이외에 펀치기도 없이 5,988개의 신분 인식표에 구멍을 뚫는 일을 할 수 있다고 그들은 생각하는가?

    젊은 장교가 나이 든 장교 앞에서 계속 중얼거렸다. 티전스는 원이니, 천년 왕국이니 하는 그의 말이 마음에 들지 않았다. 정상적인 사람이 그런 말을 듣게 되면 놀라는 건 당연한 일 아니겠는가. 그런 말은 위험한 광기가 시작될 거란 확실한 징조인지도 모른다… 하지만 그는 이 젊은 장교에 대해 아는 것이 없었다. 그는 너무나 끼무잡

---

[10] disc-punching machine: 군인의 몸에 지니는 금속제의 인식표에 구멍을 내어 표시하는 기계.

잡하고, 잘생겼으며, 또 너무나 열정적이어서 훌륭한 장교가 될 수 없을 것 같았다. 하지만 그는 훌륭한 장교임에 틀림없다. 무공 훈장을 목에 걸었고 무공십자 훈장과 외국 훈장도 달고 있었으니 말이다. 게다가 장군도 그가 훌륭한 장교라고 했다. 그가 라틴어 부총장 상을 탄 사람이라는 기이한 정보도 덧붙이면서 말이다⋯ 티전스는 라틴어 부총장 상을 탄 사람이라는 게 무슨 뜻인지 과연 캠피언 장군이 알고는 있는지 의심스러웠다. 아마 모를 것이다. 하지만 무슨 의미인지 몰라도 캠피언 장군은 이 정보를 자신의 메모장에 적어두었을 것이다. 원시 부족의 족장이 원시인들의 장신구를 차듯 말이다. 에드워드 캠피언 장군은 자신이 교양 있다는 것을 보여주고 싶어서 그랬을 것이다. 사람의 허영심이 어떤 식으로 드러나는지 참 알 길이 없다.

그래, 이 친구는 훌륭한 장교가 되기에는 너무나 까무잡잡하고 잘생겼다. 하지만 그는 훌륭한 장교였다. 앞의 사실들이 그렇다고 하니 말이다. 열정을 억누르기만 하면 사람은 미치게 된다. 그는 착실하고 잘 훈련된, 그리고 인내심이 많은 사람이었던 게 틀림없다. 1914년부터 끔찍한 포화와 소란 속에서 피를 보고, 진흙탕을 뒹굴며, 오래된 통조림을 먹으면서, 자신을 억눌러 왔을 것이다⋯ 티전스는 이 젊은 장교의 전신상을 스케치하듯 그의 모습을 떠올려보았다. 어떤 이유에서인지는 모르겠지만 그가 떠올린 것은 전신 초상화를 그리기 위해 불빛을 받아 주홍색을 띤, 태피스트리를 뒤로 하고, 두 다리를 쩍 벌리고 있는 젊은 사람의 모습이었다⋯ 그는 작게 한숨을 내쉬었다. 바로 이게 수많은 사람들의 삶의 모습이다⋯

그의 눈앞에 병사들의 모습이 보이는 것 같았다. 이런 생활에서는 꽤 긴 기간인, 2개월 이상을 지휘한 2,994명의 병사들 말이다. 그와 선임상사 카울리는 깊은 애정을 갖고 그들을 돌보았고, 그들의 사기를 북돋우며 도덕성도 살폈다. 그들의 발과 소화 상태도 살폈고, 그들이 인내심을 갖도록 하면서 여자에 대한 그들의 욕정도 통제했다… 그는 광활하게 펼쳐진 지역을 구불구불 걸어가는 병사들의 모습을 상상해보았다. 동물원의 거대한 뱀이 서서히 미끄러지듯 물탱크로 들어가는 것처럼, 병사들이 서서히 나아가는 모습을 그려보았다… 저 멀리 움푹 꺼진 땅에서부터 저 높이 하늘까지 뻗은, 통과할 수 없을 것만 같은 장애물을 넘어가는 그들의 모습을…

끊임없이 실의와 혼란을 겪으며, 끊임없이 어리석은 행동과 못된 짓을 저지르는 이들 모두는 그들을 괴롭히려는 음모를 꾸미고 있는, 몹시 냉소적이고 태연자약한 모사꾼의 수중에 놓여있다. 이들은 모두 그 모사꾼들의 장난감이다. 이들이 겪는 고뇌는 정치가들에게 아무 마음도 담기지 않은, 심지어 스스로도 이해하지 못하는 근사한 빈말을 할 기회만 줄 뿐이다. 수십만 명의 사람이 한 겨울에 그 거대한 더러운 갈색 진흙탕에서 뒹군다… 까치들이 주워서 아무 생각 없이 어깨너머로 던져 버리는 견과들처럼 말이다… 하지만 그들은 사람이다. 지상에 존재하는 아무 생명체가 아니다. 그들은 바로 우리가 걱정해야 할 사람들이다. 그들 모두는 척추와 무릎이 있는 인간들이다. 바지도 입고 바지 멜빵도 찬, 그리고 소총도 찬 인간들이다. 가정도 있고, 열정도 있으며, 간통도 저지르고, 술 마시고, 사고도 치고, 친구도 있는 인간들이다. 나름대로 세상에 대한 계획도 있고, 티눈도 나고, 유전병도 있는 인간들이다. 저마다 모두 청과물을 팔고, 우유 배달도 하며, 종이 가게도 운영하는, 개구쟁이 자식과 행실이 허튼 아내도 있는 사람들이다. 모두 사람이다. 병사들, 그리고 불쌍하고… 보잘것없는 장교들. 신이시여, 이들을 돌보소서. 라틴어 부총장 상을 탄 사람들도…

특히 이 불쌍한… 부총장 상을 탄 친구는 소음이 거슬렸나 보다. 이 친구를 위해서라도 여긴 조용해야 하는데 말이다.

맹세코, 이 친구 생각이 옳다. 여기는 도살장에 끌려가기 전에 할 식사를 조용히, 질서 정연하게 준비해야 하는 곳이다. 병사들 말이다! 기지란 명상을 하거나 기도를 하는 곳이다. 이곳은 병사들이 집으로 보내는 마지막 편지를 평화로이 쓰는 곳이며, 총이 얼마나 끔찍스럽게 악을 써대는지 편지에 쓰는 곳이다.

하지만 150만 명의 병사들을 그 작은 마을로 보내는 것은 쥐를 잡으려고 커다란 썩은 고기 덩어리를 미끼로 덫에 다는 것과 같다. 독일군 비행기라면 160킬로미터 떨어진 곳에서도 그 냄새를 맡을 수 있을 것이다. 폭탄으로 런던을 박살내는 것보다 병사들이 있는 곳에 폭탄을 투하하면 더 많은 피해를 입힐 수 있을 것이다. 대공포격을 하면 된다고? 소가 웃을 일이다. 미친 소리다. 그들은 끊임없이 온갖 종류의 포를 펑펑 쏘아댄다. 아이들이 헤엄치는 개구리[11]를 향해 돌을 던지듯 말이다. 당신들이 사는 대도시 주변에는 잘 훈련

---

[11] 원문에선 헤엄치는 생쥐들(swimming rats)이라고 나오지만 우리말 표현에 맞게 '개구리에게 돌팔매질'하는 것으로 번역했다.

된 대공 포격병들이 분명히 있을 것이다. 하지만 그 고통을 당하는 당사자들에게 포격은 아이들 장난이 아니다.

그의 마음은 더더욱 침울해졌다. 당시 대부분의 군인들이 갖고 있던 영국 내각에 대한 불신으로 육체적 고통까지 느꼈다. 광활한 풍경과 대규모의 군대와 대비해 보면 피그미처럼 작게 보이는 인간들의 개인적 허영심을 충족시키기 위해, 지금 이 엄청난 희생과 이 커다란 정신적 고통을 겪고 있다는 생각이 들었다. 그를 괴롭히는 것은 갈색 군복을 입은 수백만 명의 군인들에 대한 걱정이었다. 그들은 도살장에서 25만 명씩 죽을 수, 아니 학살당할 수 있다. 하지만 그들은 의기양양하지도 못하고 자신감도 없이 학살당해야 한다. 기가 꺾인 채, 퍼레이드도 하지 못한 채 말이다.

그는 자기 앞에 있는 장교에 대해 전혀 아는 것이 없었다. 이 장교는 어떤 질문에 대한 대답을 하기 위해 말을 멈춘 것 같았다. 어떤 질문이었을까? 티젠스는 알 수 없었다. 그의 말을 듣고 있지 않았기 때문이었다. 임시 막사에 오랫동안 무거운 침묵이 흘렀다. 그들은 그저 기다렸다. 젊은 대위는 증오에 찬 어조로 말했다.

"도대체 무슨 꿍꿍이속이오? 그게 바로 내가 알고 싶은 것이오!"

티젠스는 계속 사색에 빠졌다. 광기에는 수많은 종류가 있다. 그런데 이건 어떤 종류의 광기일까? 이 친구는 술에 취한 것도 아니다. 술에 취한 사람처럼 말하기는 하지만, 술에 취하진 않았다. 티젠스는 단지 시도 차원에서 그에게 앉으라고 명령한 것이었다. 광인 중 순간적으로 또 무의식적으로 명령을 따르는 사람들이 있다. 명령이 마치 마법인 양 말이다. 티젠스는 본토에 있는 군 막사에서 생활할 때, 어느 미친 병사에게 "뒤로 돌아."라고 소리친 적이 있었다. 그러자 텐트를 지나 50미터가량 뒤에서 쫓아오는 사람들에게 총검을 휘두르며 허겁지겁 달리던 그 미친 병사가 갑자기 멈추더니, 근위병이 그러듯 군대식으로 발을 구르면서 뒤로 돌았다. 티전스는 더 나은 방법이 없었기 때문에 이 정신 나간 장교에게 그 방법을 써먹어 보았던 것이다. 이따금 이런 방법이 통하기 때문이다. 그는 말을 걸었다.

"도대체 무슨 일인가?"

아이러니컬한 어조로 젊은 장교가 말했다.

"당신처럼 오만하고 힘 있는 사람들에게는 내 말이 들을 가치도 없나 보군요. 난 '비열하고 형편없는 우리 삼촌은 어떻소?'라고 물었소. 그러니까 당신의 그 추잡스러운 가장 친한 친구 말이오."

티전스가 물었다.

"장군이 자네 삼촌인가? 캠피언 장군이? 장군이 자네에게 어떻게 했나?"

캠피언 장군은 이 젊은 장교를 티전스에게 보내면서 아주 괜찮은 훌륭한 장교이니 눈여겨보라는 쪽지도 함께 보냈다. 장군이 직접 쓴 이 짤막한 편지에는 맥켄지 대위가 학문적으로 뛰어나다는 정보도 담겨 있었다… 티전스는 장군이 일개의 보병 중대 지휘관에 대해 이렇게 신경 쓰는 것을 기이하게 생각했다. 이 친구는 어떻게 장군의 눈에 들게 되었을까? 물론 캠피언 장군은 여느 사람들처럼 성격 좋은 사람이다. 약간 정신이 나가긴 했지만 기록상 아주 훌륭한 인재라고 보이면 캠피언 장군은 그를 위해 자신이 할 수 있는 것은 다 할 것이다. 티전스는 캠피언 장군이 자신을 고지식하고 학구적이며, 보호해야 할 사람은 잘 돌볼 수 있는 사람으로 생각한다는 것을 잘 알고 있었다. 어쩌면 캠피언 장군은 이 부대가 그다지 할 일이 없기 때문에 임시 정신 병동으로 쓸 수 있다고 생각하고 있는지도 모르겠다. 하지만 맥켄지가 진짜로 캠피언 장군의 조카라면 모든 일이 설명될 수 있을 것이다.

정신 나간 장교가 소리쳤다.

"캠피언 장군이 내 삼촌 아니냐고? 아니, 그자는 그쪽 삼촌이잖소!"

티전스가 말했다.

"아니네, 내 삼촌이 아닐세." 사실 캠피언 장군은 그의 먼 친척도 아니었다. 그는 단지 티전스의 대부이자 부친의 오랜 친구일 뿐이었다.

젊은 장교가 대답했다.

"그렇다면 그거 참 재미있는 일이군. 하지만 그쪽 말이 참 의심스럽소. 장군이 그쪽의 그 비열한 삼촌이 아니라면, 왜 그쪽에게 관심이 그렇게 많냔 말이오? 그쪽은 군인이 아니오… 그쪽은 그 어떤 부류의 군인도 아니오… 핫바지지. 맞아. 핫바지." 그는 잠시 말을 멈추더니 재빨리 말을 이었다. "사령부에선 그쪽 부인이 그 빌어먹을 장군을 꽉 집고 있다는 말들이 많소. 난 그게 사실이 아니라고 생각했소. 난 그쪽이 전혀 그런 사람이라고는 생각지 않았소. 그쪽에 대한 소문을 정말 많이 들었지만 말이오!"

티전스는 이 황당한 말에 웃음을 터트렸다. 그때 심연 속에서 참을 수 없는 고통이 그의 묵직한 몸을 관통했다. 이런 필사적인 일을 하고 있는 군인들에겐 저 멀리 고국에서 벌어진 재앙은 참을 수 없는 고통을 불러일으키는데, 바로 그런 고통이 그를 관통한 것이었다. 이런 고통을 누그러뜨리기 위해 할 수 있는 것은 아무것도 없었다! … 자신과 별거 중인 아내의 놀라운 미모(아내는 정말이지 아름다웠다) 때문에, 아내와 관련된 추문이 장군이 있는 사령부에까지 알려졌을 수도 있을 것이다. 사령부는 가족 파티가 벌어지는 곳 같으니 말이다! 여태까지는 신의 은총으로 어떠한 추문도 겪지 않았다. 아내는 참기 힘들 정도로, 그것도 그에게 몹시 고통스러운 방식으로 그에게 정직하지 못했다. 그는 자신이 사랑하는 아이가 진짜 자기 자식인지 확신하지 못했다… 놀라울 정도로 아름다운, 그러면서도 냉혹한 여자에게 그런 일은 특별한 것이 아니니 말이다. 하지만 아내는 도도하게 용의주도했다.

   그럼에도 그들은 3개월 전에 헤어졌다… 정확히 말해, 그는 헤어진 거라고 생각했다. 그의 가정에 휑한 적막감이 드리워졌다. 어슴푸레한 어둠 속에서 그녀가 놀라우리만치 분명하고 또렷하게 자신 앞에 나타나는 바람에 자신은 전율을 느꼈다. 키가 몹시 큰 아내는 너무나도 아름답고, 놀랄 정도로 탄탄한 몸매를 지닌 데다, 심지어 깨끗하면서 기품까지 있었다. 아내는 빛나는 황금색 직물로 짠 시스 가운[12]을 입고 있었고, 땋아서 귀 위에까지 감은 아내의 머리는 황금색 직물 같았다. 아내는 또렷한 이목구비에다가 얼굴은 갸름했고,

---

[12] sheath gown: 고대 이집트의 직선적이고 몸에 꼭 맞는 가운.

이빨은 희고 작았다. 아내의 가슴은 아담하고 몸 양쪽으로 곧게 뻗어 있는 팔은 가늘고 길었다… 눈이 피곤할 때면 그는 망막에 아주 선명하게 어떤 상이 맺히곤 했다. 어떨 때는 자신이 생각하던 상이었고, 어떨 때는 자신의 마음 뒤편에 자리 잡고 있던 어떤 것의 상이기도 했다. 그런데 오늘 밤 그의 눈은 몹시 피곤했다! 아내는 약간의 적의로 입꼬리를 떨면서, 앞을 바라보고 있었다. 아내는 그의 조용한 성품에 어떤 끔찍한 상처를 입힐 방법을 연구하고 있는 듯했다… 어슴푸레한 형체가 고딕풍의 작은 아치 모양을 띠며 명료한 푸른빛을 띠더니, 그의 시야 오른쪽으로 사라졌다…

그는 아내가 지금 어디에 있는지 전혀 몰랐다. 화보가 있는 신문을 더 이상 보지 않기로 했기 때문이었다. 아내는 버컨헤드에 있는 수녀원에 갈 거라고 했다. 그는 아내의 사진을 두 번 보았다. 첫 번째 사진은 아내가 울레스워터 백작과 백작 부인의 딸인 레이디 피오나 그랜트, 그리고 국제 금융의 차기 장으로 거론되는 스윈든 경과 같이 찍은 것으로, 그 사진에서 아내는 스윈든 경의 성 안뜰에서 곧장 카메라로 다가가는 모습이었다. 세 사람 모두 미소를 띤 채였다! … 이 화보는 크리스토퍼 티전스 부인의 남편이 현재 전선에 있다고 전했다.

고통스러운 사진은 잡지사 측에서 쓴 화보에 대한 설명이 담긴 두 번째 깃이었다. 공원 벤치 앞에 실비아가 서 있는 사진이었는데, 벤치에는 실크해트를 뒤로 젖혀 푹 눌러 쓰고 튀어나온 턱을 하늘로 향한 채 너털웃음을 웃고 있는 젊은 남자가 앉아 있었다. 잡지에는 전선의 야전 병원에 입원해 있는 남편을 둔 크리스토퍼 티전스 부인이 버갬 경의 아들이자 상속자에게 재미있는 이야기를 들려주고 있는 중이라는 설명이 붙어 있었다. 신문사를 소유한 사업가 귀족들… 사회 독소 같은 부정직한 작자들.

퇴원 후, 다 무너져가는 식당 대기실에 걸린 이 사진과 함께 화보에 적힌 설명을 보고는, 잡지사가 실비아에게 비수를 꽂았구나 하는 생각을 잠시 했다… 하지만 삽화를 싣는 잡지사는 사교계의 꽃에게 절대 비수를 꽂지 않는 법이다. 그들은 사진가에게는 너무나도 소중한 존재이니 말이다… 그렇다면 아내가 이 정보를 제공한 게 틀림없을 것이다. 즐거워하는 남자와 전선의 병원에 입원해 있는 남편과의 대조를 통해 뭔가 코멘트를 유도하고 싶었을 것이다… 그때 아내가 지금 자신과 전쟁 중이라는 사실이 떠올랐다. 하지만 자신은 그런 사실을 잊고 있었던 것이다… 아내는 몹시 직설적이고 두려움이 없었으며, 모든 것에 대해 전혀 개의치 않았다. 관대하고 심지어 친절하기까지 한, 그리고 또한 잔악할 정도로 냉혹한 성격이 뒤섞인 아내는 자신의 남편과 전쟁 그리고 여론 … 심지어 자신의 아이의 이해관계에 대해서도 경멸, 아니 경멸이 아니라 냉소적인 증오심을 보였다. 티전스는 자신이 조금 전 떠올렸던 아내의 상이 체온계의 수은주 눈금을 읽으면서, 입가 한쪽을 살짝 올린 채 차렷 자세로 서 있던 실비아의 상이라는 사실을 깨달았다… 그때 당시 아이는 홍역을 앓아, 생각하기도 두려울 정도로 체온이 올랐다. 그때 그는 요크셔에 있는 누이 집에 머무르고 있었는데, 의사는 아이에 대해 책임지고 싶어 하지 않았다. 그는 미이라처럼 바싹 마른 아이의 체온을 지금도 느낄 수 있을 것 같았다. 그는 아이의 얼굴을 보기가 두려워 플란넬로 만든 천으로 덮고는, 몸이 불덩이 같은, 약하디 약한 아이를, 부순 얼음을 넣어 표면이 반짝거리던 물속에 넣었다… 당시 아내는 입가를 살짝 치켜들고는 우두커니 서 있었다. 체온계의 온도가 내려갔다… 아내는 아이의 아버지는 다치게 하면서도 아이는 다치지 않기를 바랐을 것이다… 자신의 어머니가 창녀라는 사실을 알게 되는 것보다 아이에게 더 가혹한 것은 없을 테니 말이다…

탁자 옆에 서 있던 카울리 선임상사가 말했다.

"전령을 보충대 취사실에 보내 병사들 저녁 식사를 주문하겠다고 하는 것이 좋지 않겠습니까? 병사들이 지금 당장 여기서 할 일은 없으니까요."

젊은 대위는 끊임없이 이야기를 해댔다. 하지만 실비아에 대해서가 아니라 존재하지도 않는 그의 삼촌에 대한 것이었다. 그가 무슨 말을 하고 싶어 하는지 티젠스는 알아듣기 힘들었다. 티젠스는 두 번째 전령을 병참장교에게 보내, 자신의 중대 사무실에서 사용할 갓이 달린 램프용 초를 자신이 보내는 전령을 통해 보내지 않으면, 16 임시 대대를 지휘하는 티젠스 대위가 모든 보급 문제를 이날 밤 기지 본부에 보고할 거라고 전하라고 할 참이었다. 세 사람이 동시에 말을 하고 있었다. 병참장교의 완강한 성격이 떠오르자 티젠스는 비관적인 생각이 들었다. 그의 막사 옆에 있는 군부대는 피곤할 정도로 모든 일을 고집스럽게 막았다. 병사들이 절실하게 필요하기 때문에, 그들은 병사들을 전선에 몹시 보내고 싶어 할 거라고 대개들 생각할 것이다. 하지만 훈련시킨 군인들을 많이 보내면 보낼수록, 더 많은 군인이 후방에 남게 되었다. 군인들을 전선에 보내지 않았기 때문이었다. 게다가 그들은 육류, 식료품류, 바지 멜빵, 신원 인식표, 병사용 수첩의 배급도 막으려 하였다. 그들은 모든 일에 제동을 걸었고, 심지어는 자신들에게 득이 될 것 같은 일조차 하지 않았다. 상식적인 일도 말이다! … 티전스는 카울리 선임상사에게 이제 모두 잠잠해졌으니 캐나다인 선임상사에게 가서 병사들을 정렬시킬 준비를 하라고 지시했다. 십 분만 더 잠잠하면, 공습경보 해제 사이렌이 울릴 것이다… 젊은 장교가 계속 저러고 있는 것을 본 카울리 선임상사가 다른 병사들을 임시 막사에서 내보내고 싶어 한다는 것을 티전스는 알고 있었다.

카울리는 온화하면서도 남자다운 집사처럼 방을 나갔다. 전령들의 어깨에 친절하게 손을 올리고 그들의 귀에다 무엇인가 속삭이는 카울리의 팔자 콧수염과 붉은 뺨이 화로 옆에서 잠시 그 모습을 드러냈다. 전령들이 떠나고 캐나다인 선임상사도 나가자 카울리 선임상사는 문간에 서서 별들을 바라다보았다. 그는 자신이 지금 쳐다보고 있는 검은 카본지[13]를 뚫고 나온 것 같은 작은 빛들이 런던의 템스 강변 아일워스[14]에 있는 자신의 집과 자신의 늙은 아내도 비추고 있다는 사실이 실감나지 않았다. 그는 그것이 사실이라는 것을 알고는 있지만 실감하기는 어려웠던 것이다. 그는 저녁 식사거리가 담긴 망태기를 통통한 무릎 위에 올려놓고 하이 스트리트로 가는 시가 전차를 탄 아내를 상상해보았다. 그 시가 전차는 불이 켜져

---

[13] 어두운 밤하늘을 상징. 카본지를 뚫고 나온 빛은 별 빛을 말한다.
[14] Isleworth: 웨스트 런던에 있는 하운즐로우(Hounslow) 런던 자치구에 있는 마을.

밝게 빛을 비추고 있을 것이다. 그는 아내가 저녁 식사로 훈제 생선을 먹었을 거라고 생각했다. 보나마나 그건 훈제 생선일 것이다. 아내가 좋아하는 음식이니 말이다. 지금쯤 딸은 육군 여자 보조 부대에 소속되어 있을 것이다. 원래 딸은 '파크의 가게'라는 브렌트포드에 있는 큰 정육점의 계산원이었다. 예쁘장한 딸은 유리로 된 진열대를 바라다보곤 했다. 그곳이 파라오가 들어 있는 유리 상자가 있는 대영박물관이기나 한 것처럼 말이다… 탈곡기[15]가 밤새 윙윙거렸다. 그는 항상 그것이 탈곡기 소리 같다고 했다. 그랬으면 얼마나 좋겠는가! … 물론 그건 아군의 비행기일 수도 있다. 차를 마실 때 그는 치즈 토스트도 곁들여 먹곤 했다.

임시 막사에 있는 화로에서 불을 쬐려는 사람들이 줄어들었기 때문에 그들 사이에는 일종의 친밀감이 생겼다. 티전스에게는 정신 이상 증세를 보이는 맥켄지 대위를 다룰 수 있다는 자신감이 커졌다. 티전스는 그의 이름이 진짜 맥켄지인지 확신할 수 없었다. 장군이 쓴 글씨가 그렇게 보였을 뿐이었으니 말이다. 맥켄지 대위는 존재하지도 않는 자신의 삼촌 때문에 겪었다는 부당한 대우에 대해 계속 이야기했다. 어떤 중요한 순간에 그의 삼촌이 자신을 아는 척도 하지 않았고, 그때부터 자신에게 불운이 닥치기 시작했다는 것이다… 티전스는 불쑥 이렇게 말했다.

"이봐, 정신 차리게. 사네 미쳤어? … 아님 뭔 꿍꿍이속이 있는 거야?"

---

[15] 선임상사는 비행기가 나는 소리를 탈곡기 소리에 비유한 것이다.

젊은 대위는 의자 대용으로 쓰던 쇠고기 통조림 상자에 갑자기 앉았다. 그러고는 티전스에게 도대체 무슨 의미로 그런 말을 하는 것이냐고 더듬거리며 물었다.

티전스가 말했다. "정신 줄을 놓으려면 좀 더 그럴듯하게 하게."

젊은 대위가 대답했다. "그쪽은 정신과 의사가 아니잖소. 나보다 잘난 척 해보았자 소용없소. 난 그쪽에 대한 모든 걸 알고 있으니 말이오. 삼촌이라는 작자가 나한테 이런 추잡한 짓, 그러니까 인간에게 할 수 있는 가장 추잡한 짓을 했소. 그런 삼촌만 없었더라도 난 지금 여기에 있지도 않았을 거요."

티전스가 말했다. "그 삼촌이란 사람이 자넬 노예로 팔아버린 것처럼 말하는군."

"우리 삼촌이 그쪽과 친한 친구잖소." 맥켄지는 티전스에게 보복이라도 하려는 듯이 그에게 다가갔다. "장군의 친구이기도 하고. 그쪽 부인의 친구이기도 하지. 우리 삼촌이란 작자는 모든 사람과 알고 지내고 있으니 말이오."

하늘 왼편 저 멀리서 '퍼-엉' 하는 소리가 산발적으로 몇 차례 들려왔다.

"다시 독일군을 발견했다고 생각하는 모양이군." 티전스가 말했다. "좋네, 자네는 자네가 말하는 그 삼촌에게 집중하게. 그가 얼마나 대단한 사람인지 과장하지는 말고. 단언컨대 자네 삼촌이 내 친구라고 생각하는 건 오해네. 난 이 세상에 친구가 하나도 없으니 말이야." 그러고는 이렇게 덧붙였다. "저 소리가 신경 거슬리나? 신경 거슬릴 것 같으면 더 심해지기 전에 지금 당장 위엄 있게 참호로 들어가게…" 그는 카울리를 시켜 캐나다인 선임상사에게 가서 공습 경보 해제 사이렌이 울릴 때까지 병사들을 대피소로 다시 피신시키라고 전하라고 소리쳤다.

맥켄지 대위는 우울한 표정으로 탁자에 앉았다.

"빌어먹을" 그는 말했다. "내가 이 조그만 포탄 파편 따위를 무서워한다고 생각진 마시오. 난 전선에서 14개월과 9개월씩 두 번이나 있었으니 말이오. 그 썩어빠진 참모를 혼쭐냈어야 했는데. 빌어먹을. 진짜 역겨운 소동이었지… 왜 역겨운 여자들과 특권이라도 있는 놈들은 그렇게 비명을 질러대는지 모르겠소. 맹세코, 언젠가 그런 것들을 혼내 줄 거요…"

"자넨 왜 비명을 지르지 않나?" 티전스가 물었다. "자네도 비명 질러도 되네. 그렇다고 여기 있는 사람들이 자네의 용기를 의심하지는 않을 테니 말이야."

비가 요란하게 임시 막사 주변에 떨어지기 시작했다. 1미터 정도 떨어진 곳에서 '쿵' 하는 익숙한 소리가 났다. 허공을 찢는 소리가 위에서 들려오더니, 그들 사이에 놓인 탁자 위에서 '딱' 하는 소리가 났다. 맥켄지는 떨어진 유탄을 집어 엄지와 검지로 돌리며 만지작거렸다.

"그쪽은 방금 전 내 진짜 모습을 졸지에 보게 될 거라고 생각했을 서요." 그는 모욕적인 어조로 말을 이었다. "진짜 영악하군요."

두 층 위에서 누군가가 90킬로그램 정도의 무게가 나가는 역기를 거실 카펫에 떨어뜨린 것 같은 소리가 났다. 막사의 모든 창문이 그 충격을 이겨내려는 듯, 쾅하고 급히 닫혔다. '피웅' 하는 유탄

소리가 바람을 타고 온 하늘에 울려 퍼졌다. 그러더니 고통스러운 정적이 갑자기 찾아왔다. 론다 출신의 전령이 두 개의 두툼한 초를 들고 가벼운 발걸음으로 들어왔다. 그는 티전스에게서 갓이 달린 램프를 건네받고는, 코를 씨근거리면서 램프 안쪽에 난 스프링에 초를 눌러 꽂았다…

"하마터면 촛대에 맞을 뻔했습니다." 그가 말했다. "떨어질 때 제 발에 거의 닿았거든요. 전 그냥 달렸습니다. 진짜 열나게 달렸습니다. 대위님."

포탄 파편 안에는 납작하고 널찍한 탄두가 달린 쇠막대가 있는데, 포탄이 공중에서 터지면 이 쇳덩어리가 땅에 떨어지게 된다. 이 쇳덩어리는 종종 아주 높은 곳에서 떨어지는 데다, 떨어질 때 몹시 위험하고 또 촛대와 많이 닮았다 해서 병사들은 이 쇳덩어리를 촛대라고 불렀던 것이다.

암갈색의 담요가 덮인 탁자 위에 작은 원 모양으로 불빛이 비추었다. 희끗희끗한 머리에 상기된 얼굴을 한, 큰 몸집의 티전스와 튀어나온 턱 위로 복수심에 가득 찬 눈을 한, 몹시 야윈 30대쯤으로 보이는, 어두운 표정의 맥켄지의 모습이 보였다.

"원하면 식민지 병사들과 같이 대피소로 가게나." 티전스가 전령에게 말했다. 머리 회전이 느린 이 전령은 잠시 말을 멈추더니 동료 09모건을 기다리겠다고 대답했다.

"우리 중대 사무실에 철모를 비치해야 하네." 티전스가 맥켄지에게 말했다. "이 친구들이 내 밑에서 다시 일하게 될 때 이 친구들이 쓸 철모를 반드시 준비해 놓아야 하네. 그리고 중대 사무실에 철모가 필요하면, 그 지급품 배급을 인가받기 위해 내가 캐나다 총사령부나 올더숏16에 편지를 써야 한다는 것도 꼭 말해주게."

"총사령부는 독일군 편에 서서 일하는 독일군들로 차 있소." 맥켄지가 증오에 찬 어조로 말했다. "나도 언젠가 그들 패거리에 들어갈 거요."

티전스는 얼굴에 렘브란트 그림에 나오는 어두운 그림자17가 드리워진 젊은 장교를 응시했다. 그는 말했다.

"그 허튼소리를 진짜 믿는 건가?"

젊은 장교가 말했다.

"아니오… 나도 내가 진짜 믿고 있는지 아닌지 모르겠소… 어떻게 생각해야 할지 나도 모르겠단 말이오. 이 세상은 썩어서…"

"그래, 세상은 진짜 썩었지." 티전스가 대답했다. 이삼 일마다 천 명의 병사에게 가재도구를 제공하고, 온갖 종류의 무기를 소지한 다양한 병사들을 훈련시키고 또 열병식 조정을 하고, 캐나다인이라면 무조건 싫어하는 그 짐승 같은 헌병대로부터 병사들을 지키려고 부헌병대장과 싸워야 하는 등, 수없이 많은 일에 신경 쓰느라 정신적으로 피곤한 가운데서, 그는 이 중 하류층 출신의 젊은 군인을 치료해야 할 이유를 어렴풋이 알게 되었다.

그는 다시 말했다.

---

16 Aldershot: 잉글랜드 햄프셔주(Hampshire), 런던 남서쪽의 도시로 육군 훈련 기지가 있다.
17 Rembrandt shadows: 렘브란트는 17세기 네덜란드의 화가로, '빛과 어둠의 화가'라는 별칭을 얻을 정도로 색채 및 명암의 대조를 강조했다. 따라서 그의 그림은 빛과 어둠이 극명하게 대조를 이루는 특징을 갖고 있다.

"그래, 이 세상은 진짜 썩었어. 하지만 우리와 관련된 특별한 계통만 썩은 게 아니네… 우리는 혼란에 빠져 있어. 우리 사령부에 독일군이 있어서가 아니라 영국인이 있어서네. 우리는 지금 실성했어… 그 독일군 비행기는 아마 다시 올 걸세. 그중 6대가…"

젊은 장교는 마음속에 담아둔 반미치광이 소리를 맘껏 쏟아내니 마음이 편해진 듯, 독일군 비행기가 돌아올 거란 사실을 우울해하면서도 대수롭지 않게 생각하게 되었다. 그의 진짜 문제는 비행기가 다시 올 때 나는 그 소리를 과연 자신이 견디어 낼 수 있을까 하는 것이었다. 이곳은 사실상 열린 공간이기 때문에 부서진 돌조각이 사방으로 날아다니는 일은 없을 것이다. 자신은 언제라도 쇠나 강철, 납, 동, 황동 포탄 껍데기 등에 맞을 준비가 되어 있다. 하지만 건물 정면에서 떨어져 나간 그 빌어먹을 놈의 돌 파편에 맞을 준비는 되어있지 않다. 그 추잡스러운 소동이 벌어진 런던에서의 그 지긋지긋하고 지옥 같았던 휴가 동안 그는 그런 생각이 들었다. 이혼 휴가… 제9글라모건셔 부대 소속 맥켄지 대위는 11월 14일부터 11월 29일까지 이혼할 목적으로 휴가를 받았다… 그때의 기억이 그 빌어먹을 거대한 양철 그릇이 부딪칠 때 나는 소음과 함께 그의 머릿속에서 떠올랐다. 그때의 기억은 총알이 양철 그릇에 부딪칠 때 나는 소리가 들려올 때마다 늘 떠올랐다. 두 가지 소음이 동시에 들려왔다. 그의 마음속에서 나는 소리와 밖에서 나는 양철 부딪치는 소리가. 그는 굴뚝의 통풍관이 자기 머리 위로 떨어지는 것 같은 기분이 들었다. 우리는 우리 자신을 보호하기 위해 지독한 멍청이들에게 소리를 지른다. 주위에서 나는 소리보다 더 크게 소리치면 우리는 안전하다고 느끼기 때문이다… 이건 말도 안 되는 일이지만 그래도 그렇게 하면 마음은 편하다…

"정보 면에서 그들은 우리와 비교가 안 되네." 티전스는 조심스럽게 이야기를 꺼내며 결론 내렸다. "우리는 적들의 지도자들이 아침 식사로 먹은 베이컨과 달걀이 담긴 접시 옆에 놓여 있는 봉인된 봉투에 어떤 내용이 적혀 있는지 알고 있네."

티전스는 하류층 출신의 군인들의 심리 상태가 안정되도록 신경 쓰는 것도 군인의 의무라는 사실을 떠올렸다. 따라서 그는 젊은 대위가 정신 줄을 놓지 않게 하려고 이 오래된 진부한 이야기를 진저리 날 정도로 했던 것이다. 맥켄지 대위는 국왕의 장교로 그의 육신과 영혼은 국왕을 받드는 육군성의 재산이다. 국왕의 재산의 가치가 하락하지 않도록 하는 것이 자신의 의무이듯이, 이 대위가 제정신을 유지하도록 하는 것도 자신의 의무였다. 그것은 국왕에 대한 충성 맹세에 암묵적으로 포함되어 있는 것이다. 티전스는 계속 말을 이었다.

"하나의 조직체로서 군대가 지닌 저주는 게임이 그 게임을 수행하는 사람보다 더 중요하다는 그 바보 같은 국가의 믿음이네. 우리는 왕국의 국민으로서 정신적으로 파멸되어 왔네. 크리켓 경기를 할 때는 맑은 정신 상태가 무엇보다도 중요하다고 우리는 배웠네. 그래서 그 빌어먹을 병참장교, 그러니까 우리 막사 옆에 있는 군수품 보급소의 책임을 맡고 있는 장교는 군인들에게 철모를 나누어주지 않으면, 자신이 타자 하나를 아웃시킨 셈이라고 생각하는 것 같네. 그게 바로 게임이네!" 그리고 티전스는 자기 부하 중 한 사람이라도 죽으면, 병참장교는 이빨을 드러내놓고 웃으며 게임이 게임을 하는 사람들보다 더 중요하다고 말할 것이라고 했다… 볼링 에버리지[18]를 충분히 낮추면 자신은 당연히 진급하게 될 거라고 병참장교는 생각할 것이라고도 했다. 서쪽 지역의 대성당이 있는 도시에 근무하던 병참장교는 바다에서부터 빼혼느[19] 혹은 프랑스의 전선이 끝나는 지점 사이에서 전쟁 중이던 그 어떤 군인보다도 무공훈장과 전쟁 메달을 많이 받았는데, 그가 세운 공로는 웨스턴 커맨드[20]에 소속된 불쌍한 병사들 상당수가 몇 주간 받아야 할 별거 수당을 약탈한 것이라고 했다… 물론 납세자들을 위해서 말이다. 이 때문에 그 불쌍한 병사들의 아이들은 제대로 된 음식도 못 먹고, 제대로 된 옷도 못 입고 살 수 밖에 없어서 병사들은 격분했는데 이보다 더 군인들의 군기에 악영향을 끼치는 것은 없을 거라고 했다. 하지만 병참장교는 자신의 사무실에 앉아 밝은 가스 불빛에 누런 종이가 빛을 발할 때까지 공군 기지를 두고 낭만적인 게임을 하고 있다고 했다. 영국 돈으로 25만 파운드 때문에 불쌍한 전투요원을 이 게임에서 아웃시킨 공로로 그는 4번째 무공훈장을 받을 것이라고 했다… 간단히 말해 게임이 게임을 수행하는 사람들보다 더 중요하다고 말했다.

"빌어먹을!" 맥켄지 대위가 말했다. "그것 때문에 우리가 현재 이

---

[18] bowling average: 크리켓 볼러에 의해 들어간 위켓의 수 볼러가 딴 득점을 나누어 얻는 점수.
[19] Peronne: 프랑스에 있는 솜므주(Somme)의 코뮌(commune)이다.
[20] Western Command: 커맨드는 일종의 예하 부대로 웨스턴 커맨드는 1905년에 영국에 설립되었다.

꼴이 된 거요. 그렇지 않소?"

"그렇다네." 티전스가 대답했다. "그것 때문에 우린 이 지경이 되었고, 여기서 나가지도 못하고 있는 거네."

맥켄지 대위는 자신의 손가락을 내려다보며 힘없이 앉아 있었다.

"그쪽 말이 틀릴 수도, 맞을 수도 있을 거요." 그가 말했다. "내가 그쪽에 대해 들은 것과는 모든 게 정반대군요. 하지만 무슨 말을 하는지는 알겠소."

"전쟁이 시작될 무렵에" 티전스가 말했다. "난 육군성에 갈 일이 있었네. 방에서 어떤 자를 보았지… 그자가 무엇을 하고 있었다고 생각하나? … 그자가 도대체 무엇을 하고 있었다고 생각해? 그자는 키치너 대대의 해산식을 어떻게 할지 구상 중이었네. 최소한 우린 한 가지 문제에 있어선 철두철미하게 대비를 했네… 그 쇼의 마지막은 이렇게 하기로 했다네. 부대장들이 대대원들을 쉬어 자세로 있게 한 다음, 군악대가 '희망과 영광의 땅'[21]을 연주하는 거야. 그러면 부관들은 '더 이상의 퍼레이드는 없다'라고 말하기로 한 거지… 이게 얼마나 상징적인 의미를 지녔는지 이해하겠나? 군악대는 '희망과 영광의 땅'을 연주하고, 부대장은 '더 이상의 퍼레이드는 없다'라고 말하는 게? … 왜냐하면 더 이상은, 진짜 더 이상은, 희망도, 영광도, 너와 나를 위한 퍼레이드도, 국가를 위한 퍼레이드도, 온 세계를 위한 퍼레이드도 더 이상은 없을 것이기 때문이네. 아마도.

---

[21] Land of Hope and Glory: 영국인들의 애국심을 불러일으키기 위해 만든 영국의 작곡가 엘가(Elgar)의 곡.

더…이상의… 퍼레이드는… 없을 거네."

"아마도 그 말이 맞을 거요." 젊은 장교가 천천히 말했다. "하지만 이 쇼에서 난 지금 무엇을 하고 있는 거요? 난 군인 역이 싫소. 이 빌어먹을 일이 모두 싫단 말이오…"

"그렇다면 왜 겉이 번지르르한 참모 일을 택하지 않았나?" 티전스가 물었다. "겉만 번지르르한 참모진들이 자네를 원했는데도 말이야. 자넨 힘든 행군이나 하는 부서가 아니라 정보 계통의 일을 하는 게 맞는다고 생각하네."

젊은 장교가 피곤한 듯 말했다.

"그건 나도 모르겠소. 원래 난 대대에 있었소. 그리고 대대에 남고 싶었소. 난 원래 외무를 담당하는 부서에 근무하기로 되어 있었지만 야비한 우리 삼촌이 거기서 날 쫓겨나게 했소. 난 대대에 있었지만 지휘관 일은 그리 어렵지 않았소. 누군가는 대대에 남아야 했었고 난 편한 일만 맡으려는 그런 비열한 짓은 하지 않을 작정이었소…"

"7개 국어를 할 수 있다지?" 티전스가 물었다.

"5개 국어요." 젊은 장교가 말했다. "읽기만 할 수 있는 건 2개 국어고. 물론 라틴어와 그리스어를 말하는 거요."

열병식을 할 때처럼 오만한 걸음으로 뻣뻣한 자세를 유지한 채 갈색 피부의 사내가 불빛이 비치는 곳으로 갑자기 들어왔다. 그는 높은 톤으로 무덤덤하게 말했다.

"여기 빌어먹을 놈의 또 다른 사상자가 생겼습니다." 어둠 속에서 보니 그는 자신의 얼굴 반쪽과 오른쪽 가슴을 축면사(縮緬紗)로 감싼 것처럼 보였다. 그는 높은 톤으로 요란스럽게 웃었다. 그리곤 어색하게 인사할 때처럼 빳빳한 자세로 넓적다리를 굽히더니 그 자세로 화로에 덮인 철판 위로 쓰러졌다. 그의 몸은 굴러, 화로 옆에 웅크리고 앉아 있던 다른 전령의 다리 위에 등을 대고 쓰러졌다. 밝은 빛에서 보니 붉은 페인트가 담긴 통이 그의 얼굴 왼쪽과 가슴에 쏟아진 것처럼 보였다. 그 붉은 얼굴은 불빛을 받아 빛을 내며 움직였다. 론다에서 온 전령은 무릎 부분이 눌려 꼼짝달싹 못 한 채 턱을 늘어뜨리고 앉아 있었다. 그 모습은 자기 앞에 가로누운 어떤 여자의 머리를 빗겨주고 있는 여자의 모습 같았다. 붉은색의 끈적끈적한 물질이 솟아나와 바닥에 흘렀다. 모래에서 담수가 솟아오르는 것을 본 적이 있었다. 인간의 몸에서 그처럼 많은 피가 나올 수 있다는 사실에 티전스는 몹시 놀랐다. 그는 이 젊은 대위가 자신의 삼촌이 그의 친구라고 주장하는 것은 이 젊은 대위의 기이한 강박관념 때문이라고 생각했다. 그에겐 장사를 하는 친구도, 마음에 들면 사라는 조건으로 신발을 가져다주는 그런 삼촌 같은 사람도 없었으니 말이다… 티전스는 심하게 다친 말을 임시변통으로 치료했을 당시의 느낌이 들었다. 상처 난 말의 가슴에서 피가 넘쳐흘러 말의 앞다리가 마치 양말을 신은 것처럼 색깔이 변한 일이 기억났다. 그때 어떤 여자가 말의 상처 부위를 동여매라고 자신의 페티코트를 빌려주었다. 티전스는 바닥 위를 천천히 힘겹게 걸어갔다.

    화로에서 뿜어져 나오는 열기로 숙이고 있던 그의 얼굴은 고통스러웠다. 피가 몹시 끈적거려 손 전체에 피가 묻지 않기를 바랐다. 그러면 손가락이 달라붙어 힘을 쓸 수가 없기 때문이었다. 지금 자신이 손으로 받치고 있는 이 병사의 등 쪽에는 피가 흐르지 않을지도 모른다. 하지만 그곳도 그랬다. 피로 흠뻑 젖어 있었다.

카울리 선임상사의 목소리가 밖에서 들려왔다.

"나팔수, 의무병 두 명과 병사 넷을 불러오게. 의무병 두 명 하고 병사 네 명 말이야." 간간히 멈추기도 했지만, 길게 울부짖는 소리가 한스럽게, 체념하듯, 밤하늘로 퍼져나가다, 다시 길게 이어졌다.

티전스는 누군가가 와서 자기 대신 이 일을 해주었으면 좋겠다는 생각이 들었다. 불에서 뿜어져 나오는 열기로 얼굴이 화끈거리는 상태에서 시체를 붙들고 있는 것은 정말 숨이 막히는 일이었기 때문이다. 그는 다른 전령에게 말했다.

"빌어먹을, 밑에서 나와! 다친 거야?" 건너편에 있던 맥켄지는 화로 때문에 시신에 가까이 다가갈 수 없었다. 시체 아래 깔려 있던 전령은 마치 소파에 깔린 다리를 빼내듯, 조금씩 발을 끌면서 앉는 자세를 취했다. 그러곤 이렇게 말했다. "불쌍한 09모건! 이 불쌍한 친구를 첨에 몰라봤습니다. 이 불쌍한 친구를 몰라봤다니까요."

티전스는 시신을 서서히 바닥에 뉘였다. 그는 산 사람보다도 더 조심스럽게 시신을 다루었다. 소음의 형태로 지옥이 이 지상에 도래한 것 같았다. 티전스는 땅이 흔들리는 사이사이에 생각에 잠겼다. 맥켄지가 자기 삼촌을 모든 사람이 안다고 생각하는 게 참으로 황당하다고 느껴졌다. 반전주의자인 자신의 여인의 얼굴도 아주 생생하게 보였다. 현재 자신이 하고 있는 일을 알게 되면 그녀가 어떤 표정을 지을지 걱정스러웠다. 혐오스러운 표정을 지을까? … 그는 군복의 웃옷 덮개부분에서 끈적끈적한 손을 뺀 채, 서 있었다. 아마도 혐오스러운 표정을 짓겠지! 이런 소동이 벌어지는 상태에서 무슨 생각을 하기란 불가능했다. 두꺼운 신발 밑창이 끈적거려 바닥에 들러붙었지만 앞으로 나아갔다. 다음날 있을 주둔지 노역에 병사가 얼마나 필요한지 알아보기 위해 중대 사무실에 전령을 파견하지 않은 게 기억나 몹시 짜증스러웠다. 자신이 파견한 장교들에게 끊임없이 경고를 해야 했다. 그들 모두는 지금쯤 마을에 있는 매음굴에 있을 것이다… 그 여인이 어떤 표정을 지을지 상상이 가지 않았다. 다시는 그녀를 못 볼지도 모른다. 그러니 그게 뭐 중요하겠는가? … 아마도 혐오스러운 표정을 짓겠지! … 이런 소란 속에서 맥켄지가 어떻게 대처했는지 살펴보지 못했다는 사실을 깨달았다. 맥켄지를 보고 싶지 않았다. 참 따분한 사람이니 말이다… 그녀는 혐오스러운 표정을 지을까? 그녀가 혐오스러운 표정을 짓는 것을 본 적이 없다. 그녀의 얼굴은 진짜 평범했다. 아름다운… 오, 맙소사. 갑자기 창자가 뒤틀리는 것 같았다! 그 여인을 생각하니 말이다… 발아래 있는 시신이 이를 드러내며 웃는 것 같았다. 반밖에 안 남은 얼굴이 말이다! 코는 아직 남아 있었다. 입은 반만 있었고, 이빨은 불빛에 빛나고 있었다… 엉망이 된 얼굴에서도 뾰족한 코와 촘촘한 이빨의 윤곽이 분명하게 드러나는 게 놀랍다… 그 눈은 범포(帆布)로 만든 임시 막사의 지붕을 즐거운 듯 바라보고 있었다… 미소와 함께 사라지다.[22] 이 친구가 말을 하다니, 참 기묘한 일이다! 죽은 후에 말이다. 사실 이 친구가 말을 했을 당시 이미 죽어 있던 게 분명하다.

---

[22] 『바람과 함께 사라지다』(Gone with the wind)란 소설의 제목을 패러디한 문장이다.

그것은 그의 허파에서 자동적으로 새어나온 공기 소리였을 것이다. 죽은 사람에게 일어나는 반사적인 움직임이었을 것이다… 만일 그가 원하던 휴가를 주었다면 그는 지금 살아 있었을 것이다! 하지만 이 불쌍한 친구에게 휴가를 주지 않은 건 아주 잘한 일이다. 어쨌든 그에겐 지금 있는 곳이 더 나으니 말이다. 그건 자신도 마찬가지다. 집을 떠난 이후 단 한 통의 편지도 받지 못했다! 단 한 통의 편지도 말이다. 심지어 청구서조차 받아본 적 없었다. 고가구를 파는 사람의 광고 전단만 받아보았다. 그들은 결코 자신을 경시하지 않았다! 고국에 있는 사람들은 이미 감상적 단계를 넘어선 것 같다. 그건 분명하다… 그 여자를 생각하면 또다시 창자가 뒤틀릴까? 그것은 자신이 강렬한 느낌을 갖고 있다는 증거다… 의도적으로 그녀에 대해 생각했다. 아주 열심히. 하지만 아무 일도 일어나지 않았다. 생각할 때마다 심장을 가끔 두근거리게 하는, 아름답지만 특이하지 않고, 신선한 그녀의 얼굴에 대해 생각했다. 심장이 다시 두근거렸다. 참 말 잘 듣는 심장이다! 처음 핀 앵초 같았다. 아무 앵초가 아니다. 처음 핀 앵초 같았다. 사냥개가 덤불을 헤치고 나아가는 제방 아래서… '두 비스트 비 아이네 블루메'[23]라고 독일어로 말하는 것은 참 감상적이다! 그 친구는 유대인이었지… 자신의 젊은 여인을 하나의 꽃, 그냥 아무 꽃과 같다고 말하면 안 된다. 혼잣말이라도 말이다. 그건 감상적이니 말이다. 하지만 특별한 꽃과 같다고 말할 순 있을

---

[23] Du bist wie eine Blume: 독일어로는 '너는 한 송이 꽃과 같도다'라는 의미로 이는 독일의 작곡가 슈만의 노래 가사이다.

것이다. 남자는 그렇게 말할 수 있다. 그건 남자가 해야 할 일이다. 키스했을 때 그녀에게선 앵초 냄새가 났다. 하지만 빌어먹을, 자신은 그 여자에게 키스한 적이 없었다. 그러니 그녀에게 무슨 냄새가 날지 어떻게 알겠는가! 그녀는 작고 조용한 황금색 경주마였지만, 나는 … 거세된 남자와 다를 바 없다. 기질적으로 말이다. 저 아래에 누워 있는 죽은 친구도 육체적으로 그랬을 것이다. 죽은 사람을 놓고 성교불능자라고 말하는 것은 점잖지 못하지만 그럴 가능성은 아주 높다. 그래서 그 친구의 마누라가 카스텔 고흐 출신의 레드 에반스 윌리엄스라는 프로 권투선수에게 빠졌을 것이다. 저 친구에게 휴가를 주었다면 프로 권투선수가 저 친구를 박살내버렸을 것이다. 바로 그 프로 권투선수 때문에 폰타르딜라이스의 경찰이 저 친구가 집에 오지 못하게 해달라고 요청했으니 말이다. 저 친구는 차라리 죽는 게 낫다. 물론 안 그럴 수도 있다. 하지만 자기 마누라가 갈보이고, 또 얼간이 같은 놈에게 속았다는 사실을 아는 게 죽는 것보다는 나을까? 연대 배지엔 이렇게 쓰여 있다. "그웰 아나 나 그윌"[24], 즉 "불명예보다는 죽음이 낫다"라고 말이다… 하지만 아니다. 그건 죽음이란 뜻이 아니다. '아나'란 말은 '고통'이란 뜻이다. 고통 말이야! 고통이 불명예보다는 낫다. 하지만 빌어먹을! 이 친구는 둘 다 겪었다. 고통과 불명예를 말이다. 자기 마누라로부터는 불명예를 겪었고 프로 권투선수가 때렸으면 고통을 겪었을 것이다. 그래서 반만

---

[24] Gwell angau na gwillth: (웨일즈어) '죽는 것이 불명예스러운 것보다는 낫다'는 의미다.

남은 저 친구의 얼굴이 지붕을 바라보며 웃고 있는 것이다. 피투성이가 된 얼굴 부분은 갈색으로 변했다. 벌써 그렇게 되었다! 반쪽만 남은 얼굴이 파라오의 미라처럼 생겼다… 저 친구는 애당초 사상자가 될 팔자였다. 포탄에 맞아 죽든 프로 권투선수의 주먹에 맞아 죽든 말이다… 폰타르딜라이스! 웨일즈 중부지역 어딘가에 있는 곳이다. 업무 차 차를 타고 그곳을 한 번 간 적이 있었다. 집들이 길게 늘어선 아주 재미없는 마을이었다. 그런데도 그런 곳에 돌아가고 싶어 하는 사람이 있을까? …

부드러운 목소리로 집사처럼 이야기하는 소리가 옆에서 들렸다. "이건 장교님이 하실 일이 아닙니다. 이런 일을 하게 하셔서 죄송합니다… 장교님이 당하시지 않아 다행입니다… 이것 때문에 그렇게 된 것 같습니다."

촛대처럼 묵직한 금속조각을 들고 카울리 선임상사가 그의 옆에 서 있었다. 얼마 전 화로 위로 몸을 수그리고 있던 맥켄지 대위가 철판을 제자리로 갖다 놓는 것을 보았다. 맥켄지 대위는 참 용의주도했다. 독일군이 화로에서 새어나오는 불빛을 보지 못하게 하기 위해 그랬던 것이다. 철판 끝부분이 죽은 전령의 웃옷에 떨어져 그의 어깨 부분에 상처가 났다. 어두워서 얼굴은 보이지 않았다. 문간에 있는 몇몇 병사의 얼굴이 보였다.

티전스가 말했다. "아니네. 그것 때문이 아니야. 뭔가 더 큰 것… 그러니까 프로 권투선수의 주먹 같은 것이…"

카울리 선임상사가 말했다.

"아닙니다. 프로 권투선수의 주먹으로 그렇게 될 수는 없습니다…" 그러더니 이렇게 덧붙였다. "아! 장교님 말씀이 무슨 뜻인지 알겠습니다… 09모건의 아내에 대해 말씀하시는 것이군요…"

끈적거리는 발로 티전스는 선임상사가 있는 탁자로 갔다. 다른 전령이 물이 담긴 양철 대야를 탁자 위에 올려놓았다. 불이 갓 켜진 초도 놓여있었다. 대야의 흰 바닥 위로 반달 모양의 반투명한 물질이 넘실거렸다. 폰타르딜라이스에서 온 전령이 말했다.

"우선 손부터 씻으십시오!"

그가 말했다.

"조금만 옆으로 움직이십쇼. 대위님." 그의 검은 손에는 헝겊 조각이 들려있었다. 티전스는 탁자 아래로 가느다랗게 흐르는 피를 피해 옆으로 움직였다. 전령은 무릎을 꿇고 앉아, 티전스의 구두 대 다리를 헝겊조각으로 닦았다. 티전스가 손을 물에 넣자, 옅은 진홍색이 안개처럼 창백한 반달[25] 위로 퍼졌다. 앉아 있던 병사는 코를 쿵쿵거리며 힘겹게 숨을 내쉬었다. 티전스가 말했다.

"토머스, 09모건은 자네 친구였지?"

검고 주름진, 원숭이처럼 생긴 얼굴을 한 그가 올려다보았다.

"제 오래된 좋은 친구였죠…" 그가 말했다. "피로 범벅된 신발을 신고 식당에 가고 싶지는 않으시죠?"

"그 친구에게 휴가를 주었다면 지금 죽지는 않았을 텐데." 티전스가 말했다.

"분명히 죽진 않았겠죠." 07토머스가 대답했다. "하지만 마찬가

---

[25] 여기서 반달은 반달 모양의 물이 담긴 세숫대야를 지칭한다.

지일 겁니다. 카스텔 고흐의 에반스가 분명히 그 친구를 죽였을 테니까요."

"그럼 자네도 그 친구 부인에 대해 알고 있었군!" 티젼스가 말했다.

"우리도 그것 때문이라고 생각했습니다." 07토머스가 대답했다. "안 그랬다면 대위님이 그 친구에게 휴가를 주셨을 거라 생각했습니다. 대위님은 진짜 좋으신 분이십니다."

사람이 어떻게 사는지는 결국 다 알려지게 되어 있다는 생각이 갑작스럽게 들었다.

그는 말했다. "자네들이 모르는 게 도대체 뭐 있나!" 티젼스는 생각했다. "누구에게 뭐라도 잘못되면, 이틀 안에 모든 부대원이 알게 되겠군. 실비아가 여기 없어서 다행이야!"

전령은 일어나서 선임상사의 테두리가 붉은 흰 수건을 가져왔다.

"우리 모두 대위님이 아주 훌륭하신 분이란 걸 알고 있습니다. 맥켄지 대위님도 아주 훌륭하시고요. 프렌티스 대위님과 메티르의 존스 중위님도요."

티젼스가 말했다.

"이제 됐네. 선임상사에게 가서 자네 친구와 병원까지 동행하게 외출증을 주라고 했다고 전하게. 그리고 사람 좀 불러 바닥 좀 닦게 하게."

병사 둘이 09모건의 시신을 그라운드시트[26]로 감싸 옮겼다. 그들

---

[26] ground sheet: 텐트 안 바닥에 까는 방수포.

은 임시 막사에서 가져온 의자에 그를 앉혀 데리고 나갔다. 그의 어깨 위로 올려진 팔이 흔들려 마치 익살스럽게 작별인사를 하는 것처럼 보였다. 자전거 바퀴가 달린 앰뷸런스용 들것이 밖에 있을 것이다.

2

 곧이어 "경보해제" 사이렌이 울렸다. 갑작스럽게 울려 사람들을 놀라게 했다. 깜짝 놀랄 소동이 벌어진 이후 다시 고요해진 이 밤에, 길게 울리다 한스러운 듯이 사라지는 그 소리는 슬픔을 자아내면서도 기분 좋은 소리였다. 달은 이제 하늘로 올라가야겠다는 생각이라도 한 듯, 익살맞고도 기괴한 모습으로, 오두막이 있는 언덕 뒤편에서 솟아올라 티전스의 임시 막사에 감상적인 빛을 비추어 막사들은 꿈결에 잠긴 전원적인 장소로 탈바꿈했다. 모든 소리가 이 적막함을 한층 두드러지게 했다. 셀룰로이드 창문으로 작고 희미한 불빛이 새어나왔다. A중대의 카울리 선임상사의 계급장은 달빛을 받아 금빛으로 빛났고, 허파에서 코크스 연기를 잠시 빼내고 있었던 티전스는 달빛과 살을 에는 듯한 서리에게 경의를 표하듯 조용히 물었다.
 "병사들은 도대체 어디 있나?"
 선임상사는 시적인 분위기에 젖어 저 아래쪽으로 띠처럼 이어진 회반죽을 바른 돌을 내려다보았다. 언덕 아래에서 큰불이 흐릿하게 보였다.
 "저기 저 아래에서 독일군 비행기가 불타고 있습니다. 27중대 연병장 말입니다. 병사들은 저 근방에 있습니다." 그가 말했다. 이 말에 티전스는 이렇게 말했다.

"큰일이군!" 그러곤 빈정거리면서도 눈감아 주겠다는 어조로 티전스가 말했다. "저 바보 같은 친구들을 7주 동안 교육도 시키고, 규율도 주입시켰다고 생각했는데 말이야… 우리가 처음 병사들을 열병식 대형으로 세웠을 때, 어떤 일병이 대열에서 벗어나, 갈매기에다 돌을 던진 일 기억나나? 그때 그 친구가 자네보고 '헝키'[27]라고 불렀지. 군 규율과 질서에 어긋나는 행동이었어. 캐나다인 선임상사는 지금 어디 있나? 병사들을 담당하는 장교는 또 어디 있고?"

카울리 선임상사가 말했다.

"르도 선임상사 말이, 자신들이 건너온 강으로 가축들이 놀라서 다시 우르르 도망치는 것 같다고 했습니다. 대위님도 막을 순 없었을 겁니다. 저 친구들이 격추시킨 최초의 독일군 비행기니까요… 게다가 저 친구들은 오늘 밤 전선(前線)으로 갈 겁니다."

"오늘 밤이라고!" 티전스가 소리쳤다. "다음 크리스마스 때겠지!" 선임상사가 말했다.

"불쌍한 친구들 같으니라고!" 이렇게 말하곤 그는 먼 곳을 계속 응시했다. "제가 재미있는 이야기를 하나 들었습니다." 그는 말을 이었다. "이등병에게 왕이 경례를 했는데도, 이등병은 아는 체도 하지 않을 때가 있답니다. 그 답은 바로 이등병이 죽있을 때라는 거죠… 그리고 하나 더 하죠. 중대원들을 벌판을 지나 관문으로 진입

---

[27] 원어는 Hunkey로 동유럽 출신의 노무자를 칭하는 말이다.

53

시켰는데, 거기서 다시 나오게 하려는데 그들이 교범에 나오는 방향 바꾸는 구령을 모른다면 어떻게 하시겠습니까? … 그러니까 중대원들을 다시 나오게 해야 하는데, '뒤로 돌아'. '우향우', '좌향좌' 같은 말을 사용할 수 없는 경우 말입니다… 경례에 관한 재미있는 이야기가 하나 더 있습니다… 신병들을 책임질 장교는 호치키스 소위인데요… 육군 병참단[28] 소속의 그 장교님은 나이가 60이 넘었습니다. 민간인이었을 때 수의사였다고 하더군요. 육군 병참단 소령님이 아주 정중하게 저에게 물으시더군요. 대위님이 다른 사람을 대신 파견할 수 있는가 하고요. 그러시더니 히치콕, 아니 호치키스 소위가 역까지 걸어갈 수나 있는지, 더더군다나 병사들을 거기까지 행군시킬 수나 있는지 의심스럽다고 하셨습니다. 구령을 안다 해도 기병대 구령밖에는 모를 거라고 하시면서요. 군대에 온지 이제 2주밖에 안 되었으니 말입니다."

티전스는 목가적인 광경에서 시선을 거두고는 이렇게 말했다.

"캐나다인 선임상사와 호치키스 소위는 병사들을 돌아오게 하기 위해 최선을 다할 거라고 생각하네."

티전스는 임시 막사로 다시 들어갔다.

놀랄 정도로 밝은 허리케인 램프[29] 아래서 맥켄지 대위는 탁자 위에 펼쳐진 꾸불꾸불 말린 수많은 서류를 보고는 낙담하고 있었다.

---

[28] A.S.C.로 표기되었는데 정식 명칭은 Army Service Corps이다.
[29] Hurricane lamp: 바람이 불어도 불꽃이 꺼지지 않게 유리 갓을 두른 램프

"그 빌어먹을 사령부에서 이제 막 도착한 쓰레기 같은 서류들이오." 티전스가 쾌활하게 말했다.

"그게 다 뭔가?" 맥켄지가 대답했다. "수비대 사령부에서 온 명령서와 사단에서 온 명령서, 통신선에 관한 명령서, 수비대 사령부에서 파견한 제1사단이 수행한 끔찍한 포격에 관한 것과 신병들이 해즈브룩[30]에 그저께 도착하지 않았다는 편지들이오." 티전스가 말했다.

"캐나다 철도원들의 정원 400명이 다 채워지기 전에는 보충병을 보내지 말라는 명령을 받았다고 정중하게 답장하게. 모피가 달린 후드를 입은 그 친구들이 바로 철도원들이네. 오늘 오후 5시에 에타플[31]에서 여기로 왔지. 담요도 서류도 없이 말이야. 이 문제와 관련된 아무런 서류도 갖고 있지 않았네."

맥켄지는 담황색의 작은 메모 쪽지를 점점 더 어두운 표정으로 살펴보고 있었다.

"이건 그쪽에 보낸 사적인 편지 같소." 맥켄지가 말했다. "그렇지 않다면 이게 뭔지 도무지 이해가 되지 않소. 그런데 '사적'이라고 적혀 있지는 않고."

그는 담황색 쪽지를 탁자 위로 던져주었다.

티전스는 소고기 통조림 상자에 철퍼덕 앉았다. 그는 우선 담황색 쪽지에 적힌 E.C. Genl이라는 서명의 앞 글자를 읽은 다음 편지를 읽어 내려갔다. "제발 지네 처가 내게 접근하지 못하게 해주게.

---

[30] Hazebrouck: 프랑드르 지방에 있는 작은 마을.
[31] Etaples: 북프랑스에 있는 코뮌(Commune).

나는 내 사령부에 치마 입은 사람을 들락거리게 하고 싶지 않아. 내가 지휘해야 할 모든 예하부대를 합친 것보다도 자네가 더 골칫거리야."

티전스는 신음소리를 내며 소고기 통조림 상자에 더 깊이 앉았다. 눈에 띄지 않던 야생 동물이 뻗어 나온 나뭇가지에서 예기치 않게 자신의 목에 달려들은 기분이었다. 그의 옆에 있던 선임상사는 놀라 우리만큼 집사 같은 태도로 말했다.

"신병 훈련소 중대 사무실에서 온 모건 군기호위 하사관과 트렌취 일병이 신병들의 서류 작업을 도와주러 왔습니다. 대위님과 다른 장교님들께서는 식사 좀 하러 가시는 게 어떨는지요? 대령님과 신부님은 방금 식사하러 가셨습니다. 그리고 제가 취사 당번병에게 대위님이 드실 음식을 데워 두라고 했습니다. 모건과 트렌취 둘 다 서류 작업을 잘 합니다. 대위님이 서명하시게 병사용 수첩을 식당으로 보내드릴 수도 있습니다."

선임상사가 여자들이나 하는 걱정을 하자 티전스는 몹시 화가 났다. 그는 선임상사에게 보충병들이 이동하기 전까지는 절대로 막사를 떠나지 않을 거라고 했다. 그러면서 맥켄지 대위에게는 원하는 대로 하라고 했다. 선임상사는 맥켄지 대위에게 티전스 대위가 첼시에서 신병 근위대를 보내는 콜드스트림 부대의 부관처럼 분견대에 대해 몹시 신경 쓴다고 했다. 맥켄지 대위는 그 때문에 캠프에 있는 그 누구보다도 티전스가 선발대를 4일 빨리 파견할 수 있었다고 말했다. 그는 마지못해 거기까지만 이야기한 뒤 고개를 숙여 다시 서류를 읽기 시작했다. 임시 막사가 티전스의 눈앞에서 위 아래로 천천히 움직였다. 배를 걷어차인 느낌이었다. 충격을 받을 때의 느낌이 들었다. 티전스는 스스로를 통제하여야 한다고 중얼거렸다. 티전스는 커다란 손으로 담황색 종잇조각을 잡고는 위에서부터 아래로 굵게 글씨를 써 내려갔다.

에이
비
비
에이
에이
비
비
에이 기타 등등

티전스는 맥켄지 대위에게 깔보듯 말했다.
"소네트[32]가 뭔지 아나? 소네트를 지을 압운(押韻)을 한번 줘 보게."
맥켄지가 투덜거렸다.
"물론 소네트가 뭔지 알고 있소. 근데 지금 뭐하자는 거요?"
티전스가 말했다.
"소네트에 짓는 데 이용할 14개의 압운을 정하게. 그럼 내가 압운에 맞추어 소네트를 써보겠네. 2분 30초 이내에 말이야."

---

[32] sonnet: 14행 1연으로 이루어진 서정시의 한 형식.

맥켄지가 깔보듯 말했다.

"그렇게 할 수 있다면, 난 그걸 3분, 아니 3분 이내에 라틴 헥사미터[33]로 바꾸겠소."

이들은 서로에게 모욕적으로 말할 작정인 것 같았다. 티전스에게 그것은 거대한 고양이가 무엇인가에 홀려서 막사 주위를 과시하듯 돌아다니는 느낌이었다. 그는 자신이 아내와 결별했다고 생각했었다. 몇 달 전에, 아니 아주 오래 전에, 집 건너편에 있는 조지 왕조 시대의 양식으로 만들어진 지붕의 굴뚝 구멍이 보이기 시작하는 새벽 4시에, 아내가 집을 떠난 이래로 아내에게서 아무런 소식도 들은 적 없었으니 말이다. 적막한 새벽녘에 아내가 "패딩턴으로."라고 운전기사에게 말하는 것을 아주 분명히 들었다. 그때 그레이즈인 법학원 근방에 있던 모든 참새가 일제히 깨어났다… 그런데 갑작스럽고도 섬뜩하게 "패딩턴으로."라고 말한 사람은 아내가 아니라 아내의 하녀일지도 모른다는 생각이 들었다… 자신은 행동 규칙을 아주 잘 지키는 사람이다. 또한 자신만의 규칙이 있다. '충격을 받은 당시에는 충격을 준 대상에 대해 절대 생각하지 않는다'는 규칙이었다. 그럴 땐 정신이 상당히 민감해지니 말이다. 충격을 준 주제는 여러 측면에서 고려해 봐야 한다. 지나치게 민감해진 상태에서 생각을 하면 과격한 결론을 내리는 법이니 말이야. 그는 맥켄지에게 소리쳤다.

"아직도 압운을 정하지 않았나? 빌어먹을!"

맥켄지가 화난 듯 투덜거렸다.

---

[33] hexameter: 한 행에 6개의 운각이 있는 시행을 지칭한다.

"아직 정하지 않았소. 소네트를 쓰는 것보다 압운을 정하는 게 더 어려운 거요… 죽음, 고역(苦役), 코일, 숨…" 이렇게 말하곤 그는 말을 멈추었다.

"히스, 토양, 노고, 비틀거리다." 티전스는 경멸하듯이 말했다. "그건 옥스퍼드 대학에 다니는 젊은 여자들이 쓰는 압운이군… 계속하게… 뭐요?"

몹시 나이가 든, 군인 같지 않게 생긴 장교가 담요가 덮인 탁자 옆에 서 있었다. 티전스는 쏘아붙이듯 그에게 말을 한 게 후회스러웠다. 기이하게도 얼마 많지 않은 그의 수염은 희었다. 그의 구레나룻도 분명 흴 것이다! 흰 구레나룻가 여러 번 바뀌었듯이 그도 수많은 군대 경험을 했을 것이다. 어떤 상관도, 심지어 육군원수조차도 그에게 구레나룻을 깎으라고 말할 용기는 없을 것이다. 그것은 그의 페이소스를 불러일으키는 수단이니 말이다. 이 유령 같은 장교는 자신이 보충병들을 제대로 통제하지 못한 것에 대해 사과했다. 그는 식민지 병사들은 규율을 따르고자 하는 본능이 없는지 상급자들이 지켜보아야 한다고 했다. 티전스는 이 장교의 오른팔 위에 우두 자국 대신 푸른 십자 자국이 있는 것을 보았다. 그는 캐나다 병사들이 이 영웅에게 말을 거는 모습을 상상해 보았다. 이 영웅은 R.A.S.C[34]의 콘월리스 소령에 관해 이야기하기 시작했다.

티선스는 뜬금없이 말했다.

---

[34] R.A.S.C: Royal Army Service Corps의 약자로, 영국 육군 수송대를 의미한다. 육지와 해안, 호수에서 수송을 담당하고 비행기 이착륙과 병영 관리를 담당하는 군 부서이다.

"아니! 콘월리스 소령이 A.S.C.[35]에 있습니까?"

이 영웅은 나지막한 소리로 항의하듯 아니라고 말했다.

"R.A.S.C.요"

티전스는 부드럽게 말했다.

"네, 네. 로열 아미 서비스 부대였죠."

지금까지 그는 아내가 한 "패딩턴으로."이란 말을 자신과 아내 사이의 분명한 작별인사로 받아들였다… 그는 에우리디케[36]처럼 키 크고, 연약하고 창백한 자신의 아내가 저승으로 사라져가는 모습을 상상해 보았다… 그러고는 '에우리디케 없이 어찌 살리오?'[37]라는 노래 가사를 흥얼거렸다. 말도 안 돼! 물론 그 말을 한 사람은 하녀일 수도 있어… 하녀의 목소리도 아주 맑았으니 말이야. 그러니 "패딩턴으로."란 불가사의한 말은 아무 상징도 아닐 수 있지. 그리고 아내는 연약하고 창백하기는커녕, 화이트홀에서 알라스카에 이르는 모든 군부대 사령관들의 반쯤은 철저히 망가뜨릴 수도 있는 여자야.

맥켄지는 마침내 생각해 낸 압운을 사무관처럼 다른 종이에 옮겨 적고 있었다. 그의 필체는 습자 책에 나오는 필체 같았다. 그는 입에

---

[35] A.S.C.: Army Service Corps의 약자로 '육군 병참단'을 의미한다.
[36] 그리스 신화에서 오르페우스는 독사에 물려 죽은 자신의 아내 에우리디케를 하계의 신 하데스를 설득하여 이승으로 데려갈 수 있도록 허락을 받는다. 그리고 이승에 도착하기 전까지는 뒤따라오는 아내를 쳐다보지 말라는 주문을 동시에 받는다. 하지만 오르페우스는 이승에 도착하기 직전 뒤따라오던 에우리디케를 쳐다보는 바람에 그녀는 다시 저승으로 사라지게 된다.
[37] 글룩(Gluck)의 오페라 <오르페오와 에우리디케>(Orfeo ed Euridice)에 나오는 노래 가사(Che faro senza Euridice).

펜을 넣고 혀로 핥았다. 이게 바로 오늘날 국왕 폐하의 정규 장교들의 모습이다. 맙소사! 아주 지적이고 거무스름한 얼굴의 이 친구 말이다. 어린 시절에는 굶주렸고 공립 학교에서 주는 장학금은 모조리 타는 그런 부류의 인간들 말이다. 하지만 그의 눈은 너무나 크고 검다. 말레이 사람처럼… 아니 피지배 국가의 사람처럼 그렇다.

육군 병참단에서 온 장교는 말에 대해 단정적으로 말했다. 그는 전선에 있는 군마들이 걸리는 치명적인 (말의) 유행성 감기 바이러스 변종을 연구하기 위해 군복무를 신청했다고 했다. 그는 어떤 수의과 대학의 교수였다고 한다. 그러자 티전스는 만일 그렇다면 A.V.C., 그러니까 수의병과 부대[38] 소속이 되어야 할 거라고 했다. 이 노 장교는 자신은 그런 건 모른다고 하면서, 영군 수송대가 군마 때문에 자신이 수송대에서 일하길 원한 것 같다고 했다.

티전스가 말했다.

"이제 선생이 무엇을 해야 하는지 말해 드리겠소. 히치콕 소위… 선생은 참 훌륭하시군요…" 그 나이에 수도원 같은 시골 대학에서 뛰쳐나오다니… 그는 말을 좋아하는 스포츠맨처럼 보이지 않았다.

늙은 소위가 말했다.

"히치콕이 아니라 호치키스요." 그러자 티전스가 큰 소리로 말했다.

"그래요, 호치키스 소위… 피그가 만든 말 도포제 보증서에 서명한 선생 이름을 본 적이 있소. 그런데 이 보충병들을 전선까지 데리

---

[38] 군대에 동물을 제공하고, 군대에 사용할 동물들을 훈련하고 돌보기도 하는 부대.

고 가고 싶지 않다면… 한번 해보는 것도 좋기는 하지만… 사실 그건 헤즈부룩, 아니, 바이엘로[39]까지 가는 주마간산(走馬看山)식 단체 관광여행 같으니, 한번 해보는 것도 좋기는 하지만… 하여튼 전선까지 데리고 가고 싶지 않다면, 선임상사가 선생 대신 병사들을 거기까지 인솔하여 갈 거요. 그러면 선생은 제1 전선 부대에 있게 되는 셈이고, 선생 친구들에겐 진짜 전선에서 실전에 복무했다고 말할 수 있을 것이오…"

이렇게 말하는 동안 티전스는 속으로 이렇게 생각했다.

"실비아가 내가 하는 일에 적극적으로 관심을 보인다면 난 전 부대원들의 웃음거리가 될 거야. 10분 전만 해도 그런 생각을 하다니! … 이제 어떻게 해야 하나? 도대체 어떻게 해야 해?" 검은 크레이프 천으로 된 베일이 그의 시야에 드리워지는 것 같았다.

호치키스 중위가 위엄 있게 말했다.

"난 전선으로 갈 것이오. 진짜 전선으로 말이오. 난 오늘 아침 테스트도 통과했소. 난 전선에 가서 포화가 떨어질 때 군마들의 혈액 반응을 연구할 것이오."

"정말 훌륭하시군요." 티전스가 말했다. 그는 더 이상 어떻게 할 수가 없었다. 실비아가 할 수 있는 놀라운 일은 미친 듯이 번져나가는 불처럼 군인들을 너털웃음 짓게 하는 것이다. 다행히 그녀는 프랑스에 올 수 없다. 하지만 모든 병사가 읽는 신문잡지를 통해 추문을 퍼트릴 수는 있다. 아내가 하지 못할 게임은 없으니 말이다. 아내

---

[39] Bailleul: 프랑스 북부 지역에 있는 지방.

동료들 사이에선 그런 일을 "샤워실 줄을 당긴다."라고 부른다고 한다. 아무것도 없다. 할 수 있는 게 아무것도 없다… 그 빌어먹을 허리케인 램프에서 연기가 났다.

"무엇을 해야 하는지 알려주겠소." 그는 호치키스 소위에게 말했다.

맥켄지는 압운을 적은 종이를 그의 앞에 던졌다. 티전스가 읽어보니 '죽음', '고역', '코일', '숨', '말하다'라는 단어들이 쓰여 있었다. "이 빌어먹을 놈의 런던 사투리들". '오일', '토양', '영혼'…

"그쪽이 생각한 압운을 절대로 줄 수는 없소." 맥켄지가 심술궂게 웃으며 말했다.

호치키스 소위가 말했다.

"바쁘다면 폐를 끼치고 싶지는 않소."

"그건 폐를 끼치는 것이 아니오." 티전스가 말했다. "우리가 여기 있는 이유가 바로 그것 때문이니 말이오. 하지만 선생, 부대를 지휘하는 장교에게는 존칭어를 쓰는 게 좋겠소. 병사들 앞에선 그러는 게 좋을 거요… 지금 14단 장교 대기실로 가시오. 부서진 핀볼 게임대가 있는 곳 말이오…"

카울리 선임상사가 외치는 소리가 밖에서 희미하게 들려왔다.

"서류와 신분 인식표가 있는 병사 셋은 왼쪽으로, 없는 사람은 오른쪽으로 정렬. 담요를 수령하시 못한 사람은 군기호위 하사관에게 말하도록. 너희가 가는 곳에는 아무것도 없단 사실을 명심해라. 병사용 수첩에 유언을 쓰진 않은 사람은 티전스 대위님에게 상담하고, 돈을 인출하고 싶은 사람은 맥켄지 대위님에게 문의하도록. 서류에 서명한 뒤 고해성사하고 싶은 가톨릭 신자는 여기서부터 왼쪽으로 네 번째에 있는 임시 막사에 가면 신부님을 만날 수 있다… 불을 처음 본 아이들처럼 불로 달려가는, 너희 같은 멍청이들을 위해 신부님이 이렇게 수고해주시는 것이 얼마나 고마운지 알아라. 1주일만 더 지나도 너희는 불 반대 방향으로 달려갈 테니 말이다. 너희는 웨슬리교파의 주일 학교에 다니는 유아반 아이들 같다. 진짜 그렇게 보인다. 그러니 우리에게 해군이 있어서 다행이다."

선임상사가 이렇게 말하는 가운데, 티전스는 글을 쓰고 있었다.

"지금 우리는 죽음(의 신)의 미소 짓는 턱을 바라보고 있다."라고 적고 나서 그는 호치키스 소위에게 이렇게 말했다. "식당 대기실에 가면 <파리인의 생활>[40]을 보면서 만취 상태가 될 때까지 술을 마시고 있는 글라모건셔[41] 부대 소속의 시건방진 친구들을 볼 수 있을 거요. 그중 아무한테나 물어보시오…" 그런 다음 그는 다시 이렇게 썼다.

"시체와 고역 사이에,

시장과 도시, 노고와 고역과 코일…"

티전스는 맥켄지에게 말했다. "자넨 이것이 어렵다고 생각하는 건가! 장의사가 하는 장례 애도사를 압운에 맞추어 썼구먼." 그리고는 호치키스에게 이렇게 말했다. "피비(P.B.) 장교에게 물어 보시오… 그런데 피비가 무엇인지 아시오? 아니오. 그게 아니라 기지란

---

[40] *La Vie Parisienne*: 음악가 자크 오펜바흐(Jacques Offenbach)가 작곡한 오페라. 당시의 파리 생활을 생생하게 묘사한 그의 최초의 작품이다.
[41] Glamorgan-shires: 웨일즈의 전통적인 해양 카운티.

뜻이오… 부적합해… 병사들을 바이웰로로 인솔하기엔."

임시 막사는 누런 갈색의 군복을 입고 어슬렁거리며 천천히 걸어오는 볼품없는 병사들로 차기 시작했다. 병사들은 발을 질질 끌며 들어왔다. 그들은 우중충한 천 가방을 바닥에 툭 던진 후, 글을 쓰는 데 익숙지 않은 손으로 수첩을 들었지만 이따금 수첩을 떨어뜨렸다. 밖에선 끊임없이 커졌다 작아지는 소리가 들려왔다. 때로는 웃음소리 같았고 때로는 위협하는 소리 같았다. 그러더니 커다란 돌들이 있는 해변에 치는 파도 소리처럼 두 종류의 소리가 둔주곡[42] 형식처럼 섞여서 들려왔다. 티전스는 현재의 삶 속에 자신이 갇혀 있다는 사실이 갑작스럽게 기이하게 느껴졌다. 그는 재빨리 써내려갔다. "나이 든 유령이 찬 '숨'을 내쉰다… 모든 것이 허무하다고 설교가가 '말했다'… 더 이상의 퍼레이드는 없다. '오일'이… 아니라, '토양'으로 우리의 수족에 용연향(龍涎香)을 바른다…" 대기실에 있는 글라모건셔 부대 장교들을 만나는 걸 분명 꺼려하는 호치키스 소위에게 티전스는 기지에 있는 장교들은 항의하지 않을 거라고 말했다. 그들은 휴가를 얻거나 지휘비를 받기 위해서라면 일등석 기차를 타고 눈이 팽팽 돌아가는 전선에라도 갈 그런 친구들이라고 했다… 그렇게 말하면서 티전스는 이렇게 써내려갔다. "우리의 영혼을 위해 어떤 장례식 음악도 연주되지 않았다." 그러고는 누구라도 항의한다면 그의 이름을 자신에게 알려달라고 했다. 그러면 그자를

---

[42] fugally: 둔주곡은 하나의 성부(聲部)가 주제를 나타내면 다른 성부가 그것을 모방하면서 대위법에 따라 쫓아가는 악곡(樂曲) 형식(形式).

다른 부서로 보내겠다고 했다.

갈색 파도[43]가 그의 바로 옆까지 다가왔다. 아주 단순한 삶에도 아주 복잡한 면모가 있는 법이다… 그의 옆에 어떤 병사가 서 있었다. 로간 이등병으로 캐나다 출신치고는 기이하게도 에니스킬렌[44] 기병대 소속이었다. 더욱 기이하게도 그는 호주 시드니 변방에 있는 농장의 소유주이기도 했다. 그는 에니스킬렌 출신처럼 쾌활하면서도 시드니 사람들에게는 장식물처럼 보였을 런던 사투리를 썼다. 그는 변호사를 절대적으로 불신하면서도 티전스는 전적으로 믿었다. 그의 어깨 위에는 금발의, 몸을 꼿꼿이 세운, 황금처럼 빛나는 계급장을 단, 작달막한 담갈색 피부의 매부리코를 한 사람이 서 있었다. 퀘벡[45]에 있을 때 의사의 사환 노릇을 한 그는 혼혈아로 식스 네이션스[46]의 멤버였다고 했다… 그도 뭔가 곤란한 문제가 있었는데, 그의 말을 이해하기가 어려웠다. 그의 뒤에는 상기된 얼굴의 검은 피부를 지닌, 눈매가 호전적이고 억양이 아일랜드식인 맥길 대학[47] 졸업생이 서 있었다. 도쿄에서 언어 선생이었던 그는 일본 정부를 상대로 배상을 요구했다고 한다. 둘 둘씩 짝을 지어 임시 막사 주위에 둘러 서 있었다. 먼지처럼, 풍광을 덮어버리는 먼지 구름처럼 서 있었다. 그들 각자는 황당한 고민거리와 걱정거리를 가지고

---

[43] 카키색 군복을 입은 군인들을 지칭.
[44] Inniskillings: 북아일랜드 남서부 퍼매너주(Fermanagh)의 주도.
[45] Quebec: 캐나다 동부의 주.
[46] Six Nations: 잉글랜드, 프랑스, 아일랜드, 이탈리아, 스코틀랜드, 웨일스 간의 럭비 시합.
[47] McGill University: 캐나다 퀘벡주 몬트리올에 있는 공립 종합대학교.

있었다… 갈색의 먼지들[48]…

  자신이 쓴 소네트의 의미를 좀 더 분명하게 하기 위해 세스텟[49]을 재빨리 쓰는 동안 그는 에니스킬렌 기병대원을 기다리게 했다. 물론 소네트의 전반적인 주제는 전선이나 전선 부근에 있을 땐 값비싼 장례식으로 대변될 수 있는 허세를 부릴 여지가 없다는 것이었다. 혹은 조화도… 더 이상의 퍼레이드도 없을 거라는 것이었다… 이를 쓰면서도 티전스는 이 영웅적인 60대 수의사에게 글라모건셔 부대 장교들이 있는 장교 대기실에 가는 걸 꺼려할 필요는 없다고 말해주어야 했다. 그들이 달리 할 일이 없다면 자신에게 와 일을 배정받게 되어 있기 때문이라고도 설명했다. 장교 대기실에 가면 저녁 식사를 하면서 기분 좋아하고 있는 존슨 대령을 만날 수 있는데, 그에게 말하면 된다고 호치키스 소위에게 알려주었다. 대령은 유쾌하고 호의적인 신사로 호치키스 소위가 전선에 아무 도움도 되지 않는 일로 가고 싶어 하지 않는 것을 이해해줄 거라고 했다. 그리고 대령의 군마를 한번 살펴보겠다고 말하라고 하면서, 숌부르크라는 이름의 대령의 군마는 원래 독일군의 군말로 마른강[50]에서 잡았는데 지금 사료를 잘 먹지 않는다고 알려주었다… 그러면서 티전스는 "숌부르크에게 어떤 것도 하진 마시오. 내가 직접 타볼 작정이오!"라고 덧붙였다.

  그는 다 쓴 소네트를 맥켄시에게 던져주었다. 걱정스러운 얼굴로

---

[48] 군복을 입은 군인을 비유한 표현.
[49] sestet: 소네트의 마지막 6행.
[50] Marne: 프랑스 북동부에 위치한 강.

모여 있는 카키색 군복을 입은 군인들을 뒤에 두고, 맥켄지는 프랑스 지폐와 의심쩍게 생긴 경화를 걱정스럽게 세고 있었다. 그는 이들이 왜 돈을 인출하고 싶어 하는지 이해할 수 없었다. 그것도 때론 아주 많은 돈을 말이다. 캐나다 병사들은 이 지역 동전으로 많은 돈을 인출했다. 한 시간 뒤에 모두 전선에 갈 텐데 말이다. 하지만 그들은 항상 돈을 인출했고 그들의 계좌는 믿지 못할 정도로 엉망이었다. 그래서 맥켄지가 걱정하는 것은 당연한지도 모른다. 저녁이 끝날 무렵이면 승인되지 않은 지불을 하는 바람에 5파운드 혹은 그 이상의 돈이 모자라는 경우도 있으니 말이다. 여기서 받는 월급이 자신의 수입의 전부이고 아내가 낭비벽이 심하기 때문에 그가 불안해하는 것은 당연하였다. 하지만 그건 맥켄지 개인의 사정이다. 티전스는 호치키스 소위에게 식당 바로 옆에 있는 자신의 막사로 와 잠시 말에 관해 이야기하자고 했다. 물론 경험적으로지만 자신도 말의 질병에 대해 조금 안다면서 이야기하자고 한 것이었다.

맥켄지는 자신의 시계를 봤다.

"2분 11초 걸렸소." 그가 말했다. "소네트가 맞는 걸로 간주하겠소… 하지만 여기서 라틴어로 바꿀 수는 없으니 읽진 않았소… 난 그쪽처럼 동시에 여러 가지 일을 할 수 있는 재주는 없으니 말이오"

보따리와 수첩을 든 걱정스러운 표정의 병사가 맥켄지 옆에서 숫자를 유심히 바라다보고 있었다. 그는 올더숏에 있는 쓰라스나 병영에서 14달러 75센트를 인출한 적이 없다고 높은 톤의 미국식 발음으로 맥켄지에게 말했다.

맥켄지가 티전스에게 말했다.

"이제 내 말이 이해될 거요. 난 아직 그쪽이 쓴 소네트를 읽지 않았소. 하지만 약속한 시간 내에 라틴어로 번역하겠소. 내가 이미 읽어보고 어떻게 번역할지 생각할 시간을 버는 중이라고 생각진 마시오."

그의 옆에 있던 병사가 말했다.

"런던 스트랜드가[51]에 있는 캐나다 지점에 갔을 때 사무실이 이미 닫혀 있었습니다."

맥켄지는 몹시 화가 나 소리쳤다.

"도대체 군 생활을 얼마나 한 거야? 장교가 말하고 있는데 끼어들다니? 그 빌어먹을 급료 지급 담당자한테나 따져. 내가 줄 수 있는 건 16달러 30센트뿐이야. 가지고 가든지 말든지 알아서 해."

티전스가 말했다.

"저 친구의 상황이 어떤지 알 것 같네. 나에게 넘기게. 그게 그렇게 복잡하진 않아. 저 친구는 급료 지급 담당자에게서 수표를 받았네. 단지 그것을 현금으로 바꿀 줄 모르는 거지…"

커다란 갈색 얼굴의 그 병사는 맥켄지에게서 시선을 거두고 티전스를 쳐다보았다. 그러고는 눈언저리가 검은 그는 마치 바람이 부는 쪽을 바라보다가 햇빛 때문에 눈이 부시기라도 한 듯 뚫어지게 다시 맥켄지를 바라보았다. 그는 자신이 어떻게 하우스 도박에서 두터운 귀를 가진 빌에게 50달러를 잃었는지 길게 설명했다. 중국인과 핀란드 사람 사이에 태어난 혼혈아 같았던 그는 돈 때문에 몹시 걱

---

[51] Strand: 런던의 호텔·극장·상점이 많은 거리.

정이 되어서 계속 이야기를 했다. 티전스는 시드니 출신이지만 에니 스킬렌 기병이었던 병사와 일본 교육성에서 피해를 입은 맥길 대학 졸업자의 문제 해결에 착수했다. 두 문제를 다루는 도중 복잡하게 일이 얽히자 티전스는 "이 두 가지 문제를 해결하려니 다른 문제에 신경 쓸 여지가 없군." 하고 중얼거렸다.

몸을 꼿꼿이 세운 기병대 출신 병사는 아주 복잡하고 감상적인 이야기를 했다. 그의 동료들 앞에서 그에게 충고하는 건 쉬운 일이 아니었다. 하지만 그 병사는 망설이지 않았다. 그는 시드니에서 브리티시 컬럼비아[52]까지 자신이 따라다녔던 로지라는 여자와 애버리스트위스[53]에서 만난 그웬이라는 여자, 그리고 외박 허가를 받을 때마다, 솔즈베리 평원 근처의 버릭 세인트 제임스[54]라는 곳에서 부부처럼 지냈던 호시어 부인에 관해 이야기했다. 중국 혼혈인이 계속 이야기하는 가운데도 그는 인내심 있게 그 여자들에 대해 말했다. 그리고 우연히 거기 가게 되면 거기 있는 자기 여자들에게 기념으로 약간의 돈을 주고 싶다고 했다. 티전스는 그를 대신해 써준 유언장을 그에게 건네며, 꼼꼼히 읽어 본 뒤 병사용 수첩에 직접 손으로 옮겨 적으라고 했다. 그러고는 그의 증인이 되어주겠다고 했다. 병사가 말했다.

"시드니에 있는 그 여자가 떠날 거라고 생각하십니까? 제가 보기

---

[52] British Columbia: 캐나다 남서부의 주.
[53] Aberystwyth: 영국 웨일스 세레디존 카운티(Ceredigion county)에 있는 타운(town).
[54] Berwick St. James: 영국의 월셔(Wiltshire)에 있는 틸강(River Till)가에 있는 마을.

엔 그럴 것 같진 않습니다. 그 여자는 끈질기거든요. 진짜 밤송이처럼 착 달라붙어 떨어질 줄 몰라요." 맥길 대학 졸업자는 일본 정부와 얽힌 복잡한 이야기 말고도 복잡한 이야기를 하나 더 했다. 그는 일본에서 강의를 한 것 이외에도, 고베[55] 근처의 광천수를 병에 담아 샌프란시스코에 수출하는 일에 약간의 돈을 투자했다고 했다. 그런데 그가 투자한 회사가 일본법에 위배되는 행위를 저지른 게 분명하다고 했다. 이때 클론다이크[56] 근방에 있던 선교회에서 세례 증명서를 받는 데 어려움을 겪은 순수 프랑스계 캐나다인이 티전스의 양해로 맥길 대학 출신 병사의 이야기를 중단시키고 자신의 이야기를 했다. 그 뒤 파병되기 전 마지막으로 고향에 편지를 쓰기 위해 서류에 사인을 받기 원하는 몇몇 병사들이 티전스가 앉아 있는 테이블로 몰려들었다.

　방 반대편 끝에 있는 하사관이 피우고 있는 파이프 담배에서 흘러나오는 연기가 유백광(乳白光)을 띠며 각각의 테이블 위에 걸려 있는, 밝게 빛나는 허리케인 램프를 에워싼 철망 아래에 머물렀다. 카키색 군복을 입은 병사들로 인해 방안은 갈색으로 변했고 방안에 있는 병사들의 단추와 계급장이 빛나고 있었다. 콧소리, 목청에서 나오는 소리, 느릿느릿 길게 끄는 소리, 이들 소리가 한데 합쳐져 바스락거리는 것처럼 들려왔고, 웨일즈 출신의 하사관이 이따금 높은 톤의 억양 없는 단조로운 어조로 말하는 비속어들, 가령 "도대체 왜 124 시식을

---

[55] Kobe: 일본 효고현(兵庫縣)의 현청소재지.
[56] Klondike: 캐나다 유콘강(Yukon) 유역.

안 갖고 있는 거야?" "도대체 왜 124 서식을 안 갖고 있어?", "그 빌어먹을 125 서식을 갖고 있어야 한다는 걸 몰라?" 등등의 말들이 침묵이 흐르는 가운데 비극적으로 들려왔다. 점점 저녁 시간이 지나가고 있었다. 시계를 본 티젼스는 이제 겨우 21시 19분이란 사실을 알고는 놀랐다. 그는 열 시간 동안 자기 자신의 문제에 대해 생각하고 있었던 것 같았다… 궁극적으로 이 모든 문제는 자기 자신의 일이었기 때문이었다… 돈, 여자, 유언에 지정된 형제들. 대서양 너머 전 세계에 걸친 이런 복잡한 문제들이 바로 그가 처한 골치 아픈 문제들이었다. 진통을 겪고 있는 세계. 야밤에 이동해야 하는 아니, 떠밀려 가는 군대. 저 고개 너머. 바깥세상으로…

옆에 있는 병사의 병력을 우연히 보고는 그가 C1[57] 등급을 받았다는 것을 알게 되었다… 그건 의료 의원회의 혹은 간호병의 명백한 기록상의 실수일 것이다. A등급을 C등급으로 잘못 썼을 것이다. 그는 이등병 197394로 이름은 토머스 존슨이었다. 번지르르한 얼굴을 하고 있는 그는 아내의 거들먹거리는 6촌 류젤리 공작이 브리티시 컬럼비아에 갖고 있는 거대한 영지에서 잡역부로 일하는 사람이었다. 이것은 이중으로 짜증스러운 일이었다. 티젼스는 아내의 6촌 생각을 하고 싶지 않았다. 아내를 상기하고 싶지 않았기 때문이다. 캔버스로 된 벽에서 서리 때문에 딱딱 소리가 났다. 달빛은 휘영청 밝았다. 티젼스는 등유 냄새가 나는 임시 막사의 허름한 침대에 들어가면서 그 문제에 대해 생각하지 않기로 작정했다. 그는 달빛 아

---

[57] C등급은 건강이 열등함을 나타내는 등급이다.

래에 있는 실비아를 생각하곤 했다. 하지만 지금은 생각하지 않기로 결심했다! 하지만 번호가 197394인 이등병 토머스 존슨은 분명 골칫거리였다. 티전스는 그의 병력을 본 게 후회됐다. 이 어리석은 시골뜨기가 C3 등급이라면 그는 징병될 수 없었을 것이다… 아니 C1이었다. 하지만 결과는 마찬가지였다. 이 말은 병력을 보충하기 위해 또 다른 병사를 찾아야 한다는 의미가 되고 카울리 선임상사는 미치게 된다는 뜻이 된다. 토머스 존슨의 튀어나온, 순진무구하고 맑고 푸른 눈을 쳐다보았다. 이 친구는 평생 병에 걸린 적이 없었을 것이다. 아니 병에 걸릴 수 없었을 것이다. 삶은 돼지고기의 차가운 비계 덩어리를 과하게 먹을 때를 제외하고는 말이다. 설령 병에 걸렸다 해도 그에게 소에 먹이는 물약을 주었을 것이다. 십중팔구 그 물약이 복통의 원인을 제거하지 않았겠지만 말이다.

검은 피부에 몹시 붉은 띠를 두른 모자를 쓴, 신사처럼 생긴 호리호리한 사람이 별일 아니란 듯이 티전스를 바라보고 있었다. 그의 카키색 군복엔 금박을 입힌 것들이 많이 있었고 그의 어깨로부터는 쇠를 엮어 만든 사슬이 길게 늘어져 있었다… 레빈… 레빈 대령이었다. 그는 에드워드 캠피언 장군 부대에 귀속된 제2 일반 참모군 소속이었다. 어떻게 이런 자가 부대 사령관이나 부대원들과 그렇게 친숙해질 수 있었을까? 그는 물고기가 수조에 들어오듯 막사에 들어와서는 바로 옆에 섰다. 스파이 같은 친구나! … 부하들은 모두 차렷 자세를 취하고 헐떡이는 물고기처럼 서 있었다. 상황을 늘 예의 주시하는 선임상사 카울리는 티전스 옆으로 슬그머니 다가와 있었다. 새끼 양 같은 어린 딸을 바람으로부터 보호하듯 천박한 참모에게서 자신의 상관을 보호하기 위해서였다. 검은 피부의 활달한 참모장교는 약간 혀짤배기소리로 이렇게 말했다.

"바쁜가 보군." 그는 여기 거의 한 세기 동안 서 있었던 것처럼 보였다. 그처럼 엄청난 시간을 허비해도 될 수 있는 사람 같았다. "여긴 무슨 부대인가?"

장교가 부대 이름이나 자신의 이름을 알지 못할 경우에 늘 대비해온 카울리 선임상사가 대답했다.

"캐나다 1사단 4연대 16대대입니다."

레빈 대령은 나지막하게 혀짤배기소리를 했다.

"16대대가 아직도 출병하지 않았다니… 맙소사… 진짜 큰일이군! … 본부로부터 아주 혼쭐이 나게 생겼어…" 그는 마치 오드콜로뉴[58]를 뿌린 솜에 감싼 듯, 이 "혼쭐이 나게"란 말을 부드럽게 사용했다.

티전스는 대령을 아주 잘 알고 있었다. 그의 모친 쪽은 대단한 가문이지만 그는 형편없는 수채화 화가였다. 그의 어깨에 기병대 장신구가 있는 이유가 바로 그 때문이었다. 티전스는 선임상사가 대신 처리하도록 내버려두었다. 카울리 선임상사는 그 누구보다도 자신의 일에 대해 잘 알고 있었기 때문에 설득력 있게 말할 수 있는 군인이었다. 선임상사는 군인들을 좀 더 일찍 파견하는 건 불가능했다고 설명했다.

"하지만 선임상사…"

여자용품 매장의 감독관처럼 공손한 태도로 선임상사는 에타플

---

[58] eau-de-cologne: 향수의 일종. 즉 거친 말을 부드러운 어조로 사용했다는 의미.

에서 오기로 되어 있는 400명의 캐나다 철도원이 오기 전에는 병사를 파견하지 말라는 긴급명령을 받았다고 말했다. 그런데 그 철도원들이 이날 저녁 5시 30분에야 철도역에 도착했고, 그들을 데려오는 데 45분 걸렸다고 했다. 대령이 말했다.

"하지만 선임상사…"

카울리 선임상사가 붉은 모자 테를 두른 대령에게 '부인'이란 칭호를 사용한다 해도 이상하게 들리지 않았을 것이다… 도착한 이 400명의 철도원은 아무것도 가지고 있지 않았기 때문에, 군수품 지급소에서 군화, 담요, 칫솔, 바지멜빵, 라이플총, 비상 휴대 식량, 신분 인식표를 받아야 했다고 했다. 그리고 이제 겨우 21시 20분이라고 말했다. 그런 다음 카울리는 대령이 말을 할 수 있도록 말을 멈추었다.

"우린 그 어떤 곤란한 상황에서도 꾸려나가야 한다는 사실을 명심해야 하네…"

우아하게 차려입은 대령은 자신의 멋진 무릎을 주시하는 데 정신이 빠져 있었다.

"물론 나도 알고 있네…" 그는 혀짤배기소리로 말했다. "아주 어려운 상황이지…" 그는 밝은 표정을 지으며 이렇게 덧붙였다. "하지만 제군은 운이 없다는 사실을 받아들여야 해… 그 사실을 받아들여야 하네…" 그의 마음은 다시 무거워졌다.

티전스가 말했다.

"군수품 문제로 이중의 통제를 받아야 하는 다른 부대보다 더 운이 없는 긴 이닙니다."

대령이 말했다.

"그게 무슨 소리인가? 이중이라니… 아, 맥켄지 대위가 거기 있군… 괜찮은가… 몸은 괜찮나?"

임시 막사에 침묵이 흘렀다. 시간이 낭비되고 있어 화가 난 티전스는 이렇게 말했다.

"아시겠지만, 우리 부대의 주 업무는 병사들이 사용할 물품을 받는 겁니다…" 티전스는 대령이 자신들이 하는 일을 몹시 지연시키고 있다고 생각했다. 대령은 손수건으로 무릎을 털었다. 티전스는 말을 이었다. "오늘 오후에 병사 한 명이 내 손에 안긴 채 죽었습니다. 중대 사무실에 비치할 철모 지급을 요청하다가 생긴 일입니다. 올더숏에서 온 캐나다 병사가… 여기서 죽었습니다… 바로 대령님이 서 있는 곳입니다. 거길 걸레로 피만 닦아 냈습니다…"

기병대 대령이 소리쳤다.

"맙소사! …" 이렇게 소리치고는 대령은 펄쩍뛰더니, 무릎까지 올라오는 광이 나는 멋진 공군용 구두를 살펴보았다. "죽었다고! … 여기서! … 그렇다면 특별 조사 위원회를 열어야 하네… 티전스 대위, 자네는 참 운이 없군… 항상 이런 이상한 일들이… 자네 부하들은 왜 참호에 들어가지 않았나? … 아주 운이 없어… 식민지 군부대에선 사망자가 있을 수 없는데 말이야… 내 말은 자치령에서 온 병사들 말이네…"

티전스는 퉁한 어조로 대답했다.

"그 병사는 자치령이 아니라 폰타르딜라이스 출신입니다… 제 중대 본부실 소속이었습니다… 자치령에서 온 원정군만 참호에 들어갈 수 있습니다. 안 그러면 군사 재판에 넘겨지게 됩니다… 캐나다 병사들은 모두 거기에 있습니다…"

참모장교가 말했다.

"물론 그렇다면 다른 이야기지! … 글라모건셔 부대만 그렇다고? … 그렇지만 이 이상한…"

그는 갑자기 그러면서도 안도한 듯한 어조로 소리쳤다.

"잠깐… 자네 10분… 아니 20분… 정도 시간을 낼 수 있나? … 엄밀히 말해 군부대 문제는 아니고… 개인…"

티전스는 소리쳤다.

"대령님도 지금 우리 상황이 어떤지 알지 않습니까…" 숨을 제대로 쉴 수 없을 정도로 화가 난 티전스는 목초 종자를 뿌리는 사람처럼 양팔을 서류와 병사들 위로 뻗었다. 레빈 대령은 루앙[59]에 있는 부두에서 초콜릿 상점을 운영하는 영국 귀족 미망인의 후원 하에 젊은 프랑스 여자와 진지하면서도 아주 유치하게 교제를 하고 있었다. 그 젊은 여인은 질투심이 너무 많아 너무나도 잘생긴 이 대령이 야만적인 프랑스어를 사용하는 것을 자신에 대한 끊임없는 모욕으로 여겼다. 이런 상황을 낭만적으로 볼 수도 있겠지만 대령은 이 문제로 미칠 것만 같았다. 그럴 때면 레빈 대령은 브레인이며 동시에 프랑스어를 잘하는 사람으로 통하는 티전스에게 이 어려운 언어로 그 여인에 대한 잔사를 어떻게 하면 멋지게 표현할 수 있을까, 혹은 참모장교로서 자신이 아주 잘생긴 구급 간호 봉사 대원들이나

---

[59] Rouen: 프랑스 북부 센강(seine) 연안의 도시.

군부대 기구 여성 창립자들과 종종 자리를 같이 할 필요가 있다는 사실을 어떻게 설명할 수 있는가 등등에 대해 의견을 구했다. 하지만 이런 일들에 대해 신사에게 의견을 구하는 것은 어리석은 짓이었다. 레빈 대령의 청동 대리석 같은 이마에 고뇌하는 여자들에게서나 보이는 주름이 잡혔다. 익살극에 나오는 짐승 같은 군인처럼 말이다. 그런데 왜 이 멍청한 인간은 과장적인 몸짓도 하지 않고 목청껏 소리도 지르지 않는지 모르겠다…

당연하지만 카울리 선임상사가 이 어색한 상황을 해결했다. 열병식을 거행하고 있는 선임장교에게 "지옥으로 꺼져."라고 소리치듯 티전스가 그렇게 말하려는 순간, 선임상사는 사무 변호사의 매우 믿음직한 사무관처럼 대령에게 이렇게 속삭였다.

"대위님은 좀 쉬셔야 할 것 같습니다… 저희는 캐나다 철도원들을 처리하는 문제를 빼놓고는 모든 일을 마쳤습니다. 캐나다 철도원들은 30분… 아니 45분 동안 담요를 지급받지도 못했습니다. 그것도 군수품 지급을 담당하는 일병이 어디서 식사하고 있는지 우리 전령이 알아내서야 가능했습니다! …" 선임상사는 마지막 이 말을 교묘하게 끼어 넣었다. 자신이 연대에서 근무하던 시절을 어렴풋이 떠올리던 참모장교는 이렇게 소리쳤다.

"빌어먹을! … 군수품 담요 창고를 부수고 들어가 필요한 것을 왜 꺼내 오지 않았나…"

선임상사는 사이먼 퓨어[60]처럼 소리쳤다.

---

[60] Simon Pure: 18세기 영국의 극작가 수잔나 세트리버(Susanna Centlivre)가

"아닙니다. 저희는 절대 그렇게 할 수는 없습니다…"

"하지만 전선에선 병사들이 긴급하게 필요하네." 레빈 대령이 말했다. "지금 절체절명의 상황이야! 우린 서둘러야 해…" 그는 자신이 그럴듯한 참모장교라는 사실과 선임상사와 티전스가 보조를 잘 맞추어가며 교묘하게 자신을 이 일에 개입시켜주었다는 사실에 감사했다.

선임상사가 말했다. "이 불쌍한 병사들이 군수품 지급 부서에서 저희와 똑같은 군수품을 지급받기를 기도할 뿐입니다." 그는 쉰 목소리로 나지막하게 속삭였다. "그런데 신병 훈련소 중대 사무실에서 들려오는 소문이 하나 있습니다… 파견하기로 했던 병사들을 다시 불러들이라는 명령을 육군성에서 내렸다는 소문입니다…"

레빈 대령은 "맙소사." 하고 소리쳤다. 대령과 티전스는 몹시 놀랐다. 얼어붙은 참호에서의 어두운 밤. 지원병이 오기를 애타게 기다리는 병사들. 납덩이 같이 억누르는 정신적인 부담. 참호 위아래를 바라볼 때 좌우에서 무엇인가 다가오고 있는 듯한 느낌. 이때 단단한 흙으로 만든 흉벽은 안개로 변한다… 여기 있는 교대 병력은 가지 않고… 거기 있는 병사들은 교대 병력이 오고 있을 거라고

쓴 『아내를 얻으려는 과감한 조처』(A Bold Stroke for a Wife)에 나오는 퀘이커 교도의 이름. 페인웰(Fainwell) 대령은 러블리(Lovely)라는 여성과 결혼하려면, 그녀의 네 명의 후견인들에게서 승낙을 얻어야 하는데, 그들의 승낙을 얻기 위해 그는 네 명의 다른 인물로 가장하여 그들에게 접근한다. 그중 그가 퀘이커 교도로서 가장했을 때 사용한 이름이 사이먼 퓨어(Simon Pure)다. 나중에 진짜 사이먼 퓨어가 나타나 페인웰 대령은 자신이 사칭한 신분이 들통 날 위기를 맞이하나, 결국 기지를 발휘해 결혼 승낙서에 서명을 받은 뒤, 자신의 진짜 신분을 밝힌다.

순진하게 믿고 있는데, 교대 병력은 오지 않는다. 왜 안 오는가? 왜? 맥켄지가 말했다.

"불쌍한 친구들… 지난 수요일까지 11주 동안이나 그렇게 지냈었는데. 그렇게 꼼짝 않고 버티고 있었는데…"

"그 친구들은 훨씬 더 오래 버텨야 할 거네." 레빈 대령이 말했다. "그 못된 놈들 혼을 내주고 싶군…" 그 당시 영국 파견군은 전쟁터의 군인은 정치인과 민간인의 도구에 지나지 않는다고 확신하고 있었다. 불길한 소식이 도착할 때면, 그들의 마음은 무겁게 짓눌렸다. 그리고 그들은 힘없이 고개를 떨구었다.

선임상사가 쾌활하게 말했다. "그러니 대위님께서는 저녁 식사를 하실 수 있는 30분 정도의 시간이 있습니다. 아니면 무엇보다도…" 불규칙한 식사로 티젠스의 소화 기능이 나빠지지 않도록 하려는 마음 이외에도, 직업 군인으로서 선임상사는 티젠스 대위가 참모장교와 개인적으로 친밀한 대화를 나누는 게 부대에도 좋을 거라고 확신하고 있었던 것이다. 선임상사는 티젠스에게 작별을 고하듯 이렇게 말했다. "오늘 오후에 온 900명의 병사를 20명씩 나누어 텐트에 배치하는 것이 좋을 것 같습니다."

티젠스와 대령은 병사들 사이를 밀치면서 문을 향해 걸어갔다. 문기둥 바로 옆에 서 있던 에니스킬렌 기병이었던 캐나다 병사는 갈색의 작은 수첩을 애원하듯 펼치고 조심스럽게 앞으로 나와서는, "왜 그러나?" 하는 티젠스의 말에 기다렸다는 듯이 이렇게 말했다.

"대위님이 여자들 이름을 잘못 적으셨습니다. 오두막집 임차권과 1주일에 10파운드씩 주고 싶은 사람은 제가 애버리스트위스에서 만나 임신시킨 그웬 루이스란 여자입니다. 버릭 세인트 제임스에서 저와 같이 살았던 소시에 부인한테는 기념으로 5기니만 주려고 합니다… 실례를 무릅쓰고 제 마음대로 이름을 다시 바꾸었습니다."

티전스는 그에게서 수첩을 낚아채, 선임상사의 탁자에 올려놓고 자신의 서명을 휘갈겨 썼다. 그러고는 다시 수첩을 병사에게 돌려주면서 말했다.

"자, 이제 가보게." 병사는 얼굴이 환해지더니 이렇게 소리쳤다.

"고맙습니다. 진심으로 고맙습니다, 대위님… 전 이제 가서 고해성사를 할까 합니다. 전 나쁜…" 거만하게 검은 수염을 기른 맥길 대학 졸업자는 티전스가 브리티시 웜[61]을 힘겹게 입는 동안 그의 앞으로 다가왔다.

"대위님 잊지 말아 주십시오…" 그가 말했다.

티전스가 말했다.

"내가 잊지 않겠다고 말하지 않았나? 난 절대로 잊지 않네. 자넨 아사키에서 무지한 일본인들을 가르쳤지만 일본 교육부는 도쿄에 있었고, 그 파렴치한 광천수 회사는 고베 근방에 있는 탄센 온천에 본부가 있다고 말하지 않았나… 내 말이 맞나? 하여튼 자네를 위해 최선을 다하겠네."

그들은 달빛 아래 어렴풋이 드러난 중대 사무실 주변에 모인 병사들 사이를 아무 말 없이 지났다. 대로로 니오지 레빈 대령은 목소리를 죽여 웅얼거리듯 말했다.

---

[61] British warm: 1차 세계 대전 당시 영국 육군 사관들이 입던 방한용 코트.

"자넨 이 바보 같은 병사들 때문에 골머리를 앓고 있군… 진짜 골칫덩어리들이야… 하지만…"

"우리에게 무슨 문제가 있습니까?" 티전스가 말했다. "우린 여기 예하부대 중 그 어느 부대보다도 36시간이나 빨리 파견대를 보낼 준비를 했는데 말입니다."

"나도 자네가 그렇게 한 걸 알고 있네." 대령이 말했다. "단지 이 알 수 없는 소동 때문이야. 지금…"

티전스가 재빨리 물었다.

"뭐 하나 물어도 되겠습니까. 우린 아직도 열병 중입니까? 아니면 내가 부대를 통솔하는 방식이 마음에 들지 않아 캠피언 장군이 나를 이런 식으로 처벌하는 겁니까?"

상대방은 몹시 걱정스러운 듯이 말했다.

"그럴 리가 있나." 그는 재빨리 이어 말했다. "이 사람아!" 그리고는 그는 티전스의 팔꿈치 아래에 자기 손목을 갖다 대려 했다. 하지만 티전스는 대령을 계속 응시했다. 그는 진짜 화가 많이 나 있었다.

"그렇다면," 티전스가 말했다. "이런 날씨에 왜 외투도 입지 않고 이곳으로 왔습니까?" 대령이 말하는 그 알 수 없는 소동에 대해 더 이상 이야기하지 못하게 한다면, 대령이 이런 추운 밤 난롯가에서 나네트 드 바이와 시시덕거리지 않고, 여기 오게 된 연유에 대한 이야기로 화제가 옮겨가리라 생각한 것이다. 티전스는 브리티시 웜의 양가죽 깃 속으로 목을 깊이 묻었다. 호리호리한 대령은 배지와 훈장 리본, 쇠사슬 갑옷이 달린 군복을 입고 있었는데, 그것들은 서로 이빨이 부딪칠 정도로 매서운 추위에서도 빛나고 있었다.

"자네도 나처럼 해야 하네… 규칙적으로 생활하고, 운동은 많이 하게… 난 매일 아침 내 방 창문을 열고 피티 체조를 하네… 몸을 단단하게 하기 위해…"

"건너편 방에 있는 여자들한테 그거 참 좋은 구경거리가 됐겠군요." 티전스는 차갑게 말했다. "바로 그것 때문에 지금 나네트와 문제가 생긴 것 아닙니까? … 난 제대로 운동할 시간이 없습니다…"

"맙소사, 그러면 안 되지." 대령이 말했다. 그는 티전스의 팔 아래쪽을 좀 더 강하게 잡고선 막사를 벗어나 길 왼쪽으로 끌고 가려 했다. 하지만 티전스는 오른쪽으로 걸어가려 했기 때문에 그들의 몸은 서로 닿았다. 대령이 말했다. "이보게, 사실은 말이야, 캠피[62]가 여기서도 없어서는 안 될 사람인데도 전투군 지휘를 맡으려고 무진 애를 쓰고 있어. 우린 조만간 짐을 꾸려야 할지도 몰라…"

"그렇다면 이 쇼에서 내가 뭘 해야 합니까?" 티전스가 물었다, 하지만 레빈 대령은 행복한 표정으로 이야기를 계속했다.

"사실 난 그녀에게서 거의 확실하게 약속을 받아냈네. 다음주… 아무리 늦어도 다다음주엔… 그녀가 행복한 그날을 언제로 할지 정하기로 했네."

티전스가 말했다.

"행운을 빕니다! … 진짜 놀라울 정도로 빅토리아식[63]이군요!"

---

[62] Campy: 캠피언의 애칭. 즉 캠피언 장군을 지칭한다.
[63] Victorian: 영국 빅토리아(Victoria) 여왕이 통치하던 시대(1837~1901)의 풍조를 지칭. 이 시대의 풍조는 격식과 형식을 중시하는 것이 그 특징 중 하나였다.

대령은 남자답게 기개를 부리며 소리쳤다. "빌어먹을, 바로 그게 내 말이네… 그게 바로 빅토리아풍이지… 이 모든 결혼준비 과정… 그리고 그게 뭐더라? 영주의 초야권? … 그리고 공증인… 그리고 백작이 한 말씀 하고… 그리고 공작 부인… 늙은 대고모 두 분… 하지만…" 대령은 장갑 낀 오른쪽 엄지를 재빨리 돌렸다… "다음주… 아님 최소한 다다음주…" 이렇게 말하곤 대령은 갑자기 목소리를 낮추었다.

"최소한" 그는 망설이듯 말을 이었다. "점심때엔 상황이 그랬었네… 하지만 그때 이후로… 일이 하나 터졌어…"

"구급 간호 봉사 대원과 잠자리를 하다 들킨 겁니까?" 티젼스가 물었다.

대령은 중얼거리듯 대답했다.

"아니네, 잠자리에서가 아니네… 구급 간호 봉사 대원과도 아니고… 빌어먹을, 기차역에서 음… 장군이 그 여자를 마중 나가도록 날 보냈네… 내니는 공작 부인인 자기 할머니를 배웅가고 있었고, … 내니는 진짜 날 냉혹하게 대했네…"

티젼스는 몹시 화가 났다.

"그렇다면 날 여기로 불러낸 이유가 미스 드 바이와 관련된 그 바보 같은 소동 때문입니까?" 티젼스는 이렇게 소리쳤다. "총사령부에 같이 가주겠습니까? 거기에 마지막 명령이 와 있을 겁니다. 거기 공병들은 전화를 쓰지 못하게 합니다. 그래서 자기 전 마지막으로 들르려고 합니다…" 티젼스는 전기가 들어오고 코크스 난로로 난방을 하는 막사 안에 있는 방에 가고 싶었다. 거기는 일병이 담황색과 푸른 종이에 쓰인 보고서가 가득 든 송판 서류함을 뒤로 하고 공군 기지와 관련된 작업을 하고 있을 것이다. 그건 참 기이한 일이다. 그로비 출신의 크리스토퍼 티전스가 멍하니 만족스러운 시간을 보낼 수 있는 유일한 곳이 다른 중대 사무실에 있다는 사실 말이다. 그곳이 유일한 곳이다… 그런데 왜 그럴까? 그건 정말 기이한 일이다…

하지만 실제로 기이하지는 않다. 가만 생각해보면 불가피한 선택의 문제이기 때문이다. 중대 사무실에서 일하는 일병은 글씨를 잘 쓰고, 초보적인 계산 능력과 수많은 수치와 메시지를 다룰 수 있는 능력을 갖고 있고, 또 믿을 만하다는 이유로 선발되었다. 바로 이것 때문에 그와 다른 병사 간에는 약간의 차이가 있다. 하지만 바로 그 약간의 차이가 그에겐 생과 사의 차이가 될 수 있다. 그가 믿을 만하다고 입증하지 못하면 그는 본래의 임무로 돌아가야 하기 때문이다! 그가 믿을 만하다면, 그는 세면도구와 빨랫감이 담긴 소고기 통조림 상자, 그리고 항시 켜놓은 스토브 위에서 끓고 있는 차가 가득 담긴 야외용 주전자가 있는, 따뜻한 방 테이블 아래서 잘 수 있다… 그곳은 천국 같은 곳이다! … 아니다! 천국은 아니다. 다른 병사들이 보기에 천국 같다는 말이다! … 그는 새벽 1시에 일어나야 할지도 모른다. 몇 킬로미터 떨어진 곳에서 적들이 맹포격을 시작할지도 모른다… 그는 진화벨이 쉴 새 없이 울리고 하사관과 장교들이 바쁘게 돌아다니는 와중에 탁자 아래에서 담요를 젖히고 일어나야 할 것이다… 그는 황갈색 종이 위에 짤막한 명령을 여러 번 반복해서 타이핑해야 할 것이다… 새벽 1시에 일어나야 하는 건 참 짜증스러운 일이다. 하지만 따분하지는 않을 것이다. 적이 드라누트르[64] 마을 앞에 엄청난 탄막 포화를 쳤기 때문에 19사단 전체가 아군을 지원하기 위해 바이웰과 니페[65]로 가는 도로를 따라 이동할 것이다. 만일의 경우⋯

티전스는 잠들어 있는 병사들에 대해 생각해 보았다. 흰 달빛이 비치는 시골 마을, 40명의 병사들이 들어 있는 셀룰로이드 창과 거친 마포로 만든 임시 막사⋯ 잠들어 있는 아르카디아[66]는⋯ 몇 개나 될까? 150만 명의 병사들이 지낼 3만 7천 5백 개의 임시 막사⋯ 하지만 그 기지에는 150만 이상의 병사가 있을지도 모른다⋯ 잠들어 있는 아르카디아 주변엔 어렴풋이 보이는 텐트가 있을 것이다⋯ 한 텐트 안에 14명의 병사들이 들어간다면, 100만 명의 병사들을 위해선 71,421개의 텐트가 필요할 것이다⋯ 그리고 보병, 기병, 공병, 포병대원, 조종사, 고사포병, 통신병, 수의사, 손발 치료사, 육군 병참단 소속 병사, 통신용 비둘기 담당 병사, 위생병, 육군 여자보조부대원, V.A.D.[67] (그런데 V.A.D.는 도대체 무슨 뜻이지?) 군 매점, 텐트병, 막사 피해 관리자, 목사, 신부, 라비,[68] 모르몬교 주교, 브라만[69], 라마승[70], 이맘[71], 아프리카 출신 병사들을 위한 판티족[72] 사제

---

[64] Dranoutre: 벨기에의 서플랑드르(West Flanders)에 있는 휴벨란트(Heuvelland) 지방 자치제의 마을.
[65] Nieppe: 북프랑스 북부 지역에 있는 코뮌(commune).
[66] Arcadia: 옛 그리스 산속의 이상향(理想鄕).
[67] V.A.D.: Voluntary Aid Detachment의 약자로 제1차 세계 대전 때의 '구급 간호 봉사 대원'을 말한다.
[68] rabbis: 유대 교회의 목사.
[69] Brahmins: 힌두교의 카스트 제도에서 최고위 계급. 원래는 사제 계급.

들을 위한 기지창이 필요할 것이다. 이들의 현세에서와 구원과 영적 구원은 중대 사무실에서 일하는 일병에게 전적으로 달려있다… 일병이 실수로 글을 잘못 써 가톨릭교 신부를 얼스터 출신으로 구성된 연대에 보내면, 얼스터 출신 병사들은 그 신부에게 린치를 가하고 모든 것이 엉망이 될 것이다. 그리고 전화할 때 잘못 말하거나, 타자기를 칠 때 오타를 쳐서 새벽 1시에 병력을 드라누트르가 아니라 웨스투트르로 보낼 경우, 드라누트르 전선에 있는 6, 7천명의 불쌍한 병사들은 모두 학살당하게 될 것이다. 그럴 경우 해군만이 우리를 구해줄 수 있게 될 것이다…

하지만 결국, 이 모든 복잡한 일은 만족스럽게 해결되었다. 자신의 몸뚱이를 둥글게 말고 있던 뱀이 매듭을 풀고 나아가듯 신병들도 떠났다… 랍비는 죽기 전 종교 의식을 거행하고 싶어 하는 유대인 병사를 찾아냈고, 수의사들은 발을 저는 노새를, 구급 간호병사 대원들은 턱과 어깨가 떨어져 나간 병사들을, 취사병은 언 쇠고기를, 손발 치료사는 안으로 자라나는 발톱이 있는 병사들을, 치과의사는 어금니가 썩은 병사들을 찾아냈다. 그리고 함대의 곡사포도 기이하게 나무가 많이 모여 있는 협곡에 감추어 놓은 포좌[73]를 찾아냈다… 어쨌든 그들은 거기 도착했다.

자신의 목숨도 경각에 달려있는 그 일병이 잘못 적는다면 그는

---

[70] Lamas: 티베트나 몽고의 승려.
[71] Imams: 이슬람교 예배를 주도하는 성직자.
[72] Fanti: 아프리카 가나 지방의 부족.
[73] 총을 올려놓고 쏘는 장소.

본래 하던 일로 돌아가게 될 것이다. 얼어붙은 라이플총으로, 진흙 탕에 그라운드시트를 까는 일로, 행군의 여파로 필사적으로 발목을 삐는 일로, 부서진 교회 탑이 있는 곳으로, 끊임없이 윙윙거리는 비행기 소리가 들리는 곳으로, 거대한 진창길 위에 깐 미로와 같은 판자 길로, 런던내기 들의 유머가 끊임없이 들리는 곳으로, 불타는 검을 든 천사[74]에게로 돌아갈 것이다. 그게 바로 그의 삶의 이면이다! … 하지만 전체적으로 볼 때 상황은 만족스럽게 흘러갔다.

티전스는 레빈 대령과 함께 임시 막사 사이를 지나 군 식당 쪽으로 걸어갔다. 그들이 걷는 얼어붙은 자갈길에서 저벅저벅 소리가 났다. 대령은 조금 머뭇거렸다. 몸이 가벼운 사람인데다가 신고 있는 멋진 신발 밑창엔 징이 없어서 고정감이 없었기 때문이었다. 그는 놀랄 정도로 아무 말도 하지 않았다. 그는 마지못한 듯이 결국 자신의 생각을 털어놓았다.

"자네는 원래 하던 일… 그러니까 자네가 속한 대대로 돌아가겠다고 왜 신청하지 않나. 내가 자네라면 분명히 그랬을 텐데…"

티전스가 말했다.

"왜 그래야 합니까? 병사 하나가 내 품에서 죽었기 때문입니까? … 오늘 밤에도 12명의 병사가 죽었을 겁니다."

"아마도 더 많은 병사가 죽었을 거네." 대령이 대답했다. "추락한 비행기는 아군 비행기였네… 하지만 그게 요지는 아니네… 빌어먹

---

[74] 「창세기」에서 신은 아담과 이브를 에덴동산에서 쫓아낸 뒤, 생명나무를 지키기 위해 에덴동산 동쪽에 불타는 검과 천사를 배치했다고 한다.

을! … 반대 방향으로 걷는 게 어떤가? … 난 개인적으로… 자네를 아주 존경하네… 자넨 지적인 사람이야…"

티전스는 미묘한 군대 예절에 대해 생각해 보았다.

이 혀짤배기소리를 하는 무능력한 자는 매사 조심스러워하는 참모장교다. 그렇지 않았다면 캠피언 장군이 그를 여기 두진 않았을 것이다. 그는 장군을 따라 하길 좋아했다. 신체적으로 따라 하기 좋아해서, 옷 입는 것에서부터, 가능하다면, 목소리까지 따라했다. 그의 혀짤배기소리는 원래 그의 목소리가 아니라, 약간 말을 더듬거리는 장군을 따라 하다 보니 생겨난 것이다. 특히 그는 장군처럼 문장을 끝맺지 않았고 모든 것을 장군의 관점으로 보았다… 그런데 지금 그에게 이렇게 말한다면 어떨까?

"이보게, 대령…" 혹은 "이보게, 레빈 대령…" 혹은 "이보게, 스탠리…" 아무리 가까워도 장교가 상관에게 해서는 안 되는 것은 "이보게, 레빈…"일 것이다. 그런데 이렇게 말하면 어떨까?

"이보게, 스탠리, 당신은 진짜 바보군. 캠피언 장군이 내가 머리가 좋기 때문에 건전하지 못하다고 한 건 맞는 소리야. 장군은 내 대부이고, 내가 12살 때부터 그 말을 해 왔어. 그리고 말끔히 이발한 자신의 머리에 들어 있는 것보다 내 왼발에 두뇌가 더 많다고도 했지… 하지만 당신이 그렇게 말했을 때, 그건 당신이 앵무새처럼 장군을 흉내 내서 말한 것뿐이야. 당신은 스스로 그런 생각을 할 수도 없어. 아니, 그것에 대해 생각조차 못하지. 당신은 내가 몸도 무겁고, 숨도 금방 헐떡거리고, 자기주장이 세다는 것도 알고 있어… 하지만 내가 당신만큼이나 세세한 부분에 대해서도 유능하다는 것을 당신도 잘 알고 있지. 게다가 내가 아주 꼴불견이란 것도 말이야. 당신은 내가 보고서에다 실수하는 걸 알아차린 적이 없겠지. 보고서를 담당하는 당신 부사관은 알아차렸을지도 몰라. 하지만 당신은 아니야…"

티전스가 멋만 부리는 이 수다쟁이에게 이렇게 말한다면, 파견대를 책임진 장교가 자신의 상관에게 할 수 있는 한계를 벗어난 것인가? 설령 열병 중이 아니어서 친근한 대화를 나눌 때라도 말이다. 열병 중이 아니고 사적인 대화를 나눌 때는 국왕에 의해 임관된 모든 장교들은 동등하다. 누가 더 높은 지위도 아니라고들 한다. 하지만 그건 말도 안 되는 허튼소리다… 열병 중이 아닐 때 어떻게 프랑크푸르트 출신의 중고 옷장수 아들이 그로비 출신의 티전스와 동등할 수 있겠는가? 그는 그 어떤 면에서도 자신과 동등하지 않다. 더 더군다나 사회적으로 보면 더욱 그렇다. 자신이 그를 때린다면 그는 즉사할 것이다. 자신이 그에게 빈정거리는 말 한마디만 해도, 그는 무너져버려 그가 조심스럽게 내세우는 기독교인의 모습 밖으로 웅얼웅얼 거리는 나이 든 유대인의 모습이 드러날 것이다. 그는 자신만큼 총을 잘 쏘지도, 말을 잘 타지도 못하고, 경매에서 능수능란하지도 못하다… 보고서에 관련해서 자신은 자신의 것과 상치되는 보고서를 쓴, 새로 임명된 육군 최고회의 지시단 소속의 그 누구라도 혼쭐을 내 줄 수 있고, 레빈이 첫 번째 명령서의 날짜와 일련번호를 혀짤배기소리로 다 말하기도 전에, 그 보고서에 근거하여 정확하게 12가지 명령서를 작성할 수 있다… 레빈이 주둔군 총사령부에서 일했던 시절, 자신은 프랑스풍의 블루스타킹[75]을 맞이하기 위해 꾸민 방에서 이런 일을 여러 번 했다… 레빈이 마드무와젤 드 바이와의 차 약속이 연기되어 소동을 피우며 화를 내면서도 수염을 멋들어지게 꼬는 동안, 자신은 레빈의 명령서를 작성했다. 당시 레이디 삭스를 동반한 마드무아젤 드 바이는 청회색 주단이 깔린 벽과 화장실이 비치된 18세기 풍의 팔각형 방에서 장작이 타고 있는 난롯가에 앉아 차를 마시고 있었다. 그 차는 계피 냄새가 살짝 풍기는 엷은 차로 손잡이가 없는 값비싼 도자기 컵에 들어 있었다.

마드무아젤 드 바이는 키가 크고 얼굴이 붉은 프로방스 출신의 여자였다. 몸집이 크진 않았지만 키가 크고 몸놀림이 느린 그녀는 잔인했다. 안락의자에 몸을 푹 묻고는 레빈에게 상처 주는 말을 천천히 하는 그녀는 발톱을 세운 앞발을 시험 삼아 뻗는 페르시아 고양이 같았다. 한껏 위로 치켜뜬 눈과 일본인처럼 가느다란 매부리코를 가진 그녀는 프랑스풍으로 멋지게 차려입은 친족들의 수행을 받았다. 그녀의 남동생은 프랑스 육군원수의 운전병이었는데… 이는 귀족들의 징병을 피하는 방식이었다.

그럼에도 불구하고, 열병 중이 아닐 때라도 자신은 참모장교와 사회적으로 동등하다고 할 수 있을 것이다. 하지만 자신이 그보다 우월하다는 것을 보여 주면 안 된다. 특히 지적으로 우월하다는 것을 말이다. 참모장교가 바보 같다는 것을 당사자에게 알게 해 준다면 (그린 사실을 입증하지 않는 한 원하는 만큼 그렇게 이야기할

---

[75] blue-stocking: 여자로서의 집안일보다는 사상과 학문에 더 관심이 많은 여자를 지칭하는 용어.

수는 있다) 분명히 오래지 않아 그 대가를 치르게 될 것이다. 아주 제대로 말이다. 지적으로 뛰어난 것은 영국적이지 않다. 정확히 말해 비영국적이다. 영관급 장교의 의무는 군대를 가능한 한 영국적으로 만드는 것이다… 그러면 참모장교는 하급자를 못살게 굴 것이다. 아주 정당한 방식으로 말이다. 총사령부의 준위들이 우리가 작성한 보고서를 얼마나 엉망으로 만드는지 상상도 못할 것이다. 그래서 계속 괴롭힘을 당한 끝에 결국 다른 부대로 전출되거나 다른 부대로 전출되기를 기도하게 되는 것이다…

그건 참 더럽다. 결과가 아니라 과정이 그렇다는 말이다. 전반적으로 볼 때 자신이 어디서 근무하든 무엇을 하든, 영국 내만 아니면 개의치 않았다. 밤에 영국 해협 건너에 있는 그 나라 생각이 나면 감성적으로 참을 수가 없었다… 자신은 캠피언 장군이 좋아 그의 지휘 하에 있고 싶었다. 그래서 자신이 접촉하고 있는 사람 중 최대한 괜찮은 자들을 장군의 참모로 보내 주었다… 티전스는 이렇게 말했다.

"이보게 스탠리, 진짜 바보 같군." 자신의 말이 사실이라는 것을 입증하지 않은 채 그는 여기서 말을 멈추었다.

대령이 말했다.

"지금 내가 뭐하고 있는 거지? … 반대 방향으로 가면 좋겠네…"

티전스가 말했다.

"안 되네. 난 기지를 떠날 수 없어… 내일 오후에 자네의 그 멋진 결혼 서약의 증인을 서야 하니 말이네. 한 주에 두 번씩이나 기지를 떠날 순 없어…"

"기지 경비대로 내려오면 되네." 레빈 대령이 말했다. "이런 추위에 여자를 기다리게 하고 싶진 않아… 장군의 차에 타고 있긴 하지만…"

티전스가 소리쳤다.

"미스 드 바이를 여기까지 데려온 건 아니겠지? 나랑 이야기를 나누게 하기 위해서?"

레빈 대령은 중얼거렸다. 너무나도 나지막하게 중얼거려서 티전스는 대령이 자신이 하는 말을 듣지 않기를 바란다는 생각이 들었다.

"미스 드 바이가 아니네!" 그러더니 그는 큰 소리로 외쳤다. "빌어먹을, 티전스, 아직도 모르겠나? …"

잠시 이성을 잃고 티전스는 경비실 옆 언덕을 따라 내려가면 검문소 옆에 있는 장군의 차 안에 워놉이 틀림없이 타고 있을 거라는 생각이 순간적으로 들었다. 하지만 그런 생각이 들자마자 곧 바보 같은 생각이라는 것을 알았다. 그럼에도 그는 방향을 바꾸어 임시 막사 사이에 난 넓은 길을 따라 아주 천천히 걸어갔다. 레빈은 분명 서두르지 않았다. 그 넓은 길을 따라가다 보면 임시 막사 끝에 다다를 것이다. 거기서 2에이커 정도의 경사길을 따라 내려가면, 서리로 검은빛을 띤 달빛 아래 점차 희미해져가는 해안경비대의 이동진로를 표시한 흰 돌이 있을 것이다. 저 아래에 있는 어두운 숲속 이동경로 끝에 있는 근사한 롤스로이스 안에서, 레빈이 그토록 두려워하는 누군가가 기다리고 있을 것이다…

잠시 티전스의 등골이 뻣뻣해졌다. 그는 마드무아젤 드 바이와 레빈의 유부녀 애인 간의 일에 개입하고 싶지 않았다… 어쨌든 티전스는 차 안에 있는 사람이 유부녀라고 확신했다… 두려워서라도 유부녀일 거라고 생각했다. 유부녀가 아니라면 뭐놉일지도 모를 일이기 때문이었다. 만일 유부녀라면… 그럴 수는 없을 것이다… 티전스는 갑자기 행복해졌다. 그녀의 모습이 떠올랐기 때문이었다! 모피 모자를 쓴 들창코인 그녀의 작고 아름다운 얼굴을 상상해 보았다. 왜 그런 상상을 했는지 자신도 알 수 없었다. 그녀는 불이 켜진 장군의 차에 앉아 차 유리에 둘러싸인 채, 몸을 앞으로 수그리고 있을 것이다! 차 유리 안쪽에 비친 반영 때문에 근시안처럼 눈을 가까이 대고 밖을 내다보면서…

티전스는 레빈에게 말했다.

"이보게, 스탠리… 내가 왜 자네에게 어리석다고 말했냐하면 미스 드 바이에게는 중요한 사치품이 하나 있기 때문이네. 질투심을 보여주는 사치 말이네. 질투를 느끼는 것이 아니라 질투심을 과시하는 것이네."

레빈은 아이러니컬하게 물었다. "내 면전에서 내 약혼녀에 대해 논하는 건가? 영국 신사로서. 그로비의 티전스가?"

"물론" 티전스가 말했다. 그는 여전히 행복하다고 느꼈다. "신랑 들러리로서, 그걸 알려주는 건 내 의무이니까. 어머니가 결혼 전의 딸에게 이야기를 해주듯, 신랑 들러리도 결혼 전 순진한 남자에게 이야기해 준다네… 자넨 늘 젊은 여자에 관해 내 의견을 구하지 않았나…"

"난 지금 의견을 구하고 있는 것이 아니네." 레빈은 몹시 투덜거리듯 말했다.

"그렇다면 지금 자네 무엇을 하려고 하는 건가? 저기 아래에 있는 캠피언 장군의 차안에 자네가 버린 애인이 타고 있는 거 아닌가? …" 그들은 지금 티전스의 중대 사무실로 이어지는 골목에 다다랐다. 희미하게 보이는 병사들이 중대 사무실에 반쯤 찼다.

레빈 대령이 거의 하소연하듯 소리쳤다. "난 애인이 있어본 적이 없네…"

"자넨 총각이잖나?" 티전스가 물었다. 그는 자신의 농 섞인 말을 좀 누그러뜨리기 위해 이렇게 물었다. "괜찮다면 저기 가서 병사들을 한번 둘러보아야겠네. 자네에게 보낸 명령이 왔나 좀 보기도 할겸."

희미한 먼지와 카키색 군복 냄새가 가득 찬 임시 막사에는 그 어떤 명령서도 없었다. 대신 그는 몸을 꼿꼿이 세운 금발의 식민지에서 온 일병을 만났다. 선임상사 카울리가 그에 대한 가슴 아픈 이야기를 하였다.

"대위님, 캐나다 철도역에서 복무하던 이 병사의 모친이 에타플에서 여기까지 오셨습니다. 병든 몸을 이끌고 토론토에서 오셨습니다."

티전스가 말했다.

"그래서? 빨리 출발하게."

이 병사는 마을의 주택지가 시작되는 기지 바로 밖, 시가 전차 궤도 끝에 있는 작은 술집에서 기다리고 있는 자신의 모친을 만나러 가게 해달라고 요청했다.

티전스가 말했다. "그건 불가능하네. 절대적으로 불가능해. 자네도 알지 않나."

몸을 꼿꼿이 세운 병사는 아무 표정이 없었다. 속으로 자신을 질책하고 있었던 티전스에게 그의 푸른 눈은 아주 정직해 보였다. 그는 병사에게 말했다.

"제군도 그것이 불가능하다는 것을 잘 알고 있지 않나?" 병사는 천천히 말했다.

"이런 상황에서 규칙을 모른다고 말할 순 없죠. 대위님. 하지만 제 모친은 아주 특별한 경우입니다… 어머닌 이미 아들 둘을 잃으셨습니다."

티전스가 말했다.

"많은 사람이 그래… 자네가 외출증 없이 나가면, 내가 장교직을 박탈당할 수도 있다는 것은 알지? 난 자네들을 전선으로 보낼 책임이 있어."

병사는 자신의 발을 내려다보았다. 티전스는 발렌타인 워놉이 지금 자신에게 이렇게 하고 있다고 중얼거렸다. 이 병사의 청을 일시에 거절하여야 한다. 티전스는 워놉이 여기 있는 듯한 느낌에 사로잡혔다. 그런 느낌에 사로잡히는 것은 참 어리석긴 하지만 그랬다. 그는 병사에게 말했다.

"자넨 모친께 작별인사를 하지 않았나. 떠나기 전 토론토에서 말이야?"

병사가 말했다.

"못했습니다, 대위님." 그는 자신의 어머니를 7년 동안이나 보지 못했다고 했다. 전쟁이 발발했을 때 그는 칠쿳에 있었고, 전쟁이 발발했다는 것도 10개월 동안이나 듣지 못했다고 했다. 그 후 그는 브리티시 컬럼비아에서 입대했는데, 곧장 철도역에서 복무하다가 캐나다 군대의 기지가 있던 올더숏에 파견되었다고 했다. 그는 거기 가기 전까지도 자신의 형제들이 전사했다는 사실을 몰랐다고 했다. 그의 어머니는 아들들의 전사 소식에 몸져누워 이 병사의 부대가 지나가는 토론토로 갈 수 없었다고 했다. 그의 모친은 토론토에서 100킬로미터 정도 떨어진 곳에 거주하고 있는데, 기적처럼 자리에서 일어나 그 먼 길까지 온 것이라고 했다. 그리고 62세의 나이에 미망인인 그의 모친은 매우 몸이 약하다고 했다.

하루에도 열 번씩 하는 것이지만 발렌타인 워놉의 모습을 그려보는 것은 참 어리석다는 생각이 들었다. 자신은 워놉이 지금 어디에 있는지 전혀 몰랐다. 워놉이 어떤 상황에 있으며 심지어 어느 집에 있는지조차 몰랐다. 하지만 워놉과 워놉의 모친이 베드포드 파크에 있는 그 초라한 집에 아직도 있을 거라고는 생각지 않았다. 그들은 이제 경제적으로 나아졌을 것이다. 자신의 부친이 돈을 남겨주었으니 말이다. 티젠스는 이렇게 중얼거렸다. "어디에 있는지도 모르면서 그 모습을 상상하는 건 참 터무니없는 일이야." 그는 병사에게 말했다.

"초소 옆에 있는 막사 출입구에서 모친을 만나도 되겠나?"

"작별 인사를 오래하진 잃을 겁니다. 대위님." 병사가 밀했다. "어머니는 막사 안으로 들어오지 못하시고, 전 막사 밖으로 나가지도 못합니다. 그러니 보초병 바로 앞에서 이야기를 나누는 셈이 될 겁니다."

티전스는 중얼거렸다.

"1분 동안만 만나서 이야기를 한다는 것이 얼마나 황당한 일인가! 그래 만나서 이야기해봐라…" 다음 날 같은 시간에. 아무것도 아닐 것이다… 만나지 않고 이야기를 안 하는 것이나… 하지만 1분 동안이라도 발렌타인 워놉을 만난다는 환상적인 생각이… 그녀는 막사 안으로 들어오지 못하고 자신은 밖으로 나가지 못한다. 보초병 바로 앞에서 이야기를 나누는 것은… 이런 생각이 드는 순간 앵초꽃 냄새가 나는 것 같았다. 워놉과 같은 앵초꽃. 그는 선임상사에게 말했다.

"이 친구는 어떤 친구야?" 입을 벌린 채 긴장하고 있던 카울리는 숨을 헐떡였다. 티전스가 말했다.

"이 추위에 밖에 서 있으시기엔 자네 모친의 몸이 견디기 힘들 것 같은데?"

"아주 괜찮은 병사입니다." 선임상사는 드디어 말을 이었다. "최고의 병사입니다. 문제도 전혀 일으키지 않았습니다. 행실도 아주 좋고, 교육도 아주 성실히 받았습니다. 민간인 시절에 철도 엔지니어로 근무했습니다. 물론 군에는 지원했고요."

티전스는 병사에게 말했다. "기이하게도 지원병 중 불참자의 퍼센티지가 더비 출신의 지원병과 강제 징용된 병사들의 불참자 퍼센티지와 같네… 자네가 파견병에 합류하지 않으면 자네에게 어떤 일이 생길 줄 알고 있나?"

병사는 침착하게 대답했다.

"네, 아주 잘 알고 있습니다."

"총살당할 거란 걸 알고 있단 말이지? 자넨 전혀 도망칠 기회가 없어."

티전스는 열렬한 반전주의자인 발렌타인 워놉이 자신이 하는 말을 듣는다면, 자신에 대해 어떻게 생각할지 한번 생각해 보았다. 하지만 이렇게 말하는 것은 자신의 의무였다. 군인으로서 뿐만 아니라 인간으로서의 의무였다. 장티푸스 세균에 감염된 물을 마시면 장티푸스에 걸린다고 경고해주는 것이 의사의 의무이듯, 이것은 바로 자신의 의무다. 발렌타인 역시 불합리할 때가 있다. 그녀는 사살대에 의해 총살당할 가능성이 있다고 병사에게 말하는 것이 잔인하다고 생각할 것이다. 티전스는 신음소리를 냈다. 발렌타인 워놉이 자신에 대해 어떻게 생각하느냐에 대해 신경 쓰는 것 자체가 아무 의미 없다는 생각에서였다. 아무 의미 없다. 의미가 없다. 의미가 없어…

다행스럽게도 병사는 파견대에서 일탈하면 어떤 처벌을 받게 되는지 아주 잘 알고 있다고 말했다. 티전스가 하는 말의 의미를 간파한 선임상사는 소란을 떨며 병사에게 말했다.

"자, 자! 대위님 말씀하시는 걸 들었지? 대위님이 말씀하실 때 끼어들지 마."

"자넨 총살당하게 될 거야." 티전스가 말했다. "새벽에… 문자 그대로 새벽에 말이야." 그들은 왜 새벽에 총살을 집행할까? 다신 해가 뜨는 것을 보지 못하게 할 거란 사실을 상기시키기 위해서일 것이다. 하지만 병사를 약에 취하게 하여 병사는 설령 해를 본다고 해도 알지 못할 것이다. 로프로 의자에 묶인 채… 그건 사살대에겐 더 끔찍한 일이다. 티전스는 이 병사에게 이렇게 덧붙였다.

"내가 자네를 모욕주려 한다고 생각지는 말게. 자넨 제대로 된 사람 같아 보이네. 하지만 제대로 된 사람들도 도주할 수 있는 법이거든…" 티전스는 선임상사에게 말했다.

"이 병사에게 두 시간짜리 통행허가증을 주게. 그 술집 이름이 뭐든 거기로 갈 수 있게 말이야… 파견병들은 2시간 후에 이동할 거네." 그는 병사에게 이렇게 덧붙였다. "파견병들이 술집 앞을 지날 때 냅다 달려 대열에 합류하게. 미친 듯이 달리란 말이야. 알겠나? 그때가 자네가 합류할 수 있는 마지막 기회야."

이 소박한 멜로드라마에 귀를 기울이고 있던 밀집한 청중들이 낸 동료의 행운에 대한 갈채와 부러움의 소리는 하나로 섞여 웅얼거리는 소리로 들렸다. 이 청중들이 입은 카키색 군복은 너무도 개성이 없어 휘둥그레진 그들의 눈만 눈에 띠었다. 그들은 최대한의 갈채를 보냈다. 하지만 발렌타인 워놉이 갈채를 보낼지 안 보낼지에 대해 신경 쓰는 것은 아무 의미가 없다. 또 이 병사가 과연 돌아올지에 대해서도 알 수 없다. 실제로 어머니가 오지 않았을 수도 있다. 어쩌면 애인이 왔을 가능성도 많다. 그리고 이 병사가 탈영을 할 가능성도 많다… 이 병사는 자신의 눈을 똑바로 쳐다보았다. 하지만 강렬한 열정, 도망가고 싶은 열정이나 여자에 대한 열정, 이런 것들로 자기의 안면 근육을 통제할 수 있을 것이다. 강렬한 열정 앞에선 그 정도는 별것 아니니 말이다. 최후 심판의 날엔 신의 얼굴도 똑바로 보고 거짓말 할 수 있을 것이다. 그런 경우라면 말이다.

도대체 자신은 발렌타인 워놉에게서 무엇을 원하는 것일까? 자신은 왜 그녀에 대한 생각을 그만둘 수 없는 것일까? 티젼스는 아내에 대한 생각, 정확히 말해 이제는 아내가 아닌 사람에 대한 생각을 멈출 수 있다. 하지만 발렌타인 워놉에 대한 생각은 꿈틀거리며 계속 그의 뇌리로 들어왔다. 밤낮으로 온종일. 그것은 강박관념 같았다. 광기였다… 그 멍청이들이 말하는 소위 콤플렉스였다! … 우리가 태어날 때, 당연히 유모가 우리에게 행한 어떤 것, 혹은 부모님이 우리에게 한 말 때문에 생기는 것 말이다… 강렬한 열정 때문에? … 그렇게 강렬하지는 않다. 그렇지 않았더라면 자신도 사라졌을 테니 말이다. 어쨌든, 실비아로부터… 자신은 그러지 않았다. 진짜 그러지 않았나? 뭐라 말할 수 없다…

임시 막사 사이의 골목은 분명히 더 추웠다. 어떤 병사는 계속 "후… 후… 후…" 혹은 이와 비슷한 소리를 내며 팔을 위아래로 흔들며 뛰었다. "손과 발을 맞추고 제자리걸음! …" 누군가가 이 불쌍한 병사들을 정렬시키고 그들을 계속 돌려야 한다. 하지만 그들은 구령을 모를지도 모른다. 그건 경비대들의 비법이다… 도대체 이 친구들은 여기서 왜 서성이고 있는 거지? 티젼스가 물었다.

한두 명의 병사는 모른다고 했으나, 대다수 병사들은 쉰 목소리로 이렇게 대답했다.

"동료들을 기다리는 중입니다…"

"난 자네들이 어디 들어가서 기다릴 거라 생각했네." 티젼스가 빈정거리듯 말했다. "하지만 내 말에 신경 쓰진 말게. 그건 자네들 문제니까…" 이런 마음이 모여… 강력한 열정이 되어 간다. 50미터도 채 안 떨어진 곳에, 대기하는 병사들을 위한 따스한 방이 있다.

하지만 이들은 이빨을 떨며, 웅얼거리듯 "후, 후" 하고 소리를 내면서도 30초 동안 잡담할 시간을 벌려고 이렇게 서 있다. 영국 선임상사가 한 말과 장교가 한 말, 그리고 그들이 몇 달러나 주었는지에 대해, 그리고 물론 자신들이 말대답했는지에 대해 잡담을 나누기 위해서 말이다. 쉰 목소리의 이 캐나다 병사들은 런던내기나 링컨셔 출신의 바보 같은 자들의 허세가 전혀 없었고 아주 진지했다. 그들은 전쟁의 규칙을 배우고 싶어 하는 것 같았다. 그들은 중대 사무실에서 얻은 정보에 대해 진지하게 논의했으며 마치 복음서를 전해 듣듯 자휘관을 바라다보았다.

하지만 티전스 자신은 바로 그 순간 운명의 여신에게… 뭐라고 말대꾸하며, 발렌타인 워놉에게 말할 30초의 시간을 얻기 위해서라면, 얼어붙은 지옥에서 30개월을 기꺼이 보내겠다고 운명의 여신과 협정이라도 맺었을 것이다. 지옥에서 목까지 얼음 속에 파묻혀 있었고, 눈꺼풀에 고드름이 달려서, 단테[76]에게 앞을 볼 수 있도록 눈꺼풀에 달린 고드름을 떼어내 달라고 간청한 사람은 누구였지? 그런데 단테는 그가 기벨린[77]이라는 사실에 그의 얼굴을 발로 찼지… 진짜 못된 작자야, 단테는… 진짜… 누구 같아… 아! 실비아 티전스[78]… 사람을 몹시도 싫어하지! … 그는 실비아가 틀어박혀 있는 수녀원에

---

[76] Dante Alighieri(1265~1321): 이탈리아의 시인으로 그의 대표작은 『신곡』(La Divina Commedia)이다. 이 신곡은 「지옥」, 「연옥」, 「천국」 편으로 구성되어 있는데, 지금 소개하고 있는 내용은 「지옥」 편에 나온 것이다.
[77] Ghibelline: 교황당에 반대하여 독일 황제를 지지한 당파의 한 사람.
[78] 실비아는 단테처럼 가톨릭 교도였기에 기벨린과 같은 개신교도를 싫어했기 때문이다.

서 그녀의 증오심이 파도를 타고 자신에게 다가오는 것을 상상해 보았다. 피정을 갔다… 티젠스는 아내가 피정을 간 것으로 생각했다. 피정 갈 거라고 말했으니 말이다. 전쟁이 끝날 때까지… 전쟁 동안 혹은 살아 있는 동안, 둘 중 더 긴 기간 동안… 그는 수녀원 침대에 몸을 구부리고 누워 있는 실비아를 상상해 보았다. 멋진 머리를 늘어뜨린 채… 증오하면서… 천천히 그리고 냉담하게… 가만 살펴보았을 때 뱀의 머리가 그렇듯이… 눈은 미동도 하지 않고 입은 꽉 다문 채… 먼 곳을 바라보면서 증오심을 품은 채… 실비아는 버컨헤드에 있을지도 모른다… 증오심을 보내기엔 너무 먼 거리다. 얼음처럼 차가운 밤, 하나의 나라와 바다를 건너야 하니…! 그 검은 대륙과 바다를 건너… 공습과 U보트[79] 때문에 소등한 상태에서… 하지만 그 순간 실비아에 대해 생각할 필요는 없었다. 실비아는 자신의 생각에서 완전히 벗어나 있었기 때문이었다.

밤이 깊어가자 더 이상 따뜻해지지 않았다… 그 바보 같은 레빈 대령조차도 마지막 임시 숙소가(이 숙소 너머에는 비탈길과 흰 돌로 이루어진 작은 길이 있었다) 드리운 어두운 달그림자 속에서 재빨리 위아래로 왔다 갔다 하였다… 늘 차고 다니는 참모 장교의 멋진 장신구로 여자들의 시선을 끌기 위해 외투를 입지 않는다는 것을 자랑했지만 말이다.

티젠스가 말했다.

"기다리게 해서 미안하네… 정확히 말해 그 여자 분께 미안하

---

[79] U-boats: 독일 잠수함.

네… 하지만 살펴보아야 할 병사가 있었네… 그리고 알다시피…
'병사를 위하는 것, 배려라고나 할까? 그것이 실제 전투 다음으로 우선 되어야 한다'라는 규칙이 있지 않나… 요새 내 기억력이 형편없어져서… 그런데 자넨 내가 이 언덕을 내려갔다 숨이 차 다시 씨근거리고 돌아오기 바라지… 어떤 여자를 만나기 위해!"

레빈은 날카롭게 외쳤다. "빌어먹을, 이 멍청한 친구야! 저기 아래서 자네를 기다리는 사람은 바로 자네 부인이야."

3

 부대원들에게 전쟁 원인에 대해 특별 강연을 하는 것이 과연 바람직한가에 대한 보고서를 11시까지 써야 했던 티전스는 독한 럼펀치[80] 한 잔을 마신 뒤, 펜이 끼어 있는 장교용 수첩을 들고, 6개의 군용 담요를 뒤집어쓴 채 침낭 위에 앉아 있었다. 그의 옆에 있는 야전의자 위엔 싸구려 프랑스 소설이 놓여 있었다. 이 순간 티전스의 마음에 참모장교의 붉은 금장처럼 분명하게 떠오른 한 가지 사실은 그 바보 같은 레빈이 진짜 우스꽝스럽다는 것이었다. 레빈의 신발 밑창에는 징이 박혀 있지 않아 얼어붙은 언덕을 걸을 때 제대로 움직일 수 없어서, 레빈은 한두 걸음 걷다가 두 다리를 번갈아 비틀거렸다. 그리고 거의 움직일 수가 없게 되었을 때는 심지어 티전스의 팔꿈치까지 잡았다. 그러면서도 레빈은 가쁜 숨을 내쉬며 혼란스러운 말을 내뱉었다.
 레빈은 놀라우면서도 화려한, 또 멜로 드라마적이기까지 한 기묘한 진술을 했다. 티전스와 함께 언덕을 비틀거리며 내려갔다가, 티

---

[80] rum punch: 럼에다 갖가지 과즙·설탕·탄산수를 섞은 음료.

전스의 팔에 매달려 다시 비틀거리며 언덕으로 올라온 레빈은 실비아의 행동에 관한 끔찍한 소식을 전해주었다. 하지만 그의 이야기는 그가 티전스에 대해 얼마나 많은 애정을 지녔는지 보여주는 데 그쳤고 별다른 결과를 야기하지는 못했다… 이 잿빛 세상 밖에 있는 모호한 지역에서, 버터 없이 티 파티를 벌이고 있는 민간인들이 살고 있는 이 모호한 지역에서, 온갖 종류의 기묘한 일들이 자신을 중심으로 벌어지고 있는 것 같았다.

무릎을 위로 올리고 부드러운 울로 된 침낭을 턱까지 올린 채 웅크리고 앉아 있던 티전스는 기묘한 냄새를 뿜어내는 석유난로를 욕했다. 자신이 해야 할 일은 두 달 후 다시 돌아왔을 때 대대에 어떤 명령이 떨어졌었나를 파악하려고 하는 것과 같은 일이었다… 친숙하지만 약간 낡은 장교 대기실로 돌아왔을 때 우리는 당번병에게 최근 두 달 동안 내려진 명령서를 가져오라고 한다. 명령서에 있는 것과 있지 않을 것이 무엇인지 모르면 목숨이 위태롭게 될 수도 있기 때문이다… 헬멧을 착용하고 전선까지 가라는 육군최고 회의 지시단의 명령이 있을 수도 있고, 난형(卵形) 수류탄을 항상 왼쪽 가슴 주머니에 넣고 다니라는 대대 명령이 있을 수도 있다. 혹은 새 가스 헬멧을 착용하는 법을 자세히 알려주는 설명서도 있을 수 있다… 전령은 희미하게 타이핑된 헝클어진 서류 뭉치를 건네줄지도 모른다. 손으로 너무 만져 읽을 수 없을 정도로 닳아버린 서류 말이다. 게다가 11월 26일 날짜가 찍힌 명령서들이 12월 1일 날짜가 찍힌 명령서 가운데 끼어져 있기도 하고, 12월 10일과 25일, 29일 날짜가 찍힌 명령서는 하나도 없을 수도 있다… 이를 보고 총사령부가 A중대에 대해 매우 모독적인 말을 했을 거란 추정을 할 수 있을 것이다. 또한 하톱이란 자가 장교직을 박탈당했다는 것과 C중대의 결손 자금을 확인하려고 열린 특별 조사 위원회가 그 불쌍한 웰스 대위가 27파운드 11실링 4페니를 더 썼다는 사실을 확인한 뒤, 웰스 대위에게 당장 부대장에게 그 액수를 지급하도록 요구했다는 사실 등등을 추정할 수 있을 것이다…

그 어두운 언덕을 오고 가는 동안 티전스가 레빈에게서 들은 것 중 잊혀 지지 않는 몇 가지 사실이 있었다. 우선 장군이 레빈에게 티전스가 몹시 격한 사람이라 그에게 그의 아내가 막사 출입구에 있다고 말한다면 티전스가 분명히 레빈을 때려눕힐 거라고 말했다는 것, 그리고 레빈이 스스로를 오래된 퀘이커 교도의 후손이라고 생각한다는 것(티전스는 이 말을 듣고 '맙소사'하고 탄식했다), 그리고 레빈이 계속해서 언급한 그 알 수 없는 '소동'은 실비아가 곤경에 처한 장군에게 계속해서 편지를 보냈으며, 티전스가 실비아의 가장 좋은 시트를 훔쳤다고 실비아가 고소했다는 것이었다… 그밖에도 더 많이 있었다. 하지만 티전스는 최악의 상황을 맞이했기 때문에 아내와의 결별이 갖는 의미를 모든 측면에서 차분하게 생각해 보기로 했다. 아내와의 결별이 갖는 사회적 측면뿐만 아니라 다른 모든 측면도 직시하고자 했다. 티전스가 알기로는 영국 상류층이 결혼 생활을 유지하거나 포기하는 근간에는 "소란 피우지 않기"라는 철칙이 있다. 일반 사람들뿐만 아니라 하인들 앞에서도 소란을 피우지 않는 것이다. 그에게는 자신의 인간관계, 열정, 심지어 별로 중요하지 않는 자신의 행동의 동기 등, 자신의 사생활을 지키려는 본능이 삶에 대한 본능만큼이나 강했다. 그는 남들에게 노출된 삶을 사느니 차라리 죽는 길을 택했을 것이다.

그날 오후까지, 티전스는 자신의 아내 역시 자신의 일이 다른 신분의 사람들에게 논의되느니 차라리 죽음을 택할 거라고 생각했다… 하지만 그런 가정은 이제 물 건너갔다. 수정되었다… 물론 아내가 미쳤다고 할 수도 있을 것이다. 하지만 아내가 미쳤다고 한다면 그들 관계의 상당 부분을 수정해야 할 것이다. 길고 폭넓게 말이다…

임시 막사 건너편 끝에 있는 군의관 당번병이 말했다.

"불쌍한 09모건…" 나지막하고도 조롱하는 듯한 어조였다…

몇 시간 전부터 티전스는 군의관에게 빌려 쓰고 있는 이 임시 막사안의 삐걱거리는 야전 침대에 누울 때 맛보게 되는 육체적 안락의 순간을, 아내와의 관계를 냉정하게 생각해볼 시간으로 정했다. 하지만 그게 쉽지 않다는 게 드러났다. 임시 막사는 엄청나게 더웠다. 티전스는 맥켄지 대위(진짜 이름이 맥케츠니, 그러니까 제임스 그랜트 맥케츠니라는 사실이 밝혀졌다)를 불러 이 임시 막사 다른 쪽 끝을 사용하도록 했다. 그 다른 쪽 끝은 캔버스 천으로 된 칸막이와 줄무늬가 있는 인디언 커튼으로 나뉘어 있었다. 잠이 오지 않았던 맥케츠니 대위는 군의관 당번병과 끝날 것 같지 않은, 긴 이야기를 나누기 시작했다.

군의관의 당번병도 잠을 이룰 수 없었다. 맥케츠니 대위처럼 정신이 좀 나간 당번병은 어딘지도 모를 산간벽지에서 온, 영어를 거의 할 줄 모르는 웨일즈 출신이었다. 그의 머리는 카리브 해의 야만

인처럼 덥수룩했고, 분노에 찬 듯한 그의 검은 눈은 사시였다. 광부 출신인 그는 의자보다는 자신의 발을 깔고 앉는 게 더 편해보였다. 거의 이해할 수 없는 그의 말은 나지막하게 우는 소리처럼 들렸는데 놀랍게도 이따금 이해할 수 있는 문구가 들려오기도 했다.

이들의 대화가 신경은 쓰였지만 이들이 이야기를 나누는 것은 당연한 것이었다. 군의관 당번병은 폭탄 때문에 실제로 정신이 나갔다. 1년 전 글라모건셔 6연대는 독일군의 고성능 폭탄 공격을 받았기 때문이다. 그전에 그는 맥케츠니 대위의 중대에 있었다. 군장교가 자신의 부대에 있던 사병과 이야기를 나누는 것은 아주 합당한 일이다. 특히 부상을 당해 오랫동안 떨어져 있다가 만나게 된 경우는 더욱 그렇다. 게다가 맥케츠니는 존스인지 에반스인지 하는 이 병사를 두 시간 반 전인 그날 밤 11시에 처음 만났다. 그래서 이들은 땅딸막한 병에 꽂힌 촛불 아래에서 지금 조용히 이야기를 나누고 있는 것이다. 당번병은 맥케츠니의 머리맡에 앉아 있었고, 잠옷 차림의 맥케츠니는 침대에서 반쯤 나와 베게 위로 몸을 빼고 사지를 뻗었다. 이따금 하품도 하고 묻기도 하면서 말이다. "그런데 호이트 중대 선임상사는 어떻게 되었나?" 그들은 새벽 3시 반까지라도 이야기를 나눌 것 같았다.

하지만 자신의 아내와의 관계가 정확히 어떤지 되짚어 보려는 사람한테는 이들의 대화가 신경에 거슬렸다.

군의관 당번병이 놀랍게도 09모건에 관한 이야기를 해 생각을 방해받기 전까지, 티젠스가 되씹어 보았던 과거는 이랬다. 아내는 추호의 여지 없이 창녀가 분명했다. 마찬가지로 티젠스 자신은 한 치의 오차 없이 육체적으로 아내에게 충실했다. 따라서 법적으로 자신은 충실했다고 주장할 권리가 있는 것이다. 하지만 그러한 사실은 별로 중요하지 않다. 아내가 고압적인 태도로 정조를 지키지 않고 일탈한 뒤에도, 자신은 아내에게 자신의 집에 거주하도록 하고 자신의 성도 사용하도록 했다. 아내는 자신을 증오하고 이해하지 못하면서도 몇 년 동안 자신의 곁에서 살았다. 하지만 정절을 지킨다는 조건에서였다. 그러다 자신이 프랑스로 떠나기 전 음산한 새벽녘에 아내는 자신의 몸을 미친 듯이, 마치 앙심이라도 품은 듯 열망했다. 어쨌든 육체적인 열망이었다.

그때 아내는 일시적으로 그런 미친 듯한 감정을 느꼈던 것이다. 하지만 평온한 시기에도, 집의 안주인으로서 그리고 상속자의 어머니로서 아내에게는 같이 사는 남자에 대한 소유권을 주장할 권리가 있다. 같이 자지는 않았지만 계속해서 마음이 서로 오가면 몸에 대한 소유권도 얻게 되는 것이 타당하지 않은가? 그건 아주 가능한 일이다. 그렇다면…

신이 보기에 무엇 때문에 자신들의 관계가 절단 난 것인가? … 분명히 그날 오후까지도 아킬레스건이 절단되듯이, 자신들의 결합도 절단 났다고 생각했다. 새벽녘 집밖에서 운전사에게 "패딩턴으로!"라고 분명하게 외치던 아내의 목소리에 의해서 말이다. 티전스는 매우 조심스럽게 어둠에 거의 묻혀버린 거실에서 마지막으로 아내와 만났을 때의 일을 세세하게 돌이켜보았다. 당시 거실 반대편 끝에 있었던 아내는 흰 인광체처럼 보였다…

그날 자신들은 영원히 헤어졌다. 자신은 프랑스로 갈 예정이었고,

아내는 대개 패딩턴에서 출발하는 버컨헤드 근방 수녀원에 피정가 기로 되어 있었다. 하여튼 그건 이별이었다. 그래서 자신은 그 여자 에게 갈 수 있게 된 것이다.

티전스는 옆에 있던 캔버스 천으로 만든 의자 위에 놓인 물을 탄 럼주를 한 모금 마셨다. 미지근해서 형편없었다. 티전스는 꼭 감기 에 걸릴 것 같아 당번병에게 럼주를 좀 더 독하고 달게 탄 다음 데워 가져오도록 명령했다. 실비아에 대해 냉정하게 생각해야 한다는 마 음에 술을 마시지 않으려 했었다. 오랫동안 생각해야 할 일이 있을 땐 절대 술을 마시지 않는 것이 철칙이었기 때문이다. 그 철칙은 전쟁을 경험한 후 더 강화되었다. 솜므[81]에 있었던 어느 여름날 아 침 4시에 경계 태세가 발효되었다. 참호에서 나와, 회의적인 생각에 잠긴 채, 가느다란 흉벽 너머로 흐릿하게 보이는 혐오스러운 회색 풍경을 둘러보았다. 혐오스러운 초소와 너무나도 취약한 가시철망, 부서진 바퀴, 파편, 혐오스러운 독일군 진지 너머에 있는 안개가 보 였다. 회색 적막이었다. 앞에는 회색 공포, 뒤에는 민간인들이 있었 다! … 그때 당번병이 약간의 럼을 넣은 차를 한 잔 가져다주었다. 삼사 분 뒤면 이 세상은 눈앞에서 변할 것이다. 쇠로 된 엄체판(掩 體板)[82]은 인간이 고안해 낼 수 있는 가장 효율적인 보호 장치로 변할 것이고, 부서진 바퀴는 밤에 무인지대[83]를 공습할 때 참고할

---

[81] Somme: 프랑스 북부의 도(道).
[82] 대포 주변에 두른 금속제 보호판.
[83] No Man's Land: 1차 대전 때부터 생겨난 이 표현은 교전 중인 적군 사이에 설정된, 아무도 들어갈 수 없는 지역을 뜻한다.

편리한 이정표가 될 것이다. 밀려서 일그러진 흉벽을 다시 세우게 될 때, 중대원들이 그 흉벽을 만드느라 상당히 고생했다는 사실을 인정하게 될 것이다. 독일군에 대해 이야기하자면, 우리는 그 짐승 같은 무리들을 죽이러 여기 온 것이다. 하지만 그들을 생각할 때 혐오감이 느껴지지는 않았다… 사실 우리는 변했다. 다른 식의 진지한 마음을 갖게 되었다. 새벽이 되자 안개가 장밋빛을 띠는 것처럼 보이는 건 럼 때문이 아니라고 말할 수는 없을 것 같다.

따라서 물 탄 럼주에 손도 대지 않기로 결심했다. 하지만 너무나도 목이 말라 기계적으로 마실 것에 손을 뻗었다. 그러다 자신이 무엇을 하고 있는지 깨달은 순간 멈칫했다. 왜 목이 말랐을까? 술도 마시고 있지 않았는데 말이다. 심지어 저녁도 먹지 않았다. 그런데 왜 평상시 상태와 다른 것인가? … 지금 자신의 상태는 평상시와 아주 달랐다. 아내와 헤어졌기 때문에 그 여자에게 다가갈 수 있게 되었다는 사실을 갑작스럽게 깨달았기 때문이었다… 하지만 그때까지 자신은 그러한 생각을 전혀 하지 못했다.

이렇게 중얼거렸다. 이 사실을 체계적으로 검토해 봐야 해! 지상에서 살게 될 날까지 체계적으로 말이야…

이번에 프랑스에 왔을 때 자신이 지상에서 벗어났다고 생각했다. 여기서 지낸 몇 개월 동안 자신은 세속적인 것과 인연을 끊은 것 같았다. 수녀원에 있는 실비아와의 관계도 끝났다고 생각했다. 워놉에 대해서는 그 어떤 생각도 할 수 없었다. 하지만 그녀와의 관계도 끝난 것처럼 보였다.

그날 밤의 일을 다시 떠올리기는 쉽지 않았다. 우리는 기분이 내키지 않으면 연속적으로 어떤 생각을 할 수 없다. 우리가 원하든 원하지 않든 그건 마음이 결정할 일이다… 3개월 전에 자신은 아내 때문에 아주 고통스러운 아침을 맞이했다. 그 고통은 아내가 억지로 자신에게 관심 있는 척한다는 확신이 갑자기 들어서 생긴 것이었다. 아마도 그건 척한 것뿐이었을 것이다. 실비아는 궁극적으로 레이디이며 별로 품위 없어 보이는 사람에게 진심으로 관심을 두는 부류의 사람은 아니었기 때문이다… 하지만 아내는 상대방이 몹시 불편해할 거라고 생각했다면 억지로라도 완벽하게 그런 척할 수 있는 사람이다…

하지만 그런 건 아니었다. 그런 건 아니다. 흥분해서 그는 이렇게 중얼거렸다. 티젠스는 워놉도 자신들의 이별이 영원한 것이라고 생각하지 않을 수 있다는 사실에 흥분되었다. 그건 아주 새로운 전망을 펼쳐주었다. 하지만 그 새로운 전망이 아내와의 관계를 냉철하게 분석하는 데 도움이 되지는 않았다. 교훈을 도출해내기 전 사실 관계부터 확실히 해야 한다. 그는 주둔군 총사령부에 보고하는 것처럼 정확한 말로 아내와의 관계에 관해 이야기해야 한다고 중얼거렸다… 그리고 물론 워놉과의 관계에 대해서도 말이다. "글로 쓰는 게 나을 거야." 티젠스는 이렇게 중얼거렸다.

그는 수첩을 잡고 큰 글씨로 이렇게 썼다.

"내가 새터스웨이트와 결혼했을 때" 그는 징확히 총사령부에 보고하는 것처럼 쓰려고 했다. "당시 나는 몰랐지만, 아내는 자신이 드레이크라는 자의 아이를 임신했다고 생각했다. 하지만 나는 당시에 아내가 임신했다고 생각진 않는다. 이 문제에 관련해서 무엇이

113

사실인지 논쟁거리가 될 수 있다. 나는 나의 후계자이자 상당한 위치에 있는 우리 가문의 후계자인 이 아이에 대해 상당한 애착이 있다. 몇 번인지는 모르겠지만 아내는 여러 차례 불륜을 저질렀다. 아내는 나의 대부인 에드워드 캠피언 장군의 집에서 계속 만나왔던 장군의 참모 퍼론과 함께 떠났다. 이들의 관계에 대해 장군은 물론 의심하지 않았다. 퍼론은 지금 다시 캠피언 장군의 참모가 되었다. 장군은 같이 오래 있던 부하에 대해 애착을 갖고 있었기 때문이다. 하지만 퍼론은 무능한 장교이기 때문에 단지 장식적인 직책에만 임명되었다. 그렇지 않았다면 정규군으로 오랫동안 일을 해왔기 때문에 그는 장군이 되었을 것이다. 지금 그는 겨우 소령이다. 여담같이 들릴 퍼론에 대해 이런 이야기를 하는 것은, 이 주둔군에 그가 있다는 사실이 개인적으로 역겹기 때문이다.

퍼론과 함께 수개월 동안 떠나 있던 아내는 집으로 돌아오고 싶다고 내게 편지를 썼다. 나는 아내의 청을 받아들였다. 나의 원칙은 이혼하지 않는 것, 특히 내 아이의 어머니하고는 이혼하지 않는 것이었다. 난 아내의 탈선을 알리려 하지 않았기 때문에, 내가 아는 한 그 누구도 아내가 집에 없었다는 사실을 알지 못했을 것이다. 아내는 로마 가톨릭[84]교도이기 때문에 나와 이혼할 수도 없었다.

아내가 퍼론이란 자와 떠나 있는 동안 나는 부친의 오랜 친구이자 캠피언 장군의 오랜 친구이기도 한, 어떤 분의 딸인 워놉이란 젊은 여자를 알게 되었다. 우리와 같은 사회적 신분의 사람들은 우

---

[84] 20세기 초반까지 로마 가톨릭은 이혼을 금했다.

리와 상당히 가까운 관계를 맺을 수 있다. 나는 워놉 양에 대해 강한 애착은 아니지만 호감을 갖게 되었다는 사실을 즉시 깨달았고, 워놉도 나와 같은 감정을 느끼고 있다고 자신했다. 하지만 워놉 양과 나는 자신의 감정에 대해 말하는 타입의 사람들이 아니었기 때문에 서로 속마음을 털어놓지 않았다… 이것이 특정한 사회적 신분의 영국인들이 지닌 불리한 점이지만 말이다.

이런 상태가 몇 년 계속되었다. 6, 7년쯤 된 것 같다. 퍼론과의 탈선에서 돌아온 뒤, 내 생각에 아내는 다른 남자를 전혀 만나지는 않았다. 나는 이따금 워놉 양을 그녀의 어머니의 집에서나 행사가 있을 때 종종 만났지만, 어떨 때는 상당 기간 만나지 못했다. 우리 중 누구도 서로에 대한 애정 표현은 하지 않았다. 아무도 하지 않았다.

내가 두 번째로 프랑스에 가기 전 어느 날 나는 아내와 아주 힘든 시간을 보냈다. 처음으로 우리는 아이의 아버지가 누구인지, 그리고 그 외의 다른 문제에 대해 논의했다. 약속에 따라 오후에 육군성 밖에서 워놉을 만났다. 그 약속은 내가 아니라 아내가 한 약속이었다. 당시 나는 거기에 대해 전혀 몰랐다. 워놉에 대한 나의 감정을 아내가 나보다도 더 잘 알고 있었던 게 틀림없었다.

세인트 제임스 공원에서 나는 워놉 양에게 그날 저녁 내 애인이 되어줄 수 있는지 물었다. 그러겠다고 해서 우리는 약속을 잡았다. 나는 그것이 그녀가 나에 대해 애정이 있다는 증거라고 생각했다. 우리는 서로 애정 어린 말을 주고받은 적이 없었다. 젊은 여자가 애정을 느끼지 않으면서도 유부남과 잠자리를 같이 하겠다고 하지는 않을 것이다. 하지만 아무 증거는 없다. 그땐 물론 내가 프랑스로 떠나기 몇 시간 전이었다. 그럴 때 젊은 여자들은 감상에 사로잡힐 수 있다. 그래서 좀 더 쉽게 허락했을 수도 있었을 것이다.

하지만 우리는 하지 않았다. 우리는 새벽 1시 반에 그녀의 시골집 정원 문에 함께 몸을 기대고 있었다. 그리고 아무 일도 일어나지 않았다. 우리는 그런 일을 하지 않는 부류의 사람이라는 사실에 동의했다. 우리가 어떻게 동의하게 되었는지는 모른다. 우리는 말을 하다가 끝마치지도 않았기 때문이다. 하지만 그건 아주 열정적인 장면이었다. 나는 모자챙에 손을 대고 '안녕'이라고 말했다. 아니면 '안녕'이란 말도 하지 않았는지도 모른다. 아니면 그녀가… 난 기억이 안 난다. 내가 하고 있었던 생각과 그녀가 하고 있었다고 믿고 있던 생각만 기억할 뿐이다. 하지만 그녀가 그런 생각을 하지 않았을 수도 있다. 그건 알 수 없다. 어떤 생각을 하고 있었는지 따지는 것은 바람직하지 않다… 단지 영원한 이별이라고 그녀가 생각하고 있었다고 내가 믿었다는 사실 이외에는 말이다."

티전스는 이렇게 소리쳤다.

"이런, 내가 땀에 흠뻑 젖었군! …"

땀이 비 오듯 흘러내리고 있었다. 그는 자신의 생각이 미치는 대로, 혹은 생각이 가는 대로 내버려두고 싶은 강한 열망으로 가득 찼다. 하지만 거기서 막혔다. 그는 그 생각을 표현하기로 결심했다. 그는 다시 글을 써 내려갔다.

"새벽 2시에 집으로 간 나는 어두운 거실로 들어갔다. 불빛이 필요 없었다. 난 거실에 앉아 오랫동안 생각에 잠겼다. 그때 방 저쪽 끝에서 실비아의 목소리가 들려왔다. 그건 참 끔찍한 상황이었다. 여태까지 나에게 그런 증오심을 갖고 이야기한 사람은 없었다. 아내는 미친 것 같았다. 아내는 내가 워놉과 육체관계를 갖게 되면… 내가 자신에게도 육체적 욕망을 느낄 거라고 생각한 것 같았다… 나는 아무 말도 하지 않았지만, 아내는 내가 워놉과 육체적 접촉을 하지 않았다는 것을 알았다. 아내는 날 파멸시키고 내 군 생활도 망치겠다고 위협했다. 내 명예를 더럽히겠다고도 했다… 나는 아무 말도 하지 않았다. 아무 말도 하지 않은 건 잘한 일이었다. 아내는 내 얼굴을 한 대 때리고는 가버렸다. 잠시 후 아내는 반쯤 열린 문으로 전쟁 중인 로마 가톨릭 군인들의 수호자인 성 미카엘의 모습이 새겨진 금메달을 던졌다. 난 아내의 그 행동을 마지막 이별을 고하는 의미로 받아들였다. 더 이상 메달을 차고 다니지 않음으로써 내가 안전하게 돌아오기를 바라는 기도를 더 이상 하지 않겠다는 의미로 받아들였다… 하지만 내 스스로의 안전을 위해 내가 그 메달을 차고 다니길 바란다는 의미였는지도 모른다… 나는 아내가 하녀와 함께 계단을 내려가는 소리를 들었다. 건너편 굴뚝 꼭대기 너머로 새벽이 다가오고 있었다. 나는 아내가 '패딩턴으로'라고 외치는 소리를 들었다. 분명하고 높은 톤의 목소리였다! 그런 뒤 차가 출발했다.

　나는 물건을 챙겨 워털부로 갔다. 아내의 모친인 새터스웨이트 부인은 나를 배웅하기 위해 기다리고 있었다. 장모는 당신 딸이 배웅하러 오지 않아 몹시 괴로워하고 있었다. 장모는 이러한 사실이 우리가 영원히 이별했다는 것을 의미한다고 생각했다. 나는 아내가 워놉에 대해 자신의 모친에게 이야기했다는 사실을 알고는 놀랐다. 아내는 자신의 생각을 절대 남에게 말하지 않는 사람이었기 때문이다. 심지어 자기 어머니에게도 말이다… 몹시 괴로워하고 있던 장모는 (장모는 나를 좋아한다) 실비아가 무슨 일을 저지를지 몰라 몹시 우울하다고 했다. 나는 장모의 말에 웃었다. 장모는 아내의 고해성사 신부이기도 한 콘셋 신부가 몇 년 전 아내에 대해 한 이야기를 내게 해주었다. 콘셋 신부는 내가 다른 여자를 좋아하게 되면, 아내는 다시 나를 손에 넣기 위해, 그러니까 나의 평온을 깨기 위해… 무슨 짓이라도 저지를 것이라고 말했다고 하였다… 장모가 하는 말을 이해하기 어려웠다. 출발하는 기차 옆에서 속내 말을 하는 건 쉽지 않았으리라. 장모와의 대화도 아주 깔끔하지 못하게 끝이 났다."

이 순간 티전스는 다른 사람이 들을 정도로 크게 신음소리를 내어, 임시 막사 반대쪽에 있던 맥케츠니 대위는 티전스에게 뭐라고 이야기하지 않았나하고 물었다. 티전스는 이렇게 대답하여 위기를 모면했다.

"여기서 보니까 촛불이 막사 옆면에 너무 가까이 있는 것 같군. 하지만 괜찮을 거 같네. 이 막사는 불이 붙지 않는 재질로 만들었으니까."

계속 글을 써 봤자 소용이 없는 것 같았다. 자신은 작가도 아니며 이 글이 자신에게 심리적 기준점을 제공하지도 못하기 때문이다. 게다가 자신은 심리에 대해 잘 알고 있는 사람도 전혀 아니다. 하지만 우리는 다른 것과 마찬가지로 심리에도 능해야 한다… 그렇다면… 영국에서의 마지막 날에 실비아가 보인 광기와 잔인함의 근저에는 무엇이 있었을까? … 맞다! 자신에게는 알리지 않은 채 자신과 워놉을 만날 수 있도록 약속을 정한 사람은 바로 실비아였다. 실비아는 자신과 워놉이 서로를 품에 안지 않을 수 없도록 하고 싶었던 것이다. 그건 아주 분명하다. 실제로 실비아가 그렇게 말했으니 말이다. 하지만 실비아는 그러한 사실을 나중에야 말했다. 자신의 노림수가 성공하지 못했을 때였다. 아내는 연애 책략에 대해 너무도 많이 알고 있어 미리 자신의 패를 보여주진 않는다…

아내가 왜 그랬을까? 분명 부분적으로는 나에 대한 동정심에서였을 것이다. 아내는 내가 지옥 같은 시간을 보내도록 했기 때문에 분명히 한순간이라도 내가 좋아하는 여자의 품에서 내가 위안을 얻기 바랐을 것이다… 빌어먹을, 다른 사람이 아니라 바로 실비아가 나로 하여금 그 여자에게 내 애인이 되어 달라는 요청을 하게끔 하다니. 아침에 가진 그 잔인한 대화로 성적으로 흥분한 아내는 내가 여태까지 단 한 번도 애정 어린 말을 한 적 없었던 젊은 여자에게 나로 하여금 불법적인 성관계를 제안하도록 한 것이다. 그것은 가학적인 애정의 결과다. 이것이 이 현상을 과학적으로 설명할 수 있는 유일한 방법이다. 아내가 자신이 하려고 하는 것이 무엇인지 잘 알고 있다는 것은 의심의 여지가 없다. 아침 내내 시간적 간격을 두고 고통스러운 신체 부위에 집중적으로 채찍질을 하는 사람처럼, 아내는 내가 발렌타인 워놉을 애인으로 가졌다고 반복적으로 비난했다. 진짜 미칠 정도로 반복했다. 우리는 영지 문제를 처리했고 많은 일을 매듭지었다. 우리는 우리 집안의 상속자를 아내의 종교인 로마 가톨릭교도로 키우기로 정했다. 또 우리들의 관계와 과거를 고통스러울 정도로 들추어냈다. 내 아이의 아버지가 누군지에 대해서도… 하지만 내 마음이 칼에 베인 듯한 고통으로 꿈틀거릴 때 실비아는 불쑥 그 비난의 말을 쏟아냈다. 내가 발렌타인 워놉을 애인으로 가졌다고 또 비난했다…

나는 신을 두고 맹세할 수 있다… 그날 아침까지도 내가 그 여자에 대해 열정을 갖고 있다는 사실을, 바다처럼 깊고 끝없는 열정, 전 세계가 떨리는 것 같은, 해소할 수 없는 갈증과도 같은, 생각만 해도 창자가 뒤집힐 것 같은, 그런 열정을 갖고 있다는 사실을 전혀 깨닫지 못했다는 것을 말이다… 하지만 나는 자신의 감정을 면밀히 따지는 그런 부류의 사람은 아니었다… 빌어먹을, 그 빌어먹을 막사에서 그 여자를 생각하는 그 순간에도, 렘브란트 그림처럼 명암이 뚜렷한 임시 막사에서 그 여자에 대해 생각할 때조차도, 나는 그녀를 워놉 양[85]이라고 불렀다.

자신이 열정적으로 사랑하고 있다고 의식하는 젊은 여인을 생각할 때 그런 식으로 생각하진 않는다. 나는 사랑하고 있다고 의식하고 있지 않았던 것이다. 물론 그전에도 전혀 의식하지 않았다. 바로 그날 아침까지 말이다…

그때… 그 일로 나는 해방되었다… 그 일로 분명 나는 해방된 것이다… 그 어떤 여자도 공식적인 자신의 남편을 남편에게 다가오

---

[85] 티전스는 워놉을 칭할 때 이름을 부르지 않고, 예의를 갖추어 미스 워놉 이라고 부른다. 심지어 그는 혼잣말을 할 때조차도 미스 워놉(워놉 양)이라고 부름으로써 그가 얼마나 보수적 인물인지를 보여주고 있다.

는 첫 번째 여자의 품에 던져주고 나서, 자신은 남편에 대해 권리가 있다고 생각할 수 없을 것이다. 특히 남편이 프랑스로 가는 날 남편을 떠난 여자의 경우에 말이다! 그런데 그 일로 난 해방된 것일까? 분명히 해방되었다.

물을 탄 럼주를 재빨리 잡는 바람에 약간의 술이 엄지까지 흘러내렸다. 많은 양의 술을 들이키자 금방 몸이 따뜻해졌다.

도대체 나는 지금 무엇을 하고 있는 것인가? 이 모든 자기성찰에도 불구하고 말이다! … 빌어먹을, 나는 지금 자신을 정당화하고 있는 것이 아니다… 실비아와 관련된 일에 있어서는 아주 올바르게 처신해왔다. 워놉에 대해선 아닐지도 모른다… 그로비의 크리스토퍼 티전스가 자신을 정당화할 필요가 있다면, 그로비의 크리스토퍼 티전스가 된다는 게 무슨 의미가 있겠는가? 그건 생각도 할 수 없는 일이다.

분명 나는 일곱 가지 큰 죄[86]에서 자유롭지 못하다. 남자로서 말이다. 거짓말 할 수는 있다. 하지만 이웃에게 거짓 증언은 하지 않았다. 살인할 수는 있다. 하지만 그것을 유발하는 도발을 받았고 살기 위해서 한 것이다. 부정직한 스코틀랜드인에게서 가축을 받는 것을 절도라고 생각할지도 모른다. 그게 요크셔 출생자들의 의무지만 말이다. 또한 간음을 할 수도 있다. 불건전하게 거기에 대해 소란피지 않는 한 말이다. 그건 봉건 군주의 권리나. 나는 개인석으로 그런

---

[86] seven deadly sins: 기독교에서 말하는 7가지 큰 죄는 교만, 시기, 분노, 나태, 탐욕, 식탐, 정욕이다.

죄를 지은 적이 없다. 그렇게 할 수 있는 권리와 그 결과에 대해 책임지는 권리를 유보할 수도 있다…

도대체 실비아에게 무슨 문제가 있는 것일까? 아내는 지금 자신의 게임을 포기하고 있다. 아내가 그러는 것을 본 적이 없다. 아내가 나를 워놈에게 보낼 수 있는 가장 확실한 방법은… 나의 사적인 삶에 끼어들어 노골적으로 상스럽게 구는 것이다. 아내가 여태까지 해온 것은 하인들 앞에서 소란 피는 일이었다. 그러더니 이젠 내 부대의 병사들 앞에서 소란을 피웠다. 하지만 실비아는 그런 실수를 하지 않았었다. 그건 하나의 게임이었다. 어떤 게임일까? 짐작조차 할 수 없다! 아내는 앞으로 내가 자신을 집안으로 들일 거라고 기대하지는 못할 것이다… 아내는 무슨 게임을 하려는 것일까? 아내가 아무런 목적 없이 그런 상스러운 행동을 했다고는 믿을 수 없다.

아내는 교양 있는 사람이다. 여태까지 아내가 그래왔다고 생각한다. 그런데 지금 아내의 행동에는 여자들이 지닌 모든 결함이 있다. 아니면 그렇게 보이는 건지도 모른다. 그렇다면 그것은 아내가 내 울타리 안에 있어서일까? 하지만 내가 어떻게 다른 방식으로 살아갈 수 있었겠는가? 아내는 정숙하지 못했다. 결혼 전에도, 후에도 늘 정숙하지 못했다. 너무나도 고압적인 태도로 정숙하지 않아 몹시 불쾌했지만 아내를 비난할 수조차 없었다. 아내가 퍼론이란 자와 도피 행각을 벌인 후에도 나는 아내를 다시 집에 들였다. 아내가 나에게 그 이상의 요구를 할 수 있을까? … 난 거기에 대한 답을 찾을 수 없었다. 게다가 그건 내 일도 아니다!

하지만 이 한심한 여자가 왜 그런 행동을 했는지에 대해 신경 쓰지 않는다 해도 이 여자는 내 상속자의 어머니다. 그런데 아내는 자신이 부당한 일을 당했다고 떠들고 다닌다. 그런 일이 아이에게 어떤 영향을 미칠까? 하인들 앞에서 소란이나 피는 여자를 어머니로 갖는 거 말이다! 그건 아이의 인생을 망칠수도 있다…

아내가 이런 일을 하고 다녔다는 것은 외면할 수 없는 사실이다. 아내는 지난 두 달, 아니 그 이상 동안, 장군에게 수많은 편지를 보냈다. 처음에는 단지 내가 어디 있는지, 건강 상태는 어떤지, 위험한 상태에 있는지 등등에 관해 묻는 편지였다. 얼마 동안 노장군은 아주 적절하게도 이 일을 나에게 알리지 않았다. 장군은 전선에 있는 남편을 걱정하는 아내의 자연스러운 문의 편지로 받아들였을 것이다. 장군은 내가 아내에게 보내는 편지에서 내 상황을 제대로 말해주지 않았거나, 내가 부상을 입었는데도 혹은 몹시 위험한 상태에 있는데도 이를 숨기고 있다고 아내가 믿고 있기 때문이라고 생각했다. 어떤 경우라도 그것은 유쾌한 일은 아닐 것이다. 여자들은 자기 남자가 어떻게 잘 되는지 혹은 잘못되었는지에 대해 알아내려고 남자의 상관을 괴롭혀서는 안 된다고 장군은 생각한다. 하지만 아내는 그러질 않았다. 아내는 캠피언 장군뿐만 아니라 장군의 집안과 아주 가깝게 지냈다. 장군은 나의 대부였지만 아내와 더 친밀한 관계였다. 아내의 편지 내용은 눈에 띄게 점점 더 심해져갔다.

정확히 아내가 뭐라고 했는지 알아내기가 쉽지 않았다. 나의 정보 전달 통로인 레빈은 너무도 신사 같아서 뭐든 직접적으로 이야기하지 않았기 때문이다. 너무나 신사 같았고 내가 명예를 존중하는 사람이란 걸 믿어 의심치 않았던 레빈 대령은 자신을 당혹스럽게 만들 작정을 하고 있던 실비아의 매력에 너무도 당혹스러워하고 있는 것 같았다… 하지만 실비아는 편지 문제에 있어서나 여기 왔을 때 사람들과 가진 대화에 있어서 그 도가 지나쳤다. 여기 왔을 때, 실비아는 국왕의 특전 혹은 참모장교들이 영광스럽게 생각하는 그 무엇을 가지고 돌아오는 퍼론(이 세상 사람 중에서도 바로 그자라니!)과 대화를 나누면서, 아무런 패스포트나 증빙 서류 없이 잔교 끝에 있는 나무 상단위에 서 있는 보초병을 지나 이곳으로 걸어 들어왔다고 한다. 그건 진짜 실비아다웠다.

레빈의 말에 따르면 캠피언 장군은 여태까지 그 누구도 당하지 않았을, 아주 끔찍한 질책을 퍼론에게 했다고 한다. 전임자와 마찬가지로 여자를 자신의 사령부에 절대 들이지 않으려던 이 불쌍한 장군에게 이 일은 몹시 곤혹스러웠을 것이다. 장군은 레빈에게 미스 드 바이와 결혼식을 올린 후 첫 번째 배로 미스 드 바이가 프랑스를 떠나도록 조처하지 않는다면, 그녀와의 결혼을 절대 허락할 수 없다고 했다고 한다. 레빈에게 이 일은 엄청난 시련이었을 것이다. 레빈은 미스 드 바이와 같이 떠날 작정이었지만, 전쟁이 벌어지는 동안에 그녀는 프랑스로 돌아올 수 없었기 때문이다. 이 일로 그녀의 귀족 친척들은 야단법석을 떨었고 레빈은 결혼 성사비로 15만 프랑을 더 내야 했다. 장교의 부인은 그 어떤 경우라도 프랑스로 올 수 없었기 때문이다. 결혼하지 않은 여자가 프랑스로 오는 것은 막지 못하지만 말이다…

캠피언 장군은 아침 일찍 실비아로부터 내가 프랑스에 있다는 사실을 그녀의 6촌인 류젤리 공작이 몹시 못마땅해한다는 편지를 받앉고, 그날 오후 4시엔 실비아가 정오 기차로 이곳에 도착할 거라는 전보를 (실비아가 직접 그 전보를 아브르[87]에서 보냈다) 받았다고 한다. 장군은 실비아가 여기 온다는 사실과 실비아의 도착 시간에 맞추어 자신의 차를 보내지 못할 거란 사실에 마음이 몹시 불편해 했을 것이다. 하지만 프랑스 철도원들의 파업으로 실비아의 도착이 지연되었다. 캠피언 장군은 실비아가 오고 있다는 것을 내가 틀림없이 알고 있다고 생각하며, 그 어설픈 자를 나에게 보냈고, 레빈을 태워 루앙 역으로 자신의 차를 보냈던 것이다.

사실 장군은 몹시 혼란스러웠을 것이다. 내가 실비아의 가장 좋은 시트를 훔칠 정도로 실비아를 학대했다고 확신하면서도, 내가 실비아와 공모하고 있다고도 확신하고 있었기 때문이다. 캠피언 장군은 내가 지적이기 때문에 병사들을 파견하는 것 같은 하찮은 일을 맡은 것에 대해 불만이 있으며, 장군의 참모와 같은 아주 편한 직위를 원한다고 확신하고 있을 것이다… 레빈은 캠피언 장군도 마음속으로는 내가 더 높은 지위에 있어야 한다고 생각하고 있기 때문에 상황이 더 악화되었다고 말했다. 장군은 레빈에게 이렇게 말했다고 한다.

"빌어먹을, 사실 자네보다는 티젠스가 내 정보 부서에서 일해야 해. 하지만 그 친구는 건전하지 않아. 바로 그래. 불건전하고 너무 똑똑해… 그래서 스윈들펌프킨즈에게도 얼이 나길 징도로 쉴 새 없이 지껄여댈 거야…" 스윈들펌프킨즈는 장군의 애마였다. 장군은

---

[87] Havre: Le Havre(르 아브르). 프랑스 북부 센느강 어귀에 있는 항구 도시.

말을 하는 것을 싫어했고, 실제로 자신의 직업과 관련된 일 이외에는 말을 하지 않았다. 특히 나에게는 말을 하지 않았다. 말할 경우 자신이 틀렸다는 사실이 입증되고 따라서 자신에 대한 믿음이 손상되기 때문이었을 것이다.

그래서 그는 몹시 화가 났고, 혼란스러웠을 것이다. 장군은 자신의 지휘 체계에서 일어나고 있는 모든 골치 아픈 일의 근저에는 내가 있다고 믿고 있었을 것이니 말이다.

하지만 모든 사실을 종합적으로 고려해 본 장군은 나도 내 아내가 프랑스에 무슨 일로 오는지 자신보다 더 잘 알고 있는 것 같지 않다는 생각이 들었을 것이다.

해안경비대들이 다니는 미끈미끈한 순찰 길을 걸으면서 레빈은 고통스럽게 우는 듯한 어조로 말했다. "자네 부인은 자네가 자신의 시트를 가져갔다고 불만을 제기했네. 그리고 미스… 미스 와노스트로흐트[88]에 대해서도 이름이 맞나? … 장군은 시트에 대해선 별 신경을 쓰시지는 않네만…"

캠피언이 자신과 가깝게 지내는 사령부내의 구성원들과 함께 거주하는 커다란 태피스트리가 걸린 방에서, 실비아는 내가 저지른 여러 잘못을 캠피언 장군과 레빈에게 고해바치는 일종의 회담을 주재했다고 레빈은 말했다. 퍼론 소령은 자신은 의견을 피력할 자격이 없다며 면제해 달라고 했는데, 이는 레빈 말에 따르면 퍼론 소령이 티전스 부인과 관련된 구설수에 오른 것에 대해 캠피언 장군이 비

---

[88] 워놉이라는 이름을 정확히 알지 못해서 한 말이다.

난했기 때문에, 퍼론 소령이 부루퉁해서였다고 했다. 레빈은 장군이 그런 말을 하는 건 좀 어리석다고 생각한다고 말했다. 그러면서 장군의 참모가 귀부인을 에스코트하면 안 된다는 말이냐, 참모들이 초등학교 학생이라도 되느냐 하며 반론을 폈다. 그러면서 레빈은 몸을 떨면서 이렇게 더듬거리며 말했다.

"하지만 자넨… 자네 말이야… 자네 부인에게 편지를 쓰지 않는 건 진짜 잘못이네. 이런 말을 해서 미안하네만 불쌍한 자네 부인은 진짜 자네 걱정으로 제정신이 아니었던 것 같네… 그래서 장군의 차를 타고 저 언덕 아래서 자네를 기다리고 있었던 거야. 자네가 살아 있는 모습을 한 번이라도 보기 위해서 말이지. 사령부에서 자네가 살아 있고, 여기 있다고 아무리 말해도 자네 부인은 믿지 않았던 거지."

사실 아내는 그리 오래 기다리지 않았다. 위병소 밖에 있는 보초병과 이야기를 나눈 뒤 내가 아직 살아 있음을 확신하게 된, 실비아는, 불쌍한 레빈은 알아서 시가 전차로 돌아가게 하고는, 운전병에게 호텔 드 라 포스트로 돌아가자고 했기 때문이다. 우리는 불이 환하게 켜진 차가 방향을 바꾸어 저 아래 길을 따라 나무 사이로 사라지는 것을 보았다. 뭔가 마음 한 구석에 생각하는 게 있을 때 병사들이 그렇듯이, 보초병은 아주 단답형으로, 그리고 무뚝뚝하게, 선임상사가 내 아내에게 내가 건강하게 살아 있음을 확인시켜 주기 위해 경비대원을 모두 내보냈다고 말했다. 이 자상한 선임상사는 나에게 아무런 편지도 받지 못해 내 아내가 몹시 걱정스러워하는 것 같아, 일반적으로 장성들이 찾아왔을 때 (한번은 부대장이 왔을 때) 취하는 조치를 했다고 했다. 방이 마련되지 않은 이 위병소에 자기 옷을 거의 다 찢어버려 완전히 나체 상태가 된 만취한 병사가 둘 있어서였다고 했다. 선임상사는 자신의 조처가 잘못된 건 아니기 바란다고도 했다. 주둔 헌병대가 이 만취한 병사들을 캠프 밖으로 데리고 나가 헌병대 영창에 넣어야 하는 것이 맞으나, 이들의 옷 상태와 이들의 격렬한 행동을 보고는 헌병 대신 자신들이 그렇게 하는 게 맞다는 생각이 들었다고 했다. 만취한 병사들이 '할렉의 사나이들'[89]이란 노래를 부르는 것을 보니, 그들 상태가 선임상사의 말과 같다는 생각이 들었다. 또 선임상사는 내 아내가 없었다면 경비대원들을 내보내지 않았을 거라고 덧붙였다.

"진짜 똑똑한 친구네, 선임상사 말이야." 레빈 대령이 말했다. "자네 부인을 설득하는 데는 그보다 더 나은 방법은 없었을 거네."

나는 이렇게 말했다. 하지만 그렇게 말하면서도 그렇게 이야기하지 않기를 바랐다.

"빌어먹을 정도로 똑똑한 친구지." 나의 신랄한 어조를 감지한 레빈은 아내에 대한 나의 태도를 질책했다. 내 행동에 대해서가 아니라, 실비아를 친절히 대한 선임상사에 관해 이야기할 때의 내 어조에 대해서였다. 나는 명예를 존중하는 사람이라는 자신의 믿음을 레빈은 철석같이 고수하고 있었기 때문이다. 그리고 내가 아내에게 편지를 쓰지 않아 이런 일이 일어났기 때문이라고도 했다. 나는 나

---

[89] Men of Harlech: 1461년에서 1468년 동안 있었던 할렉 성 공성전을 묘사한 군대 행진곡.

와 아내가 헤어진 상황을 고려해볼 때, 내가 아내에게 편지를 보내면 그건 아내에게 치근덕거리는 것으로 보일 수 있어서였다는 말을 할까 하고 한번 생각해 보았다. 하지만 난 15분 동안이나 아무 말도 하지 않았고, 이 일은 결혼을 화제로 하는 레빈의 독백으로 결국 끝났다. 결혼 문제는 그 당시 레빈의 뇌리를 지배했기 때문이었다. 레빈은 남편에게 온 모든 편지를 아내가 읽어볼 수 있어야 한다고 생각한다고 했다. 이것이 그가 생각하는 낭만적인 결혼 생활이다. 내가 아이러니컬한 어조로 난 아내가 읽으면 안 될 편지를 쓴 적도, 받은 적도 없다고 말하자, 안개 속에 묻혀 있던 레빈은 몸의 균형을 잃을 정도로 크게 소리쳤다.

"이보게, 나도 그럴 거라 생각했네. 자네가 그렇게 말하는 걸 들으니 기분이 아주 좋군." 레빈은 나를 모델 삼아 자신도 그처럼 살고 행동했으면 좋겠다고 덧붙였다. 레빈은 자신의 재산과 미스 드 바이의 재산을 합칠 작정이기 때문에, 이 결혼은 자신의 경력의 전환점이 될 거라고 했다.

4

 장군의 운전병이 센스가 없어서 레빈이 있는 곳으로 돌아오지 않을 경우를 대비해, 우리는 사령부에 전화하기 위해 언덕 위로 되돌아갔다. 하지만 아무런 방해를 받지 않고 티전스가 회상할 수 있었던 장면은 거기까지였다. 그는 자신의 무릎 위에 펼쳐놓았던 네모난 공책을 연필로 눌렀다. 그러고는 자신에 대해 쓴 보고서의 마지막 단어를 몇 번이고 바라보았다. 그가 작성한 인터뷰는 아주 깔끔하지 못하게 끝났다. 그 단어 위로 어두운 언덕의 모습이 떠올랐다. 공습이 끝나 마을의 불빛이 하늘까지 퍼졌다…
 하지만 바로 그 순간 군의관의 당번병이 익살맞고 아이러니컬한 어조로 그 이름을 쉰 목소리로 불렀다.
 "불쌍한… 09모건! …" 이때 티전스는 얼굴 높이로 들고 있던 흰 종이 위로 불그스레한 자주색 엷은 막이 흔들거리는 것을 느꼈고, 그다음에는 주홍 물감이 칠해진 것 같은 끈적끈적한 표면을 보았다. 그것은 움직이고 있었다! 이건 피곤한 탓에 망막에 생긴 현상으로 그에겐 아주 친숙한 것이었다. 하지만 티전스는 자신이 이렇게 허약하다는 사실에 분노가 일었다. 그는 중얼거렸다. 그 불쌍한 09의 이름만 들어도 망막에 그의 피가 선명하게 맺히다니. 그는 점점 더 희미해지는 그 상이 종이 오른쪽 끝으로 움직이더니, 푸른색으로 변하여 희미하게 빛나는 것을 보았다. 그는 아이러니컬하게 그것을 지켜보았다.

티전스는 중얼거렸다. 그 친구가 죽은 게 내 책임인가? 내 속마음은 그렇다고 생각하고 있는 걸까? 그건 말도 안 되는 소리다. 말세다! 황당한 말세다⋯ 하지만 그 별 볼 일 없는 바보 같은 레빈이 그날 저녁 그로비가의 티전스인 나와 내 아내와의 관계를 알아야겠다고 했다. 그것은 아주 황당한 말세 같은 일이다! 그건 생각할 수조차 없다. 장교가 사병의 죽음에 대해 책임져야 한다는 말처럼 생각할 수도 없는 일이다⋯ 하지만 그런 생각이 들었던 것은 확실하다. 어떻게 자신이 그 죽음에 대해 책임이 있을 수 있겠는가? 하지만 사실상 문자 그대로는 자신의 책임이었다. 병사가 고향에 가느냐 마느냐는 전적으로 자신의 결정에 달려있었기 때문이다. 그 병사의 삶과 죽음은 자신의 손에 달렸었다. 자신은 전적으로 정확한 절차를 따랐다. 그래서 그 병사의 고향에 있는 경찰서에 편지를 썼고, 경찰서는 그 병사를 고향에 오지 못하게 해달라고 했다⋯ 경찰이 내세운 근거는 참 특이했다. 그들은 권투 선수가 그 병사의 침실과 세탁소를 다 차지하고 있기 때문에 병사를 집으로 보내면 절대 안 된다고 했다⋯ 싱식이라고 하기에는 진싸 특이했다. 십숭팔구⋯ 그들은 레드 캐슬의 레드 에반스[90]와의 싸움에 말려들고 싶지 않았기 때문

---

[90] Red Evans of the Red Castle: Evans Williams of Castell Goch를 지칭. 웨일

이었을 것이다.

잠시 보이는 것 같았다… 아니 실제로 보았다… 09모건의 눈을. 그에게 휴가를 허락하지 않겠다고 했을 때 놀란 표정으로 자신을 바라보던 그의 눈을… 그건 놀랍다는 표정이었다! 화가 난 게 아니라 믿을 수 없다는 표정이었다. 이해할 수 없는 선고를 신이 내릴 때, 신의 왕좌에서 3미터 이상 떨어져 있는 아주 작은 존재인 우리 인간이 신을 바라볼 때의 표정 같았다! … 신에게 고향으로 휴가를 보내달라고 간청했는데 신이 거절하다니… 티전스라는 신의 이름은 축복받은 것이 아니라, 기이하기만 하다!

살아 있었지만 지금은 죽은 사람을 생각하니, 거대한 어둠이 다가오는 것만 같았다. 그는 중얼거렸다. 나는 몹시 피곤해. 하지만 부끄럽지는 않았다… 그건 죽은 사람을 생각할 때 엄습해 오는 어둠이었다… 그것은 환한 태양빛 너머로, 회색 저녁에, 회색 새벽에, 식사 중에, 열병식 때 다가왔다. 그건 한 사람을 생각할 때, 혹은 사지를 뻗고 시트를 덮고 있는, 코에 뾰루지가 난 대대원들의 절반을 생각할 때, 혹은 죽은 사람들을 생각할 때, 엄습해 오는 어둠이었다… 갑자기 불이 꺼진다… 이번 경우엔 아주 지저분하고, 조금도 사랑스럽지 않은, 분명 도망갈 궁리를 하고 있던 병사 때문이었다… 하지만 죽은 그 병사는…바로 자신의 병사다… 마치 검은 끈으로 자신과 연결된 것 같은…

즈어로 Goch는 Red 즉 '붉은'이란 의미고, Castell은 Castle, 즉 성이란 의미다. 따라서 카스텔 고흐(붉은 성) 출신의 에반스 윌리엄스와 같은 의미인 것이다.

어두운 밖에서 수많은 병사가 마치 유령처럼 빠르게 이리저리 걷고 있었다. 네 명씩 짝을 지은 수많은 병사가 제식 동작에 맞추어 이동하고 있었다. 임시 막사의 옆면은 얇은 천으로 되어 있어서 수많은 사람의 모습이 비치었다. 티전스의 머리맡에서 술에 취해 멍한 어조로 낄낄거리듯 말하는 목소리가 들려왔다. "선임상사, 제발 저 친구들 좀 멈추게 해… 난 너무… 취해서 멈추게 할 수가 없어…"

이는 티전스에게 별다른 인상을 남기지 못했다. 병사들이 지나가고 있는 것뿐이니 말이다. 캠프에서 고함 소리가 들려왔다. 명령하는 소리는 아니었다. 병사들은 여전히 행진하고 있었다.

여전히 죽은 병사들 생각을 하면서 티전스가 말했다.

"저놈의 지긋지긋한 피트킨즈! … 언젠가 징계면직을 시켜야겠어…" 티전스는 한쪽 눈꺼풀이 축 처지고 몸집이 작은 부관을 바라다보았다.

피트킨즈는 그 소리에 잠이 깨었던 것이다. 피트킨즈는 그가 병사들을 역까지 보내라고 파견한 소위였다. 그런데 그는 술 좋아하는 영관급 장교와 함께 바이웰에 갔다.

맥케츠니가 건너편 침대에서 말했다.

"병사들이 돌아온 모양이군."

티전스가 말했다.

"맙소사! …"

맥케츠니는 당번병에게 말했다.

"가서 돌아온 게 맞나 확인해 보고, 즉시 돌아오게…"

달빛 아래서 굶주린 상태에서 서로 죽일 듯이 밀치며, 지그재그로 서 있는 갈색 제복을 입은 군인들의 참을 수 없는 모습. 수백만 명의 병사들이 우뚝 솟은 둥근 천장과 뾰족 지붕 아래에 있는 수 킬로미터 이어진 복도에서 부지런히 일하는 개미들의 장난감 같다는 생각에 누워 있다가 팔꿈치로 몸을 조금 일으키던 두 사람은 참을 수 없는 우울함과 중압감을 다시 한번 느꼈다. 밖의 소리에 귀 기울이던 이 두 사람은 놀라서 입을 떡 벌렸다. 편히 쉬어 자세로 서 있던 병사들이 오랫동안 무엇인지 알아들을 수 없는 말을 하는 소리가 들려왔다.

티전스가 말했다.

"당번병은 돌아오지 않을 걸세… 그 친구는 시킨 일을 제대로 할 수 있는 사람이 아니야…" 그는 침낭 위로 한쪽 다리를 힘들게 뺐다. 그가 말했다.

"맙소사, 독일군이 일주일 이내에 여기 들이 닥칠 거네!"

그는 중얼거렸다.

"정부가 우리를 배신한다 해도 레빈이란 자가 내 결혼 생활에 대해 캐물을 권리는 없어. 개인의 감정이 집단의 필요에 의해 침해당할 수는 있어. 하지만 그 집단이 상부에 의해 배신당한다면 이야기는 다르지…" 티전스는 레빈이 최근 자신의 사생활을 침해한 것은 장군이 꾸민 일이라고 생각했다. 그 일은 그에게 참을 수 없는 고통을 안겨다 주었다. 건강검진을 하기 위해 옷을 다 벗기는 것처럼 말이다. 캠피언 장군은 장교의 불성실한 결혼 생활로 병사들의 사기가 저하된 것은 아닌지 확인해야 했을 것이다… 하지만 이 모든 쇼가 사기 저하를 불러온다면 그런 사생활 침해는 용납할 수 없다!

티전스가 침낭 밖으로 발을 뺀 것을 보고 맥케츠니 대위가 말했다. "나가 봤자 아무 소용 없을 거요… 카울리가 병사들을 참호로 데려갈 테니 말이오. 카울리 선임상사는 이런 일에 준비가 잘 된 사람이오." 그러고는 이렇게 덧붙였다. "정부에서 일하는 자들이 퍼플스 장군을 치려고 마음먹었다면 왜 진작 그를 소환하지 않았겠소?"

정부의 고위 관료가 어떤 부대를 지휘하고 있는, 퍼플스란 별명이 있는 장군을 개인적으로 몹시 싫어해, 정부는 그의 예하부대의 병사들을 줄여 장군은 지휘권에 재앙 수준의 타격을 입게 될 거라는 이야기가 돌고 있었다.

"정부는 언제든 장군을 소환할 수 있소." 맥케츠니가 말했다. "그 누구라도 소환할 수 있단 말이오!"

중하류층의 사람도 이런 일에 대해 나름의 견해를 갖고 있다는 사실에 티전스는 몹시 불쾌했다. 티전스는 이렇게 소리쳤다. "그건 말도 안 되는 소리야!"

이제 티전스는 이런 내용의 정보에서 멀어져 있었다. 하지만 곤란한 상황에 처해 있던 병사들 사이에선 정부의 고위층 민간인 인사들이 병력을 빼내려 한다는 소문이 퍼져 있었다. 연합국들에게 영국이 서부 전선을 완전히 포기할 수도 있다는 협박을 지속적으로 히려는 정치적 술책에서 그렇다는 것이나. 영국 고위층 인사들은 또한 근동에서 대규모 군사 훈련을 할 것이라는 으름장을 놓고 있는데, 실제로 그럴 의도가 있거나 혹은 연합군들이 어떤 정치적 음모에서 손을 떼게 하려는 목적에서 그럴 거라는 끔찍한 소문이 전쟁터에 있는 수백만 명의 병사들 사이에 퍼져 있었다. 전선에 있는 그들의 동료들은 철수하는 병력을 뒤에서 엄호하는 호위부대로 전락해 모두 희생될 것이며, 한 사람의 허영심을 충족시키기 위해 이곳이 모조리 초토화될 것이란 소문도 있었다. 그런데 실제로 병력이 철수되고 있었다. 이건 정부가 전선에서 병력을 빼내려는 의도가 있다는 사실을 입증하는 증거 같았다! 맥케츠니는 신음소리를 냈다.

"불쌍한… 퍼플스 장군! … 살생부에 오른 것 같소. 전선에서 11개월이나 있었는데… 11개월이나! … 난 지금까지 9개월 있었소. 장군과 함께."

그는 이렇게 덧붙였다.

"다시 잠자리에 드시오… 필요하면 내가 가서 병사들을 살펴볼 테니…"

티전스가 말했다.

"자넨 병사들이 어디에 있는지도 모르지 않나…" 이렇게 말하고 나서 티전스는 가만히 앉아 귀를 기울였다. 여기저기서 말하는 소리가 들려왔다. 그가 말했다.

"빌어먹을! 이런 추위에 병사들을 밖에 계속 서 있게 하다니…" 그는 절망스러워하는 가운데도 분노했다. 그의 눈은 눈물로 가득했다. "맙소사" 그는 중얼거렸다. "레빈이란 자가 감히 내 사생활에 끼어들려 하다니… 빌어먹을." 그는 다시 말했다. "그것은 무너지고 있는 세상에서 무례한 짓을 하는 것과 같아…"

세상은 무너져 내리고 있다.

"내가 나가겠네." 티전스가 말했다. "하지만 저 더러운 피트킨즈를 체포하고 싶진 않네. 포탄 쇼크로 술을 마신 것뿐이니까. 그자는 남자라고 할 수도 없어. 더러운 비국교도⁹¹일 뿐이지."

맥케츠니가 말했다.

"잠깐! … 나도 장로교 교인이오…"

티젠스가 대답했다.

"그럴 줄 알았네! …" 티젠스가 말했다. "이제 더 이상의 퍼레이드는 없을 거네… 영국 군대의 이름은 영원히 더럽혀졌어…"

맥케츠니가 말했다.

"그건 맞는 말이오…"

티젠스는 갑자기 힘주어 소리쳤다.

"장교 막사에서 지금 도대체 뭐하는 거야? … 군사 재판감이라는 거 모르나?"

티젠스는 커다랗고 창백한 얼굴의, 연대 소속 병참하사관을 쳐다보았다. 사병들의 은도금된 배지를 달고 있는 그는 규정을 위배하면서 장교모를 착용하고 있었다. 카울리 선임상사의 일을 가로채려고 작정한 것 같았다. 밖에서 계속 소리가 들리는 가운데 들어왔기 때문에 티젠스는 그가 들어오는 소리를 듣지 못했던 것이다. 그가 말했다.

"대위님, 문을 노크했습니다만… 선임상사는 지금 간질 발작을 일으키고 있습니다. 지금 온 병사들을 다른 병사들이 있는 텐트로

---

⁹¹ 영국의 국교인 성공회(Anglican Church)가 아닌 다른 종교를 믿는 사람을 지칭.

137

이동시키기 전에 대위님의 지시를 기다리고 있습니다…" 이렇게 주저하듯이 이야기한 뒤, 그는 조심스럽게 말했다. "잠에서 갑자기 깨어나 선임상사가 발작을 일으킨 것 같습니다… 피트킨즈 소위님이 갑자기 깨우셔서…"

티전스가 말했다.

"자넨 지금 비열하게도 두 사람을 동시에 고자질 했구먼… 잊지 않겠네." 그는 중얼거렸다.

"언젠가 이 친구를 혼내주어야겠어…" 이 병참하사관의 수장(袖章)과 계급장을 가위로 오릴 때 나게 될 사각거리는 소리와 천이 찢기는 소리가 기분 좋게 들려오는 것 같았다.

맥케츠니가 소리쳤다.

"맙소사, 잠옷 차림으로 나가면 안 돼요. 브리티시 웜 안에 바지라도 입으시오…"

티전스가 말했다.

"캐나다 선임상사를 빨리 이곳으로 불러오게. 내 바지는 다리미질 때문에 세탁실에 있어." 그의 바지는 그의 사적인 일에 끼어든 레빈의 결혼 서약 서명식에 참석할 때 입으려고 다리미질하기로 되어 있었다. 티전스는 병참하사관의 커다랗고 창백한 얼굴과 흐리멍덩한 눈을 계속 바라다보았다. "이런 보고를 내게 하는 건 캐나다 선임상사의 임무라는 걸 자네도 알고 있겠지… 이번엔 그냥 넘어가겠네만 장교 막사에 다시 기웃거리면 자넬 군사 재판에 회부하겠네."

티전스는 브리티시 웜의 세운 옷깃 안으로 영국의 국장이 그려진 거친 울로 만든 회색 머플러를 둘렀다.

"그 돼지 같은 놈은" 티전스는 맥케츠니에게 말했다. "피트킨즈 같은 한심한 인간들이 술 취해 있는 현장을 잡아내면, 자신이 장교로 임관될 수 있을 거란 생각에 장교 막사를 엿보고 있는 거네… 멜빵이 7백 개 모자라는 군. 멜빵이 모자란다는 것을 내가 알고 있다는 사실을 모건은 몰라. 하지만 그 멜빵이 어디로 사라졌는지 모건은 분명히 알고 있을 거네."

맥케츠니가 말했다.

"그런 상태에서는 안 나가는 게 좋을 것 같소… 내가 코코아 한 잔 타 주겠소…"

티전스가 말했다.

"내가 옷 입는 동안이라도 병사들을 기다리게 할 순 없네… 난 아주 건강해…"

티전스는 밖으로 나왔다. 밖은 몹시 추웠고 안개가 끼었다. 3천 개의 총열에 달빛이 비쳤다. 소리가 들려왔다… 독일군 비행기가 전선에 포탄을 퍼붓는 것이 보였다. 마음이 몹시 무거웠다… 키가 크고 멋지게 생긴 군인이 미끄러지듯 다가와서는 미국인처럼 콧소리로 말했다. "프랑스인들이 파업을 하는 바람에 열차 사고가 있었습니다. 병사들은 내일 모레 오후 3시까지 여기 머무를 예정입니다."

"파병이 취소된 것은 아니고!?" 티전스는 헐떡이면서 말했다.

캐나다 선임상사가 말했다.

"아닙니다… 열차 사고 때문에… 프랑스인들이 파업을 해서라고들 합니다… 4명의 글라모건셔 부대 상사와 1,914명의 병사가 휴가

차 고향에 가다 사망했습니다. 파견이 취소된 것은 아닙니다…"
티전스가 말했다.

"신이시여 감사합니다!"

호리호리한 캐나다인은 고등 교육을 받은 사람처럼 정확한 발음으로 말했다.

"우리가 이렇게 많은 피해를 입었는데 신에게 감사하다니요. 우리 병사들은 오늘 아침 살로니카에 가도록 명령받았습니다. 그런데 병사들의 복귀를 책임진 상사가 명단에서 살로니카[92]를 지운 것을 보여주었습니다. 카울리 선임상사가 잘못 알았던 겁니다. 병사들은 이제 전선으로 갈 겁니다."

캐나다 선임상사는 느릿한 목소리로 오랫동안 이야기했다. 그의 말이 계속되는 동안 티전스는 노출된 자신의 팔다리에 햇살이 닿는 것을 느꼈다. 젊음의 기운이 그의 혈관 속으로 들어가고 있는 것 같았다. 그것은 마치 샴페인 같았다. 티전스는 말했다.

"상사들이 너무 많은 정보를 갖고 있는 것 같군. 병사들의 복귀를 책임지고 있는 상사가 자신이 갖고 있는 명단을 자네에게 보여주면 안 되는데 말이야. 하여튼 그건 자네 잘못은 아니지. 하지만 자넨 배운 사람 아닌가. 자네가 말한 그 소식이 어떤 사람들에게 유용할지 자네도 알 거네. 이런 것들을 알아야 하는 사람들한테 말이네…" 그는 중얼거렸다. "이건 역사의 이정표야…" 그리고 이렇게 말했다. "그런데 도대체 이 순간 난 왜 그런 표현을 떠올렸을까?"

---

[92] Salonika: 그리스 동북부에 면한 항구 도시.

그들은 안개에 쌓인 커다란 산울타리 길을 따라 내려갔다. 울타리 한쪽 위로는 라이플총과 병사들의 머리가 들쭉날쭉 보였다. 티전스는 선임상사에게 말했다. "병사들에게 대비하도록 하게. 그들의 옷에 대해선 신경 쓰지 말게. 우린 병사들을 재워야 하네. 점호는 내일 9시에 할 예정이네."

그는 생각했다.

"이게 단일 지휘 체계를 의미한다면⋯ 이건 단일 지휘 체계를 의미할 수밖에 없다. 이건 전환점이야⋯ 그런데 내가 왜 이렇게 기쁜 거지? 그게 도대체 나에게 무슨 의미가 있다고."

선임상사는 쩌렁쩌렁한 소리로 소리쳤다.

"이제 병사들은 텐트 안에 6명씩 더 들어가야 한다. 한 텐트에 한 번에 6명이 더 들어갈 수 있는지 시도해 보라. 그건 훈련교범에 나와 있지는 않다. 하지만 스스로 그렇게 할 수 있는지 한번 해 봐라. 너희는 똑똑한 군인이다. 머리를 써라. 일찍 잠자리에 들면 들수록 더 따뜻해질 거다. 나도 그러고 싶다. 이미 텐트 안에 있는 다른 병사들을 방해하지는 마라. 그 병사들은 내일 아침 5시에 잡역을 하기 위해 기상해야 한다. 너희는 그 시간부터 3시까지 누워 있을 수 있다⋯ 병사들은 4명씩 짝을 지어 왼쪽으로 이동하라⋯ 사열횡대로⋯ 왼쪽으로⋯" 중대를 책임지고 있는 상사들이 속보 행군 대열을 지은 병사들에게 소리치는 동안, 티전스는 중얼거렸다.

"아주 기분이 좋군⋯ 이들은 강한 열정을 갖고 있어⋯ 진짜 잘 움직인다! ⋯ 대포 밥[93]들⋯ 대포 밥들⋯ 이들의 걸음걸이가 바로 이들이 대포 밥이란 것을 말해주고 있어⋯" 헐렁한 외투 밑에 입은 잠옷 안으로 찬 기운이 들어와 온몸이 떨렸다. 티전스는 병사들을 떠날 수 없었다. 그는 선임상사와 함께 그들 옆에서 천천히 걸었다. 그들은 어스름한 달빛에 아무 말 없이 근엄하게 있는 유령처럼 늘어선 텐트로, 첫 번째 중대를 이동시킬 시간에 때맞추어 종대 맨 앞으로 왔다… 그에게 이건 마법과도 같은 광경이었다. 티전스는 선임상사에게 말했다. "두 번째 중대는 비(B) 라인으로 이동시키게." 티전스는 병사들이 움직이는 벽처럼 발을 구르며 방향을 바꿀 때 그들 옆에 서 있었다. 그는 두 번째와 세 번째 열 사이 그 중간을 막대기로 가리켰다. "자, 이제 4열과 그다음 4열의 반은 오른쪽으로, 그리고 나머지 4열의 반과 다음 4열은 왼쪽으로. 오른쪽과 왼쪽에 있는 첫 번째 텐트로 해산…" 그는 계속해서 말했다. "첫 4열과 그다음 4열의 반, 그리고 여기 4열은 오른쪽으로, 왼쪽으로 행군해야지! 왼쪽으로 행군하지 않으면 자네들이 어느 쪽 4열에 속하는지 어떻게 알겠나? … 명심하게, 제군들은 군인이야. 초짜 벌목꾼이 아니란 말이다…"

이렇게 훌륭한 병사들과 함께 놀라울 정도로 깨끗한 공기를 마시며 추위로 몸이 얼어붙을 것만 같은 것은 진짜 기분 좋은 일이었다. 그들은 경비병들처럼 발 구르기로 박자를 맞추어가며 돌았다. 티전스는 목메는 소리로 말했다.

"내가 이 친구들을 좀 더 똑똑하게 만들었어… 내가 해낸 거야…

---

[93] 원전에는 Cannon fodder로 대포 밥으로 해석될 수 있는데, 우리말로는 '총알받이'란 말이 더 자연스러울 것이다.

가축을 도살장에 보내기 알맞은 상태로 만든 거지…" 그들은 캠든 타운[94]을 따라 스미스필드 시장[95]까지 달려가는 소처럼 열렬히 가고 싶어 했다… 이들 중 70퍼센트는 돌아오지 못할 것이다… 하지만 볼꼴 사나운 얼간이로서가 아니라, 반짝이는 피부에 사지를 마음대로 쓸 수 있을 때 천국에 가는 것이 더 나을 것이다… 전지전능한 신의 중대 사무실은 십중팔구 그들을 더 반길 것이다… 그는 단조로운 어조로 계속 소리쳤다… "나머지 4열의 반과 다음 4열은 왼쪽으로… 해산할 때 그 빌어먹을 놈의 입 좀 다물도록. 내가 내리는 명령을 나도 들을 수 없으니…" 이는 오랫동안 지속되었다. 그러고는 그들은 모두 텐트 안으로 사라졌다.

추위로 무릎이 뻣뻣해진 티전스는 비틀거렸다. 바람을 막아주던 인간 벽이 다른 막사로 사라지자 추위는 더욱 심해졌다. 막사로 병사들을 배치하는 임무를 맡은 그 어느 하사관보다도 75퍼센트 더 빨리 병사들을 막사로 배치한 것을 알고는 만족스러웠다. 하지만 티전스는 선임상사에게 신랄한 어조로 욕을 했다. 병사들이 유령처럼 세워진 피라밋 형태의 막사 입구에 삼삼오오 모여 있었기 때문이었다. 그러다 그들은 모두 막사로 들어갔다. 티전스는 평평한 연병장에서 시선을 돌려, 회한에 찬 듯 자신의 임시 막사로 가는 길로 향했다. 그 길엔 흔한 장미가 하나 자라고 있었다. 티전스는 장미나무의 이파리를 하나 뜯어 입술에 갖다 댄 뒤 입으로 불어 날려 보냈

---

[94] Camden Town: 런던 리젠트 파크의 북쪽에 위치한 마을.
[95] Smithfield Market: 영국 런던 도심에 있는 육류 거래 시장.

다… "이것은 발렌타인을 위한 것이야." 그는 사색에 잠긴 듯 말했다. "내가 왜 그랬지? … 영국을 위한 것일 수도 있어… 빌어먹을, 이게 애국심이다! … 이런 게 바로 애국심이다…" 이것은 통상 애국심이라고 말할 수 있는 것은 아니었다. 그 일에 관해 퍼레이드가 더 있을 것이다! … 하지만 자신은 단지 영국에 있는 모든 사람을 경멸하는 빈털터리에다가 숨을 헐떡이며 반쯤 몸이 얼어붙은 요크셔 출신의 남자일 뿐이다. 새벽 2시에 장미나무 잎을 하나 따 자신이 무엇을 하고 있는지도 모르는 채, 감상에 젖어 있는 요크셔 출신의 남자는 없을 것이다. 그런 다음 그는 정확히 알지는 못하지만 추측건대 앵초꽃 냄새가 날 것 같은 들창코의 여인을 위해, 그리고… 영국을 위해… 자신이 이렇게 했음을 알게 되었다. 그것도 온도계가 영하 10도를 가리키는 새벽 2시에… 빌어먹을! 진짜 춥군! …

왜 이런 감정이 드는 걸까? … 영국은 연합국에게 야비한 짓을 하지 않기로 결심하도록 허락되지 않았기 때문이다! … 그는 중얼거렸다. "아마도 나 같은 수십만 명의 감상주의자들은 영광되지만 잔혹한 이 일을 우리가 계속하고 있다는 사실을 잠재의식적으로 나마 알고 있었기 때문일 것이다. 하지만 나 자신도 그런 잠재의식을 갖고 있었는지는 몰랐다!" 강렬한 열정! … 그 여자와 영국에 대한! … 하지만 그 여자는 친독파다… 참 기묘한 조합이다… 사실 그 여자는 친독파가 아니다. 하지만 그녀는 스미스필드 시장에 있는 도살장으로 보낼, 피부가 매끈하고 건강한 소들을 준비시키는 것처럼 병사들을 준비시키는 것에 대해 반대한다… 여태까지 영국 해외 파견군을 굶주리게 했던 별 볼 일 없는 인간들과 그녀는 같은 생각을 갖고 있는지도 모른다… 진짜 기묘한 조합이다…

다음날 오후 1시 반, 약해진 겨울 햇살을 받으며 티젼스는 글라모건셔 2대대가 마른에서 독일군들에게서 포획한 밝은 갈색의 군마 숌부르크에 올라탔다. 말을 탄지 채 2분이 안 돼서 티젼스는 자신이 말을 살펴보지 않았다는 사실을 깨달았다. 말의 말굽과 구절, 무릎, 콧구멍, 눈을 살펴보지 않은 채, 그리고 안장에 오르기 전 말의 배띠를 잡아당겨 보지 않은 채 말을 탄 것은 이번이 처음이었다. 그는 1시 15분 전에 말을 가져오라고 명령했다. 찬 점심을 급히 먹었지만 45분이나 늦었다. 골치 아픈 문제로 머리가 복잡해서 임시 막사가 있는 고원지 너머로 말을 천천히 몰며, 마을도 들려 머리를 맑게 하려 했던 것이다.

말을 탔으나 머리는 맑아지지 않았다. 지난 밤 잠을 자지 않았고 아침에는 실비아 생각을 하지 않으려 잡역까지 한 뒤라, 생애 처음으로 잠을 자지 못한 여파가 미쳤다. 실비아가 무엇을 원하는지 알기 위해선 우선 실비아를 만나보아야 하기 때문에 우선 기다려야 했다. 아침이 되자 실비아가 원하는 것은 단지 샤워커튼의 줄을 당기는 거라는 상식적인 생각이 들었다. 그 말은 실비아는 자신의 머리에 떠오르는 첫 번째 엉뚱한 행각을 저지를 것이고, 그 결과에 기뻐할 거라는 생각이 들었던 것이다.

지난 밤 티젼스는 전혀 잠자리에 들지 못했다. 맥케츠니 대위는 티젼스가 한 번도 입에 대본 적 없는 코코아를 뜨겁게 준비해 놓고선 티젼스가 마사에서 돌아오자마자 주었다. 그러고는 1시 반까지 자신의 고통스러운 이야기를 분노에 차 이야기했다. 그는 고향으로 돌아가 아내와 이혼하려고 휴가를 얻었다고 했다. 그런데 그의 아내는 그가 프랑스에 가 있는 동안 정부 기관에서 일하는 이집트 학자와 살고 있었다고 한다. 하지만 그는 양심에 따라 살겠다는 원칙을 고수하는 요새 젊은 세대처럼 자신의 아내와의 이혼을 거부했다고 했다. 그런데 캠피언 장군이 이혼하지 않으면 그의 장교직을 박탈하겠다고 위협했다는 것이다… 자신의 아내와 이집트 학자의 생활비까지 보태주기로 실제로 합의까지 보았던 이 불쌍한 대위는 점잖은 노신사인 캠피언 장군에게 엄청나게 욕설을 퍼부었다고 한다… 하지만 캠피언은 진짜 점잖은 신사였다. 장군은 면담 내용이 민감하였기 때문에 자신의 침실에서 면담을 했다. 장군은 전령이나 하급 장교와 같이 있지 않았기 때문에 감정적으로 폭발한 맥케츠니의 행동에 대해 공식적으로 문제 삼을 필요는 없다고 느낀 것 같았다. 맥케츠니의 군 경력은 놀라웠다. 사실 그보다 군 경력이 더 나은 연대 장교는 없을 것이다. 그래서 캠피언 장군은 그의 정신 착란을 일시적인 것으로 보고, 편히 쉬면 회복될 수 있다는 판단하에 그를 티전스의 부대에 보냈던 것이다. 이건 파격적인 것이었다. 하지만 장군은 파격적인 것이 군대에 도움이 된다면 한번 시도해 보는 그런 사람이었다.

맥케츠니는 티전스의 아주 오랜 친구이자 통계청에서 일하는 빈센트 맥마스터의 조카라는 사실이 드러났다. 그는 스코틀랜드 리스 항에서 작은 식료품을 운영하던 맥마스터 부친의 조수와 결혼한 맥마스터의 여동생의 아들이었다… 그래서 캠피언 장군이 그에 대해 특별한 관심을 두고 있었던 것이다. 군인으로서의 자신의 대자(代子)[96]에게는 아무런 특혜를 주지 않기로 마음먹었기 때문에 캠피언 장군은 티전스가 기뻐할 일을 해주고 싶었던 것이다. 전해들은 이 모든 정보에 대해선 나중에 생각하기로 하고 티전스는 일단 마음에 담아두었다. 맥케츠니가 진정했을 땐 이미 새벽 4시 30분이 넘었기 때문에, 티전스는 5시 15분 전부터 7시까지 마을에서 일하기로 되어 있는 작업반들이 먹을 아침 식사를 점검했다. 티전스는 아침 식사를 점검하고 조리실을 검열하는 걸 좋아했다. 그럴 기회를 좀처럼 갖지 못하기도 했지만 일직 사관을 믿을 수도 없었기 때문이었다.

보충대 식당에서 아침 식사를 하던 티전스는 보충대를 지휘하는 대령과 성공회 신부, 그리고 맥케츠니를 만나는 바람에 시간이 지체되었다. 몹시 나이가 많고 몸이 약해, 몸을 한번 떨거나 기침이라도 하면 맞물려 있던 뼈가 떨어져나갈 것만 같은 대령은 그리스 교회는 성공회와 성체배령자(拜領者)를 교환해야 한다고 강력하게 주장했다. 단호하고 호전적인 성공회 신부는 정통 신학을 경멸했고, 맥케츠니는 이따금 장로파의 의식에 따른 성찬식을 정의하려고 했다. 티전스가 기독교의 여러 분파의 역사적 측면에 대해 길게 설명할 때 그들은 모두 경청했다. 가톨릭의 화체설(化體說)은 성체가 실제로 신적 현재가 된다고 믿는 것이고, 성체 공존설은 스폰지에 물이 가득 차듯, 성체에 기적적으로 기공이 생겨, 그곳에 신적 현재가 가득 차게 된다고 믿는 것이라는 티전스의 주장을 이들 모두 받

---

[96] 티전스를 지칭.

아들였다. 그들 모두 가게에서 제공받는 아침 식사용 베이컨이 먹을 수 없을 정도로 형편없다는 데 동의하면서, 좀 더 나은 식사를 위해 1주일에 한 종류의 음식마다 반 크라운[97]씩 내놓기로 했다.

티전스는 햇살을 받으며 줄지어 있는 막사를 따라 걸었다. 햇빛을 받으면서 장미가 있는 임시 막사를 지날 때 그는 자신의 공식적인 종교에 대해 잠시 재미있는 생각을 해보았다. 신을 거대한 영국을 소유하고 있는 지주로, 자신의 서재를 떠나지 않기 때문에 눈에 띄지는 않지만 농장에 있는 모든 농장 관리인과 참나무에 이르기까지 자신의 영지에 관해 모든 것을 알고 있는 자비롭고도 무서운 공작으로 상상해 보았다. 그리고 너무나도 자비로운 토지 관리인인 예수는 지주의 아들로, 문지기 집의 어린아이에 이르기까지 영지에 대해 모든 것을 알지만 못된 소작인의 말에 잘 속아 넘어가는 사람으로 상상해 보았다. 그리고 삼위일체의 세 번째 인물인 성령은 게임을 한다는 의미의 게임이 아니라, 그 영지에 있는 사냥감[98]으로 상상해 보았다. 헨델[99]의 찬송가가 막 끝난 뒤의 윈체스터 대성당[100]의 내부 분위기와 같은 영지의 분위기는 젊은 사람들이 크리켓 경기를 하는 영원한 일요일 같지 않을까 하고 상상해 보았다. 즉, 일요일 오후의 요크셔 같다고 상상해 보았다. 그 영지를 내려다보면 모

---

[97] crown: 구 화폐로 5실링짜리 동전. 현재의 25펜스에 해당.
[98] 영어로 사냥감은 game이므로, 오락으로서의 game과 사냥감이란 의미로서의 game을 구분하여 말한 것이다.
[99] Georg Friedrich Händel(1685~1759): 음악의 어머니라고 불리는 독일 출신의 영국 음악가로, 종교 음악과 수상 음악을 많이 작곡했다.
[100] Winchester Cathedral: 영국 잉글랜드 윈체스터에 있는 고딕 양식의 성당.

든 마을엔 흰 플란넬 바지가 걸려 있는 것을 볼 수 있을 것이다. 그게 바로 요크셔가 애버리지를 끌어올리는 이유일 것이다… 우리가 천국에 갈 때는 지상에서 하던 일에 이미 몹시 지쳐있어서, 우리는 몹시 안도하며 영국의 일요일[101]을 기꺼이 받아들이게 될 것이다!

영문학 사상 훌륭한 것은 17세기에 끝났다고 믿는 티전스가 상상하는 천국은 번연[102]과 같은 유물론자의 천국과 같았다. 그는 내세를 상상하며 즐거운 듯 웃었다. 크리켓 경기처럼 끝이 난 것 같았다. 그런 종류의 퍼레이드는 더 이상 없을 것이다. 그들은 아마 소리 지르며 하는 게임을 할 것이다… 야구나 축구 같은? … 그러면 천국은? … 그건 웰시의 어느 언덕에서 열리는 부흥회 같은 것일 것이다. 아니면 셔토쿼 같은 곳에서 열리는… 그러면 신은? 마르크스주의자의 견해를 지닌 부동산 매매 중개인과 같은 존재가 아닐까? … 전쟁이 끝나기 전에 이곳을 벗어나고 싶다. 그러면 천국으로 가는 마지막 기차를 탈 수 있을지도 모르니 말이다…

그의 중대 사무실에는 엄청난 양의 서류가 있었다. 맨 위에 커다란 고무도장으로 '긴급, 사신(私信)'이라고 찍힌 봉투가 하나 있었다. 레빈이 보낸 것이었다. 레빈도 아주 늦게 잠자리에 든 게 분명했다. 이 편지는 그의 아내에 관한 것도, 미스 드 바이에 관한 것도

---

[101] 천국을 크리켓 경기를 하면서 평화롭게 보내는 영국의 일요일에 비유한 것이다.
[102] John Bunyan(1628~1688): 영국의 설교사이자 『천로 역정』(The Pilgrim's Progress)의 저자로 이 작품은 기독교인이 어떻게 살아야 하는지를 우화적으로 보여주고 있다.

아니었다. 티전스가 한 주나 열흘 정도 더 병사들을 데리고 있어야 할 것 같고, 2,000명 정도의 병사가 추가로 올 것 같으니 가능한 한 빨리 많은 텐트를 지급받는 게 좋을 거라는 내용의 사적인 편지였다. 티전스는 임시 막사 반대편 끝에서 펜촉으로 이빨을 쑤시고 있는 여드름 난 부관을 불렀다. "이보게! … 2개의 캐나다 중대를 군수품 보급소에 데려가 가능한 한 텐트 250개까지 지급받아 모두 D라인에 갖다 놓게… 텐트 치는 건 감독할 수 있겠지? … 그렇다면 톰슨, 아니 피트킨스에게 도와달라고 하게…" 부관은 부루퉁해서 나갔다. 레빈은 프랑스 철도 파업자들이 정치적인 이유로 1.6킬로미터 정도의 철로를 파괴했으며, 전날 밤 사고로 철로가 완전히 봉쇄되었는데, 긴급 처리반들이 철로 보수하는 것을 프랑스 민간인들이 못하게 했다고 알려주었다. 복구 작업을 하기 위해 독일군 포로들을 파견하였으나, 티전스가 관할하고 있는 캐나다 철도 담당 병사들도 필요하게 될 것 같으니, 병사들을 준비시켜 놓는 것이 좋겠다고 했다. 이들이 파업을 한 이유는 우리가 선로를 더 많이 인수하고 책임지게 하려는 그들의 전략 때문이라고 했다. 그렇다면 그들은 자신의 꾀에 자신이 넘어가는 셈이 된다. 병사들이 더 없으면 어떻게 더 많은 선로를 인수할 수 있겠는가? 그리고 병사들을 보낼 철로가 없다면, 어떻게 더 많은 병사를 보낼 수 있겠는가? 우린 6개 군단을 파견할 준비가 되어 있지만 지금은 철로가 막혀 있어서 꼼짝 못하게 되었다. 전선의 날씨가 몹시 나빠, 독일군들이 이동할 수 없는 게 다행이다. 레닌은 "이보게, 이제 새벽 4시네. 아 땅또[103]"라는 말로 편지를 마쳤다. 마지막 말은 틀림없이 미스 드 바이에게 배운 것일 것이다. 티전스는 이처럼 일거리를 쌓아주면 자신은 결혼 서약에 서명할 시간도 없을 거라고 생각했다.

티전스는 캐나다 선임상사를 불렀다.

티전스가 말했다. "철도 병사들에게 갖고 있는 무기를 잘 정비해 놓고 캠프에서 대기하도록 하게. 도구 말이네. 그들이 사용하는 도구는 다 준비되어 있겠지? 철도 병사들 명부도?"

"거틴이 나타나지 않습니다. 대위님." 호리호리한 검은 피부의 선임상사가 어쩔 수 없다는 듯한 어조로 말했다. 거틴은 존경받을 만한 인물로 티전스가 전날 밤 모친을 만나러 가라고 2시간 외출을 허락한 병사였다.

티전스가 대답했다.

"그 친구가 그러려고 작정을 했었군!" 그는 부루퉁한 웃음을 지으며 말했다. 티전스는 존경받을 만한 인간의 기준을 더 높게 잡아야겠다고 생각했다. 그런 자들은 애처롭고 연민을 자아내는 이야기로 협박하고는, 곧장 비열한 짓을 저지르는 법이다. 그는 선임상사에게 말했다.

"상사는 여기에 일주일이나 열흘 정도 더 있게 될 걸세. 텐트를 확보하고 병사들이 편히 지낼 수 있도록 살펴봐 주게. 중대 사무실 정리가 끝나는 대로 내가 텐트를 직접 점검하겠네. 행군명령을 내리세. 맥케즈니 내위가 2시에 병사들 배낭을 점검할 걸세."

경직되었지만 정중한 선임상사는 무엇인가 마음속에 갖고 있었

---

[103] a tantot: 프랑스어로 '오후에 봅시다', 혹은 '조금 뒤 봅시다'란 의미다.

151

다. 그는 생각하던 말을 했다.

"오늘 오후 2시 30분에 여기를 떠나라는 명령을 받았습니다. 제가 장교로 임관되었다는 통지서가 대위님 책상에 있을 겁니다. 전 3시 기차로 장교 교육단으로 가게 되어 있습니다…"

티전스가 말했다.

"자네가 장교로 임관되었다고! …" 그건 참 골치 아픈 일이었다.

선임상사가 말했다.

"저와 카울리 선임상사는 3개월 전에 장교직 신청을 했습니다. 장교직을 부여한다는 통지문이 장교님 테이블에 있을 겁니다."

티전스가 말했다.

"카울리 선임상사도… 맙소사! 그럼 자네는 누가 추천했나?"

그가 지휘하던 대대의 전 조직이 풍비박산 나게 된 것이다. 티전스가 이 부대를 지휘하기 3개월 전, 장교직을 갖고 장교 교육단에서 교관으로 일할 1급 준위를 뽑는다는 회람장이 돌았다. 카울리 선임상사는 보충대 대령이, 르도 선임상사는 그가 속한 부대의 대령이 각각 추천했다. 티전스는 자신을 의도적으로 골탕 먹이려는 것처럼 느껴졌다. 하지만 그건 아니었다. 이게 바로 군대가 돌아가는 방식이었던 것이다. 엄청나게 힘을 쏟아 부어 소대나 대대, 참호, 텐트를 잘 갖추어 놓아도, 하루 이틀 정도밖에 못가고 결국은 다 무너지고 만다. 사령부에서 내린 터무니없는 예기지 않은 명령에 따라 군 요원들이 사방으로 흩어지기도 하고, 다른 곳에 떨어질 수도 있을 포탄으로 막사가 박살나기도하기 때문이다… 다 운명의 장난이다! …

이 일로 인해 자신은 훨씬 더 많은 업무를 감당해야 할 것이다…

그는 부대와 관련된 모든 서류 작업을 하는 바로 옆 임시 막사로 찾아가 카울리 선임상사에게 말했다.

"난 자네가 장교 노릇 하는 것 보단 연대 소속 선임상사로 남는 게 훨씬 더 낫다고 생각했네. 나라면 선임상사를 하겠어." 창백한 얼굴로 온몸을 떨고 있던 카울리 상사는, 불행히도 충격을 받으면 언제 닥칠지 모르는 병 때문에, 자신은 장교 교육단 같이 편한 부서가 더 낫다고 대답했다. 충격을 받으면 발작이 1분 이상 지속되기 때문이라고 했다. 티전스도 혼비백산하게 만든 느와르꾸르[104]에서 고성능 포탄을 경험한 이후, 자신은 이제 고성능 포탄 근처에만 가도 심한 발작을 일으킨다고 선임상사는 말했다. 그리고 좀 신사 같은 일을 하고 싶다는 말로 말을 맺었다.

"신사라고! … 그건 아무 쓰잘머리 없는 것이네… 이 전쟁이 끝나면 더 이상의 퍼레이드는 없을 걸세. 지금도 물론 없지만. 자네가 장교 숙소에 들어가면 만나게 될 동료들을 한번 살펴보게. 자존심이 있는 선임상사들과 같이 지내는 편이 훨씬 나을 걸세." 카울리는 군대가 한참 추락했다는 사실을 잘 알고 있다고 대답했다. 하지만 자기 마누라는 자신이 장교가 되는 걸 바란다고 했다. 그리고 자신은 딸 위니도 생각해야 한다고 했다. 자기 딸은 원래 좀 거칠었지만, 마누라 편지에 따르면 전쟁 때문인지 요사이 더 거칠어졌다고 했다. 그리고 사기가 장교가 되면 못된 사내 녀석들노 사기 딸에게 함부로 장난질하지 못할 거라고 생각한다고 했다… 장교직엔 뭔가 있지

---

[104] Noircourt: 북프랑스 피카르디(Picardy)에 있는 코뮌(commune).

않겠냐고도 했다.

밖으로 나오면서, 카울리는 쉰 목소리로 나지막하게 은밀한 이야기를 하듯 말했다.

"모건 병참하사관을 연대 선임상사로 임명하십시오… 대위님."
이 말에 티전스는 "절대 그렇게 하진 않을 걸세."라고 소리치곤 이렇게 물었다. "그런데 왜 그렇게 말했나?" 신중한 장교라면 노련한 선임상사의 지혜를 무시해선 안 된다는 생각에서였다.

카울리가 말했다. "그 친구는 일할 줄 압니다. 그리고 몹시 장교가 되고 싶어 합니다. 그러니 최선을 다할 겁니다…" 카울리는 뭔가 이해할 수 없는 이유가 있다는 듯 쉰 목소리를 더 낮추어 말했다.

"대위님 대대에서 쓸 수 있는, 2백, 아니 거의 3백 파운드 정도의 가치가 나가는 비품이 있습니다. 그걸 다 놓치고 싶진 않으실 거라 생각합니다."

티전스가 말했다.

"절대 그럴 순 없지… 하지만 내가 왜 그래야 하나… 아, 알겠네… 내가 그 친구를 선임상사로 삼으면 그 비품을 모두 우리에게 넘겨주어야 하겠구먼… 오늘… 그 친구가 그렇게 할 수 있겠나?"

내일모레까지 모건이 다 넘길 수 있을 거라고 생각한다고 카울리는 말했다. 그리곤 자신이 그때까지 이 일을 처리하도록 하겠다고 했다.

"하지만 떠나기 전 자네도 재미 좀 봐야 하지 않겠어." 티전스가 말했다. "나 때문에 여기 남지는 말게."

카울리는 남아서 이 일을 처리하도록 하겠다고 했다. 자신은 마을로 내려가 재미 좀 볼 생각을 하긴 했었지만 여자들 질이 안 좋아 병에 안 좋을 수 있을 것 같아… 여기 남아 모건 문제를 처리하겠다고 했다. 그는 모건이 군사 재판에 회부될 것을 각오하고, 티전스 부대의 비품을 비품이 모자라는 다른 대대나 민간인 계약자에게 팔아 돈을 벌려고 할지도 모른다고 했다. 하지만 그럴 것 같지는 않다고 했다. 그는 모건이 비국교 교회의 집사나 교회 좌석 안내인, 아니면 목사 일을 했을지도 모른다고 했다… 모건의 고향인 웨일즈의 덴비[105] 근방에서 말이다! 그리고 카울리는 아주 괜찮은 일병이 부대에 있다고 했다. 옥스퍼드 대학 교수 출신으로 모건이 하던 일을 대신할 만한 인물이라고 했다. 그리고 대령이 그 일병을 티전스에게 보내줄 의향이 있으며, 그를 무보수 병참하사관으로 임명할 거라고도 했다… 카울리는 자신이 이 모든 것을 다 준비했다고 했다… 칼디코트 일병은 1급 병사로 단지 열병할 때 왼손과 오른손을 제대로 맞추지 못한다고 했다. 그리고 실제로 구분하지도 못한다고 했다.

대대일은 이렇게 마무리 되었다. 카울리와 티전스가 왼손과 오른손도 구분하지 못한다는 교수 출신의 병사 (사실 그는 교수가 아니라 대학의 선임 연구원에 불과했다)의 보직 변경을 위해 대령의 집무실에 있는 동안, 티전스는 성공회와 그리스 정교회가 종교 의식을 통합해야 한다는 내령의 논생에 끼어들게 되었다. 양철로 지은 임시막사 한쪽에 있는 대령의 멋진 사실(私室)의 벽은 주홍색 벽지로

---

[105] Denby: 영국 웨일스 북부에 있는 덴비셔(Denbighshire)의 주도(州都).

도배되어 있었고, 두껍고 부드러운 자주색 베이즈 천이 덮여 있는 탁자 위에는 리비에라[106]산 장미가 꽂혀 있는 키가 큰 화병이 놓여 있었다. 이 꽃은 마을에 있는 구급 간호 봉사 대원 중 젊은 여성 찬미자가 그에게 선물로 준 것이었는데, 부드러운 70대의 모습을 지닌 대령의 내면에는 사랑스럽고 화려한, 금박을 입힌, 가죽 장정의 엄청난 백과사전 같은 모습이 있었기 때문이었다. 그는 성공회와 그리스 정교회 간의 연합이 인류의 문명을 구원해줄 유일한 방책이라는 자신의 견해를 힘주어 말했다. 그리고 이 전쟁이 바로 거기에 달려있다고도 했다. 중앙 제국[107]은 로마 가톨릭을 대변하고, 연합국[108]들은 프로테스탄트와 동방 정교회[109]를 대변하는데, 이들이 서로 합쳐야 한다는 것이었다. 그러면서 그는 교황권은 문명에 대한 반역이라고 주장하며, 벨기에의 가톨릭교도들에게 자행한 추행에 대해 왜 바티칸이 확실하게 항의하지 않는지에 대해 의문을 제기했다.

티전스는 그의 이론에 대해 마지못한 듯 이의를 제기했다. 바티칸으로 파견된 우리 측 대사가 로마에 도착하여 벨기에에서 벌어진 가톨릭 신도들에 대한 학살에 대해 항의했을 때 알게 된 것은 러시아인들이 오스트리안 폴란드[110]에 도착한 지 하루만에 12명의 로마

---

[106] Riviera: 프랑스 남동부와 이탈리아 북서부의 지중해 연안 지역.
[107] Central Empires: 제1차 세계 대전 중에 연합국에 대항해서 공동으로 싸웠던 독일, 오스트리아, 헝가리, 터키, 불가리아를 칭하는 말.
[108] Allies: 1차 세계 대전 당시 독일, 오스트리아 등에 대항해 싸웠던 영국, 프랑스, 러시아 연합국을 지칭.
[109] 동방 정교회와 그리스 정교회는 같은 것이다.

가톨릭 주교들을 그들의 궁전 앞에서 교수형에 처했다는 것이었다.

카울리는 다른 탁자에 있는 부관과 이야기를 나누고 있었다. 대령은 자신의 신학적 철학적 장광설을 이렇게 말하면서 마무리했다.

"자네를 떠나보내게 되어 진짜 유감이네. 자네 없이 앞으로 어떻게 해나갈지 모르겠어. 자네가 오기 전까지 난 한 번도 맘 편히 지낸 적이 없었거든."

티전스가 말했다.

"제가 아는 한, 제가 대령님을 떠나진 않을 겁니다." 대령이 말했다.

"아니네, 그렇게 될 거네. 자넨 다음 주에 전선으로 가기로 되어 있으니 말이야…" 그러고는 이렇게 덧붙였다. "나한테 화내진 말게… 난 자네가 없으면 아무것도 못 한다고 캠피언 장군에게 아주 강력하게 항의했으니 말이네." 그는 손등에 털이 난, 섬세하고 가느다란 흰 손으로 손을 씻는 듯한 동작을 했다.

티전스는 자신이 서 있는 땅이 흔들리는 것 같았다. 피곤한 다리를 끌고 헐떡이며 진흙 비탈길을 힘들게 올라가는 것 같았다. 티전스가 말했다.

"빌어먹을… 전 몸 상태가 안 좋습니다… 지금 제 건강 상태는 C등급입니다… 전 이 마을 숙소에서 지내도록 명령받았습니다… 난시 대대원들과 사이이 있으려고 여기 머무는 것일 뿐입니다."

대령은 적극적인 관심을 보이며 말했다.

---

[110] Austrian Poland: 오스트리아 제국(Austrian Empire)의 주(州).

"그렇다면 주둔군 부대에 항의를 하게… 난 자네가 항의했으면 좋겠네… 하지만 자넨 그럴 사람이 아니지." 티전스가 말했다.

"맞습니다… 물론 전 항의할 수 없습니다… 행정병이 실수를 한 건지도 모르지만 말입니다… 전 전선에서 1주일도 버틸 수 없습니다…" 전선에서 불안에 떨면서 비참하게 사는 것보다 턱까지 진흙에 묻혀 사지를 움직이는 것이 끔찍스러울 정도로 힘들 거란 생각이 더 떠올랐다… 게다가 병원에 입원해 있었을 때, 그의 배낭에 있는 모든 장비를, 심지어 실비아의 시트까지, 누군가가 가져가 버렸다. 더 이상 장비 살 돈도 없었던 그에게는 참호용 신발조차 없었다. 재정적으로 어려워 그는 마음이 무거웠다.

대령은 자주색 베이즈 천이 덮인 탁자에 있는 부관에게 말했다.

"티전스 대위에게 출격명령서를 보여주게… 화이트홀에서 온 것이지, 안 그런가? … 요새는 어디서 명령이 날아오는지 알 수가 없어. 밤에 날아오는 화살이라고 내가 부르는 이유가 바로 그것이네!"

콜드스트림 부대 배지를 단 몸집이 아주 작은 부관은 몹시 걱정스러운 표정으로 파일에서 4절판 크기의 서류를 꺼내, 티전스에게 주었다. 그의 작은 손은 손목 부분에서 떨어져 나갈 것만 같았다. 그의 관자놀이는 신경통으로 떨렸다. 그가 말했다.

"할 수 있을 것 같으면 주둔군 사령부에 항의하십시오… 우리는 더 이상의 일을 떠맡을 수 없습니다… 로렌스 소령과 핼케트 소령이 대위님 부대 일을 모두 우리에게 떠맡겼습니다…"

맨 위에 왕실의 문장이 돋음으로 새겨진 화려한 종이에 쓰인 명령서에 따르면, 티전스는 19사단 소속 수송대 장교로 가기 위해, 다음 주 수요일에 6대대에 신고하기로 되어 있었다. 이 명령은 육군성 내에 있는 G방의 14 R에서 온 것이었다. 티전스는 G 14 R이 도대체 무얼 하는 곳인지 부관에게 물었다. 탁자 위에 팔꿈치를 올려놓고 있었던 부관은 신경통이 시작되자 양손으로 머리를 감싼 채 고개를 저었다.

카울리 선임상사는 법무관서기 같은 태도로 G방의 14 R은 장교들에게 일을 맡기려는 민간인의 민원을 다루는 부서라고 알려주었다. 장교들에게 일을 맡기려는 민간인의 민원과 티전스 대위를 19사단에 보내는 것이 도대체 무슨 관련 있느냐는 부관의 질문에, 카울리 선임상사는 베이찬 백작이 하려는 일 때문인 것 같다고 대답했다. 레반트 출신의 자본가이자 경주마 주인이기도 한 베이찬 백작은 통신망을 살피러 잠시 군부대를 방문한 뒤 군마에 관심을 갖게 되었다고 한다. 또한 여러 개의 신문사를 소유하고 있는 그를 기분 좋게 해주기 위해 수송 동물 부서도 창설되었다고 했다. 그러면서 카울리는 수의사 출신의 호치키스인가 히치콕인가 하는 소위를 부관도 만나보았을 거라 했다. 그 수의사는 바로 G방의 14 R을 통해 온 것이며, 개인적으로 호치키스 소위의 이론에 관심을 갖고 있던 베이찬 경의 요청에 따라, 19사단이 앞으로 창설될 4군단의 군마들에게 실험을 하기로 되어 있다고 했다… 그러고는 카울리는 이렇게 말했다. "그래서 대위님이 전선에 가게 되시면, 군마와 관련된 일에 있어선 호치키스 소위님의 지시를 받게 될 겁니다." 그리고 베이찬 경은 티전스 대위와 친구지간이기 때문에 대위를 불러들였을 거라고 했다. 티전스 대위가 말을 잘 다룬다고 알려져 그럴 거라고 했다.

티전스는 콧구멍으로 숨을 세차게 쉬면서 베이찬 같은 작자가 시키는 대로 전선에 가지는 않을 거라고 맹세했다. 그는 베이찬의 진짜 이름은 네이던이었고, 지금은 스타브로폴리데스라고 했다.

티전스는 민간인들의 계속된 간섭으로 군대가 그 기반부터 흔들린다고 말했다. 그는 민간인의 요청에 따라 군인들이 계속해서 추가 훈련을 받아야 하기 때문에 퍼레이드의 프로그램을 완성하는 건 절대적으로 불가능하다고 했다. 신문사를 소유하고 있는 바보 같은 작자나, 신문에 글을 기고하는 멍청이 같은 작자들, 혹은 건방진 소설가들은 잼 단지나 기발한 속옷 같은 문제로 정부와 육군성을 위협하여 군사 훈련을 위한 병사들의 열병 시간을 1시간 이상 잡아먹게 할 수 있다고 했다. 그러자 그들은 티전스에게 그의 부하들이 전쟁 원인에 대한 강연을 듣고 싶어 하는지, 혹은 티전스 자신이 적국의 본성에 대해 병사들에게 편하게 이야기하고 싶은 건 아닌지 물었다…

대령이 말했다.

"바로 그거네, 티전스! … 바로 그거야! … 우린 모두 고통을 받고 있네. 우린 특허 받은 톱밥 난로의 사용법에 대해 병사들에게 강연해야 해. 자네가 그 일을 원치 않는다면 장군에게 말하게. 자네가 하지 않도록 할 수 있지 않나. 자네가 장군을 마음대로 조종할 수 있다고 다들 그러던데 말이야."

"장군님은 제 대부이십니다." 티전스는 이렇게 말하는 게 현명하다고 생각했다. "전 장군님에게 부탁한 적이 전혀 없습니다. 하지만 저를 이 그리스계 히브리인의 손아귀에서 벗어나게 해주는 것은 기독교인으로서의 의무입니다… 그자는 동방 정교회 신자도 아니니까요, 대령님."

이때 부관이 중대 사무실에서 근무하는 모건 군기호위 하사관이 티전스와 이야기를 나누고 싶어 한다고 전했다. 티전스는 모건이 돈을 좀 가져다주었으면 좋겠다고 말했다. 부관은 모건이 티전스에게 지급해야 할 돈을 상당히 많이 찾아냈지만 지급하지 않은 것으로 안다고 했다.

모건 군기호위 하사관은 숫자의 마법사였다. 엄청나게 키가 크고 호리호리한 체구의 그는 한 줄로 늘어선 숫자를 쳐다볼 때, 늘 탁자 표면과 평행을 유지하는 것처럼 보였다. 그리고 자신이 도움을 준 장교의 질문에 대답할 때도 고개를 들지 않아, 그의 얼굴을 아는 상관은 별로 없었다. 하지만 외견상 그는 아주 일상적인 모습을 한 호리호리한 하사관으로, 아주 가끔 열병식 때 모습을 드러내는 그의 가느다란 다리는 경주마처럼 언제든 달아날 것만 같았다. 그는 티전스의 지시와 티전스가 서명한 계약서에 따라, 하루에 2기니씩 지급하기로 된 티전스의 지휘 급료와 6실링 8페니씩 지급되는 보조 광열 비용을 육·해군 경리감부가 매주 티전스의 대리인의 계좌로 지급했다는 사실을 확인했다고 티전스에게 알려주었다. 그는 티전스에게 티전스의 대리인이 육해군 경리감부로부터 전달받은 195파운드 13실링 4페니를 즉시 티전스의 계좌로 입금시키지 않으면 권리청원에 따라 정부를 상대로 소송을 제기하겠다고 편지를 쓰라고 했다. 그는 또한 티전스에게 티전스가 거래하는 은행을 상대로 그 돈 전체에 대한 수표를 발행하라고 강력하게 권고했다. 만일 대리인이

161

돈을 입금하지 않는 경우, 그 대리인들을 상대로 손해 배상 소송을 제기하면, 그 대리인들은 몇 천 파운드를 내놓을 수밖에 없게 될 것이기 때문이라고 했다. 그 경우 물론 그들에게는 자업자득이지만 말이다. 그들은 장교들에게 주어야 할 지휘 급료와 체류 비용을 지급하지 않아, 수중에 수백만 파운드를 갖고 있는 게 분명하다고 했다. 그는 지급되지 않은 급료를 되찾아주겠다는 광고를 신문에 낼 수 있으면 좋겠다고도 했다. 그러고는 자신의 계산에 따르면 건터[111]가 말한 두 번째 혜성의 궤도가 바뀔 것 같다면서, 조만간 자신이 한 계산에 대해 티젼스의 견해를 들으면 좋겠다는 말을 덧붙였다. 군기호위 하사관은 열정적인 아마추어 천문학자였던 것이다.

 이날 아침 티젼스에게는 좋은 일과 나쁜 일이 한꺼번에 찾아왔다… 실비아가 마을에 있는 이때 돈이 생겼다는 사실은 그에게 아주 중요한 것이었다. 그건 마치 기도에 대한 응답과도 같았다. 하지만 단 십 분 동안도 자신이 제대로 서 있는지 아니면 거꾸로 서 있는지도 알기 힘든 이런 세상에서, 이것도 그리 유쾌한 일은 아니었다. 대령의 사실로 돌아가던 중, 티젼스는 전화기가 비치된 옆방(신경통이 있는 부관을 위해 옆방에 비치한 것이다)에서 나오는 카울리 선임상사를 만났다. 선임상사는 이 세 사람에게 어제 장군이 통신병을 시켜 길럼 대령에게 아주 단호한 메시지를 보내라고 명령했다는 사실을 알려주었다. 그 메시지는 티젼스 대위는 자신의 부대에 꼭 있어야 할 사람이기 때문에 다른 곳으로 보낼 의향이 전혀 없음을

---

[111] Edmund Gunter(1581~1626): 영국의 수학자·천문학자.

관할기관에 통보할 거라는 것이었다. 하지만 통신병은 자신과 마찬가지로 장군도 육군성에 있는 G방 14 R의 관할기관이 무엇인지 모른다고 카울리에게 말했다고 한다. 하지만 조사해 보면 편지를 보내기 전 이 일을 바로잡을 수 있을 거라고 했다…

여태까지는 괜찮았다. 티전스는 현재 하고 일에 관심이 많았다. 사단소속 군마나 부대원들을 돌보는 일도 좋아하지만, 봄까지는 지금 하는 일을 계속하고 싶었다. 날씨도 그렇고, 가슴 상태가 좋지 않아서였다. 그리고 교수 출신이라 10년 동안은 실제로 말을 본 적이 없었을 호치키스 소위와 겪게 될지도 모를 복잡한 갈등도 아주 심각하게 생각해 보아야 할 문제였기 때문이었다. 하지만 카울리가 티전스의 보직 변경을 요청한 민간 기관의 수장이 교통부 장관이었다고 알려주었을 땐 완전히 다른 이야기가 되었다.

길럼 대령이 말했다.

"그건 자네 형 마크였네…" 교통부 장관은 꼭 있어야 할 공무원으로 알려진 티전스의 형 마크였던 것이다. 티전스는 순간 몹시 당혹스러웠다. 자신이 이 일을 맡지 않으려고 이처럼 거세게 저항한 것이 이 자리를 얻어주려고 무진 애를 썼을 무뚝뚝한 형 마크에게 뺨을 한 대 때린 것처럼 보일 거라는 생각이 들어서였다. 설령 자신이 그 자리에 가고 싶어 하지 않는다는 것을 형이 듣지 못한다 해도, 형의 뺨을 때릴 수는 없는 일이다! 게다가 런던에서의 마지막 날을 생각해 보니, 제1수송대의 안전에 대해 지나친 환상을 갖고 있던 발렌타인 워놉이 형에게 자신이 사단 장교로 근무할 수 있게 해달라고 애걸복걸한 일이 떠올랐다… 티전스는 자신이 그 일을 맡지 않기 위해 백방으로 노력했다는 사실을 발렌타인이 알게 된다면 그녀가 얼마나 절망할지 생각해 보았다. 티젠스는 그녀의 아랫입술이 떨리고 눈엔 눈물이 맺히는 것을 보았다… 하지만 그건 그가 소설에서 읽은 것일 것이다. 자신은 발렌타인의 아랫입술이 떨리는 것을 본 적이 없었기 때문이다. 하지만 그녀의 눈에 눈물이 고인 것은 본 적 있었다!

티젠스는 서둘러 자신의 중대 사무실로 향했다. 긴 임시 막사에 선 맥케츠니가 티젠스 대신 술에 취한 병사와 군기 위반자들에 대한 약식 재판을 하고 있었다. 티젠스가 막 도착했을 때 그는 거틴과 두 명의 다른 캐나다 병사 사건을 다루고 있었다… 거틴 사건이 흥미로웠다. 맥케츠니가 자리에서 일어나 티젠스는 그쪽 자리에 가서 앉았다. 바로 그 순간, 데이비스 상사가 죄수들을 연행해 왔는데, 그 훌륭한 상사가 들고 있는 소총은 그의 신체 일부분처럼 보였다. 부대장 탁자 앞에서 돌아서를 할 때 그는 놀랄 정도로 많은 발 구르기를 하여 인디언들의 출전 춤을 보는 것 같은 인상을 받았다…

티젠스는 헌병대장 본부에서 보냈다는 사건 기록부를 흘끗 보았다. 탈영이 아니라 질서와 군율을 위반했다고 적혀 있었다… 사건 기록은 아주 서툰 글씨로 쓰여 있었다. 모자에 붉은 리본을 단, 술 냄새 풍기는 주둔 헌병대 일병이 증인으로 출석했다… 이건 참 불쾌한 일이었다. 거틴은 군대에 복귀하지 않은 것이 아니었다. 그래서 티젠스는 존경받을 만한 것이 무엇인지에 대한 자신의 견해를 다시 바꾸어야 했다. 이 병사는 자신의 어머니에게 존경받을 만한 행위를 한 식민지 출신의 사병이다. 실제로 그의 어머니가 그를 찾아왔고, 거틴은 마을로 돌아가는 마지막 시가 전차를 기다리는 자기 어머니를 마중하고 있었다. 그런데 이 캐나다 병사의 속을 긁을 작정이라도 한 듯, 술 냄새 풍기는 주둔군 헌병대 일병은 연약한 노인인 이 병사의 어머니를 거칠게 밀쳤다. 거틴은 이에 항의했는데 자기 말로는 조용하게 항의했다고 했다. 하지만 헌병대 일병은 그에게 소리를 질렀고, 이에 캠프로 돌아가던 다른 캐나다 병사 둘이 이들의 논쟁에 끼어들게 되었다고 한다. 그랬더니 급기야 헌병 두 사람도 이 논쟁에 끼어들었다고 한다. 그런데 헌병들이 이 캐나다 병사들을 징집병이라고 불러 이들은 더 이상 참을 수 없었다고 했다. 1,914명, 아니 1,915명의 캐나다인들이 자발적으로 군대에 지원했는데 말이다. 헌병들은 오랫동안 사용한 트릭으로, 마지막 일과 종료 나팔 소리가 난 뒤 2분이 지날 때까지, 캐나다 병사들이 계속 항의하도록 유도했다. 그러고는 허가 받은 시간을 넘었는데도 군대에 복귀하지 않았다는 죄목으로, 또 헌병들이 쓰고 있는 모자에 부착된 붉은 리본을 존중하지 않았다는 이유로, 이들 캐나다 병사를 모두 체포했던 것이다.

티전스는 분노를 억누르며 증인으로 나선 헌병을 반대 심문하고 난 뒤 그를 맹렬히 비난했다. 티전스는 사건기록부에 "사실 규명"이라고 적고는 캐나다 병사들에게 열병식 준비를 하라고 말했다. 이말은 사신과 헌병내장 사이에 큰 소동이 벌어질 것이란 사실을 티전스가 의식하고 있다는 의미였다. 오하라라는 이름의, 늘 술에 취해 있는 것 같은 헌병대장은 헌병들이 마치 자신의 자식이라도 되는 듯 아꼈기 때문이다.

티전스는 열병식을 거행했다. 햇볕에 서 있는 캐나다 훈련병들은 진짜 군인 같았다. 그는 자신이 새로 임명한 캐나다 출신 선임상사와 함께 이들의 막사를 둘러보았다. 그러고는 전쟁의 원인에 대해 병사들에게 강연하는 것이 얼마나 바람직하지 못한지 보고서를 썼다. 그의 부하 병사들은 민간단체에서 추천한 그 어떤 강연자들보다 전쟁의 원인에 대해 더 잘 알고 있는 캐나다 대학 졸업자들이거나, 영어를 전혀 이해하지 못하는 인디언들과 에스키모인, 일본인, 혹은 알라스카에 사는 러시아인들로 구성되어 있었기 때문이었다. 티전스는 모든 국민에게 강연하도록 정부에 압박을 가하고 있던 신문 소유주를 존중하는 형식으로 보고서를 다시 작성해야 한다는 사실을 알고 있었다. 티전스는 가슴에 맺힌 불만도 쏟아내고 싶었다. 하지만 그렇게 할 경우 자신이 쓴 무례한 보고서 때문에 레빈이 힘든 일을 겪게 될 것이라고 생각했다. 티전스는 군대용 소시지와 병사들이 직접 사가지고 온 1906년산 샴페인을 넣고 껍질 채 으깬 감자, 그리고 형편없는 캐나다산 치즈를 점심으로 먹었다. 그날 처음으로 전선으로 가게 될 부관 모두를 초대한 사령부 식탁에서였다. 그중엔 나중에 영웅적으로 용맹을 떨친 고아[112] 출신의 젊고 매력적인 혼혈인 소위도 있었다. 그는 포르투갈령 인도[113]에서 퍼다[114]가 어떻게 실행되는지에 대한 많은 흥미로운 정보를 티전스에게 주었다.

---

[112] Goa: 인도 남서안의 옛 포르투갈 영토.
[113] Portuguese India: 인도의 서해안, 고아(Goa), 다만(Daman), 디우(Diu)의 지역으로 이루어진 옛 포르투갈 식민지.
[114] purdah: 이슬람 국가들에서 여자들이 남자들의 눈에 띄지 않도록 집안의 별도 공간에 살거나 얼굴을 가리는 것.

1시 반에 티전스는 첼레[115] 근방의 프로이센 말 사육 시설에서 가져온 밝은 밤색 말 숌부르크에 올라탔다. 순수 순종인 이 말은 다리가 아주 뻣뻣하고 탄탄했지만, 오늘은 흐늘흐늘할 정도로 다리에 힘이 없었고 서리가 낀 땅을 코를 씩씩거리며 힘겹게 걸었다. 루앙 뒤편으로 1.5킬로 정도 떨어진 곳에 있는 말들이 점프하는 곳에 이르렀을 땐, 이 말은 아주 평범한 점프도 하지 못하고 애처로울 정도로 몸의 균형도 잡지 못했다. 티전스는 익살맞게 웃고 있는 붉은 태양 아래에서 기가 죽은 낙타를 타고 있는 기분이 들었다. 게다가 아침부터 시작된 피곤이 엄습해 온 상태에서 티전스는 하고 싶지 않은 O9모건에 대한 생각에 사로 잡혀 괴롭기까지 했다.

티전스는 자기 옆에서 아무 말 없이 흰 털이 섞인 밤색 말을 타고 있는 이등병에게 물었다. "도대체 말이 왜 이런가? … 말을 따뜻하게 해주었나?" 그는 자신이 타고 있는 말이 제대로 걷지 못하여 자신이 더 우울한 생각을 하게 된 건 아닌지 생각해 보았다.

당번병은 임시 막사가 들어찬 계곡 너머를 바라다보더니 이렇게 말했다.

"따뜻하게 해주지 않았습니다. 이치콕 소위님 명령에 따라 말을 대기실에 세워 두었습니다. 이치콕 소위님은 말을 단련시켜야 한다고 말씀했습니다."

티전스가 말했다.

"내가 숌부르크를 따뜻하게 해주라고 명령했다고 소위에게 말했

---

[115] Celle: 독일 중북부 니더작센주(Lower Saxony)의 도시.

나? 농장에 있는 마구간에 넣어서 말이야."

"소위님은" 당번병은 딱딱한 어조로 말했다. "자신의 말을 듣지 않으면, 로열 빅토리아 훈장[116]과 배쓰 훈위[117] 등등을 받으신 리첨[118] 경이 몹시 화내실 거라고 했습니다."

티전스는 매우 조심스럽게 말했다. "호텔 드 라 포스트에서 해산할 때, 숌브르크와 흰 털이 섞인 밤색 말을 라 볼롱테 농장 마구간으로 데리고 가게." 그러고는 그는 당번병에게 마구간에 있는 창문을 모두 닫고, 창문 틈은 모두 막으라고 했다. 그리고 가능하다면 길림 대령이 관할하는 비품 창고에서 신형 톱밥 난로를 구해 마구간에 켜 놓으라고도 했다. 그리고 숌브르크와 흰 털이 섞인 밤색 말에게 최대한 뜨겁게 덥힌 오트밀과 물을 주라고 했다… 그리고 티전스는 목소리를 높여 이렇게 말했다. "만일 소위가 어떤 토라도 단다면 부대장인 나에게 말하라고 하게."

당번병이 말이 무슨 병에 걸렸는지 묻자, 티전스가 대답했다.

"베이찬처럼 말 장수 같은 작자들은 경주마 이외의 말은 차갑게 담금질하는 것이 좋다고 믿지." 개인적으로 자신은 말을 차갑게 담금질하는 것이 옳지 않다고 생각하기 때문에 자신이 관할하는 동물들은 그런 과정을 겪지 않게 할 거라고 티전스는 말했다. 자신이 관찰한 바로는, 정상적인 기후보다 더 낮은 온도에 있게 되면 동물

---

[116] Knight Commander of the Royal Victorian Order: 이 훈장은 1896년 영국의 빅토리아(Victoria) 여왕이 제정한 것으로 국가 원수(元首)에 대해 훈공이 있는 사람에게 수여되었다.

[117] 원어로는 Knight Commander (of the Order) of the Bath로 되어 있다.

[118] 베이찬을 잘못 발음한 것임.

들은 평소에 걸리지 않던 병에 걸리게 되기 때문이라고 했다… 만일 닭을 물이 담긴 대야에 이틀 정도 두고 바이러스를 주사한다면 닭은 성홍열이나 유행성 이하선염(耳下腺炎)에 걸리지만 대야에서 닭을 꺼내 몸을 말리고 정상적인 상태로 돌아가게 하면, 닭은 더 이상 성홍열과 유행성 이하선염에 걸리지 않는다고 했다. 티전스는 당번병에게 이렇게 말했다. "자넨 생각을 할 줄 아니, 여기서 어떤 사실을 유추할 수 있겠나?"

당번병은 센느 강변의 계곡 너머를 바라다보았다.

"우리 말들이 항상 추운 곳에서 대기하고 있어서, 그렇지 않았다면 걸리지 않았을 병에 걸리게 된 것 같습니다."

"그렇다면" 티전스가 말했다. "그 불쌍한 동물들의 몸을 따뜻하게 해주게."

티전스는 지금 자신이 한 말이 베이찬 경의 귀에 들어가면 아주 커다란 소동이 벌어질 거라고 생각했다. 하지만 시도는 해보아야 한다고 생각했다. 자신이 책임지고 있는 말을 순교시킬 수는 없는 노릇이니 말이다… 생각해야 할 것들이 너무 많아… 무엇을 먼저 생각해야 할지 모를 지경이었다. 태양은 불타오르고 있었다. 센느 강변의 계곡은 고블랭직 벽걸이 양탄자처럼 청회색을 띄었다. 그 위로 죽은 웨일즈 병사의 그림자가 드리워졌다. 기이한 종달새가 소각장 너머 빈 벌판 위에서 큰 소리로 울고 있었다… 기이한 종달새다. 보통 종달새는 12월에는 울지 않고 구애할 때만 우는데 말이다… 이 새는 성욕이 지나친 게 분명하다. 이 새는 09모건인지도 모르겠다. 권투 선수 때문에 우는!

그들은 벽돌로 만든 벽 사이에 난 진흙길을 따라 마을로 내려갔다.

제2부

1

 실비아 티전스는 고리버들로 만든 가구와 거울이 있는, 흰 에나멜 칠을 한, 그 마을 호텔 중 가장 시설이 잘 갖추어진 호텔 라운지에 있는 고리버들로 만든 의자에 앉아 있었다. 그녀는 그날 밤 그녀의 침실 방문을 잠그지 말아 달라고 계속해서 애원하는 참모 소령의 말을 멍하니 듣는 둥 마는 둥 하고 있었다.
 "어떻게 할지 모르겠어요… 그래요, 아마도… 모르겠어요…" 이렇게 말하곤 그녀는 다른 거울과 마찬가지로, 흰색 칠을 한 코르크 껍데기로 테두리가 둘러진, 푸른색이 감도는, 멀리 떨어져 있는 벽 거울을 바라다보았다. 그녀는 순간 몸이 약간 경직되면서 이렇게 말했다.
 "크리스토퍼가 저기 오네요!"
 참모 소령은 들고 있던 모자와 막대기, 그리고 장갑을 떨어뜨렸다. 끈적끈적한 포미드를 바른, 가르마를 타지 않은 그의 검은 머리가 두피에서 이리저리 움직였다. 소령은 실비아가 자신의 인생을 망쳤는데, 실비아는 그 사실을 모르고 있는 것 같다고 했다. 실비아가 없었다면 자신은 순수한 젊은 여자와 이미 결혼했을지도 모른다고 했다. 그러곤 이렇게 소리쳤다.

"그런데 도대체 그 사람이 원하는 게 뭡니까? … 도대체 … 무엇을 원해요?"

실비아가 말했다. "그 사람은 예수 그리스도처럼 살고 싶은 거예요."

퍼론 소령이 소리쳤다.

"예수 그리스도라고요! 하지만 그 친구는 장군의 휘하에 있는 장교 중에서도 입이 제일 건 사람이오…"

실비아가 말했다. "당신이 말하는 그 순수한 젊은 여자와 당신이 결혼했다면, 그 여자는… 그걸 뭐라 하더라? … 9개월 이내에 당신을 오쟁이 진 남편[119]으로 만들었을 거예요…"

이 말에 퍼론은 몸을 약간 떨더니 이렇게 중얼거렸다.

"그럴 것 같진 않소… 그 반대일 것 같은데…"

"아니, 그렇지 않아요." 실비아가 말했다. "한번 곰곰이 생각해보세요… 도덕적으로 말이에요… 아니 비도덕적이라고 해야겠네요… 내가 원하는 사람은 그이니까요… 그 사람은 지금 아파 보여요… 병원당국은 늘 아내에게 남편한테 무슨 문제가 있냐고 묻지 않나요?"

그가 반쯤 일어선 의자에서 바라보면 실비아는 빈 벽을 바라보는 것처럼 보였다.

퍼론이 말했다. "나한테는 보이지 않는데."

---

[119] 불륜을 저지른 아내를 둔 남편이란 의미.

"거울로 보면 볼 수 있어요." 실비아가 말했다. "봐요! 여기서도 그 사람을 볼 수 있어요."

퍼론은 좀 더 몸을 떨었다.

"난 보고 싶지 않소… 때론 직무상 그 사람을 보아야 하긴 하지만… 보고 싶지는 않소…"

실비아가 말했다.

"당신은" 실비아는 아주 경멸스러운 어조로 말했다. "당신은 젊은 왈가닥 같은 여자 애들에게 갖다 줄 초콜릿 상자만 들고 다니잖아요… 그런데 어떻게 직무상 그이와 마주칠 일이 있겠어요? … 당신은 군인도 아니에요!"

퍼론이 말했다.

"그나저나 우린 어떻게 해야 하오? 그 사람이 어떻게 나올 것 같소?"

실비아가 대답했다. "그이의 명함을 들고 사환이 오면 난 지금 바쁘다고 할 거예요… 하지만 그이가 어떻게 나올진 모르겠어요. 아마 당신을 한 대 때릴 것 같긴 해요. 지금 그이가 당신 뒤에서 당신을 바라보고 있어요."

퍼론은 몸이 뻣뻣해졌다. 그는 의자에 몸을 푹 묻었다.

"하지만 그렇게 하진 못할 거요!" 그는 흥분한 듯 소리쳤다. "그 친구는 예수 그리스노처럼 살려고 한다고 하시 않았소? 우리 주님은 호텔 라운지에서 사람을 때리진 않을 테니까…"

"우리 주님이라고요!" 실비아는 경멸하듯 말했다. "당신이 우리 주님에 대해 무얼 알아요? 우리 주님은 신사예요… 내 남편은 지금 간통하다 들킨 여자를 찾아가는 주님의 역할을 하고 있는 거예요⋯ 그이는 자신이 내 남편 노릇을 할 때 해야 할 책무를 지금 하고 있는 거란 말이에요."

팔이 하나밖에 없는, 수염 난 호텔 지배인이 둘만의 사담을 위해 준비된 여러 개의 안락의자 사이를 지나 그들에게 다가와 말했다.

"실례합니다⋯ 부인이 여기에 계신지 처음엔 몰랐습니다⋯" 이렇게 말하곤 그는 쟁반위에 놓인 명함을 보여주었다. 명함을 쳐다보지도 않은 채 실비아가 말했다.

"저 신사 분께 난 지금 바쁘다고 전해주세요." 호텔 지배인은 근엄한 태도로 떠났다.

퍼론이 소리쳤다. "그래도 저자가 날 박살내려고 할 거요. 어떻게 하면 좋소? ⋯ 어떻게 해야 하냔 말이오?" 티전스 앞을 지나가지 않고선 그가 빠져나갈 길은 없었다.

허리를 몹시 꼿꼿이 세운 채, 새를 꼼짝 못하게 하는 뱀의 눈초리로, 아무 말 없이 앞을 똑바로 바라보던 실비아가 소리쳤다.

"제발 그만 떨어요⋯ 그이는 당신 같은 여자에겐 아무 짓도 안 해요⋯ 그이는 남자니까요⋯" 실비아의 이 말에 기차 의자에서 나는 것처럼 타닥타닥 소리 내던 퍼론이 앉아 있던 고리버들 의자는 덜컥하면서 소리를 멈추었다. 실비아는 두 손을 꽉 쥐더니 이를 악물고 증오에 찬 말을 내뱉었다.

"모든 성인에 두고 맹세컨대" 실비아가 소리쳤다. "저놈의 무표정한 얼굴을 움찔거리게 하겠어."

몇 분 전 실비아는 푸른 거울에 비친, 안락의자 너머 부채 모양의 종려 잎 사이에 있는 남편의 마노(瑪瑙) 같은 푸른 눈을 보았다. 몸에 맞지 않는 군복을 입고 말채찍을 들고 있던 남편은 몹시 꼴사나웠다. 꼴사나운 모습으로 몹시 지쳐 보이는 남편은 아무런 표정이 없었다! 그는 거울에 비친 실비아의 눈을 똑바로 바라보다 이내 고개를 돌렸기 때문에 실비아는 그의 옆모습을 볼 수 있었다. 그는 호텔 내부로 들어가는 유리 달린 문 위 벽에 걸린 엘크 머리를 미동도 하지 않은 채 응시하고 있었다. 호텔 종업원이 다가가자 티젠스는 명함을 꺼내 세 마디 말을 하고는 그에게 주었다. 티젠스의 입술 모양을 보고 있던 실비아는 그 세 마디 말이 '크리스토퍼 티젠스 부인'이라는 것을 알 수 있었다. 그녀는 목소리를 낮추어 말했다.

"빌어먹을 놈의 기사도 정신! … 그놈의 기사도 정신에 신의 저주가 있기를!" 실비아는 남편이 어떤 생각을 하고 있는지 알고 있었다. 티젠스는 실비아가 퍼론과 같이 있는 것을 보았기 때문에 그녀에게 오지도 않았고 호텔 종업원에게 그녀가 어디에 앉아 있는지 알려주지도 않았던 것이다. 실비아가 당황스러워 할까봐 그랬던 것이다! 그는 실비아가 원하면 자신에게 오게 내버려 둘 심산이었던 것이다.

호텔 종업원이 우회해서 돌아가는 모습이 거울에 비쳤다. 티젠스는 여전히 엘크 머리를 응시하고 있었다. 그는 명함을 도로 받아 지갑에 넣고는 호텔 종업원에게 말했다. 호텔 종업원은 종업원들이 의례히 보이는 친절한 태도로 어깨를 한번 들썩였다. 그러고는 어깨를 들썩 거리면서 호텔 안으로 들어가는 문을 손으로 가리키곤 티젠스를 호텔 안으로 안내했다. 호텔 종업원에게서 명함을 도로 받았을 때 티전스의 얼굴 표정은 전혀 바뀌지 않았다. 실비아가 그의 무표정한 얼굴을 움찔거리게 하겠다고 말한 것은 바로 그때였다.

실비아는 그의 얼굴 표정을 참을 수 없었다. 커다란 몸집에 시선을 고정한 채, 거만하지 않은 표정으로, 그들이 들어가기엔 너무나 먼 세계를 응시하고 있는 것 같은 그의 얼굴표정 말이다. 하지만 너무나도 꼴사나운데다가 지쳐 있는 것 같은 그에게 못되게 구는 건 정정당당하지 않다고 느껴졌다. 그건 마치 죽어가는 불도그에게 채찍질하는 것과 같은 것이기 때문일 것이다…

실비아는 실망한 듯한 태도로 의자에 다시 풀썩 주저앉고는 이렇게 말했다.

"호텔로 들어갔네요…"

퍼론은 의자에 앉은 채 다소 흥분한 듯 몸을 앞으로 숙였다. 그러고는 이제 가야겠다고 소리쳤다. 그러더니 낙담한 듯 다시 의자에 풀썩 주저앉았다.

"아니, 가지 않겠소." 그가 말했다. "여기가 더 훨씬 안전할 것 같소. 나가다 마주치게 될지도 모르니 말이오."

"내 치마가 당신을 보호해줄 수 있다는 걸 이제 깨달은 모양이네요." 실비아가 경멸하는 듯한 어조로 말했다. "크리스토퍼는 내 면전에선 그 누구도 때리지 않을 테니까요."

퍼론 소령은 실비아의 말을 막으며 이렇게 물었다.

"그런데 당신 남편은 이제 무엇을 할 것 같소? 이 호텔에서 도대체 무얼 하려는 것 같소?"

티전스 부인이 말했다.

"한번 추측해 봐요!" 그러더니 이렇게 덧붙였다. "당신이라면 이와 비슷한 상황에서 어떻게 할 거 같아요?"

"나 같으면 당신 침대를 엉망으로 만들 거요." 퍼론은 재빨리 대답했다. "당신이 이쌍고[120]를 떠났을 때 내가 바로 그렇게 했소."

실비아가 말했다.

"아, 그곳 이름이 그랬군요."

퍼론은 신음하듯 말했다.

"당신은 참 무정하오." 그가 말했다. "당신을 달리 표현할 말은 없는 것 같소. 당신은 진짜 무정한 사람이오."

실비아는 바로 그 순간 퍼론 소령이 자신을 왜 무정하다고 했냐고 별 생각 없이 물었다. 그녀는 호텔 방들을 살피면서 호텔 복도를 어색한 발걸음으로 터벅터벅 걸어가다가 자신과 같은 층에 있는 방에 머물 수 있도록 해 달라며 호텔 종업원에게 많은 팁을 주는 남편의 모습을 상상해보았다. 흉부에서 울려나오는, 그녀 자신도 떨리게 하는 남편의 남자다운 목소리가 귀에 들리는 것 같았다.

실비아가 호텔에 여행 채비들을 남겨둔 채 갑작스럽게 떠나긴 했지만, 그들이 3주 동안이나 행복한 나날을 보냈던 브르타뉴의 마을 이름조차 실비아가 잊은 것을 보면, 실비아는 무정한 것이 틀림없다고 하면서 퍼론은 계속 불평했다.

"나한테 그건 즐거운 파티가 아니었어요." 실비아는 그에게 시선을 돌리며 말을 이었다. "맙소사! … 전반적으로 보았을 때 그게

---

[120] Yssingueux: 프랑스 중남부, 오트루아르(Haute-Loire)에 있는 코뮌.

당신에게 즐거운 파티였나요? 그 지긋지긋한 곳의 이름을 내가 왜 기억해야 하죠?"

퍼론이 말했다.

"이쌍고 레프로방쉐, 아주 예쁜 이름인데." 그는 꾸짖듯 말했다.

실비아는 이렇게 대답했다. "내게서 감상적인 기억을 떠올리게 하려 해도 소용없어요. 나와의 관계를 계속 유지하고 싶다면 당신이 어떤 사람인지 내가 잊도록 해야 할 거예요… 내가 여기서 당신의 그 거슬리는 목소리를 듣고 있는 건, 남편이 호텔에서 나올 때까지 기다리고 싶어서 그러는 것뿐이니까요… 남편이 나오면 난 내 방에 가서 레이디 삭스의 파티에 가기 위해 옷을 갈아입을 거예요. 당신은 여기 앉아 그때까지 날 기다려야 해요."

퍼론이 말했다. "난 레이디 삭스 집에 가지 않겠소. 당신 남편도 결혼 서약의 증인으로 서명하기 위해 거기 갈 거요. 캠피언 장군과 다른 참모장교들도 모두 거기 갈 거고… 당신은 내 말을 이해하지 못하는구료… 난 예기치 않은 선약이 있어 못 간다고 말할 작정이오. 절대로 그곳엔 안 갈 것이오."

실비아가 말했다. "나랑 같이 가야 해요. 내게서 미소를 다시 받고 싶다면 말이에요… 프랑스 귀족이 잔뜩 모일 레이디 삭스 집에 혼자 가진 않을 거예요. 에스코트할 남자가 하나도 없는 것처럼 보일 테니 말이에요. 어쩌면 프랑스 귀족들이 거기 다 모일지도 모르고! … 내 말을 이해하지 못하는군요… 절대로 안 돼요!" 실비아는 그의 삐걱거리는 목소리를 흉내 내며 이렇게 말했다. "나를 에스코트했다는 것만 보여주면 언제든지 떠나도 돼요."

"맙소사!" 퍼론이 소리쳤다. "그게 바로 내가 절대로 해선 안 되는 것이오. 캠피언 장군은 앞으로 한 번만이라도 내가 당신과 같이 있었다는 소리를 듣는다면, 내가 소속된 그 끔찍한 연대로 날 보내버리겠다고 했소. 내가 소속된 연대는 지금 최전선에 있소⋯ 내가 전선에 있는 것을 본 적이 없지 않소?"

"내 방보다는 거기 있는 당신을 보고 싶군요. 언제일지는 모르겠지만요!" 실비아가 말했다.

"바로 그렇소." 퍼론은 소리쳤다. "당신이 원하는 것을 내가 해준다면, 당신이 말하는 그 미소를 내가 받을 수 있다고 어떻게 보장해주겠소? 허가 서류 없이 당신을 여기 데려오는 바람에 난 아주 곤란한 상황에 빠졌소. 당신은 허가 서류가 없다고 내게 말해주지 않았소. 헌병 대장 오하라 장군은 그 문제로 날 맹비난했소⋯ 당신이 원하는 것을 해 준 결과로 난 무엇을 얻었소? ⋯ 난 미소 비슷한 것도 받지 못했소⋯ 당신은 오하라 장군의 벌게진 얼굴을 봤어야 하오! ⋯ 당시 장군은 소화 불량으로 힘들어하고 있었는데, 당신 문제를 보고하려고 누군가가 낮잠 자던 장군을 깨웠다고 하오⋯ 게다가 장군은 티젠스를 미워하고 있소⋯ 티젠스가 자신이 아끼는 헌병들을 항상 쪼아댄다고 생각하고 있기 때문이오⋯"

실비아는 그의 말을 듣고 있지 않았다. 실비아는 속으로 어떤 생각을 하면시 친친히 미소 지었다. 이를 본 퍼론은 화가 났다.

그는 소리쳤다. "무슨 꿍꿍이 속이오? 도대체 무슨 꿍꿍이 속이냔 말이오? ⋯ 당신은 여기 그 사람을 만나러 온 게 아닐거요⋯ 그리고 내가 아는 한, 날 보러 여기 온 것도 아닐 테고. 그렇다면⋯"

실비아는 깊은 잠에서 막 깨어난 듯 눈을 크게 뜨고는 그를 바라보았다.

"나도 여기로 오게 될 줄 몰랐어요." 실비아가 말했다. "갑자기 가야겠다는 생각이 든 것뿐이었어요. 출발하기 10분 전에요. 그리고 여기 오게 된 거죠. 난 허가 서류가 필요하다는 것도 몰랐어요. 그리고 원한다면 서류를 얻을 수 있을 거라고도 생각했고요… 당신은 내가 서류를 갖고 있는지 물어보지도 않았잖아요. 당신은 내게 달라붙어 서서 그 특별 열차에 날 태운 것뿐이에요… 나도 당신이 여기 오는 줄 몰랐어요."

실비아의 이 말은 퍼론에게는 결정적인 모욕이었다. 그는 소리쳤다.

"빌어먹을, 실비아. 당신은 분명히 알고 있었소… 당신은 수요일 저녁에 쿼크 씨의 스쿼시 모임에 있었소. 내 제일 친한 친구들인 그들은 모두 알고 있었소."

실비아가 말했다. "물어보니까 말하는데 난 그때 몰랐어요… 그리고 당신이 그 기차를 타고 여기 오는 걸 알았더라면 그 기차로 오지는 않았을 거예요. 그런 식으로 말하니 내가 당신에게 무례한 말을 할 수밖에 없는 거예요." 그러고는 잠시 그가 아무 말도 하지 못하게 이렇게 덧붙였다. "좀 더 달래듯 이야기할 순 없어요?" 퍼론 소령의 입이 떡 벌어졌다.

실비아는 남편이 호텔비를 낼 돈을 어디서 얻었을까 의아스러웠다. 얼마 전 실비아는 남편 계좌에서 1실링만 남겨두고 잔고를 모두 인출했기 때문이었다. 이제 한 달의 중간 정도밖에 지나지 않아 남편은 급료를 더 지급받지 못할 것이다… 그러면 어쩔 수 없이 남편이 항의하지 않을까 하는 생각에서 실비아는 시험 삼아 그렇게 해본 것이었다. 실비아가 남편이 자기 시트를 가지고 갔다고 비난한 것도 같은 맥락에서 한 것이었다. 그건 순전히 고의로 한 것이었다. 하지만 아무런 변화도 없는 그의 표정을 다시 보았을 때 실비아는 자신이 진짜 어리석었다는 사실을 깨달았다… 지금 그녀는 한계에 이르렀다. 전에 그녀는 남편을 비난한 적은 있었지만, 남편에게 불편을 끼치려 한 적은 없었다… 지금 실비아는 자신이 저지른 일이 얼마나 어리석은지 갑자기 깨달았다. 남편은 그녀의 옹졸하고 추악한 행위가 전혀 그녀답지 않음을 아주 잘 알고 있을 것이다. 그리고 이 모두 그에 대한 시험이라는 것도 알고 있을 것이다. 아마 남편은 이렇게 말할 것이다. "그 여자는 내가 비명 지르도록 하려고 하고 있어. 하지만 난 절대 그렇게 하진 않을 거야!"

실비아는 좀 더 감당하기 어려운 수단을 사용해야겠다고 생각했다. 실비아는 말했다. "그 사람은 결국… 그 사람은 결국… 그 사람은 결국 굴복하게 될 거야."

퍼론 소령은 이제 입을 다물었다. 생각에 잠겨있던 그는 이렇게 중얼거렸다. "좀 더 달래듯이 이야기할 수 없느냐고! 이런!"

실비아는 갑자기 기운이 났다. 남편을 보아서였고, 남편과 다시 같은 지붕 밑에 살게 될 거라는 확신이 들있기 때문이었나. 실비아는 남편이 워놉과 가까워지지 못하게 위해 자신이 가진 모든 것과 영혼까지 걸 작정이었다. 그건 확실한 것에 거는 것이다! … 하지만 실비아는 전쟁이 끝난 뒤, 그들의 관계가 어떤 식으로 될지는 알 수 없었다. 처음에 그녀는 자신이 새벽 4시에 집에서 나왔을 때 남편과 영원히 헤어진 것으로 생각했다. 그렇게 생각하는 것이 논리적으로 보였다. 하지만 버컨헤드에서 피정하면서, 하얗고 조용한 수녀방에서 지내는 동안 점차 의구심이 들기 시작했다. 그들이 상대방에게 서로의 생각을 거의 이야기하지 않는 것은 그들 삶에 있어서 불리한 점 중 하나였다. 하지만 때로 그게 바로 득이 될 수도 있단 생각이 들었다. 실비아는 그때 영원히 헤어지는 것이라는 점을 분명히 하고자 했다. 그래서 운전사에게 목소리를 높여 역 이름을 말했던 것이다. 그러면 남편이 자신의 말을 듣게 되리라는 확신에서였다. 그리고 남편은 그 말을 그들의 결혼 생활이 끝났다는 신호로 받아들일 거라고 확신했다… 상당히 확신했다. 하지만 아주 확신한 것은 아니었다! …

실비아는 남편에게 편지를 쓰느니 차라리 죽음을 택했을 것이다. 지금도 그녀는 자신이 남편과 한 지붕 밑에서 다시 살고 싶어 한다는 사실을 남편에게 조금이라도 알리느니 차라리 죽음을 택했을 것이다… 실비아는 이렇게 중얼거렸다.

"그이가 그 여자와 편지 왕래를 하고 있나?" 그런 다음 그녀는 이렇게 중얼거렸다. "아니야! … 분명히 그렇진 않아." 실비아는 남편에게 온 모든 편지를 자신들이 살던 플랫 저택에서 받아보았다. 몇 가지 전단지들은 남편에게 전달되도록 했지만 말이다. 따라서 남편은 자신에게 온 모든 편지가 자신에게 전달되고 있다고 생각하고 있을 것이다. 남편에게 온 편지를 읽어 보았던 실비아는 남편이 그레이즈인 법학원에 있는 플랫 저택 이외의 다른 주소를 사람들에게 가르쳐주지 않았다고 확신하게 되었다… 하지만 발렌타인 워놉이 남편에게 보낸 편지는 없었다… 워놉 부인에게서 온 편지 두 통, 남편의 형 마크에게서 온 편지 두 통, 포트 스케이토에게서 온 편지 한 통, 그리고 동료 장교들이 보낸 한두 통의 편지와 공식적인 짤막한 통지문… 등등이 전부였다. 실비아는 이렇게 중얼거렸다. 만일 그 여자가 남편에게 보낸 편지가 있었다면, 그 여자의 편지를 포함해, 남편에게 온 모든 편지를 남편에게 전달했을 거라고… 하지만 지금 실비아는 자신이 진짜 그렇게 했을 거란 확신이 들지 않았다.

실비아는 남편이 그녀 뒤에 있는 문과 문이 이어진 길을 따라 걷다, 무표정한 얼굴로 호텔에서 나오는 것을 거울로 보았다… 이 순간 남편이 워놉과 서신 왕래를 하고 있지 않았다는 확신이 들자 실비아는 몹시 기뻤다. 절대적인 확신이었다… 남편이 살아 돌아온다면 아마 달라 보일 것이다. 남편이 어떻게 보일지 짐작할 수 없었다. 하지만 달라 보일 것이다… 살아남는다면! 아마 자의식적이 될지도 모른다. 아니… 만족스러워할지도 모른다…

얼마 동안 소령은 자신이 당한 일이 부당하다고 불평하고 있었다. 그는 자신이 실비아를 그녀의 강아지처럼 온종일 따라다녔지만 아무 소득도 얻지 못했다고 했다. 그런데 지금 실비아는 자신에게 좀 더 달래듯 밀해 주기를 바라기조차 한다고 했다. 게다가 자신에게 에스코트하라고 요구하는데, 그렇다면 에스코트하는 사람도 뭔가 얻어야 하는 건 아니냐 하는 생각이 든다고 했다… 바로 그 순간 그는 다시 말을 이었다.

"잠깐만… 오늘 밤 당신 방에 들어가게 해줄 거요, 안 해줄 거요?"

실비아는 갑자기 큰 소리로 웃었다. 그가 말했다.

"빌어먹을, 이건 웃을 일이 아니오! … 이봐요! 당신은 내가 어떤 위험을 무릅썼는지 모르오… 부헌병대장 소속 헌병들과 헌병대장 소속 헌병들이 밤새 내내 이 마을에 있는 모든 호텔 복도를 뒤지고 다니고 있소… 내 직업이 위태롭단 말이오…"

실비아는 입가의 미소를 감추기 위해 손수건으로 입술을 가렸다. 그가 보기엔 너무나도 잔인한 웃음이라는 것을 알고 있었기 때문이었다. 실비아가 손수건을 치우자, 퍼론이 말했다.

"빌어먹을! 당신 참 잔인한 요부 같군! … 도대체 내가 왜 당신 주위를 맴돌고 다녔지? … 우리 어머니가 가지고 계신 그림 중 번 존스[121]가 그린 그림이 하나 있는데 야릇한 미소를 짓는 잔인하게 생긴 여자 그림이오… 흡혈귀 같은 여자지… 잔인한 미녀[122]. 그게 바로 당신이오."

실비아는 갑자기 진지한 표정을 지으며 그를 바라보았다.

"이봐요, 포티[123]…" 그녀는 말을 이었다. 퍼론은 신음하듯 말했다.

"당신은 내가 그 끔찍한 전선으로 가길 바라고 있소… 하지만 나 같이 덩치 크고 눈에 띄는 사람은 살아남을 확률이 적소… 독일

---

[121] Burne-Jones(1833~1898): 19세기 영국의 라파엘 전파(前派)의 화가.
[122] "La Belle Dame sans Merci": 19세기 영국의 낭만주의 시인 키츠(John Keats)가 쓴 시의 제목으로 이 시는 여자의 유혹에 의해 파멸되는 남자를 그리고 있다.
[123] Potty: 퍼론의 애칭.

군들이 일제 사격을 하자마자 난 총에 맞을 거요."

"포티" 실비아는 소리쳤다. "잠시라도 진지해져 봐요… 난 진짜 그렇게 하려고… 필사적으로… 남편과 화해하려고… 노력하는 중이에요! … 난 그 누구에게도 이런 말을 하지 않을 거예요… 내 스스로에게도 이런 말을 하지 않을 거예요… 하지만 잠자리를 같이 한 사람에게는… 뭔가… 그러니까 이별 통보 같은 걸… 해주긴 해야 할 거예요… 난 당신에게 이쌍고 레프로방쉐에서… 이별 통보를 하지 않았어요… 그래서 지금 이렇게 말하고 있는 거예요…"

그가 말했다.

"당신 방을 잠가 놓지 않을 거요?"

실비아가 말했다.

"남편이 내게 손수건을 던져 준다면, 난 시프트 드레스 차림으로라도 온 세상 끝까지 남편을 쫓아갈 거예요… 나를 봐요… 그런 생각만 해도 몸이 떨리고 있는 날 한번 봐요…" 실비아는 손을 내밀었다. 처음엔 그녀의 손과 팔이 조금 떨리더니, 급기야 심하게 떨렸다… 실비아는 이렇게 말했다. "이걸 보고도 여전히 내 방에 오고 싶다면… 당신은 제정신이 아니에요…" 실비아는 잠시 말을 멈추더니 이렇게 말했다.

"와도 좋아요… 방문을 잠그진 않을 테니까요… 하지만 당신이 뭔가 얻을 수 있을 거라곤 말하시 않겠어요… 아니 당신이 얻게 되는 걸 당신이 좋아할 거라고도 말하지 않겠어요… 공정하게 미리 알려주는 거예요…" 이렇게 말하곤 그녀는 갑작스럽게 한 마디 덧붙였다. "당신은 참 지저분하게 거듭머거리는 사람이군요… 뭘 언게 될는지 한번 와 봐요!"
 퍼론 소령은 갑자기 자신의 콧수염을 배배 꼬기 시작하더니 이렇게 말했다.
 "부 헌병대장 소속의 헌병들과 한번 부닥쳐 봐야겠소…"
 실비아는 다리를 꼬아 의자 위에 올렸다.
 실비아는 이렇게 말했다. "내가 왜 여기 왔는지 이제야 알겠군요."
 윌프리드 포스브룩 에디커 퍼론 소령은 특별한 경력도, 그 어떤 강한 성향도, 아무 특성도 없는 사람이었다. 그는 아무것도 하지 않았다. 그의 지식은 그날 신문에 나온 내용에 한정되어 있었고, 그와의 대화도 그 이상을 넘지 않았다. 그는 대담하지도 그렇다고 숫기가 없는 것도 아니었다. 그는 특별히 용기가 있는 것도, 특별히 겁이 많은 것도 아니었다. 그의 어머니는 엄청나게 돈이 많았으며, 높다란 공동 주택 창가에 걸려 있는 새장처럼, 바다 옆 절벽 위에 거대한 성을 소유하고 있었다. 하지만 그녀를 찾아오는 방문객은 거의 없었다. 그녀의 음식은 맛이 없었고 그녀가 준비한 와인은 끔찍했기 때문이었다. 그녀는 술 마시는 것을 몹시 혐오하여 남편이 죽자마자, 성만큼이나 역사적으로 오래된 와인 저장고에 있던 와인을 모두 바다에 버려, 지방 명문가들을 몸서리치게 했다. 하지만 이 사실만으로 퍼론이 악명 높게 된 것은 아니었다.
 그의 어머니는 왕족의 자손에게나 줄 많은 돈을 그에게 주었다. 하지만 그는 그 돈을 가지고 아무것도 하지 않았다. 그는 켄싱턴 팰리스 가든즈[124] 거리에 있는 커다란 저택에 그의 어머니가 골라 준 많은 하인과 같이 살았다. 하지만 하인들은 아무것도 하지 않았다. 그는 배스 클럽¹²⁵에서 식사를 하고, 심지어 그곳에서 목욕도 하고, 저녁 먹을 때 입는 옷도 갈아입었기 때문이었다.

그는 당시의 유행처럼 젊은 시절 1, 2년 정도를 군대에서 보냈다. 처음에 그는 41연대에 배치되었다고 관보에 발표되었으나, 블랙 워치 부대¹²⁶가 인도로 파견되자, 링컨셔¹²⁷와 링컨셔 주변에서 징병을 하고 있던 캠피언 장군이 그 당시 지휘하던 글라모건셔 부대로 배치되었다. 장군은 퍼론의 모친의 오랜 친구로, 준장으로 승진되자마자 퍼론을 자신의 연락장교로 임명했다. 퍼론은 말을 잘 타지 못했지만 사회생활에 필요한 노하우를 알고 있어, 자작의 셋째 아들과 결혼한 백작 미망인에게 보내는 초대장을 어떻게 써야 할지 정확히 알고 있었기 때문이었다… 하지만 군인으로서 그는 구령도 제대로 할 줄 몰랐고, 제대로 훈련도 받지 않았으며, 부하들을 통솔할 능력도 거의 없었다. 하지만 그는 당번병에게는 인기가 좋았다. 그리고 오랜 주홍색 군복이나 푸른색 메스 재킷¹²⁸을 입은 그의 모습은 좀 경직되어 보였지만 보기에 흉하진 않았다. 신발을 벗은 상태에서 그의 키는 정확히 180센티미터였다. 몹시 검은 눈과 심할 정도로 귀에 거슬리는 목소리를 가진 그는 전혀 뚱뚱하지 않았지만 몸통에

---

[124] Palace Gardens, Kensington: 런던에 있는 거리 이름으로 가장 비싼 주거지기 있는 거리다.
[125] Bath Club: 스포츠를 주제로 한 런던의 남성 클럽.
[126] Black Watch: 1725년에 창설된 영국 최강의 여단급 육군 전투 부대.
[127] Lincolnshire: 영국 잉글랜드 중동부에 있는 카운티(county).
[128] mess jacket: 뒷부분이 길어지지 않도록 앞뒤 길이가 똑같이 몸에 꼭 맞게 된 짧은 재킷.

비해 손과 발이 커 균형이 맞지 않아 보였다. 클럽에 가서 그가 어떤 사람이냐고 묻는다면, 십중팔구 상대방은 그의 머리에 혹이 있을 거라고 하면서, 그가 머리를 뒤로 빗어 넘긴 이유가 그 때문이라고 말할 것이다. 하지만 그의 머리엔 혹이 없었다.

일찍이 그는 포르투갈령 동아프리카에 맹수 사냥을 하러 원정을 떠난 적이 있었다. 하지만 원정대가 도착하자마자 원주민들이 반란을 일으켰다는 소식을 듣고는 켄싱턴 팰리스 가든즈로 돌아왔다. 그는 몇몇 여자와 교제하여 어느 정도 성과를 거두었으나, 인색하고 분규를 두려워하는 성격 때문에 34살 때까지 자신보다 신분이 낮은 젊은 여자들만 상대로 애정 행각을 벌여왔다…

실비아 티전스와의 애정 행각은 자랑할 만한 것일 수도 있었겠지만 그는 자랑하고 다니지 않았다. 오히려 그는 실비아가 자신을 떠나는 바람에, 브르타뉴에서 자신과 실비아가 어떻게 함께 시간을 보냈는지 설명해야만 하는 상황에 처하게 되었다면, 상당한 곤혹을 겪었을 것이다. 하지만 여름동안 어디서 지냈는지 별 생각 없이 물은 질문에 그가 대답해주길 기다릴 정도로 퍼론의 동선에 관심 있는 사람은 다행히 없었다. 하지만 실비아가 자신을 버리고 떠난 사실을 떠올릴 때마다 퍼론의 눈가는 살짝 젖어들었다. 마치 스폰지 표면이 젖어 있는 것처럼 말이다…

실비아는 퍼론 소령을 떠났다. 손가방도 들지 않고, 주요 철도선으로 연결되는 프랑스 시가 전차에 올라탔다. 거기서 실비아는 편지지에 연필로 퍼론의 멍청함과 귀에 거슬리는 목소리를 더 이상 참을 수 없어 떠난다며, 가을 시즌에 런던에서 서로 마주치게 될지도 모르겠다고 적었다. 실비아는 잠옷과 그 밖의 여러 물품을 구입한 다음, 자신의 어머니가 머물고 있는 독일의 어느 온천장으로 곧장 출발했다.

후에 실비아는 자신이 왜 그런 바보 같은 인간과 도피 행각을 벌였는지 그 이유를 쉽사리 알 수 있었다. 남편에 대한 증오심 때문에 반발로 그랬던 것이다. 실비아는 단정한 차림의 그 어떤 런던 출신의 남자 중에서도 자신의 남편보다 퍼론과 닮지 않은 사람은 없을 거라고 생각했다. 몇 년의 세월이 지난 지금 이 프랑스 호텔 라운지에서도 퍼론과 도피 행각을 벌일 생각을 처음 했을 때를 회상하면, 당시에 자신이 느낀 그 기쁨에 찬 그 증오심을 실비아는 다시 느낄 수 있었다. 그것은 놀라울 정도의 지적 발견을 한 사람이 자화자찬하면서 느끼는 그런 감정이었다. 일시적이었지만 이전에 남편 이외에 다른 사람과 같이 지냈을 때, 자신과 애정 행각을 벌인 사람이 아무리 보기 흉하지 않은 사람이고, 그와의 애정 행각이 아무리 짧았다 해도 (심지어 주말에만 애정 행각을 벌였다 해도) 그 남자와의 관계에 대해 남편은 너무도 관대했다는 사실을 알게 되었다. 남편이 아닌 다른 사람이 어떤 주제에 대해, 가령 안정꼴에 관한 이야기에서부터 힘의 균형에 관한 이야기에 이르기까지, 혹은 오페라 가수의 목소리에 관한 이야기부터 혜성이 다시 출몰하게 되는 것에 관한 이야기에 이르기까지, 그 어떤 주제에 대해 다른 사람이 하는 이야기를 듣게 되면, 혹은 주중에 크리스토퍼와 함께 지낸 후 주말을 다른 사람과 보내면서 그 남자의 이야기를 듣게 되면, 남편의 생각이 아무리 혐오스럽다 해도 남편의 이야기를 듣는 것과 다른 사람이 하는 이야기를 듣는 것의 차이는, 성인이 하는 이야기를 듣는 것과 말도 제대로 못 하는 어린 학생의 비위를 맞추려고 몹시 지루해하면서도 그 이야기를 들어주는 것의 차이와 같았다. 남편 옆에선 그 어떤 남자도 성인이 아닌 것 같았다…

퍼론과 도피 행각을 벌이기로 결심하기 직전, 실비아에게 어떤 생각이 갑작스럽게 떠올랐다. 만일 퍼론과 함께 떠난다면 그건 자신이 크리스토퍼에게 저지를 수 있는 가장 창피한 일일 거라는 것이었다… 그런 생각이 막 들었을 때, 장군의 누이인 레이디 클라우딘 샌드바크가 주최한 댄스파티에 옆자리에 앉아 있던 퍼론이 감정에 휩싸여 좀 더 묵직하고 덜 거슬리는 목소리로 야간도주하자고 자신에게 졸라 댔다… 그때 실비아는 갑작스럽게 이렇게 말했다.

"아주 좋아요… 그럽시다…"

그가 놀라운 표정을 억제하지 못하자, 실비아는 자신의 말을 농담으로 돌리고 남편에게 복수할 생각을 포기하려고 했다… 하지만 남편이 느끼게 될 굴욕감은 실비아가 포기하기엔 너무나도 매력적이었다. 자신의 아내가 매력적인 사내 때문에 자신을 버린다는 것은 남편에게는 당연히 굴욕적일 것이다. 하지만 머리가 모자라는 남자 때문에 남편을 공개적으로 떠나는 것은, 자신의 두뇌를 자랑스러워하는 남편에겐 이 세상 그 어떤 것보다도 굴욕적인 게 틀림없을 것이다.

실비아는 도피 행각을 시작하자마자 자신의 계획에 두 가지 심각한 결함이 있다는 사실을 확연히 깨달았다. 첫째, 남편이 아무리 굴욕감을 느낀다 해도, 자신은 남편과 함께 있지 않기 때문에 남편이 느끼게 될 굴욕감을 목격할 수 없다는 것이었다. 다른 하나는, 가끔 보면 퍼론은 바보 같은 사람이지만, 매일매일 가까이서 접하게 되면 퍼론처럼 바보 같은 인간은 참기 힘들게 될 거라는 것이었다. 실비아는 신중하게 계획을 세워 퍼론을 어머니처럼 보살피기도 하고 때로는 경멸하기도 하면서, 그를 뭔가 다른 사람으로 만들 수도 있을 거란 생각을 했다. 그런데 퍼론의 어머니가 여자로서 할 수 있는 모든 것을 그를 위해 이미 했다는 사실을 알게 되었다. 사립 학교에 다닐 때 퍼론은 지독한 지진아였다. 그의 어머니는 그에게 아주 모자라게 용돈을 주어, 퍼론은 교장 부인의 생일 선물을 마련하는 데 돈을 일조하기 위해 다른 아이들의 책상을 뒤져 몇 푼의 돈을 훔쳤다. 그의 어머니는 그에게 따끔한 교훈을 주기 위해 이러한 사실을 모두에게 알려, 퍼론은 영원히 숫기 없는, 따라서 자신을 믿지 못하는 사람이 되었다. 비록 그는 자신의 이런 성향을 드러내지 않고 억눌렀지만, 계속 그런 성향을 억누르다 보니 단호하게 생각하거나 행동할 수 없게 되었던 것이다.

이러한 사실을 알았다고 해서 그에 대한 태도가 누그러지는 것은 아니었다. 실비아의 표현대로 그건 그의 문제였기 때문이다. 버릇없는 남자를 교육시킬 준비는 늘 되어 있었지만, 다른 여자가 낳은 가망 없는 사회 부적응자를 적응자로 만들 준비가 되어 있는 것은 결코 아니었다.

한 주 정도 지내기로 한 오스텐드에 도착한 실비아는 거기서 만난 어느 지인들에게 독일의 휴양지에 있는 자신의 모친에게 가는 기차를 갈아타기 진, 힌두 시긴 이 화려한 도시에 있는 기리고 말했다. 실비아는 갑작스럽게 이처럼 충동적으로 말했다. 그때까지만 해도 실비아는 남들 비난에 전혀 신경 쓰지 않았기 때문에, 자신이 앞으로 어떻게 할지에 대해 전혀 감추려 하지 않았다. 하지만 잘 알려진 영국 사람을 카지노에서 본 순간 실비아는 자신이 퍼론 같은 멍청한 인간과 도피 행각을 벌인다는 사실에 남편이 느낄 굴욕은 같이 갈 사람이 퍼론 같은 멍청이밖에는 없다는 사실에 자신이 느끼게 될 굴욕에 비하면 별것 아니라는 생각이 갑자기 들었던 것이다. 게다가… 실비아는 남편이 보고 싶어지기 시작했던 것이다.

남편이 보고 싶은 실비아의 이러한 마음은 조금도 줄어들지 않았다. 퍼론은 실비아가 가벼운 환락을 즐기기 위해 자신을 비스바덴[129]으로 데려갈 거라고 생각했지만, 어리둥절해하면서도 아무 불평도 하지 않았던 퍼론을 몹시 답답해했던 실비아는 그를 사람의 이목을 끌지 않는 파리의 생 로케 거리에 있는 어느 호텔로 데려갔다. 눈에 띄는 유흥지를 피하려 할 때, 그리고 마음에 맞는 사람이 없을 때, 파리는 일요일에 버밍엄에 있는 것처럼 아주 끔찍한 곳이었다.

그래서 실비아는 남편이 즉각 이혼 신청을 할 의사가 없으며, 더 나아가 그 어떠한 행위도 할 의사가 없음을 확신할 수 있는 정도까지 기다린 후, 자신에게 온 모든 편지와 소식을 현재 자신이 머물고 있는 이 평범한 호텔로 (그녀가 머물고 있는 곳이 평범한 호텔임을 알릴 수밖에 없어 실비아는 상당한 굴욕감을 느꼈다) 보내 달라고

---

[129] Wiesbaden: 독일 헤센주의 주도이며 온천으로 유명한 휴양 도시.

남편에게 엽서를 보냈다. 따라서 실비아에게 온 편지는 규칙적으로 호텔로 전달되었지만, 남편에게선 아무런 연락도 없었다.

그다음으로 퍼론과 같이 간 프랑스 중심부에 있는 어느 휴양지에서, 실비아는 남편이 다음에 어떻게 할지에 대해 심각하게 생각해 보았다. 친구들이 보낸 편지에 간접적으로 암시된 내용을 보면, 실비아는 몹시 아픈 어머니를 간호하기 위해 혹은 어머니와 함께 있기 위해 어머니에게 갔다는 이야기가 돌고 있음을 알 수 있었다. 남편이 그런 이야기를 만들어낸 것은 아니었지만 말이다. 즉 그녀의 친구들은 편지에서 실비아의 어머니인 새터스웨이트 부인이 그처럼 심각하게 아픈 것이 얼마나 끔찍한 일인지, 그리고 재미있게 지낼 수 있는 곳도 많은데 실비아가 그 조그마한 독일 휴양지에 갇혀 지내는 것이 얼마나 끔찍한지, 그리고 혼자 있으면 끔찍할 텐데 남편이 어떻게 잘 지내고 있는지에 관해 이야기했다…

이 무렵 퍼론은 이전보다 더 짜증 나게 (평소에 워낙 짜증 나게 해서 그렇게 하는 게 가능하다면 말이다) 하기 시작했다. 이 휴양지에 온 손님들 대부분은 프랑스인이었다. 휴양지엔 새로 오픈한 골프장이 있었는데, 퍼론은 골프를 잘 치진 못하지만 놀랍게도 그처럼 굼뜬 사람에게서는 찾아보기 어려운 병적인 자만심이 있었다. 실비아나 다른 프랑스인이 라운드에서 그를 이기면 그는 저녁 내내 골을 냈다. 실비아는 그 당시 그가 골을 내는 것에 대해 전혀 개의치 않았지만, 한심하게도 퍼론은 외국인 게임 상대자와 목소리를 높여 언쟁을 벌이기도 했다.

10분 이내에 잇따라 벌어진 어떤 일로 실비아는 가능한 한 멀리

이 휴양지에서 벗어나기로 결심했다. 첫 번째 일은, 거리 끝에서 서스턴이라는 영국인을 본 것이었다. 그의 얼굴을 어렴풋이 알고 있었던 실비아는 그를 보았을 때 느낀 감정을 통해, 남편이 자신을 집에 들일 가능성이 남아 있기를 자신이 얼마나 갈구하고 있는지 깨닫게 되었다. 그다음 일은 실비아가 돈을 지불하고 골프채를 받기 위해 서둘러 골프 클럽 회관에 갔을 때, 거기서 우연히 듣게 된 두 사람의 대화를 통해서였다. 그들의 대화를 통해 실비아는 퍼론이 골프 칠 때 자신의 공을 슬쩍 옮기는 비열한 짓을 했고 점수를 조작하기도 했다는 사실을 분명히 알게 되었다. 그런 행위는 실비아의 인내의 한계를 넘었다. 동시에 그녀에게 남편의 모습이 떠올랐다. 말을 걸 만한 가치가 있는 남자라면 아내와의 이혼을 생각해서는 안 된다는 자신의 오만한 생각을 남편이 말할 때의 모습이었다. 당시 남편은 가정의 신성함을 지키지 못한다 해도, 아내가 이혼하기를 원치 않는 한 참아야 한다고 말했다.

남편이 그 말을 했을 당시 실비아는 그 말에 전혀 신경 쓰지 않았던 것 같았다. 남편을 몹시 미워하고 있었기 때문이었다. 하지만 지금 그 말이 강하게 다시 다가오자 어떤 생각이 떠올랐다. 그가 허튼소리를 한 것이 아니길 바랐던 것이다!

실비아는 점심 식사 후 잠에 푹 빠져 있던 퍼론을 침대에서 끌어내고는 당장 여기를 떠나야 한다고 했다. 그러고는 퍼론의 엉터리 프랑스어를 이해할 수 있는 웨이터나 사람들이 있는 파리나 좀 더 큰 도시에 도착하면, 자신은 그를 영원히 떠날 것이라고 말했다. 하지만 결국 그들은 그 휴양지를 다음 날 아침 6시나 되어서야 기차를 타고 떠날 수 있었다. 퍼론은 실비아가 자신을 떠나고 싶다는 말을 하자 분노와 함께 절망을 느꼈다. 하지만 의례 그러듯 그는 자살하겠다는 말은 하지 않고 놀랍게도 실비아에 대한 살의를 드러냈다. 그는 실비아가 늘 갖고 다니는 성 안토니오의 유물에 대고 자신을 떠날 마음이 없다고 맹세하지 않으면 그녀를 당장 죽이겠다고 했다. 그리고 실비아가 자신의 인생을 망쳤으며 자신을 도덕적으로 타락시켰다고 했다. 그는 실비아가 없었다면 젊은 순수한 여자와 결혼했을 거라고 했다. 그리고 실비아가 자신을 비웃었기 때문에 자신은 어머니의 원칙을 거슬러 술도 마시게 되었고, 그래서 건강과 남자다운 풍채가 손상되었다고도 했다… 실비아가 퍼론에 대해 가장 참기 힘든 것 중 하나가 와인 마시는 방식이었다. 그는 술잔을 입에 댈 때마다 참을 수 없을 정도로 흉측하게 낄낄거리면서, "여기 내 생명을 단축시키는 것이 있다."라고 바보 같은 소리를 하곤 했기 때문이다. 그렇게 말하고 그는 와인을 마셨고 뒤이어 더 강한 술도 마시기 시작했다.

실비아는 성 안토니오를 두고 맹세하라는 퍼론의 요구를 거부했다. 자신의 애정 행각에 성인을 끼어들게 하지는 않을 작정이었기 때문이었다. 더더군다나 기회가 생기자마자 깨뜨릴 작정을 하고 있는 맹세를 성인의 유골에 두고 하지는 않을 작정이었다. 너무도 비열한 짓이 있다. 죽음보다 못한 불명예스러운 일도 있다. 퍼론이 자신의 손을 꽉 쥐고 있을 때 실비아는 그의 권총을 잡아 물통에 집어넣었다. 그러자 안심이 되었다.

퍼론은 프랑스어도, 그리고 프랑스에 대해서도 아는 바가 거의 없었다. 하지만 그는 자신을 떠나려는 여자를 죽인다 해서 프랑스라는 나라가 뭔가 하지는 않을 거라는 것은 알았다. 반면 실비아는 페론이 무기 없이는 자신에게 뭔가 할 수 없음을 분명하게 알았다. 실비아가 다녔던 학비가 아주 비싼 학교에서 실비아는 다른 훈련은 몰라도 미용 체조만은 상당히 많이 배웠다. 실비아는 몸을 자유자재로 움직이고, 자신의 아름다움을 유지하기 위해 항상 몸매를 적절하게 유지했다.

마침내 실비아가 말했다.

"좋아요. 이쌍고 레프로방쉐로 가기로 해요."

호텔에 머물고 있던 어느 유쾌한 프랑스 부부는 프랑스 서쪽 맨 끝에 있는 이 작은 마을로 신혼여행을 가서 안다며, 그곳은 외로운 천국 같다고 했다… 어차피 페론과 헤어지기 전 싸움이 벌어지게 될 거라면, 그전에라도 실비아는 외로운 천국에서 지내고 싶었다…

실비아는 앞으로 어떻게 할지에 대해 한 치의 망설임도 없었다. 한심한 기차를 타고 프랑스를 반쯤 횡단하다 보니 향수병이 생겼다. 그 이상도 그 이하도 아니었다! … 창피한 병이다. 하지만 유행성 이하선염처럼 피할 수 없는 병이다. 우린 그 병을 참아내야 한다. 게다가 실비아는 자신의 모든 불행의 원인이기에 미워한다고 생각했던 아이가 보고 싶기까지 했다…

많은 생각 끝에 실비아는 남편에게 돌아가겠다는 편지를 쓰기 시작했다. 그녀는 무기한으로 초대받은 시골 저택에서 나와 집으로 돌아가겠다고 선언하는 것처럼 편지를 쓰기로 했다. 그리고는 자신의 하녀와 관련된 상당히 어려운 주문도 했다. 자신의 편지에 담겨 있을지도 모를 감정의 흔적을 없애기 위해서였다. 실비아는 자신이 어떤 감정이라도 드러낸다면, 남편은 자신을 집안에 결코 들이지 않을 거라고 확신했기 때문이었다. 실비아는 또한 자신의 엉뚱한 행각에 대해 그 누구도 뒤에서 수군거리지는 않는다고 확신했다. 그들이 떠날 때 서스턴 소령이 기차역에 있었지만, 그들은 아무 말도 하지 않았다. 갈색 수염을 기른 서스턴 소령은 뒤에서 수군거리지 않는 괜찮은 사람이니 말이다.

퍼론에게서 빠져나오는 건 쉽지 않았다. 퍼론은 지난 몇 주 동안 정신 병원의 간수처럼 실비아를 지켜보았기 때문이다. 실비아가 자신의 옷가지를 챙기지 않고는 절대 여기를 떠나지 않을 거란 생각에 퍼론은 어느 날 점심 식사에 곁들여 이 지역에서 만든 강한 술을 상당량 마신 뒤, 너무도 졸려 실비아 혼자 산책을 가도록 내버려두었다…

당시 실비아는 남자들이 지겨웠다. 아니 지겹다고 생각했다. 자기 주변의 여자들이 진짜 볼품없는 남자들 때문에 큰 봉변을 당하는 것을 보았기 때문이다. 하여튼 남자들은 여자의 기대를 충족시키는 법이 없었다. 면식만 있는 남자들은 보기보다 흥미로운 존재들이다. 하지만 남자들과 가까이 지내는 것은 읽었다는 사실을 잊고 다시 읽기 시작한 책을 읽는 것과 같았다. 어떤 남자라도 10분 동안만 가까이 지내면, "이 모든 것을 전에 읽은 적이 있어…"라고 말하세 될 것이다. 우리는 시작 부분을 알고 있으며, 중간 부분에 이르러선 이미 지겨워지게 된다. 특히 결말을 알 때는 그렇다…

실비아는 어머니의 정신적 충고자이자 조언자이며, 최근 아일랜드에서 케이스먼트와 함께 처형당한 콘셋 신부에게 수년 전 충격을 주려고 한 일이 기억났다… 하지만 성인과도 같았던 그 불쌍한 신부는 전혀 충격을 받지 않았다. 오히려 신부는 실비아보다 한 발 더 나아갔다. 실비아가 근사하게 사는 것은 (당시 사람들은 근사하다는 말을 자주 사용했다) 주말마다 다른 남자와 함께 떠나는 것이라고 이야기를 했을 때, 신부는 얼마 지나지 않아 그 불쌍한 남자가 기차표를 사는 순간 실비아는 이미 지루하게 될 것이라고 말했기 때문이다…

맙소사, 그의 말이 맞았다… 실비아는 그 문제에 대해 생각해 보았다. 롭샤이트라는 독일의 작은 온천 휴양지에 머물던 실비아 모친의 거실에서, 그 성인 같은 불쌍한 신부가 그 말을 한순간부터 흰 도료를 칠한 호텔 안 버들세공 의자에 앉아 있는 바로 이 순간까지, 실비아는 자신을 거칠게 대할 권리가 있다고 생각하는 남자와 같은 기차에 탄 적이 한 번도 없었다… 실비아는 콘셋 신부가 하늘나라에서 이 호텔 라운지를 내려다볼 때 과연 만족스러워할까 하고 한 번 생각해 보았다… 아마도 자신에게서 이런 변화를 이끌어 낸 사람은 콘셋 신부였을 것이다.

어제까지만 해도 한 번도 그런 적이 없었다… 실비아가 겁을 주는 바람에 기차에 같이 타고 있던 퍼론은 창백한 얼굴로 숨 막혀하면서 눈을 희번덕거렸다… 기차가 시속 100킬로미터로 달리는 동안, 복도 밖에서 창문을 통해 안을 들여다보는 경비원이 두려워 퍼론은 멍청하고도 어색한 몸짓을 했지만, 너무나도 대담했다… 하지만 다시는 안 그럴 것이다. 실비아는 천장을 향해 소리쳤다.

같이 떠날 남자를 구해, 경희극에서처럼, 주말 동안이라도 행복하게 지내게 해 주실 수는 없는 건가요? 아니 평생을 행복하게 보내게 해 주실 수는 없는 건가요? … 왜 그렇게 해 주실 수 없는 거죠? … 괜찮은 남자와 평생을 행복하게 살게 해 주실 수는 없는 거예요? 목에서 가르릉거리는 소리를 내지 않고, 눈도 멍청해 보이지 않고, 기차표를 보여 달라고 했을 때 기차표가 어디 있는지 찾지 못할 정도로 불안해하지 않는 그런 남자와 말이에요… 신부님, 실비아는 다시 위를 쳐다보며 말했다. 그런 남자를 만나고 싶어요. 그러면 그게 바로 저에겐 천국일 거예요… 천국에서는 결혼하지 않으니까요… 실비아는 체념한 듯 계속 중얼거렸다. 하지만 그 사람은 다른 사람과 바람을 피우게 될 거야… 그래도 난 참을 수밖에 없어.

실비아가 너무도 갑작스럽게 의자에서 일어나 옆에 있던 퍼론 소령은 고리버들로 만든 의자에서 벌떡 일어나면서 티전스가 돌아왔느냐고 물었다… 실비아는 이렇게 소리쳤다.

"아니야, 절대 그렇게는 안 해. 그렇게 안 한다니까. 절대로 그렇게 할 수는 없어… 절대로, 절대로 말이야!"

실비아는 놀란 소령에게 사납게 말했다.

"이 마을에 크리스토퍼의 여자가 있나요? … 사실대로 말하는 게 좋을 거예요!"

소령은 중얼거리듯 말했다.

"그가? … 아니요… 그 친구는 너무나도 등신 같아서… 수제트란 술집도 가본 적 없소… 마더 하드룻의 가구를 부수던 한심한 부관을 데려오려고 거기 갔을 때를 제외하곤 말이오…"

그는 이렇게 투덜거렸다.

"하지만 그렇게 사람을 놀라게 해선 안 되오! … 나한텐 달래듯이 대하라고 하고선…" 그는 이쌍고 레프로방쉐에서 함께 지내던 이래로 실비아의 매너가 조금도 나아지지 않았다고 투덜거렸다… 그러더니 기차에서 만난 프랑스인이 이야기해 주었다고 하면서, 프랑스어로 이쌍고 레프로방쉐는 밝은 자색을 띤 청색 눈을 의미한다고 했다. 그게 자신이 아는 유일한 프랑스어라고도 했다. 그러고는 그녀의 눈이 밝은 자색을 띤 청색인지 늘 생각해 보았다고도 했다…
"하지만 당신은 지금 내 말을 듣고 있지도 않소… 참 예의가 없소."
그는 이렇게 중얼거렸다.

실비아는 의자에 앉은 채 몸을 앞으로 숙이고는, 남편이 이 마을에 발렌타인 워놉을 데려놓았을지도 모른다는 생각에 턱 밑에 댄 손을 꽉 쥐었다. 그래서 남편이 여기 남기를 바라는 것인지도 모른다는 생각이 들었다. 실비아가 물었다.

"크리스토퍼가 왜 이 황량한 곳에 있는 거죠? … 남들은 여기를 수치스러운 기지라고들 하던데…"

"그래야 하기 때문이오…" 퍼론 소령이 말했다. "명령받은 대로 해야 하니까…"

실비아가 말했다. "크리스토퍼를요! … 다른 사람들이 크리스토퍼 같은 사람을 그가 원치 않는 곳에 있게 할 수 있다고 말하는 거예요? …"

"그가 다른 곳으로 가버리면 그는 아주 큰 일을 당하게 될 거요."

퍼론 소령이 소리쳤다. "당신은 그 빌어먹을 자가 어떤 사람이라고 생각하시오? … 영국의 왕이라도 되는 것 같소? …" 그는 음울하면서도 잔인한 어조로 이렇게 덧붙였다. "그가 도망간다면 다른 사람과 마찬가지로 그자를 사형시킬 거요… 어떻게 생각하시오?"

실비아는 이렇게 대답했다. "하지만 그렇다고 해서 이 마을에 여자를 두는 걸 막을 순 없잖아요?"

"그 친구에겐 여자가 없소." 퍼론이 말했다. "그 친구는 썩은 알을 품고 있는 빌어먹을 놈의 암탉처럼 그 빌어먹을 오래된 캠프에 틀어박혀 있다고 남들이 말하고 있소… 난 그 친구에 대해선 아는 바 없고…"

앙심을 품은 채 빈둥거리듯이 퍼론의 말을 듣고 있던 실비아는 그의 웅얼거리는 어조에서, 이쌍고의 침실에 같이 있을 때 그의 목소리에 깔린 살인적 광기를 발견했다. 그에게는 즉결 심판소에 소환된, 아둔하지만 광기 어린 살인자의 면모가 분명히 있을 거라고 실비아는 생각했다.

"이 사람이 크리스토퍼를 죽이려 든다면…" 실비아는 남편이 무릎으로 퍼론의 등뼈를 부러트리는 모습을 상상해보았다. 불빛이 오팔에 스쳐가듯 이 생각이 실비아의 마음을 스쳐지나갔다. 실비아는 건조한 어조로 이렇게 중얼거렸다.

"남편이 루앙에서 그 여자와 같이 있었는지 알아내야 해…" 남자들은 서로 같은 편이라, 퍼론이 티전스를 보호하려고 그렇게 말한 걸 수도 있다고 실비아는 생각했다. 군대의 규칙 때문에 크리스토퍼가 이런 곳에 계속 있을 수밖에 없다는 것은 상상도 할 수 없는 일이었기 때문이다. 그 누구도 상류층 사람들을 이렇게 가두어 둘 순 없다고 실비아는 생각했던 것이다. 또 퍼론이 제정신이라면, 티전스를 보호하면 자신을 얻지 못하게 될 거란 사실을 알 거라고 생각했다… 하지만 그는 그런 센스도 없는 자다… 게다가 실비아는 남자끼리의 유대감은 아주 강할 거라고 생각했다. 실비아는 자신도 남자를 얻기 위해 같은 여자의 비밀을 폭로하진 않을 거라고 생각했다. 그렇다면… 그 여자가 이 마을에 없다는 것을 어떻게 확인할 수 있는가? 어떻게 하면 그것을 확인해볼 수 있는가? … 실비아는 매일 밤 티전스가 그 여자 집으로 가는 모습을 상상해보았다… 하지만 이날 밤에 남편은 자신과 밤을 보낼 것이다… 그녀는 알고 있었다… 그 집에서…

실비아는 마을 꼭대기에 있는 시가전차에서 내려다보이는 작은 교외 주택 거실에 있는 남편을 상상해 보았다… 분명히 그들은 지금 자신에 대해 논의하고 있을 것이다… 의자에 앉아 있는 실비아의 근육 하나하나가 뒤틀렸다. 알아내야 한다… 하지만 어떻게 알아낼 수 있단 말인가? 모든 사람이 다 한 통속인데… 이 전쟁을 벌이는 모든 사람이 하나의 자유연애주의자 집단인데 말이다. 전쟁의 목적이 바로 그것이다… 이 좁은 공간에 모여 있는 모든 남자들 말이다… 실비아는 자리에서 일어났다.

실비아가 말했다. "레이디 삭스 파티에 가기 전에 분 좀 발라야겠어요… 원치 않으면 여기 남아 있을 필요는 없어요…" 실비아는 남편이 워놉을 이 마을 어디에 숨겨놓았는지 알아내기 위해 파티에 온 모든 사람의 얼굴을 살펴볼 작정이었다… 실비아는 주근깨투성

이의 들창코 여자가 남편의 뺨에 얼굴을 대고 있는, 정확히 말해, 얼굴이 뭉개질 정도로 대고 있는 모습을 상상해 보았다… 실비아는 알아보기로 했다…

2

실비아는 조사할 기회를 일찍 얻었다. 그날 저녁 식사 때, 티전스가 일병과 같이 전화기 있는 곳으로 간 사이, 실비아는 커다란 흰 수염을 기른, 혈색 좋은 작은 체구의 소매상인처럼 보이는 군인과 마주하고 있었다. 그가 입은 군복은 너무도 주름이 많아 나무의 잎 맥(脈)처럼 보였다… 그는 아주 믿을 만한 상인처럼 보였다. 때때로 등유를 공급하도록 허락할 만한, 집 근방의 잡화상 주인처럼 보였다… 그는 실비아에게 이렇게 말했다.

"부인, 2,900에 10을 곱하면 29,000이 됩니다…"

실비아가 소리쳤다.

"그럼 티전스 대위가 어제 오후 내내 29,000개의 발톱을 검사했단 말이에요? … 그리고 2,900개의 칫솔도…"

이에 상대방은 아주 진지하게 대답했다. "전 이들이 식민지 군인들이기 때문에 칫솔까지 검사할 필요는 없다고 말씀드렸죠… 그들은 군의관에게 자신들의 칫솔이 얼마나 깨끗한지 보여주기 위해, 단추 닦을 때 사용하는 솔로 자기 이빨을 닦을 테니 그럴 필요 없다고 했죠…"

실비아는 약간 몸을 떨면서 말했다. "군인들이 모두 게임을 하는 학생 같군요… 우리 남편이 실제로 그런 일까지 신경 쓴단 말이에요?"

카울리 소위는 그날 오후 군수품 보급소에서 구입한 멜빵 달린 장교용 혁대의 어깨 끈이 거의 10년 동안이나 자신이 차고 다녔던 벨트의 배 부분(이것도 멋진 가죽으로 만들었다)과 어울리지 않는다는 걸 알고는 괴로웠지만, 실비아의 질문에 결연히 대답했다.

"부인, 군대의 두뇌는 아닐지라도, 군대의 생명은… 바로 발에 있습니다… 그런데 요새 군의관들은 이빨에 있다고 합니다… 티전스 대위님은 훌륭한 장교이십니다… 대위님은 자신이 양성한 병사는 절대로…"

실비아가 말했다.

"그렇다면 남편이 3시간 동안 병사들의 발과 용구를 검사했다는 거예요? …"

카울리 소위가 말했다.

"물론, 용구 검사하는 데는 다른 장교들이 도와드렸습니다… 하지만 발은 직접 다 살피셨습니다…"

실비아가 말했다.

"그럼 2시부터 5시까지 그 일을 했겠군요… 그다음에는 차를 마셨을 테고… 그리고 갔나요? … 그게 뭐더라? … 병사들 서류를 점검하러…"

카울리 소위의 목소리는 수염에 가려 작게 들렸다.

"대위님이 편지 쓰시는 데 좀 게을리 하셨다면… 저두 그 맘음

들었습니다… 부인께선… 저도 결혼한 사람이고… 딸도 있는… 그런데 육군들은 편지를 잘 쓰지 못합니다… 그런 점에서 해군이 있다는 걸 하나님께 감사해야죠.”

실비아는 그가 한 문장 한 문장 힘들게 이어나가게 내버려두었다. 그러면 혼란에 빠진 소위가 루앙에 워놉이 있다는 단서를 제공할 수 있을지도 모른다고 생각했기 때문이다. 실비아는 관대한 어조로 이렇게 말했다.

“물론 카울리 소위님은 모든 것을 잘 설명해주셨어요. 거기에 대해 아주 고맙게 생각하고 있어요… 물론 남편은 제대로 된 편지를 쓸 시간이 없었을 거예요… 우리 남편은 아무 개나 쫓아다니는 철없는 젊은 부관들과는 다르죠…”

카울리는 함성을 지르듯 웃었다.

“대위님이 여자들을 쫓아다닌다고요? … 대위님이 대대장이 되신 이후로 제 시야에서 벗어난 경우는 손으로 꼽을 수 있습니다!”

실비아는 몹시 의기소침해지기 시작했다.

카울리 소위는 웃으며 말했다. “우리가 대위님에 대해 웃는 경우는 대위님이 마치 썩은 알을 품고 있는 암탉처럼 우리를 보살피실 때입니다… 아무리 좋게 말한다 해도, 이 군대는 진짜 되는대로 급조한 군대일 뿐이기 때문이죠… 그 예로 대위님이 오시기 전 다른 지휘관들을 보면 알 수 있습니다… 브룩스란 소령님이 있었습니다… 정오 전까지는 기상도 하지 않으셨고, 기상한 다음에도 2시 30분까지 캠프 밖에 계셨습니다. 그전에 서명할 보고서를 준비하지 않으면 서명을 절대로 받을 수도 없었습니다… 그리고 포터 대령님도 계셨습니다… 맙소사… 대령님은 그 어떤 서류에도 서명을 하지 않으셨습니다… 대령님은 저 아래에 있는 호텔에 머무셨죠. 저희는 캠프에서 그분을 한 번도 본 적이 없었습니다… 하지만 대위님은… 우리는 대위님이 제2콜드스트림 신병들을 보내는 첼시 부관이라면…"

빈둥거리는 듯하면서도 우아한 자신의 미모를 드러내면서 (실비아는 자신이 빈둥거리는 듯하면서도 우아한 미모를 과시하고 있음을 알고 있었다) 실비아는 테이블보 위에 몸을 수그린 채, 티전스에게 어떤 비난을 퍼부을지 생각하면서 그의 말을 경청하고 있었다… 실비아는 이런 일을 통해 비견할 수 없을 정도로 아름다운 여자를 갖고 있다면 오로지 그 여자에게 집중해야 한다는 교훈을 얻을 수 있을 거라고 생각했다… 들창코에 주근깨가 난 여자 때문에 자기 여자를 배신할 때까지라도, 그렇게 하는 것이 자연법칙이라고 생각했다. 그렇게 하는 것도 어느 정도 자기 여자에게 집중하는 것으로 볼 수 있을 테니 말이다! … 하지만 군인들 때문에 자기 여자를 배신하는 건… 그건 예의에도, 자연법칙에도 어긋나는 것이다… 크리스토퍼 티전스가 여기 있는 사람들 수준까지 떨어지다니! …

티전스는 테이블 사이를 지나 방으로 멍하니 걸어 들어왔다. 통신소에서 나온 이래로 그는 평상시보다 더 무관심한 태도를 보였다. 피곤한 몸을 이끌고 그는 실비아와 카울리 소위 사이에 놓인 광택이 나는 의자에 슬그머니 앉았다. 티전스가 말했다.

"세탁물을 정리해 두었네…" 이 말을 듣고 실비아는 보복한다는 즐거움에 작게 쉿 소리를 냈다! 남편의 말은 분명 군부대의 잘못을 폭로하는 일종의 배신행위였다고 생각하였기 때문이다. 티젠스는 이렇게 덧붙였다. "캠프에 가기 위해 내일 아침 4시 30분 전에 일어나야 할 것 같네."

실비아는 이렇게 말하지 않을 수 없었다.

"이런 시가 있지 않나요? … '아, 새벽이구나, 새벽. 새벽이 너무나도 빨리 왔구나!'… 물론 침실에 누워 있는 연인들이 한 이야기겠죠? … 이 시를 쓴 시인은 누구죠?"

카울리는 눈에 띌 정도로 얼굴이 붉어졌다. 그는 병사들을 행군시킬 장교를 아직 확보하지 못했다면서 티젠스가 아침 일찍 캠프에 가는 것에 반대했다. 그때 티젠스는 천천히 말했다.

"중세 시대엔 그와 비슷한 후렴이 있는 시가 상당히 많소… 당신은 최근 누군가가 번역한 아르노 다니엘[130]의 오바드[131]를 생각하는 것 같소… 오바드는 연인들이 새벽에 부르는 노래니 말이오."

실비아가 물었다. "내일 아침 4시에 캠프에서 서명할 사람이 당신 말고 다른 사람은 없어요?"

실비아는 이 말을 하지 않을 수 없었다. 실비아는 티젠스가 테이블에 앉아 있는 이 기이한 존재에게 당혹감에서 벗어날 시간을 벌어주기 위해 천천히 점잔빼면서 이 말을 했다는 것을 알고 있었다. 그 때문에 실비아는 남편이 미웠다. 당혹스러워하는 사람을 보호해 주기 위해 남편은 스스로를 점잔이나 빼는 얼간이처럼 보이려 했기

---

[130] Arnaut Daniel: 12세기 이탈리아 시인.
[131] aubade: 새벽의 사랑 노래.

때문이었다.
 당혹감에서 벗어난 소위는 실제로 자신의 넓적다리를 치면서 소리쳤다.
 "그렇습니다. 부인… 대위님은 모르시는 게 없다니까요! … 대위님이 대답하지 못하실 질문은 세상에 없다고 생각합니다… 캠프에 있는 사람 모두 그렇게 말합니다…" 그는 캠프에서 티전스가 대답한 모든 질문에 관한 이야기를 했다.
 실비아는 어떤 감정에 사로잡혔다… 티전스가 가까이 있었기 때문이었다. 실비아는 중얼거렸다. "이 감정이 영원히 지속될까?" 실비아의 손은 얼음처럼 차가웠다. 실비아는 자기 오른 손가락으로 왼손 등을 만져봤다. 얼음처럼 차가웠다. 그런 뒤 자신의 손을 보았다. 핏기가 없었다… 그녀는 이렇게 중얼거렸다. "이건 순전히 성적인 열정이야… 순전히 성적인 열정 때문이라고… 맙소사! 내가 과연 이걸 극복할 수 있을까?" 실비아는 중얼거렸다. "신부님! … 신부님은 크리스토퍼를 좋아하셨죠… 성모 마리아여, 제가 이걸 극복할 수 있도록 도와주세요… 안 그러면 그이와 저는 파멸합니다. 하지만 그렇게 하지는 말아 주세요… 그게 제가 살아가야 할 이유니까요…" 실비아는 다시 생각했다. "그가 전화를 걸고 난 뒤 멍하니 걸어 다시 돌아왔을 때, 난 괜찮을 거라 생각했지… 난 그이가 아무 감정도 없는 인간이라고 생각했있지… 단 2분 동안만… 그러더니 다시 시작되었어… 난 침을 삼키고 싶었지만, 할 수 없었어. 목이 마음대로 움직이지 않았기 때문이야…"
 실비아는 테이블보에 올려놓은 자신의 흰 팔을, 기분 좋은 듯 코를 쿵쿵거리고 있는 팔자수염을 한 소위 쪽으로 기울였다.

"학교 다닐 때 사람들은 우리 남편을 솔로몬이라고 불렀죠." 실비아가 말했다. "하지만 그이도 대답할 수 없는 솔로문에게 한 질문이 하나 있어요… 남자가… 여자를 대하는 방법에 관한 질문이에요! … 96일 전, 아니 98일 전, 새벽에 무슨 일이 있었는지 남편에게 한번 물어보세요…"

실비아는 혼잣말을 했다. "어쩔 수가 없어… 아, 어쩔 수가 없어…"

전 선임상사는 행복한 듯이 소리쳤다.

"대위님이 사람의 마음을 읽는다고 말하는 사람은 없습니다… 대위님은 병사들이나 여러 일에 대해 많이 아십니다… 본래 군인이 아니셨는데 어떻게 군인들에 대해 많이 아시는지 놀랍기만 합니다… 하지만 대위님은 타고난 신사분이시지요. 항상 병사들과 잘 어울리시고, 병사들에 대해서도 잘 압니다. 병사들 각반 안에 있는 것까지도요."

티전스는 아무런 표정도 짓지 않고 앞만 응시하고 있었다.

"이제 걸렸어…" 실비아는 이렇게 혼잣말을 하고는, 선임상사에게 말했다.

"장교들은 그러니까, 거기서 말하는 타고난 신사들은 휴가를 마치고 귀대하는 군인들을 태운 기차가 역에서, 가령 패딩턴 같은 역에서 출발하여 전선으로 향할 때, 병사들이 어떤 기분일지 안단 말이네요… 하지만 결혼한 여자들이 무엇을… 아니… 그러니까… 여자 친구가 무엇을 생각하는지는 모르는 것 같네요."

실비아는 중얼거렸다. "이런, 내가 참 서툴러졌구나! … 말 한마디로 혼쭐을 낼 수 있었는데, 이렇게 장황하게 이야기하다니…"

실비아는 카울리에게 계속 이야기했다.

"물론, 그 장교는 자신의 외동아들을 다시 볼 수 없게 될지도 몰라요. 그래서 그렇게 민감해진 거죠… 제 말은 패딩턴에 있던 장교 말이에요…"

실비아는 중얼거렸다. "이 바보 같은 인간이 오늘 밤 나에게 굴복하지 않으면, 마이클을 다신 보지 못하게 할 거야… 하지만 이제 걸려들었어…" 티전스는 눈을 감고 있었다. 그의 붉어진 콧구멍 주변이 초승달 모양으로 하얗게 변하기 시작하더니 점점 더 커져갔다… 실비아는 깜작 놀라 쓰러지지 않도록 팔을 뻗어 테이블 가장자리를 잡았다… 남자들은 기절하려 할 때 코가 저렇게 하얗게 된다… 실비아는 남편이 기절하는 걸 원치 않았다… 하지만 남편은 패딩턴이란 말에 신경이 곤두섰다… 98일 전… 실비아는 그때 이후로 하루하루를 세며 지냈다… 자신이 새벽에 집 밖에서 '패딩턴으로'라고 소리쳤을 때, 남편은 그 소리를 작별의 말로 받아들였을 것이다. 그래서 남편은… 이젠 자신이 원하는 여자와 하고 싶은 대로 할 수 있게 되었다고 생각했을 것이다… 허나, 그렇게 되진 않았다… 그래서 남편의 코 주변이 저렇게 하얗게 되었을 것이다…

카울리기 그게 소리쳤다.

"패딩턴이라고요! … 휴가를 마치고 귀대하는 군인들을 태운 기차가 출발하는 곳은 그곳이 아닙니다. 전선으로 가는 기차는 거기서 출발하지 않습니다. 영국 해외 파견군은 패딩턴에서 출발 안 합니다… 글라모건셔 부대는 거기서 신병 훈련소로 가죠… 그리고 리버풀 부대는 … 버컨헤드에 신병 훈련소가 있습니다… 체셔 부대였던가요? …" 그는 티전스에게 물었다. "버컨헤드에 신병 훈련소가 있는 게 리버풀 부대입니까, 아니면 체셔 부대입니까? … 우리가 펜할리에 있을 때 거기서 신병들을 징집한 거 기억하시죠… 어쨌든 패딩턴에서 버컨헤드로 가셨군요… 전 거기 가본 적은 없습니다만… 좋은 곳이라고들 하던데요…"

실비아는 이렇게 말하고 싶지 않으면서도 말했다.

"아주 괜찮은 곳이에요… 하지만 거기서 영원히 있고 싶진 않아요…"

티전스가 말했다.

"체셔 부대는 버컨헤드 근방에 신병 훈련소가 아니라 훈련 캠프가 있네. 물론 영국 주둔군 포병대도 거기에 있고…" 실비아는 티전스에게서 고개를 돌렸다. 카울리가 소리쳤다.

"대위님은 지금 몸 상태가 정상이 아닙니다. 눈까지 감으신 걸 보니…" 카울리는 샴페인 잔을 들고 실비아 쪽으로 몸을 기울이면서 말했다. "대위님을 양해해 주십시오. 어젯밤 전혀 못 주무셨습니다… 다 저 때문입니다… 그래서 참 고맙습니다… 대위님을 위해서라면 전 무슨 일이든 할 겁니다…" 그는 샴페인 잔을 들이키곤 그 이유를 설명했다. "부인께서는 모르시겠지만, 오늘은 저에게 특별한 날입니다… 오늘 새벽 4시만 해도 이 마을에서 저보다 더 비참한 사람은 없었을 것이다… 하지만 지금은…" 그는 자신에겐 불행한, 비참한 병이 있다고 했다… 그 병 때문에 축하식을 하는데도 조심해야 한다고 했다… 하지만 오늘은 축하식을 해야 하는 날이라고 했다… 하지만 다른 동료들과 같이 있는 르도 선임상사 앞에서는 축하식을 할 수 없다고 했다. "하지 못합니다… 해서는 안 됩니다!" 그는 이렇게 말을 마쳤다. "어쩌면 바로 이 순간 전 추운 캠프에 앉아 있었을지도 모릅니다… 부인과 대위님이 없었더라면, 추운 캠프에서…"

실비아는 자신의 눈꺼풀이 떨리는 것을 느꼈다.

실비아는 말했다. "나도 추운 캠프에 있었을지도 몰라요… 내가 대위의 자비를 청하지 않았다면 말이에요! … 버컨헤드에… 난 3주 전에 우연히 거기에 있었어요… 그런데 버컨헤드 이야기를 하시니 참 묘하네요… 그것은 일종의 계시 같아요… 하지만 소위님은 가톨릭교도는 아니죠? 하지만 그건 단순한 우연이 아니에요…"

실비아는 떨고 있었다. 실비아는 동심원 한가운데 있는 물망초같이, 작고 푸른 보석이 박힌 얇은 금으로 만든 분 상자를 더듬더듬 열어 그 안에 있는 작은 거울을 보았다… 마이클의 친부일 가능성이 있는 드레이크가 준 것이었다… 드레이크가 실비아에게 준 첫 번째 선물이었다. 실비아는 남편이 이 물건을 싫어할 거라는 생각에 오늘 밤 반발심으로 가져왔다. 실비아는 숨이 가쁜 듯 이렇게 중얼거렸다. "이 저주받을 물건이 흉조일지도 몰라…" 드레이크는 최초의 남자였다… 고약한 입 냄새를 풍기는 짐승 같은 인간이있다! … 작은 거울에 비친 실비아의 모습은 창백했다… 그녀는 그 무엇처럼 보였다. 그 무엇처럼. 실비아는 황금색 직물로 만든 옷을 입고 있었다… 그녀는 이를 악물며 숨을 헐떡였다… 그녀의 얼굴도 그녀의 이처럼 하얗다… 그리고… 그래! 거의 그래… 내 얼굴은 지금 어떨까… 버컨헤드 수녀원의 예배당에는 대리석으로 만든 무덤이 있었다… 실비아는 이렇게 중얼거렸다.

"이 남자는 지금 기절할 지경이야… 나도 거의 기절할 지경이고… 우리 사이에 있는 이 짐승 같은 것은 도대체 뭐야? … 내가 기절한다 해도 이 짐승 같은 것은 표정 하나 바꾸지 않을 거야! …"

실비아는 테이블 위로 몸을 숙여 전직 선임상사의 검은 털이 난 손을 토닥거렸다.

"분명히" 실비아는 말했다. "소위님은 참 좋은 분일 거예요…" 실비아는 '추운 캠프에서'라는 그의 말을 기억하면서, 흐르는 눈물을 참으려 하지 않았다… "소위님이 말하는 대위라는 사람이 소위님을 추운 캠프에 버려두지 않아 다행이에요… 소위님은 우리 남편에게 헌신적이죠? 그렇죠? … 하지만 저… 추운 캠프에… 남편이 버려둔 사람들도 있어요… 별로 말이에요…"

전직 선임상사는 눈에 눈물이 고인 채 말했다.

"C. B.[132]를 시켜야 하는 병사들도 있습니다 … C. B.는 외출금지를 말합니다."

"아, 그래요?" 실비아가 소리쳤다. "그렇군요! … 그리고 여자들도… 여자들도 있겠네요? …"

전직 선임상사가 말했다.

"잘 모르지만 육군 여자 보조 부대가… 있을 겁니다… 여군들

---

[132] C.B.: 'confined to barracks'의 약자. 즉, 외출 금지, 금족(禁足).

군기도 우리만큼이나 세다고 하더군요…"

실비아가 말했다.

"사람들이 대위에 대해 뭐라고 하는지 아세요? …" 실비아는 생각했다. "이 멍청이 같은 인간이 계속 이런 허튼소리를 앉아서 듣는 걸 좋아했으면 좋겠네… 성모 마리아님, 이이가 날 갖도록 해주세요… 자정 이전에, 아니 11시 이전에요… 이 사람을 보내자 마자요… 예의바른 사람이긴 하지만요… 성모 마리아여!" 실비아가 말했다. "사람들이 대위에 대해 뭐라고 하는지 아세요? … 영국에서 제일 돈 많은 은행가가 이이에 관해 이야기하는 걸 들은 적 있어요…"

선임상사는 눈이 휘둥그레져서 말했다.

"영국에서 돈이 제일 많은 은행가를 아세요? … 대위님이 아는 분이 많다는 건 알고는 있었습니다만…" 실비아는 말을 이었다. "다들… 이이가 사람들을 늘 도와준다고 해요…" 실비아는 이렇게 생각했다. "성모 마리아님! … 이 사람은 제 남편입니다… 그러니 죄가 아닙니다… 자정 이전에… 저에게 신호를 보내주세요. 전쟁이 끝나기 전에라도… 저에게 신호를 보내주시면 전 기다릴 수 있습니다." 실비아가 말했다. "제 남편은 착한 스코틀랜드 출신의 학생과 파산한 신사, 그리고 간통하다 들킨 여자들도 도와주었어요… 모두 다요. 누구처럼요. 알겠죠? 누구인지… 바로 그분이"[133]

---

[133] 실비아는 예수 그리스도를 떠올리며 이 말을 하고 있다. 즉 실비아는 남편의 롤모델이 예수라고 생각하고 있는 것이다.

우리 남편의 롤모델이에요…" 실비아는 또 이렇게 중얼거렸다. "이런! … 내가 하는 말을 재미있어 했으면 좋겠네… 하지만 이 사람이 유일하게 생각하는 것은 자신이 게걸스럽게 먹고 있는 오리뿐인 것 같군." 그러고는 크게 이렇게 말했다. "다들 그렇게 이야기해요. '이이는 다른 사람들은 구해주면서도 정작 자신은 구하지 못한다'고요."

전직 선임상사는 심각하게 실비아를 바라다보았다.

그가 말했다. "부인, 대위님이 정확히 그렇다고는 말씀드릴 수 없습니다… 그건 우리 주님에 대해 하는 말이니까요… 하지만 도와주실 수 있는 불쌍한 친구들이 있으면 대위님은 도와주실 거라고 다들 말합니다… 하지만 우리 부대는 늘 총사령부에서 욕을 먹습니다…"

실비아는 어떤 기억이 떠올라 갑자기 웃기 시작했다… 버컨헤드 수녀 예배당에 있는 대리석 상의 모습이 떠올랐던 것이다. 실비아는 그 대리석 상 아래에 트레마인 윌록 부인의 무덤이 있다는 사실이 기억났다… 부인은 젊은 시절 죄를 지었는데 남편은 결코 용서하지 않았다고 한다… 그게 바로 수녀들에게서 들은 말이었다… 실비아는 큰 소리로 말했다.

"신호를 주세요…" 그러더니 이렇게 중얼거렸다. "성모 마리아님! … 마리아님은 저에게 벌을 내리셨어요… 마리아님은 당신 아이의 아버지가 누구신지 모르시지만, 전 아이 아버지로 두 명이나 댈 수 있어요… 전 미쳐버릴 것만 같아요. 저와 그이 모두 미쳐버릴 것 같아요…"

실비아는 얼굴을 박아 양쪽 뺨에 커다랗고 붉은 멍을 만들 생각도 해보았다. 하지만 너무 멜로드라마 같다는 생각이 들었다…

티전스와 카울리가 전화를 걸러 갔다 오는 동안 실비아는 또 다른 협정을 맺었다. 이번에는 하늘에 있는 콘셋 신부와의 협정이었다! 실비아는 콘셋 신부나 하늘에 있는 천사들은 남편이 전쟁을 계속 수행할 수 있게 하려고, 혹은 남편은 하늘에 있는 천사들이 좋아할 만한 우둔한 인간, 혹은 그와 비슷한 인간이었기 때문에, 남편이 곤란에 처하길 바라지 않는다고 확신했다.

그 무렵 실비아는 다시 마음의 안정을 찾았다. 갑작스럽게 생긴 감정을 몇 시간이고 지속적으로 유지할 수는 없는 법이니 말이다. 어쨌든 실비아는 주기적이지만 예기지 않게 어떤 감정에 사로잡히곤 했다. 그녀의 차가운 감정은 늘 한결 같았지만 말이다… 따라서 티전스가 그날 오후 레이디 삭스의 집에 왔을 때, 실비아는 완벽하다고 할 정도로 마음이 평온했다. 레이디 삭스가 티 파티를 벌이고 있는 팔각형 모양의 커다란 푸른색 방에 모여 있는 수많은 프랑스 장교와 영국 장교들 사이를 지나, 티전스는 실비아 옆으로 와서는 고개를 살짝 숙여 인사를 했다! … 퍼론은 불유쾌한 공작 부인 뒤로 어디론가 사라졌다. 아주 멋지게 옷을 차려입는 백발의 장군도 그 순간 실비아에게 다가왔다. 그 전에 장군은 실비아와 퍼론이 같이 있는 것을 보고는 연신 코를 킁킁거리며 어느 젊은 귀족과 이야기를 나누고 있었다. 새 벨트가 달린 푸른 제복을 입고 있는 피부가 까무잡잡한, 다소 연극적인 이 젊은 귀족은 예비 신부의 부모와 조부모 다음으로 가장 가까운 친척으로, 당시 프랑스 육군원수의 운전병으로 근무하고 있다고 했다.

장군은 실비아에게 자신은 영국과 프랑스 사이의 평화 협정을 더 강화하기 위해 이 쇼를 강력하게 추진하고 있다고 말했다. 하지만 별 소용이 없어 보였다. 프랑스인들은, 즉 프랑스 장교, 사병, 여자들은 모두 방 한쪽에 몰려 있었고, 영국인들은 반대쪽에 몰려 있었기 때문이었다. 프랑스인들은 일반적으로 우리가 생각하는 것보다 좀 더 우울해보였다. 실비아가 소개받은 프랑스 후작은 나폴레옹 1세를 지지하는 귀족으로, 그는 자신이 볼 때 공작 부인의 말이 옳다고 생각한다고 실비아와 퍼론에게 말했다. 하지만 이때 프랑스어를 몰랐던 퍼론은 혀가 갑자기 커져 입안을 메운 듯 숨 막혀 했다.

근심걱정에 찌들어 매우 유쾌하지 못한 공작 부인이 소파에 앉아서 하고 있던 말을 듣지 못했지만 실비아는 프랑스 정통 귀족에게 하라고 학교에서 배웠던 궁정 예법에 따라 (실비아는 국가적 행사인 경우 나폴레옹 지지자에게도 그런 예절을 보여줄 필요가 있다고 생각했다) 몸을 숙이고는 공작 부인이 상황을 가장 잘 알고 있을 거라고 믿는다고 대답했다… 눈이 검은 후작은 실비아를 오래 쳐다보았지만, 실비아는 자신이 상대할 사람은 그보다 윗사람이라고 알리려는 듯 그를 무색케 할 정도로 한 번 차갑게 쳐다보았다.

티전스는 실비아와의 만남을 아주 잘 연출해냈다. 실비아는 아주 잠깐 그가 감정이라는 게 있을까 하고 생각해 보았다. 하지만 실비아는 티전스도 감정이 있다는 것을 알고 있었다… 장군이 만족스러운 표정으로 이들에게 다가와 말했다.

"지금 보니 오늘 이전에 서로 만난 모양이군… 난 그 전에 자네들이 서로 만날 시간이 없을지도 모른다고 생각했었네. 티전스… 자네가 관할하는 신병들이 진짜 골칫덩어리들이니까 말이야…"

이 말에 티전스는 무표정하게 대답했다.

"네, 전에 만났습니다… 시간을 내서 실비아가 있는 호텔로 찾아갔습니다."

실비아에게 첫 번째 감정의 파고가 밀려든 것은 티전스가 무서울 정도로 무표정하게 이 상황에 의연히 대처할 때였다… 그전까지만 해도 실비아는 이 방에 괜찮은 남자가 한 명도, 심지어 신사라고 부를 만한 사람이 한 명도 없다고 냉소적으로 단언했다… 프랑스 사람은 판단내리기가 불가능하기 때문이었다… 하지만 갑자기 실비아는 절망적이 되었다! … 이 멍청한 사람을 어떻게 움직일 수 있을지, 그에게 어떤 감정이라도 과연 불어넣어줄 수 있을지, 절망적이었던 것이다. 그것은 마치 깃털이 가득 든 거대한 매트리스를 움직이는 것과 같았다. 매트리스 한쪽 끝을 당기면 매트리스 전체는 축 늘어져 전혀 움직이지 않게 되어, 결국 매트리스를 움직이려던 사람의 힘이 다 빠지게 되는 것처럼 말이다…

남편은 마치 흉안, 혹은 특별한 보호 장치를 가지고 있는 것 같았다. 남편은 끔찍할 정도로 유능했고, 자신이 그리는 그림의 중심에 항상 있었다.

장군은 상당히 즐거운 듯 말했다.

"그럼 티전스, 1분만 시간을 내, 공작 부인과 이야기 좀 나누게! 석탄에 대해서 말이야! … 제발, 이 사태 좀 수습해주게! 난 완전히 지쳤네…"

실비아는 소리를 크게 지를까봐 아랫입술 안쪽을 깨물었다. 그녀가 입술 그 자체를 깨문 적은 결코 없었다. 이것은 바로 그 순간에 티젠스에게 절대로 벌어져서는 안 되는 일이었기 때문이었다… 장군은 석탄 가격 때문에 공작 부인이 모든 의식을 중지시켰다는 사실을 궁정인의 예를 갖추어 실비아에게 설명해주었다. 장군은 실비아를 몹시 사랑했다. 나이 든 장군으로서 아주 적절한 방식으로 말이다… 하지만 그는 실비아를 위해서라면 그 어떤 것도 마다하지 않을 것이다. 그의 여동생도 그와 마찬가지로 그럴 것이다!

실비아는 정신을 추스르려고 방안을 뚫어지게 바라다보았다. 그러고는 말했다.

"호가스[134] 그림에 나오는 장면 같네요…"

프랑스인들이 유지하려고 하는 18세기적인 분위기가 이 장면을 묘하게 엮어주고 있었다. 소파에는 공작 부인이 앉아 있었고, 그녀의 친척들이 공작 부인 쪽으로 몸을 숙이며 같이 앉아 있었다. 공작 부인의 이름은 보센 라디굿, 아니면 그와 비슷한, 있을 수 없을 것 같은 이름이었다. 팔각형 모양의 푸른 방에는 둥근 천장이 있었고, 천장 한가운데는 꽃무늬 장식이 있었다. 어느 정도 존재감이 있는 영국 장교들과 구급 간호 봉사 대원들은 왼쪽으로, 프랑스 군인들과 미망인처럼 보이는, 거의 모든 연령대의 검은 옷을 입은 여자들은 오른쪽에 서 있어서, 이 두 집단을 가르는 공작 부인은 마치 일몰에 바다를 비추는 태양과도 같았다. 하지만 소파에 앉아 있는 공작 부

---

[134] William Hogarth(1697~1764): 18세기 영국의 풍속 화가로 사회 풍자적인 그림과 판화를 많이 그렸다.

인 옆에 레이디 삭스, 그러니까 미래의 신부는 보이지 않았다. 보기 흉하면서도 독기 어린, 회색 트위드로 보일 정도로 낡은 검은 옷을 입고 있는 이 풍채 좋은 공작 부인은 다른 사람들의 존재감을 가렸다. 마치 태양이 별들을 가리듯 그랬다. 군인이지만 주홍색 꽃무늬가 있는 사복을 입은, 다소 퉁퉁하고 머릿기름을 바른 어떤 남자가 공작 부인 오른쪽에 서서, 춤을 청하는 사람처럼 손을 앞으로 내밀었다. 공작 부인 왼쪽에 서 있는 미망인처럼 보이는 몹시 땅딸막한 어떤 여인도 춤을 청하듯 검은 장갑을 낀 두 손을 앞으로 내밀었다.

실비아를 옆에 두고 장군은 훨씬 더 작은 방으로 들어가는 문간 앞 중간 부분에 멋지게 서 있었다. 문간에 서서 안을 들여다보면, 흰 다마스크 천이 덮인 테이블과 호저 모양의 번개무늬가 있는 은도금한 잉크병, 거기에 딸린 펜, 납작한 서류 운반용 가죽 케이스, 그리고 공증인 두 사람이 보였다. 그중 한 사람은 뚱뚱한 몸에 대머리로 검은 옷을 입고 있었다. 다른 한 사람은 빛나는 외알 안경을 끼고 푸른 제복을 입고 있었는데, 그는 자신의 갈색 수염을 계속해서 배배꼬고 있었다.

이 장면을 둘러본 뒤 웃음이 난 실비아는 마음이 평온해졌다. 장군은 실비아에게 이렇게 말했다

"공작 부인은 나와 팔짱을 끼고 저 테이블로 가서 협정서에 서명히기로 되어 있었어… 우리기 맨 치음 시명하기로 되어 있었거든… 그런데 공작 부인이 서명을 안 하려고 해. 석탄 가격 때문에 말이야. 공작 부인은 수 킬로에 달하는 온실을 소유하고 있는데, 우리나라가 공작 부인의 온실에 나로를 켜지 못하게 하기 위해 석탄 값을 인상

한 것처럼 생각하는 것 같아."

공작 부인은 자신이 삶을 유지하는 데 꼭 필요한 음식물 가격을 올리기 위해 연합국들이 프랑스를 황폐화시키고 자신의 젊은 시절을 파괴했다고, 아주 분명한 어조로, 그리고 차갑고 냉철하게, 그 누구도 저지할 수 없을 것 같은 앙심에 가득 찬 어조로 일장 연설을 했다. 공작 부인과 논쟁을 벌인다는 건 불가능해 보였다. 경제에 대해 알면서 동시에 프랑스어를 구사할 수 있는 영국인이 여기엔 없었기 때문이었다. 공작 부인은 확고한 태도로 가만히 앉아 있었다. 공작 부인은 결혼 서약에 서명하기를 거부한 것이 아니었다. 서약하는 곳으로 아예 움직이지도 않았던 것이다. 공작 부인의 서명 없이 하는 결혼은 불법이 될 수밖에 없었다.

장군이 말했다.

"크리스토퍼는 도대체 공작 부인에게 무슨 말을 할까? 크리스토퍼는 쉴 새 없이 이야기하는 재주가 있으니 뭔가 할 말을 찾아낼 거야. 그런데 그게 뭘까? …"

실비아는 크리스토퍼가 아주 적절하게 행동하는 것을 보고는 속이 몹시 쓰렸다. 티젠스는 태양과 같은 공작 부인이 있는 곳으로 걸어가, 공작 부인 앞에서 머리와 어깨를 어색하게 약간 움직였다. 그건 몸을 굽혀 하는 인사라기보다는 여자들이 무릎과 상체를 굽혀 하는 인사처럼 보였다. 그는 이 세상 모든 사람에 대해 잘 알고 있듯이, 공작 부인도 잘 아는 것처럼 보였다… 그는 공작 부인에게 미소를 짓더니 이내 아주 적절할 정도의 진중한 태도를 취했다. 그리고는 끔찍한 영국식 악센트를 사용하여, 멋지고 고풍스러운 프랑스어를 말하기 시작했다. 실비아는 자신이 아주 잘 알고 있는 프랑스어를 그가 한 마디라도 알 거라곤 생각지 않았다. 실비아는 이렇게 중얼거렸다. 맹세코, 이건 샤토브리앙[135]이 말하는 걸 듣는 것과 같아. 샤토브리앙이 영국의 사냥 마을에서 양육되었다면 말이야… 물론 크리스토퍼는 자신이 영국 시골 신사라는 점을 보여주기 위해 영국식 억양을 사용했을 것이다. 그리고 영국의 토리주의자는 원하면 무엇이든 다 할 수 있다는 것을 보여주기 위해 프랑스어를 정확하게 구사했을 것이다.

방에 있던 영국인들의 표정은 멍했고, 프랑스인들은 마치 감전이라도 된 듯 티전스를 바라보았다. 실비아는 이렇게 중얼거렸다.

"누가 저럴 거라고 생각했겠어…?" 공작 부인은 자리에서 벌떡 일어나 크리스토퍼의 팔을 잡았다. 그러고는 그와 함께 장군과 실비아를 지나 고압적인 태도로 걸어갔다. 공작 부인은 바로 이것이 자신이 영국 신사에게서 바라던 것이라고 말했다.

간단히 말해 크리스토퍼는 공작 부인에게 자신의 집안은 영국에서 석탄을 가장 많이 소비하는 땅을 가졌고, 공작 부인은 프랑스라는 형제의 나라에서 가장 많은 온실을 소유하고 있기 때문에 두 집안이 연합하는 것 이상 바람직한 것은 없지 않겠냐고 했다. 그리고 형 집안의 매니저에게 말해 전쟁이 계속되는 동안이나 공작 부인이 원하는 동안, 1914년 8월 3일 클리블랜드 주에 있는 미들즈브러에서의 석탄갱 가격으로 공작 부인의 온실에 필요한 석탄을 제공해주

---

[135] Chateaubriand: 필레 고기로 만드는 비프스테이크.

도록 하겠다고 했다… 티전스는 반복해서 이렇게 말했다. "리브라블 오 프리 드 루이-메그르 당 랑쌍뜨 데 쀠 드 마 깡빠니."[136] 석탄 가격에 대해 잘 알고 있던 공작 부인은 몹시 만족해했다.

크리스토퍼가 의기양양한 것이 몹시 못마땅했던 실비아는 캠피언 장군에게 크리스토퍼가 사회주의자라고 말하기로 결심했다. 그러면 그에 대한 장군의 평가가 한두 단계 낮아질 거라는 생각에서였다… 석탄 가격에 대해 논쟁을 벌이지 않고 단지 행동으로 이 문제를 해결한 티전스에게 장군이 경외심을 갖게 되는 것이 실비아로서는 참기 힘들었기 때문이었다… 하지만 저녁 식사 후 흡연실에서 그 문제에 대해 곰곰이 생각해본 뒤, 자신이 무엇을 원하는지 좀 더 확실히 깨닫게 된 실비아는… 자신이 진정 원하는 것을 자신이 했는지 확신할 수 없었다… 심지어 서명한 다음 축제 분위기가 감도는 팔각형 방에서조차도, 실비아는 자신이 원하지 않았던 것을 하지 않았다고 확신할 수도 없었다.

그 일은 장군이 실비아에게 이렇게 말할 때 시작되었다.

"티전스는 진짜 알 수 없는 친구야… 내가 본 장교 중에서도 가장 허름한 군복을 입고 다녀. 그리고 너무도 쪼들리게 산다고 하더군… 심지어 클럽에서 발행한 수표가 부도났다는 소리도 들은 적 있고. 그런데도 군주처럼 남에게 엄청난 선물을 하다니. 단지 10분 정도의 난처한 상황에서 레빈을 벗어나게 해주려고 말이야… 나도 저 친구

---

[136] livrable au prix de l'houille-maigre dans l'enceinte des puits de ma campagne: 프랑스어로 '공작 부인의 갱도 지역 안에선 낮은 가격으로 인도가 가능하단 말씀입니다'란 의미.

를 이해했으면 좋겠어… 복잡한 일들을 잘 해결할 수 있는 재주가 있어… 나한테도 아주 도움이 되는 친구지… 그러면서도 끔찍스러울 정도로 곤란한 상황에 빠지는 재주도 있고… 아직 젊어서 드레퓌스 사건에 대해 들어본 적 없지? … 난 크리스토퍼가 진짜 드레퓌스 같은 친구라고 말하곤 했어… 절대 그러면 안 되겠지만… 크리스토퍼가 군대에서 쫓겨난다 해도 난 놀라지 않을 거야…!"

이때 실비아는 이렇게 말했다.

"크리스토퍼가 사회주의자일 거란 생각은 안 해보셨어요?"

생애 처음으로 실비아는 남편의 대부가 기이한 표정을 짓는 것을 보았다… 장군은 너무 놀라 입을 딱 벌렸고 그의 헝클어진 흰 머리에서 그가 쓰고 있던 멋진 모자가 떨어졌다. 떨어진 모자를 집어 들었을 때 그의 얼굴은 붉게 일그러졌다. 실비아는 이 말은 하지 않았더라면 좋았을 거란 생각을 했다. 정말이지 하지 않았으면 좋았을 뻔했다는 생각이 들었다. 장군이 소리쳤다.

"크리스토퍼가! … 아, 그래서…" 그는 그 단어를 발음할 수 없을 정도로 숨을 헐떡였다. 장군은 이렇게 말했다. "빌어먹을! … 난 그 녀석을 사랑했는데… 내 유일한 대자(代子)이기도 하고… 또 크리스토퍼 부친은 내 가장 친한 친구였고… 그래서 쭉 지켜보았는데… 크리스토퍼 모친이 날 받아주었다면 난 크리스토퍼의 모친과 결혼했을 거야… 빌어먹을, 내가 죽으면 누이에게 남겨 줄 몇 가지 작은 물건과 내가 지휘하던 군부대에 남겨주려고 모아둔 몇 가지 것을 제외하고는 나머지 전 재산의 유산 수령인으로 그 녀석을 유언장에 적어 두었는데 말이야…"

당시 이들은 공작 부인이 비운 소파에 앉아 있었다. 실비아는 장군의 팔뚝을 툭 친 후, 이렇게 말했다.

"하지만 장군님… 대부님…"

"이제 모든 게 이해되는군." 장군은 고통스러운 굴욕감을 느끼면서 말했다. 그의 축 처진 흰 수염이 떨렸다. "설상가상으로 크리스토퍼는 자신의 생각을 나에게 말할 용기도 없어." 그는 말을 멈추더니 코를 씩씩거리며 이렇게 소리쳤다. "군대에서 쫓아버려야겠어… 꼭 그렇게 할 거야. 내가 그 정도는 할 수 있지…"

장군이 너무도 슬퍼해 실비아는 그에게 아무 말도 할 수 없었다.

"크리스토퍼가 워놉 양을 꼬셨다고 했지? … 크리스토퍼가 절대로 건드려선 안 되는 여자인데 말이야… 그 이외에도 여자가 많지 않아? 크리스토퍼 때문에 빚을 갚으려고 전 재산을 다 매각했다지? 안 그래? … 어떤 여자에게 담배 가게를 차려주기도 하고 … 맙소사, 나도 크리스토퍼에게 돈을 빌려줄 뻔했어… 그런 일로 돈을 빌려줄 뻔했다니까… 젊은 남자가 여자에게 몹쓸 짓을 한 것은 용서해줄 수 있어. 우리 모두 그랬으니까… 우리 시대 남자들은 모두 여자들에게 담배 가게를 차려주었으니 말이야… 하지만, 빌어먹을, 사회주의자라면 이야기가 달라… 워놉 양을 유혹했다고 해도 사회주의자만 아니라면, 크리스토퍼를 용서해줄 수 있어… 하지만, 맙소사, 더러운 사회주의자가 하려고 하는 건 그것만이 아닐 거야! … 나 다음으로 자기 부친의 가장 오랜 친구의 딸을 유혹하다니… 워놉의 부친이 나보다 더 오랜 친구일지도 몰라…"

장군은 마음을 조금 진정시켰다. 하지만 그는 그렇게 바보는 아니었다. 그는 나이 들어 보이지 않는 푸른 눈으로 실비아를 날카롭게 바라보더니 이렇게 말했다.

"실비아, 오늘 오후에 그렇게 잘 지내는 척했어도 사실 크리스토퍼와 사이가 좋지는 않지? … 이 문제는 좀 더 알아보아야겠어. 그건 영국 장교에 있어선 심각한 하자이니 말이야… 여자들은 남편과 사이가 안 좋을 때 남편에 대해 나쁜 말들을 하는 법이지…" 이어 장군은 자신은 실비아가 정당하지 못하다고 한 것은 아니라고 했다. 크리스토퍼가 워놉을 꼬셨다면 실비아가 그에게 해를 입히고 싶어 하는 것은 당연하다고 했다. 장군은 실비아가 명예를 존중하는, 똑바르고 정직한 사람이라고 늘 생각해 왔다고 했다. 그리고 실비아가 남편에 대해 나쁜 말을 하고 싶어 한다 해도, 혹은 실비아가 한 사소한 말들이 사실이 아니라 할지라도, 실비아는 여자로서 그렇게 할 권리가 있다고 했다. 예를 들어 실비아는 티전스가 실비아의 가장 좋은 시트 두 쌍을 가져갔다고 했는데, 자신과 같이 사는 누이도 자신의 집에서 무언가 가지고 나오면 큰 소동을 벌일 거라고 했다. 그리고 실제로 마운트비에서 살 때, 자신이 침실에서 면도용 거울을 가지고 나왔다고 해서 누이가 끔찍한 소동을 벌였다고 했다. 여자들은 세트로 있는 것을 좋아하는데, 실비아가 시트를 세트로 갖고 있었나 보다고 했다. 장군의 누이는 워털루 전쟁 날짜가 적힌 린넨으로 된 시트가 있었는데… 세트의 짝이 없어지는 걸 물론 원히지 않았을 거라고 했다. 하지만 이것은 또 다른 문제라고 했다. 장군은 몹시 심각한 어조로 이렇게 말을 맺었다.

"지금은 이 문제에 대해 알아 볼 시간이 없어… 내 사무실에서

1분이라도 나와 있을 수 없는 상황이거든. 요즘은 아주 심각해…"
장군은 총리와 내각에 대해 통렬한 비난을 하기 위해 잠시 말을 멈추더니, 다시 말을 이었다.

"하지만 이 문제는 좀 더 알아보아야겠어… 이런 문제에 시간을 쓰게 되다니 참 안타깝군… 하지만 이런 친구들은 군대의 사기를 저하시키는 것을 목표로 갖고 있어… 이런 친구들은 일반 사병들에게 장교에게 총을 쏘고 독일군 쪽에 합류할 것을 권하는 팸플릿을 돌린다고 하더군… 크리스토퍼가 그 조직에 속해 있다고 진심으로 생각하는 거야? 무슨 증거라도 있어? …"

실비아가 말했다.

"영국에서 가장 큰 재산을 상속받게 되었으면서도 그 돈을 한 푼도 건드리려고 하지 않는다는 게 그 증거죠. 남편의 형 마크는 크리스토퍼에게 매년… 엄청난 돈을 줄 수… 있다고 했어요… 그런데 남편은 그로비까지도 제게 양도했어요…"

장군은 자신의 생각을 하나씩 꼽으며 고개를 끄덕였다.

"물론, 재산 상속을 거부하는 게 그런 부류의 자들이란 표식 중 하나이긴 해. 이런, 이제 가봐야겠네… 그런데 크리스토퍼가 그로비에서 살지 않겠다고 한 것에 대해 하는 말인데… 워놉 양과 살림을 차리려고 했다면… 대놓고 워놉을 내보일 순 없을 거야… 물론, 그 시트 건은! … 거기 말처럼 크리스토퍼가 낭비가 심해 알거지가 된 것 같기는 해… 하지만 마크가 돈을 주겠다고 했는데도 거절했다면, 그건 다른 문제지… 마크는 눈썹 하나 까딱도 하지 않고 시트 수천 개도 마련해줄 수 있는데 말이야… 물론 크리스토퍼가 이상한 말을 하기는 했어. 크리스토퍼가 심각한 문제에 대해 부도덕적으로 이야기한다고 실비아가 말하는 걸 나도 종종 들었으니까… 크리스토퍼가 건강하지 않은 아이들은 가스실로 보내 목숨을 끊어야 한다고 말했다고 언젠가 실비아가 나한테 말했던 것을 나도 기억해."

그는 소리쳤다.

"이제 진짜 가야겠네. 저기 서스턴이 날 보고 있어… 하지만 크리스토퍼가 뭐라고 했어? 제기랄, 도대체 그 녀석은 무슨 생각을 하고 있는 거야? …"

"남편은" 실비아는 자신이 무슨 말을 하고 있는지도 모르면서 이렇게 말했다. "우리 주님을 자신의 롤모델로 삼으려 해요…"

장군은 소파에 몸을 기대며 너그러운 어조로 말했다.

"우리 주님이라니? …"

실비아가 말했다.

"우리 주 예수그리스도 말이에요…"

장군은 실비아가 모자 핀으로 자신을 찌르기라도 한 듯 자리에서 벌떡 일어났다.

"우리 주…" 그는 소리쳤다. "맙소사! … 크리스토퍼가 나사가 좀 풀렸다는 건 알고 있었어… 하지만…" 장군은 갑작스럽게 말을 이었다. "자신이 가진 것을 가난한 자들에게 모두 주어라! … 하지만 수님은… 사회주의자는 아니셨지! 예수님이 말씀하시길 '시저에게 돌려주라'[137]고 하셨지… 그러니 예수님을 군대에서 내쫓을 필요

---

[137] 「마가복음」 12장 17절에 나오는 "시저 것은 시저에게, 하나님의 것은 하나

는 없었을 거야…" 그러고는 이렇게 말했다. "맙소사! … 맙소사! … 그 녀석 모친은… 하지만, 빌어먹을! … 워놈의 딸도! …" 장군은 몹시 마음이 불편해졌다… 저 안쪽 방에서 나온 티전스가 그들을 향해 걸어오고 있었다.

티전스가 말했다.

"서스턴 소령이 장군님을 찾고 있습니다. 아주 긴급한 것 같습니다…" 장군은 티전스를 왕실 문장에 그려진 유니콘[138]이 살아나오는 것처럼 쳐다보았다. 장군이 소리쳤다.

"서스턴 소령이라고! … 알았네! 알았어! …" 이에 티전스가 말했다.

"장군님께 하나 여쭈어보고 싶은 게 있습니다…" 이 말에 장군은 티전스가 자신을 공격이라도 할까봐 두려운 듯, 티전스를 밀치고는 흥분된 걸음걸이로 자리를 떴다.

장교들과 사회적 지위는 있지만 지나치게 키득거리는 여자들로 가득 찬 호텔 흡연실에, 실비아는 앉아 있었다. 기다려달라고 요청받을 거라곤 전혀 예측하지 못한 전직 선임상사와 티전스를 기다리면서 말이다. 오랜 세월동안 실비아는 티전스의 피후견인인, 그 혐

님에게 돌려주라."라는 예수의 말의 일부분. 로마에 세금을 바치는 것이 옳으냐는 바리새인의 물음에 대한 예수의 대답으로, 이 말의 뜻은 로마 황제인 시저의 얼굴이 새겨진 돈을 세금으로 시저에게 주는 것은 잘못된 것이 아니란 말. 즉 예수는 세속 세계와 신의 세계를 구분할 것을 주장하였던 것이다.

[138] unicorn: 이마에 뿔이 하나 달리고, 영양의 엉덩이와 사자의 꼬리가 달린 전설상의 동물. 영국 왕실 문장은 유니콘과 그 맞은편에 있는 사자가 함께 영국왕의 왕관을 떠받치고 있는 그림으로 구성되어 있다.

오스러운 빈센트 맥마스터를 온갖 식사 자리와 온갖 장소에서 만나야 하는 곤혹을 견디어왔다… 물론 코를 킁킁거리며 늘 긴장하고 있는, 팔자수염의 그 비굴한 피후견인을, 실비아의 것이라고 말할 수 없는 자신의 집에 들이는 건, 남편의 권리였다. 또한 티젠스가 선임상사의 장교 임관을 축하해주기 위해 그를 저녁 식사에 초대했을 때, 실비아도 같이 참석하게 되리라곤 티젠스 자신도 전혀 예측하지 못했으리란 것도 실비아는 잘 알고 있었다… 바로 이런 점이 당혹스러울 정도로 둔한 티젠스의 면모였다. 어떨 때 티젠스는 더욱 당혹스러울 정도로 상대방의 마음을 철저히 꿰뚫어 볼 수 있었지만 말이다… 사실 실비아는 맥마스터 같이 코를 킁킁거리는 답답한 비평가들보다는 하층 계급과 식사하는 것을 더 좋아했다. 게다가 크리스토퍼가 난감해할 때 선임상사는 많은 도움을 주니 말이다… 그래서 실비아는 하늘에 있는 콘셋 신부와 새 협정을 맺으며 이곳에 앉아 있었던 것이다.

콘셋 신부를 교수형 시킨 영국 군당국자들 사이에 있었기 때문에, 실비아는 콘셋 신부 생각이 많이 났다… 실비아는 이 하찮고, 혐오스러운, 꼴사나운 데다 천박하게 웃음을 터트리는 유치한 학생 같은 인간들 사이에 있어 본 적이 없었다. 이는 실비아에게 적대감과 압박감을 느끼게 했다. 여태까지 실비아는 그들을 전적으로 무시해 왔기 때문이었다. 하지만 이곳에 있는 그들은 하나의 일관성 있는… 집단… 생명체처럼 느껴졌다. 그들은 신발, 세탁물, 예방 접종 증명서 같은 것들을 가지고, 이해할 수 없을 정도로, 그리고 볼품사납게, 서둘러 방을 들락기렸다. 심지어 그들은 오래된 휴대용 식기통도 들고 다녔다! … 나이에 맞지 않게 머리가 센, 창백한 얼굴의 남자가 허리띠 위아래로 볼록 튀어나온 군복을 입고, 시큼한 캔디와 담배 판매대를 감독하는 어떤 여자 방으로 들어가, 놀랄 정도로 코가 붉고(그 코의 콧마루에서 콧구멍 위쪽까지는 자주색과 주홍색이었다)머리숱이 적은, 귀가 아주 어두운 어떤 남자에게, 자신은 이제 오래된 식기통에서 해방되었다고 말했다. 하지만 고개를 숙이고 있던 코가 붉은 남자는 아무 소리도 듣지 못했기 때문에 그 말을 소리치듯 반복했다. 귀가 몹시 어두운 남자가 병사들 임시 막사에 비치한 신형 난로에 2,000톤의 톱밥이 긴급하게 필요하다며 계속 투덜대는 동안, 집에 가면 만날 수 있을 것 같아 보이는 타볼턴[139] 출신의 헤메르딘 부인은 차를 따르면서, 위쪽에 물망초 그림이 그려진 12연(連)의 메모 용지를 결국 구했다고 말했다.

의심할 바 없이 이것은 움직이고 있는 무언가였다… 이 모든 것은 한 방향으로 움직이고 있었다… 약하고 불운한… 학생들을 괴롭히기 위해 운동장 구석에서 기다리는, 불길하게 생긴 덩치만 큰, 멍청한 풋내기 6학년 학생들을 움직이게 하는 불유쾌한 집단 같았다. 전 세계에 걸쳐 있는 어느 운동장 한 구석에서 그들은 콘셋 신부를 발견하고 교수형 시켰다. 분명 그들은 콘셋 신부를 고문했을 것이다. 신부가 그때 당시 자신의 고통을 하늘에 바쳤다면 이미 천국에 있을 것이다. 설령 아직까지 천국에 가지는 않았더라도, 그는 연옥에서 고통받고 있는 영혼들에게 말을 하고, 그 영혼들은 그의 말을

---

[139] Tarbolton: 스코틀랜드 사우스에어셔(South Ayrshire)에 있는 마을.

경청하고 있을 것이다.

실비아가 말했다.

"성스러운 신부님, 전 신부님이 크리스토퍼를 사랑하시고 그를 고난에서 구원하려고 하신다는 걸 알고 있어요. 그럼 신부님과 협정을 맺기로 해요. 이 방에 있을 때부터 전 계속 앞만 쳐다보고 있었어요. 앞으론 크리스토퍼를 더 이상 괴롭히지 않고 우르술라회의 수녀원[140]으로 가서 은둔하며 여생을 거기서 보내겠어요. 우르술라회 수녀원 말고 다른 수녀원에 있는 수녀들은 정말이지 참을 수가 없어서요… 그렇게 하면 신부님도 기뻐하시리라 생각해요. 제가 앞으로 어떻게 될지 늘 걱정을 하셨으니까요…" 실비아는 눈을 들어 방을 살펴보았을 때 보기에 그럴듯한 남자를 한 명이라도 발견하게 된다면 그렇게 할 작정이었다. 실비아는 그 남자가 보기에만 그럴 듯해도 상관치 않을 것이었다. 그와 어떤 관계를 맺기 바라서가 아니었으니 말이다. 그는 실비아의 희생자가 아니라, 일종의 표식에 불과한 존재니 말이다.

실비아는 이 세상에 보기 흉하지 않은 남자가 한 명이라도 있는지 알아보기 위해 온 세상을 다 돌아다닐 수는 없지 않느냐고 죽은 신부에게 말했다. 하지만 사실 실비아는 수녀원에 영원히 있는 것은 참을 수 없었다. 그래서 다른 여자를 위한 단 한 명의 괜찮은 남자도 없을 것이라고 생각했다… 다른 여자들에게 크리스토퍼는 아무 소

---

[140] convent of Ursuline Dames Nobles: 병자 간호와 소녀 교육을 위해 1535년 창설된 귀부인 수도원.

용 없는 존재이기 때문이다. 남편은 영원히 워놉 생각만 멍하니 하면서, 혹은 워놉에 대한 추억만 간직한 채, 살아갈 것이기 때문이다. 워놉 생각만 하던, 워놉에 대한 추억만 간직하던, 그건 매한가지다… 남편은 사랑한다는 그 사실 자체에 만족할 것이기 때문이다… 베드포드 파크에 있는 워놉이 자신을 사랑하고 있다는 사실을 남편이 안다면, 남편은 자신이 히말라야 산맥이 가로놓인 카이베르에 있다 해도 몹시 만족해할 것이니 말이다. 그것은 나름대로 올바르긴 하지만, 다른 여자들에게는 별 도움이 되지 않을 것이다… 게다가 남편이 이 세상에 유일하게 존재하는 보기 흉하지 않은 사람이라면, 세상 여자 중 절반이 남편과 사랑에 빠지게 될 것이다… 그러면 그건 재앙이 될 것이다. 남편은 우리에 있는 소처럼 아무런 반응도 보이지 않을 것이기 때문이다.

"그러니, 신부님" 실비아는 말했다. "기적을 일으켜 주세요… 대단한 기적도 아니잖아요. 보기 흉하지 않은 남자가 한 사람도 없다 할지라도 저기에 한 사람만 데려다 주세요… 10분 드릴게요…"

실비아는 진심으로 한 말이었기 때문에 자신이 아주 정당하다고 생각했다. 연회가 시작되기 전 괜찮은 남자들이 지나갔듯이, 푸른 갓이 달린 램프와 종려나무 잎이 있는 이 기다랗고 균형이 맞지 않은 형편없는 호텔 라운지에 단 한 명의 괜찮은 남자라도 나타난다면, 자신은 여생을 기꺼이 은둔 생활을 하며 보내겠다고 생각했다…

시계를 바라본 후, 실비아는 일종의 무아지경에 빠졌다. 콘셋 신부가 자신의 영적인 조언자였던 자신의 학창 시절 이후, 실비아는 종종 이런 무아지경에 빠지곤 했다… 책을 들어 올렸다 내려놓으며 교실 안을 돌아다니는 신부의 모습이 보이는 듯했다… 더 이상 이 세상 사람이 아닌 신부가 말이다! … 맙소사, 항상 지저분하게 보였던 커다란 얼굴과 커다란 검은 두 눈, 그리고 커다란 입을 지닌 신부는 보기 흉했다… 하지만 그는 성인이자 순교자다… 실비아는 신부가 여기 있는 것처럼 느껴졌다… 그들은 왜 신부를 처형했을까? 그 전날 밤 체포한 반역자 중 몇몇의 고해성사를 들어주었다는 이유로 반쯤은 정신이 나간, 그리고 반쯤은 술에 취한 부관의 명령에 의해 신부는 교수형 당했다… 신부는 지금 방 저쪽 구석에 있다… 실비아는 신부가 하는 말을 들을 수 있었다. 신부는 자신을 교수형 시킨 자들은 자신들의 행동을 이해하지 못했다고 했다. 그것은 신부가 자주 하던 말이었다… 그들에게 자비를 베푸소서. 그들은 자신들이 지금 무엇을 하는지 모르나이다…

그렇다면 저에게도 자비를 베풀어 주세요. 저도 제가 하는 일의 반쯤은 모르고 하는 것이니까요! … 신부님이 제게 건 주문 때문인 것 같아요. 옷도 놔둔 채 거기서 빠져나와 어머니가 계시던 롭샤이트로 갔을 때… 신부님은 어머니에게 말씀하셨다죠. 나중에 그 말을 어머니가 제게 해주셨어요. 그 불쌍한 친구(크리스토퍼를 의미하시면서)가 젊은 여자와 사랑에 빠지게 될 때, 진짜 지옥 같은 상황을 겪게 될 거라고 하셨다지요. 남편을 되찾기 위해 제가 무슨 짓이나 할 것이기 때문이라면서… 어머니는 제가 상스러운 짓은 절대 하지 않을 거라고 확신한다고 말씀하셨지만 신부님은 동의하지 않으셨다죠. 신부님이 절 제대로 알고 계셨던 거예요…

실비아는 자리에서 일어나려 하면서 이렇게 말했다. 신부님은 날 알고 계셨어… 날 알고 계셨단 말이야! … 실비아 티전스, 그러니까 새터스웨이트에게, 무엇이 상스러운 짓이야? 난 내가 하고 싶은 대로 할 거야. 다들 그렇게 하는 것처럼. 물론 신부님들은 안 그러시겠지. 상스러운 짓이라니! 우리 어머니는 어떻게 그렇게 우둔하실 수 있지? 내가 상스럽게 군다면 다 목적이 있어서야. 그러면 그건 상스러운 짓이 아니지. 악행이나 사악한 행위일 수는 있어… 하지만 알면서도 용서받지 못할 죄를 저지른다면, 그건 상스러운 짓이 아니야. 영원히 지옥에 있을 수도 있으니 말이야…

피곤함이 다시 실비아를 엄습했다. 실비아는 신부가 다시 나타난 것처럼 느껴졌다… 퍼론에게서 빠져나온 지 36시간 만에 실비아는 신부와 어머니가 있는 롭샤이트의 어느 저택의 어두운 거실로 갔다. 그 거실 사방엔 사슴뿔이 걸려 있었고 촛불도 켜져 있었다. 리기다 소나무로 된 거실 벽과 천장 위로 신부의 그림자가 흔들거렸다… 그곳은 독일 내에서도 아주 깊은 숲속에 있는, 마법에 걸린 것 같은 지역이었다. 신부는 그곳이 유럽 내에서 가장 기독교화가 되기 어려운 지역이라고 했다. 아니 절대로 기독교화가 될 수 없는 지역일지도 모른다고 했다… 악마가 우글거리는 그 깊은 숲속에서 온 독일인들이 이 모든 사악한 짓을 저지르고 있는 건지도 모른다. 아니 어쩌면 그들은 사악하지 않을 수도 있다… 그 누구도 정확히 알 수는 없다… 하지만 신부가 자신에게 주문을 건 것 같았다… 신부의 말이 자신의 뇌리를 벗어난 적이 없었기 때문이다. 흔히 하는 말처럼, 자신의 머리 뒤편에서…

어떤 남자가 실비아 옆으로 슬그머니 다가와서 말했다.

"안녕하십니까, 티젼스 부인? 부인을 여기서 뵐 수 있을 거라고 누가 상상이나 했겠습니까?"

실비아가 대답했다.

"남편을 종종 돌봐주어야 하니까요." 그는 잠깐 동안 학생 같은 웃음을 짓고 실비아 곁을 맴돌다가, 깊은 물에 물체가 가라앉듯 실비아 곁에서 사라졌다… 콘셋 신부가 다시 실비아 옆에 나타났다. 실비아는 소리쳤다.

"하지만 신부님, 진짜 문제는… 이게 정당한가요? …" 콘셋 신부가 강한 의구심을 불러일으키면서 '아!' 하면서 숨을 내쉬는 것 같았다… 실비아가 말했다.

"제가 크리스토퍼를 보았을 때, 그러니까 지난밤이었지요? … 그래요 지난밤이었어요…그 언덕으로 올라가기 위해 크리스토퍼가 돌아서는 걸 봤을 때, 전 빙긋이 웃는 많은 병사들에게 크리스토퍼에 관해 이야기하고 있었어요… 남편을 화나게 하려고요… 남편은 늘 이렇게 말했지요. 하인들 앞에선 절대 소란을 피우면 안 된다고… 남편이 몸을 돌렸을 때 탐조등이 남편을 비추었는데… 바로 그때 죽기 전날 밤 제가 채찍으로 때렸던 흰 불도그가 생각났어요… 그 불도그는 너무 지쳐서 아무 소리도 못 냈었죠… 흰 엉덩이가 통통했는데… 완전히 지쳐 있었어요… 꼬리도 보이지 않았어요. 꼬리를 아래로 축 늘어트렸으니까요… 그 커다란 불도그는 아무 소리도 내지 못했어요… 수의사는 도둑들이 연단(鉛丹)을 먹여서 그렇게 됐다고 했어요… 연단을 먹고 죽는 건 진짜 끔찍해요… 간이 다 망가지니까요… 그런데 신부님이라면 2주 후에 괜찮아질 거라고 말하셨을 거예요. 신부님은 늘 차가왔어요… 혈관까지 얼어붙은 것처럼 말이에요… 그 불쌍한 동물은 개집에서 나와 불을 쬐려고 했어요… 전 크리스토퍼 없이 혼자 다녀온 댄스 파티에서 돌아오는 길에 문 앞에 있는 그 개를 보았어요… 그래서 전 코뿔소 가죽으로 만든 채찍으로 그 불도그를 때렸어요. 벌거벗은 흰 짐승에게 채찍질 하는 건 나름대로 즐거웠어요… 뚱뚱하고 아무소리도 내지 못하는… 크리스토퍼처럼… 전 남편이… 그날… 그럴 거라는 생각을 했어요… 문득 그런 생각이 들었던 거예요… 그 개는 머리를 수그렸어요… 남편 말마따나 잘못된 정보를 총 망라한 대영백과 사전이 다 들어갈 만큼의 커다란 머리를요. 그 개는 이렇게 말하는 것 같았어요. '무슨 희망이 있다고!'… 절대 구원받지 못할 거라는 것을 알면서도 전 구원받기를 바라지만, 그 개는 이렇게 말하는 것 같았어요. '무슨 희망이 있다고!'… 검은 수풀 속에 있는 눈처럼 흰 개… 그 개는 수풀로 들어갔어요. 다음 날 아침 거기서 죽어 있는 개를 발견했어요. 어깨 너머로 머리를 돌린 채 죽어 있던 그 개의 끔찍한 모습을 상상하기란 쉽지 않을 거예요. 그 개는 고개를 돌려 나한테 '무슨 희망이 있다고!'라고 말하는 것 같았어요… 어두운 수풀 속에서 말이에요. 그게 화… 화… 화살나무 수풀이었죠? … 혈관이 피부 바깥으로 노출된 채 영하 30도에서 죽어 있었어요… 그건 지옥의 일곱 번째 구역[141]과 같았어요. 지옥에 있는 얼어붙은 구역 말이

---

[141] seventh circle of hell: 단테(Dante Alighieri)가 쓴 『신곡』 중 지옥에 대한 묘사에서, 지옥은 9개의 구역(circle)으로 나누어졌는데, 이중 첫 번째부터 다섯 번째 구역에는 욕심과 이기심으로 인한 죄를 지은 사람들이 있고, 여섯

에요. 그로비가의 토리주의자 혈통 중 마지막 희망이었는데 말이에요… 우리 주님을 자신의 모델로 삼았던… 하지만 주님은 결혼하지 않으셨죠. 그리고 섹스에 대해 전혀 말씀하시지도 않았고요. 그건 참 다행이에요…"

"신부님, 10분이 지났네요…" 이렇게 말하곤 실비아는 자신의 손목시계에 들어 있는 다이아몬드 사이의 둥근 별 모양의 표면을 바라다보았다. 그러고는 다시 이렇게 말했다. "맙소사! … 1분밖에 안 지났네요… 겨우 1분 동안 이렇게 많은 생각을 하다니… 지옥에서 보내는 시간이 왜 영원하다고 느껴지게 되는지 이제 이해할 것 같아요…"

몹시 지친 크리스토퍼와 상당히 수다스러워진 전직 선임상사 카울리가 종려나무 사이로 걸어 내려오고 있었다. 카울리는 "그것 참 파렴치하군요! … 참을 수가 없어요… 11시에 병사들에게 또 다른 명령을 내리다니…" 그들은 의자에 철퍼덕 앉았다. 실비아는 티전스에게 한 묶음의 편지를 건네며 이렇게 말했다. "이것 좀 읽어보는 게 좋을 거예요… 당신이 어디로 배치될지 확실히 몰라 그레이즈인 법학원에 있던 거처로 온 편지를 모두 나에게 보내도록 해 놓았었어요…" 콘셋 신부가 보고 있다는 생각에 이렇게 말하면서 실비아는 티전스를 똑바로 바라볼 수 없었다. 실비아는 카울리에게 이렇게 말했다. "대위님이 편지를 읽는 동안 잠시 아무 말도 하지 말죠…

번째와 일곱 번째 구역에는 온갖 폭력으로 남을 괴롭힌 사람들이 있었으며, 여덟 번째와 아홉 번째 구역에는 악의나 원한으로 인한 죄를 지은 사람들이 있었다고 한다.

술 좀 더 있어요? …"

실비아는 티전스가 워놉 부인이 보낸 편지 중 맨 위에 있는 것을 뜯어보더니, 그다음으로 그의 형 마크가 보낸 편지도 뜯어보는 것을 보았다.

실비아는 생각했다. "아이쿠, 남편이 원하는 걸 내가 알려준 셈이 되었네! … 주소를 보았을 테니 말이야… 이제 남편도 그 사람들이 아직도 베드포드 파크에 살고 있다는 것을 알게 되었어… 워놉도 아직 거기에 있다고 생각하겠지… 그 이전까지는 워놉이 어디에 있는지 알 수 없었을 텐데 말이야… 이젠 앞으로 거기서 그 여자와 같이 자는 걸 상상하겠지…"

지적인 풍모가 넘치는, 하지만 넓고 비이상적으로 생긴 검은 얼굴의 콘셋 신부는 성인과 순교자들 특유의 기쁨에 찬 태도로 티전스의 어깨 너머로 몸을 숙이고 있는 것 같았다… 그는 크리스토퍼에게 무엇인가 속삭이고 있는 게 분명해 보였다. 자정과 미사를 집전할 시간 사이에는 경매에 참여할 수 없었던 신부가, 경매에 참가한 실비아의 모친에게 그랬듯이 말이다.

실비아가 말했다.

"아니야, 난 미치진 않을 거야… 이건 피로가 시신경에 미친 영향 때문일 거야… 크리스토퍼가 그렇다고 설명해 준 적 있어… 수학 1급 자격증 시험을 치느라 눈이 몹시 피곤해졌을 때, 자신의 책상 서랍 안을 들여다보는 18세기 풍의 의상을 입은 여자를 종종 보았다고 이야기한 적이 있었거든… 맙소사, 내가 남편 설명을 받아들이게 되다니… 절대로 남편을 떠나보내진 않을 거야… 절대로, 절대로, 가게 내버려두진 않을 거야…"

하지만 신부의 환영이 갖는 의미를 실비아가 깨닫게 된 것은 사실상 몇 시간 뒤였다. 그사이 실비아는 여러 감정에 사로잡혀 여러 행동을 했다. 티전스는 자신의 형이 보낸 편지를 읽기 전, 편지 너머로 실비아를 쳐다보더니 이렇게 말했다.

"물론 당신은 그로비에서 살게 될 거요… 마이클과 함께… 당연히 거기에 따른 절차는 다 이루어질 것이고…" 티전스는 의자에 몸을 묻고는 푸른색 갓이 달린 램프 불빛 아래서 계속 편지를 읽어 내려갔다…

실비아도 알지만 그 편지는 이렇게 시작되었다. "네 거시기 같은 아내가 내가 너에게 주려고 한 돈을 자신에게 넘겨달라고 날 찾아왔다. 물론 네 처가 그로비를 가져도 좋다. 난 그로비를 세놓을 생각도 없고, 그로비에 대해 신경도 쓰지 않을 테니 말이다. 하지만 네가 소동을 감수하더라도 그 여자와 같이 그로비에서 살고 싶어 할지도 모르겠다. 내 말은 내가 너라면 그렇게 하겠다는 뜻이다. 네가 사회적으로 배척을 당한다 해도 그곳이 그럴 만한 가치가 있는 곳이라고 네가 생각할지도 모르겠다. 하지만 그 여자가 네 애인이 아니란 사실을 내가 잊었구나. 내가 널 마지막으로 본 이후 너와 그 여자 사이에 뭔가 벌어지지 않았다면 말이다. 넌 마이클이 그로비에서 자라길 원할지도 모르겠다. 그러면 그 여자를 서기 둘 수는 없을 거다. 네가 그 여자를 가정 교사로 위장한다 해도 말이다. 그런 식으로 일을 처리하는 건 언제나 잘못되더구나. 우릭의 크로스비가 그런 일을 저질렀을 때, 사람들은 별 신경 쓰지 않았지만 소동이 벌어질 것은 분명하니 말이다. 하지만 그건 크로스비가의 후손들에겐 불쾌한 일이 될 거다. 물론 네 처가 그로비를 차지하길 원한다면, 충분한 돈이 있어야 할 거다. 그로비를 유지하는 데 드는 비용이 상당히 늘고 있으니 말이다. 우리 집안의 수입은 상당히 늘고 있지만 다른 집안의 경우는 그렇지 않더구나. 내가 너에게 부탁하고자 하는 것은 내가 네 처에게 주는 돈은 내가 너에게 주고자 한 돈에서 한 푼도 나오지 않을 거란 사실을 네 천박한 처에게 분명히 밝히라는 것이다. 내 말은 입술연지를 바른 그 여자에게 (어쩌면 입술연지를 바르는 게 자연스러울지도 모르겠다) 네가 갖고 있는 돈은 그 여자가 우리 부친의 상속자의 모친으로서 받게 되는 돈, 그러니까 우리 부친의 상속자가 생활비로 쓰는 돈과는 별개의 것이란 사실을 분명히 하라는 것이다. 그 아이가 네 아들이라 네가 만족스러워할 거라고 생각한다. 사실 그건 기대 이상이었다. 설령 그 아이가 네 아들이 아니라 할지라도 그 아인 여전히 우리 부친의 상속자이니, 부친의 상속자로서 대우해주어야 한다고 생각한다.

하지만 그건 분명히 해야 한다. 그 천박한 여자가 나를 찾아와 내가 너에게 주려고 한 돈, 그러니까, 이 말을 네게 상기시켜도 아무 소용 없겠지만, 아버지의 유언에 따라 네가 받아야 할 돈을 너에게 주지 말라고 하더라. 내가 보기에 네가 자랑스러운 행동을 하지 않을 시, 네 행동을 내가 못마땅하게 생각하고 있다는 증표로 그렇게 하라고 하더라. 난 네가 지금 있는 곳보다는 다른 곳에 있는 게 국가에 더 도움이 될 거라고 생각한다. 하지만 네가 어떻게 해야 하는지 나보단 더 잘 알 거다. 악독한 여자들이 네게 너무도 많은 상처를 주어, 어디로든지 도망갈 수 있다는 사실에 네가 기뻐할지도 모르겠다. 하지만 지금 있는 곳에선 절대 죽지 말거라. 누군가 그로비를 돌보아야 한다. 설령 네가 그로비에서 살지 않는다 해도, 샌더즈나 혹은 네가 앞으로 채용할 관리인을 잘 통솔해 그로비를 관리해야 한다. 네가 네 이름을 (안타깝게 그건 내 이름이기도 하지만) 준 그 괴물 같은 네 처는, 자신이 그로비에서 사는 데 내가 동의한다면, 자기 모친을 불러 같이 살겠다고 하더구나. 그렇게 될 경우 네 처의 모친이 우리 영지를 관리할 것 같다. 자신의 영지를 세놓아야 한다 해도 그럴 것 같구나. 대부분의 사람도 다 그렇게 할 거다. 어쨌든 네 처의 모친은 머리가 제대로 박힌 괜찮은 사람 같더구나. 프랑스로 떠나는 너를 배웅한 직후, 네 장모가 날 만나러 아침 식사 시간에 찾아왔다는 사실을 네 처에게는 말하지 않았다. 당시 네 장모는 몹시 마음이 상해 있더구나. 우리 집 정원사가 그랬던 것처럼, 고르륵 고르륵 하는 소리까지 내더구나. 기억하지, 우리 집 정원사 말이야. 괜찮은 사람이었지. 랭커셔 출신이었지만 말이야. 네 장모는 자신의 딸에 대해 아무런 환상도 갖고 있지 않더구나. 그리고 전적으로 네 편이더라. 그래서 네가 떠났다는 사실에 몹시 마음 상해 있더구나. 특히 자신의 자식이 널 우리나라에서 떠나게 만들었다고 생각하고 있어서 더더욱 마음 상해하는 것 같았다.

  이제는 그 여자를 믿났다. 수척해 보이더구나. 사실 난 여러 번 그 여자를 만났다. 그때도 늘 수척해 보였지. 네가 그 사람들에게 왜 편지를 하지 않는지 이해하지 못하겠다. 그 여자의 모친은 불만이 많아 보이더라. 어느 스위스 잡지에 쓸 기사에 필요한 군사 정보를 보내 달라고 너에게 여러 통의 편지를 썼는데도 네가 답장하지 않는다고 하면서 말이다…"

실비아는 거기까지의 편지 내용을 거의 외울 수 있었다. 버컨헤드에 있던 수녀원의 그 참기 힘들었던 하얀 방에서 필요할 때 사람들에게 공개할 목적으로 그 편지를 옮겨 적으려고 두 번이나 시도했기 때문이었다. 하지만 그럴 때마다 그건 정당하지 못하다는 생각이 들어 그만두었다. 게다가 편지를 쭉 훑어보니, 그다음 나오는 내용은 거의 워놉 부인 일에 관한 것이기도 했다. 단순하게도 마크는 부친이 남겨준 유산에서 수입금도 나오는데 왜 워놉 부인이 즉각 불멸의 소설을 쓰지 않는지 우려를 표명하였다. 물론 스스로 덧붙였듯이 소설에 대해 아는 게 없다고 하면서 말이다…

크리스토퍼는 푸른 갓이 달린 램프 불빛 아래서 편지를 읽어 내려가고 있었다. 전직 병참장교가 몇 마디 말을 하다가 티전스가 지금 편지를 읽고 있다는 점을 상기시키자, 이내 입을 다물었다. 크리스토퍼의 얼굴엔 아무 표정이 없었다. 과거에 그랬듯이 통계청에서 온 보고서를 아침 식사 시간에 읽고 있는 듯했다. 실비아는 크리스토퍼가 자신의 형이 실비아를 칭할 때 사용한 모욕적인 언사에 대해 사과하는 게 옳다고 생각할지에 대해 한번 생각해 보았다. 하지만 남편은 그렇게 생각하지 않을 것 같았다. 남의 편지를 뜯어보았으니 그 편지에 담긴 내용에 대해서도 일종의 책임을 져야 한다고 남편은 생각할 것 같았다. 아무튼 그런 비슷한 생각을 할 것 같았다. 쿵쾅거리는 소리들이 상대적으로 조용하게 느껴졌다. 카울리가 말했다. "병사들이 다시 들어오는군요!" 짝을 이룬 몇몇의 병사가 그들을 지나 방에서 나갔다. 그중에도 괜찮아 보이는 사람은 한 명도 없었다. 그들은 모두 너무 늙거나, 풋내기처럼 보였고, 비율이 맞지 않는 코에 입은 반쯤 벌리고 있었다.

남편이 편지를 읽는 동안 그의 마음을 헤아려가던 실비아는 남편과는 아주 다른 기분이 들었다. 그녀의 마음속에 떠오른 장면은 마크를 만났던 마크의 음침한 아침 식사 자리와 베드포드 파크에 살고 있던 워놉 모녀의 음침한 집 바깥이었다… 하지만 실비아는 신부와 맺은 협정을 여전히 의식하며 자신의 손목시계를 바라보았다. 6분이 흘렀다… 최소한 백만장자인, 백만장자보다 훨씬 더 많은 재산을 가졌을 마크가, 그런 음침한 집에서 살고 있다는 것은 놀라웠다. 마크의 집에 있는 주 장식품은 고작해야 죽은 우승마들의 말발굽으로 만든 잉크스탠드와 펜 걸이, 그리고 문진 정도였다. 게다가 마크는 아침 식사로 희끄무레한 달걀노른자가 흘러내린 두툼한 햄 조각 하나를 애처롭게 먹고 있었다… 사실 실비아도 자신의 어머니처럼 아침 식사 시간에 마크를 찾아갔던 것이다. 실비아 어머니는 프랑스로 떠나는 크리스토퍼를 배웅한 뒤 마크를 찾아갔고, 실비아는 불면증에 시달리던 세 번째 날 세인트 제임스 공원을 거닐던 중, 마크의 집 창가를 지날 때, 마크에게 크리스토퍼와 워놉의 관계에 대해 알려주면 크리스토퍼에게 타격을 줄 수 있다는 생각이 불현듯 들어 그를 찾아갔던 것이다. 그래서 실비아는 충동적으로 그로비에 살고 싶다고 했고, 거기서 살기 위해선 돈도 추가적으로 필요하다고 했던 것이다. 실비아는 자신도 상당한 돈을 갖고는 있었지만 그로비에 살면서 그로비를 유지할 정도의 돈은 없기 때뮤이라고 했다. 그로비는 거대하지만 사실상 공간적인 측면에서 보면 그리 거대하진 않았다. 실비아 기억에 그로비에는 40개에서 60개 정도의 방과 커다란 마당, 그리고 마구간과 여러 개의 우물, 여러 개의 장미 산책길과 펜싱장 들이 있었다… 사실 그곳은 남자를 위한 곳이었다. 가구는 대부분 음산한 것들이었고, 1층 복도는 커다란 돌들로 뒤덮여 있었다. 실비아가 마크를 찾아갔을 때 그는 <타임스> 신문을 벽난로 앞에 있는 의자 등에 걸쳐 놓은 채 읽고 있었다. 축축한 신문을 읽으면 감기에 걸릴 수 있다는 1840년대 생각을 갖고 있었기 때문이리라. 만나서 이야기하는 동안 그의 음산하면서도 굳은, 갈색의 무뚝뚝한 얼굴엔 아무 감정도 드러나지 않았다. 그는 실비아에게 햄과 달걀을 먹겠냐고 권하고는, 그로비에 간다면 어떻게 살 것인지에 대해 한두 가지 질문을 던졌다. 하지만 실비아가 워놉이 크리스토퍼의 아이를 임신했다고 했을 때 거기에 대해선 일언반구도 하지 않았다. 대화를 이어가기 위해 실비아는 이야기를 마칠 때까지 계속 그 이야기를 했지만 그는 아무 말도 하지 않았다. 단 한 마디도 하지 않았다… 헤어질 무렵, 그는 자리에서 일어나 옆방에 있는 중절모와 우산을 집어 들고는, 자신은 이제 사무실에 가보아야 한다며 무표정한 얼굴로 그로비 일에 관해 크리스토퍼에게 보낸 편지에 쓰인 내용을 그대로 말했다. 그는 실비아가 그로비를 소유할 순 있지만, 자신의 부친은 돌아가셨고, 공직자인 자신은 자식도 없는 데다 또 자신에게 맞는 일을 지금 런던에서 하고 있기 때문에, 그로비는 사실상 크리스토퍼의 소유물이라고 했다. 그러면서 당연히 그러겠지만, 크리스토퍼가 그로비를 제대로 유지하는 한, 그로비는 크리스토퍼 마음대로 할 수 있다고 했다. 따라서 그로비에서 살고 싶다면, 크리스토퍼의 허락을 얻어야 한다고 했다. 그러고는 너무도 아무렇지 않은 듯 다음 말을 덧붙였는데, 그 말이 얼마나 놀라웠는지는 그의 집을 나와 거리로 들어섰을 때야 실비아는 깨닫게 되었다.

"물론, 제수씨가 말한 것이 사실이라면, 크리스토퍼는 워놉과 그로비에서 살고 싶어 할 수도 있을 겁니다. 그러면, 크리스토퍼는…" 그는 무표정한 얼굴로 손을 건넨 다음 실비아의 손을 잡고, 욕조의 젖빛 유리창에서 새어나오는 빛으로만 밝혀진 어둡고 불편한 통로를 지나 집밖으로 실비아를 안내했다…

바로 그 순간 실비아는 한편으로는 기분이 아주 좋으면서도 동시에 철렁하는 마음으로 자신이 어떤 공모 세력에 대항하고 있다는 사실을 깨달았다. 실비아가 마크의 집을 찾아갔을 때 그녀는 루앙에 있는 크리스토퍼가 병원에 입원했다는 소식에 거의 미칠 것만 같았다. 병원 당국이 남편 가슴에 문제가 좀 있는 것뿐이라고, 처음에는 전보로, 그다음에는 편지로 알려주었지만, 적십자 당국이 사상자의 친척들에게 어느 정도까지 사실을 말하는지 알 수가 없었기 때문이었다.

그렇기 때문에 자신이 그 순간 남편에게 온갖 상처를 입히고자 한 건 자연스러워 보였다. 남편이 지금 고통받고 있을지도 모른다는 생각에, 자신이 입힐 수 있는 고통을 더하고 싶었던 것이다. 그렇지 않았다면 실비아는 마크의 집을 찾아가지 않았을 것이다… 전략상으로 볼 때 그건 실수이기 때문이었다. 하지만 실비아는 이렇게 중얼거렸다. "빌어먹을! … 어떤 전략상 실수라는 거야? 내가 전략에 대해 왜 신경을 써야 해? 내가 뭘 얻으려고나 했나? …" 실비아는 자신이 원하는 것을 했을 뿐이었다. 충동적으로 말이다! …

　실비아는 이제 확실히 깨달았다. 남편이 마크를 어떻게 설득했는지 알 수 없었고, 또 알고 싶지도 않았지만 말이다. 하지만 남편은 분명 건재했다. 남편의 부친은 자식에 대해 떠도는 소문에 너무도 상심해 세상을 떠난 것이 확실하지만 말이다. 사실 그 소문은 러글스와 무책임한 떠버리들처럼 소문 퍼트리는 데 소질이 있던 실비아 자신이 퍼트린 것이었다. 크리스토퍼를 파멸시킬 생각으로 소문을 퍼트린 것이었는데, 남편 부친이 대신 파멸하게 되었던 것이다… 하지만 크리스토퍼는 마크를 10년 동안이나 만나지 않았는데도 그를 설득했다… 크리스토퍼는 충분히 그럴 수 있는 사람이다. 그는 완벽할 정도로 흠잡을 데가 없다. 그건 사실이다. 그리고 그의 형 마크도 북쪽 지방 사람 특유의 멍청한 데가 있는 것처럼 보이지만, 바보는 아니었다. 바보일 리가 없었다. 그는 진짜 대단한 공직자였으니 말이다. 통상적으로 실비아는 공직자를 높이 평가하지 않았지만, 마크 같은 남자가 한 부서의 장이면서 동시에 절대적으로 없어서는 안 될 존재라면, 그를 무시할 순 없다고 생각했다… 좀 더 잡담을 늘어놓은 뒤 편지 후반부에 가서 마크는 준(准)남작의 직위를 주겠다는 제안을 받았지만 거절했다며 크리스토퍼도 자신과 같은 생각이길 바란다고 했다. 크리스토퍼도 자신이 죽은 후 그런 끔찍한 직위를 물려받는 것을 원치 않을 거라고 했다. 그리고 자신과 관련지어 이야기하자면 자신은 그 창녀 같은 여자(실비아를 지칭한 것이었다)가 자신으로 인해 레이디 티젼스가 되게 하느니, 차라리 자신이 매독에 걸리는 편이 낫다고 했다. 그러고는 염려가 된다는 듯 이렇게 덧붙였다. "물론 네가 이혼을 생각한다면 (그는 이혼하는 것이 옳지 않다는 크리스토퍼의 생각엔 동의는 하지만, 크리스토퍼가 이혼을 했으면 좋겠다고 말했다), 그리고 그 작위가 내가 세상을 떠난 뒤 그 여자에게 이어진다면 난 기꺼이 그 작위를 수락하겠다. 작위란 이혼 뒤 어느 정도 도움이 될 수 있으니 말이다. 그러니 내가 기사가 되는 게 싫지 않다면, 난 준남작 직위는 거부하고 대신 기사 작위[142]를 요구하고 싶구나. 소위 말해 지식인이라고 나서는 혐오스러운 작자들이 하는 것처럼, 현재 같은 시국에선 나라에서 부여하는 작위를 거부해서는 안 된다고 생각한다. 그건 국왕 폐하의 **뺨**을 때리고 반대편 쪽에 힘을 실어주는 꼴이 되기 때문이다. 그게 바로 그런 자들이 하려는 짓거리니 말이다."

실비아가 크리스토퍼에 대한 추문을 퍼트린다면 그의 형 마크는 분명 워놉 모녀와 크리스토퍼의 편을 들 것이다… 워놉은 무시해도 될 존재다. 하지만 크리스토퍼를 마음대로 조종할 수 있다면 그렇지 않을 수도 있다. 하지만 워놉의 모친은 얕잡아 볼 수 없는 존재다. 입도 거친 데다 말하기 좋아하는 사람들 사이에서 어느 정도 존경도 받고 있으니 말이다… 그게 다 저세상 사람이 된 그 여자의 남편의 지위와 그 여자가 투고하는 괜찮은 신문 기고문 덕분일 것이다… 실비아는 그들이 사는 곳을 보러 갔다… 도심에서 떨어진 황량한

---

[142] 준 남작은 후손에게 계승되지만 기사 작위는 당대에 국한된다. 마크가 준 남작의 직위를 받지 않으려는 이유 중 하나는 바로 여기에 있다.

거리에 있는 집이었다. 집에 대해 잘 알고 있는 실비아가 보기에 그 집의 위쪽 타일과 아래쪽에 있는 벽돌과 타일은 상태가 안 좋아 보였다. 의도적으로 예술적 분위기를 풍기려고 한 진짜 오래된 집이었는데, 오래된 나무들이 그 집에 그늘을 드리워 그림 같은 분위기를 더했다. 방들은 비좁고, 분명 어두울 것이다… 몹시 가난한, 진짜 빈곤한 집이었다… 실비아가 알기에 워놉 부인의 수입은 전쟁이 벌어지는 동안 줄어들어서, 워놉 모녀에게는 워놉이 학교 선생, 정확히 말해 여학교 체육 교사로 번 수입 말고는 먹고 살 돈이 달리 없었다. 실비아는 워놉이 집밖으로 나올 수도 있다는 생각에 두세 번 거리를 오갔다. 그러다 이건 수치스러운 짓이란 생각이 들었다… 그런 쓰레기통 같은 집에서 기아 상태로 살고 있는 사람이 자신의 경쟁자란 사실이 수치스러웠던 것이다. 하지만 그게 바로 남자들의 진상이다. 그 여자가 과자 가게에서 살지 않는 것을 다행으로 생각해야 할지도 모른다… 맥마스터는 그 여자가 머리가 좋고 언변도 좋지만, 아는 척만 했지 실상은 무지한 사람이라고 했다… 그의 마지막 이 말은 사실이 아닐 수도 있다. 어쨌든 그 여자는 오랜 세월동안 맥마스터의 여자와 가장 가까운 사이였으니 말이다. 그들이 크리스토퍼에게 빌붙어 먹고 살던 동안은 말이다. 그러다 신사연하는 중하층의 속물들인 맥마스터 부부는 자신에게 아첨을 하면 상류 사회에 진입할 수 있다고 생각하기 시작한 것 같았다… 하지만 그 여자는 언변이 좋을 수도 있다. 그리고 신체적으로도 남달리 탄탄할 것이다. 촌스럽지만 괜찮은 사람일 수도 있다… 워놉에게 악의는 없다!

엄청난 재산을 갖고 있는데도 그 여자가 그 빈곤에 찌든 곳에서 굶주리며 살아가게 남편이 내버려두는 건 믿을 수 없었다… 하지만 티전스가 사람들은 진짜 엄격한 사람들이다! 마크의 방을 보면 그걸 알 수 있다… 남편도 거위 털 침대에 눕는 것만큼이나 바닥에도 누울 수 있는 사람이다. 그 여자가 남편의 돈을 받으려 하지 않았을지도 모른다. 사실 그렇게 하는 게 맞다. 그게 크리스토퍼를 계속 곁에 두는 방법이니 말이다… 검소하게 사는 게 하나의 자극이 될 수 있다는 사실을 실비아 자신도 잘 알고 있었다… 수녀원에서 은신할 때, 실비아 자신도 은둔자처럼 딱딱하고 추운 바닥에 누워 잠을 잤고, 새벽 4시에 아침 기도를 하러 자리에서 일어났으니 말이다.

사실 실비아가 싫었던 것은 열악한 시설이나 음식이 아니었다. 평수녀[143]들과 몇몇 수녀들은 너무나 하층 계급 출신이라 그들이 항상 자신의 주변에 있는 게 싫었을 뿐이었다… 협정에 따라 여생 동안 은둔 생활을 하게 된다면, 귀부인 수도원에 가서 생활하겠다고 한 것은 바로 그 때문이었다.

한껏 들뜬 대공 포격병들이 쏜 포 소리에(그 소리가 가까이서 들리는 것으로 보아 호텔 마당에 배치된 게 틀림없었다) 실비아의 몸이 흔들렸다. 거의 동시에 호텔 저 아래쪽에 있는 부두에서 커다란 조명탄이 터졌다. 실비아는 이 초등학생 같은 자들이 하는 장난에 짜증이 났다. 아주 혐오스럽게 생긴, 키 크고 흰 수염을 기른, 붉은 얼굴의 어떤 장군이 문간에 나타나 등을 두 개만 제외하고 모두 끄라고 지시했다. 그리고 자신의 충고에 따라 다른 곳으로 가라고 하

---

[143] 수녀원에서 일반 노동을 하는 수녀.

면서 호텔에 괜찮은 지하가 있다고 했다. 그가 호텔 라운지를 돌아다니면서 불을 끄자, 사람들은 삼삼오오 장군을 지나 문으로 향했다… 그때 워놉 부인의 편지를 읽고 있던 티전스는 편지를 읽다가 고개를 들었다. 하지만 실비아가 가만 앉아 있는 것을 보고는 계속 의자에 앉아 있었다.

노장군이 말했다.

"일어나지 말게, 티전스 대위… 앉아 있게나… 티전스 부인이시죠? … 물론 티전스 부인이신걸 알고 있습니다… 이번 주 호에 부인 사진이 나왔더군요… 그 잡지 이름은 생각나지 않지만…" 그는 커다란 가죽의자 팔걸이에 앉아 실비아가 여기로 와서 벌어지게 된 골치 아픈 일들에 관해 이야기했다. 점심 식사 뒤 막 낮잠에 빠져 있었는데 아무 서류 없이 이곳으로 온 실비아 문제로 몹시 놀란 그의 참모장교가 자신을 깨웠다고 했다. 그리고 그때 이후로 자신은 소화 불량이 되었다고 했다… 이 말에 실비아가 진짜 미안하다고 하자, 장군은 이제 점심 식사를 할 때 술은 마시지 못하고 뜨거운 물만 마셔야 한다고 했다. 이 말에 실비아는 남편과 논의해야 할 아주 중요한 문제가 있어 여기 왔는데, 성인도 서류가 필요한지 몰라서 그랬다고 말했다. 그러자 장군은 자신이 맡은 직책이 얼마나 중요한지 장광설을 늘어놓더니 자신이 통찰력을 발휘해 이 마을에서 매일매일 많은 적군 스파이를 체포하고 있다고 말했다.

실비아는 콘셋 신부의 독창성에 몹시 놀랐다. 시계를 보니 10분이 지났다. 그런데 이 어두운 곳엔 단 한 사람도 없었다… 콘셋 신부가 이 방을 완전히 비웠기 때문이다. 이건 의심할 바 없이 그가 보낸 신호다. 신부 방식의 유머러스한 신호였던 것이다!

　확실하게 확인하기 위해 실비아는 자리에서 일어났다. 방 저쪽 끝에 장군이 끄지 않은 독서등 아래에 얼굴이 잘 구분되지 않는 두 사람이 있었다. 실비아는 그쪽을 향해 걸었다. 장군은 실비아 옆에서 온갖 정중한 말을 해댔다. 그는 여기선 걱정할 필요가 없다고 했다. 불을 껐을 때를 틈타 여기서 애무하려는 못된 젊은 부관들을 몰아내기 위해 방에서 모두 나가라고 한 것이라고 했다. 실비아는 방 저쪽 끝에 있는 일정표를 가지러 가는 중이라고 대답했다.

　그 둘 중 한 사람이라도 보기에 괜찮은 사람이면 좋겠다는 실비아의 희망은 사라졌다… 그중 한 사람은 이제 막 수염이 나기 시작한 풋내기 부관으로 애처로운 표정을 짓고 있는 그의 눈에는 실제로 눈물이 가득했다. 몹시 화가 난 다른 사람은 나이 든 대머리로 시골 재단사가 만든 게 틀림없어 보이는 민간인 정장을 하고 있었다. 그는 몹시 흥분한 상태에서 지금 자신이 하고 있는 말을 강조하기 위해 양손을 부딪쳐가며 이야기하고 있었다.

　장군은 이 젊은 사람은 자신의 참모로 일하는 풋내기로, 돈을 너무 많이 써서 지금 부친에게 혼나고 있는 중이라고 했다. 젊은 놈들은 모두 여자에 푹 빠져 있지만 그걸 막을 방도가 없다고 했다. 장군은 여기가 어떤 온상과도 같은 곳이라고 하면서도 말을 맺지는 않았다. 실비아는 이런 일이 장군에게 골칫거리가 된다고는 생각하지 않았다… 이 호텔이나… 추문들 말이다…

　장군은 거의 밤을 새워야 하기 때문에 안락의자에 앉아 잠깐 눈 좀 붙일 것이니 양해바란다고 실비아에게 말했다. 그러고는 멀리 떨어져 잘 테니, 자신들의 대화에 방해가 되진 않을 거라고 했다. 실비아가 보기에 장군은 진짜 경멸스러운 사람이었다. 너무도 경멸스러워 이 방에서 사람들을 내 보내는 데 콘셋 신부가 이용하기엔 적합지 않은 인물로 느껴졌다. 하지만 신부는 이미 신호를 보냈다. 실비아는 자신의 상황을 생각해야 했다. 그건 하늘에 있는 천사들과 한판 전쟁을 벌여야 한다는 의미일까? … 그녀는 두 손을 불끈 쥐었다…

의자에 앉아 있는 티전스 옆을 지나가면서 장군은 큰 소리로 이렇게 말했다.

"자네 보고서를 오늘 아침 받아보았네, 티전스… 그런데…"

티전스는 의자에서 느릿느릿 일어나 바지 솔기에 손을 뻣뻣하게 대고는 차려 자세를 취했다.

"근데 너무 강해." 장군이 말했다. "내 부서에서 보낸 사건 기록부에 '사실 규명'이라고 썼더군. 우리도 제대로 생각하지도 않고 고소를 하진 않네. 그리고 베리 일병은 특히 신뢰할 만한 친구야. 난 그런 자들을 잡아들이는 데 상당한 어려움을 겪고 있어. 특히 최근 일어난 소동 이후로 말이야. 그렇게 하려면 용기가 있어야 하네."

티전스가 말했다. "장군님께서 주둔 헌병대에게 식민지 병사들을 빌어먹은 놈의 징집병이라고 부르지 말라고 교육시키신다면, 앞으론 문제가 생기지 않을 겁니다… 저희 장교들도 자치령[144]에서 온 병사들을 다룰 때 특별히 주의하도록 교육받았습니다. 그쪽 병사들

---

[144] Dominions: 캐나다와 같은 영연방의 자치령을 의미한다.

은 모욕적인 말에 아주 민감하다고 들었습니다…"

장군은 갑자기 물이 끓는 주전자처럼 말을 파편적으로 내뱉었다. "건방진 놈들 같으니라고, 특별 조사 위원회? 그놈들도 빌어먹을 징집병들이야." 그러더니 이렇게 말했다.

"그자들은 징집병들이야. 자네 부하들 말이네, 그렇지 않나? 진짜 골칫덩어리들이지… 난 자네가 어떻게 해주길 바란다고 생각했었는데…"

티전스가 대답했다.

"아닙니다. 제 부대에 있는 캐나다 출신이나 브리티시 컬럼비아 출신 병사 중 자원입대하지 않은 병사는 단 한 사람도 없습니다."

장군은 이 문제를 관련 부서에 상정하겠다고 호통을 쳤다. 그러고는 이건 자신의 능력 밖이니, 캠피언 장군이 원하는 대로 처리할 수 있을 것이라고 했다. 이렇게 고함치던 그는 말을 중단하고, 자신을 쳐다보지 않고 있던 실비아를 향해 뻣뻣하게 고개를 한번 숙인 뒤 어깨를 한번 으쓱하고는 화를 내며 나가버렸다.

실비아는 이 호텔 라운지에서 자신의 생각을 이어가기가 힘들었다. 저녁 내내 초등학생들의 못된 장난처럼 보이는 군인들의 행동이 벌어지고 있었기 때문이었다. 그때 상당히 많은 양의 술을 이미 마신 카울리가 티전스에게 말했다. "맙소사, 전 대위님 입장이 되고 싶지 않습니다. 그 악마 같은 자들이 오늘 밤 대위님의 약점을 노릴 테니 조심하십시오." 이 말을 듣고 실비아는 너무 놀라서 티전스에게 물었다.

"그 멍청이 같은 늙은 바보가 당신에게 무슨 해코지라도 할 수 있다는 말은 아니죠? … 당신을요!"

티전스가 말했다.

"이건 좀 골치 아픈 일이오. 이 모든 게…"

실비아는 그런 것 같아 보인다고 말했다. 티전스가 말을 마치기도 전 어떤 전령이 다가와 엄청난 양의 낡은 서류를 티전스에게 내밀었기 때문이었다. 티전스는 급히 그 서류들을 훑어보더니, 중간중간 이렇게 말하면서 서명했다.

"참 힘든 시기요."

"우린 최대한 빨리 병사들을 모아 전선에 보내려 하고 있소."

"그런데 군 요원들은 끊임없이 바뀌고…" 그는 화가 나서 씩씩거리며 카울리에게 말했다. "그 끔찍한 피트킨즈는 포격 교관으로 배치되었다지? 그자는 병사들 행군도 지휘할 줄 몰라… 근데 도대체 누굴 파견해야 하나? 도대체 누가 있긴 있나? … 자넨 세세한 것을 다 알고 있지 않은가…" 티전스는 전령이 들을까봐 말을 멈추었다. 전령은 똑똑한 병사다. 그에게 남은 유일한 똑똑한 병사였다.

카울리는 자리에서 느릿느릿 일어났다. 그러고는 누가 있는지 알아보러 전화를 걸어보겠다고 했다… 티전스는 전령에게 말했다.

"모건 선임상사가 병사들 종교 통계표를 작성했나?"

전령이 대답했다. "아닙니다, 제가 작성했습니다." 그는 군복 주머니에서 기다란 종잇조각을 하나 꺼내고는 계면쩍은 듯 말했다.

"여기에 서명 좀 해주시겠습니까… 대위님… 그러면 제가 내일 6시에 불로뉴로 떠나는 육군병참단 트롤리버스를 얻어 탈수 있습니다."

티전스가 말했다.

"서명하지 않겠네. 자네에게 휴가를 줄 수 없어. 지금 난 자네가 필요하네. 그런데 왜 휴가를 가려 하나?"

어린 전령은 거의 들리지 않을 정도로 작은 목소리로 결혼하고 싶어서라고 대답했다.

서류에 계속 서명을 하면서 티전스가 말했다. "결혼하지 말게… 결혼한 친구들에게 결혼 생활이 어떤가 한번 물어보게!"

카키색 군복을 입은 전령은 얼굴이 붉어지면서 신발 밑창을 다른 쪽 신발 발등에 대고 문질렀다. 그는 대위님 부인 면전에서 실례이긴 하지만, 긴급한 일이라고 했다. 그리고 당장에라도 애가 나올지 모른다고 했다. 그리고 여자도 진짜 좋은 사람이라고 했다. 티전스는 종이쪽지에 서명을 한 뒤, 쳐다보지도 않고 그에게 건네주었다. 전령은 시선을 아래로 향한 채 서 있었다. 그때 방 저쪽 끝에 있는 전화기에서 재미있는 일이 벌어졌다. 카울리는 막사에 전화할 수가 없었다. 저쪽에서 독일 스파이와 관련된 긴급한 연락사항을 잠자고 있는 장군에게 전달하려고 하고 있었기 때문이었다.

카울리는 이렇게 소리쳤다. "제발 전화를 끊지 말고 기다리시오… 제발 전화 좀 끊지 말아요… 난 장군님이 아니요… 난 장군님이 아니라니까…" 티전스는 전령에게 잠자고 있는 장군을 깨우라고 명령했다. 조용했던 전화 수화기에서 요란한 일이 벌어졌다. 장군은 어느 장교가 전화를 했는지 큰 소리로 물었다. "비블리 죠크스 대위? 커들스톡스 대위? … 도대체 이름이 뭐야! 그리고 누가 전하라고 했나? … 누구? 본인이야? … 긴급한 일인가? … 적절한 절차는 서면으로 보고하게 되어 있는 거 모르나? … 긴급하다고? 빌어먹을… 그가 어디 있는지 모른다고? … 카셀 운하 옆에 있는 제1사단에서… 그런데… 하지만 스파이는 운하 건너편에 있는 C구역에 있었다고? … 프랑스 민간 정부가 관심을 많이 갖고 있다고? … 그럴 거야, 빌어먹을 놈들… 빌어먹을 놈의 관리들. 빌어먹을 프랑스 시장. 그 스파이로 추정되는 자가 타고 다니던 말도 빌어나 먹어라… 그 민간인 관리에게 그 문제에 대해 제1군 총사령부에 편지 하라고 해. 그리고 증거물로 말과 탄띠도 첨부하라고 하고."

그 이상의 이야기가 많이 오갔다. 여전히 서류를 읽고 있었던 티전스는 전화기 너머로 반복적으로 들려오는 장군의 파편적인 말을 듣고는 중간 중간에 그 상황을 설명해주었다… "와렌돈크라는 지역을 관할하는 프랑스 민간 정부가 영국 군복을 입은 군인이 며칠 동안 그 지역 주변을 말을 타고 이리저리 돌아다니는 것을 보고 놀란 것 같소. 사실 그 군인은 운하 다리를 건너려 했으나 수비대가 지키고 있는 걸 보고 가지 못해 그랬던 것 같지만 말이오. 그런데 그 주변에는 세계에서 제일 크다는 대포 집적소가 있다고 알려져, 독일군들은 그 대포 집적소를 파괴하려고 그 지역에 폭탄을 잔뜩 투하했소… 분명 전화를 한 사람은 운하 교두보 수비대를 지휘하는 장교였을 것이오. 하지만 그 자는 제1사단이 있는 구역에 있었기 때문에, 운하 건너편에 있는 스파이 잡는 기관을 맡고 있는 장군을 깨우는 것은 아주 적절치 못했던 거요…" 전화를 마친 장군은 티전스 부부를 지나 전화기에서 더 멀리 떨어진 안락의자로 가면서 티전스의 이 마지막 말과 비슷한 내용의 말을 아주 힘주어 말했다.

전령이 돌아왔다. 카울리는 브랜디를 한 병 더 마신 뒤 전화를 걸러 다시 나섰다. 티젼스는 서명을 끝낸 뒤 다시 한번 서류를 재빨리 살펴보고는 전령에게 말했다. "돈 좀 모아놓은 것 있나?" 전령이 "5파운드하고 몇 실링[145] 있습니다"라고 대답하자, 티젼스는 "몇 실링 있는데?"라고 다시 물었다. 전령이 "7실링입니다. 대위님." 하고 대답하자, 티젼스는 안쪽 호주머니를 더듬다가, 벨트 아래에 있는 작은 호주머니를 더듬더니, 손을 꺼내면서 이렇게 말했다. "자! 이제 자네 돈이 두 배로 늘어날 걸세. 그러니까 10파운드 14실링이 될 거야! 하지만 자네는 앞날에 대해 전혀 대비하지 않았어. 다음번을 대비해 앞으로 훨씬 더 많은 돈을 모으도록 하게. 앞으로 알게 되겠지만, 출산하는 데엔 돈이 진짜 많이 드네…" 그는 돌아가는 전령에게 소리쳤다. "이보게, 이리 다시 와보게…" 그러고는 이렇게 덧붙였다. "이 사실을 막사에 퍼트리진 말게… 내가 대대에 있는 어린아이 같은 모든 병사에게 보조금을 줄 수 있는 형편은 아니니 말이야… 자네가 휴가에서 돌아온 뒤, 여태까지 해온 것처럼 잘하면, 자네를 유급 일병에 추천해주겠네." 그는 전령을 다시 불러 맥케츠니 대위가 왜 서류에 서명하지 않았는지 물었다. 이 말에 전령은 "맥케츠니 대위가… 사실은…"이라고 더듬거렸다.

    티젼스는 작은 소리로 "맙소사!"라고 중얼거리더니, 이렇게 말했다.

    "대위가 다시 신경쇠약에 걸린 모양이군…" 진령은 티진스의 이 표현을 고맙게 받아들였다. 바로 그거다. 신경쇠약이라고 하면 되겠

---

[145] 1실링은 1파운드의 20분의 1의 가치가 있다.

단 생각이 들었던 것이다. 전령은 대위가 아주 기이하게 행동했다는 말을 들었다고 했다. 이혼과 관련해서였는지, 아니면 대위의 삼촌과 관련해서였는지는 잘 모르겠지만 말이다. 하여튼 무시무시한 밤이었다고 했다! 티전스가 말했다. "그래, 그래서 그런 거네." 티전스는 의자에서 반쯤 일어나 실비아를 쳐다보았다. 실비아는 고통스러운 듯 소리쳤다.

"가면 안 돼요. 가게 내버려 둘 수 없어요." 이 말에 티전스는 다시 자리에 앉으며 몹시 걱정된다며 피곤한 듯 중얼거렸다. 티전스는 캠피언 장군이 그 장교를 자신에게 맡겼기 때문에 자신은 캠프를 떠날 수 없다고 했다. 그리고 맥케츠니가 좀 나아진 것 같아 맡긴 것이라고 했다. 오만할 정도로 냉정함을 유지하던 실비아는 흔들렸다. 그녀는 밤새 내내 맞은편에 앉아 있는 이 멍청한 남자에게 고통을 주는 호사스러움을 느낄 작정이었다. 그를 고통스럽게 하면서 유혹하고자 했던 것이다. 실비아가 말했다.

"당신은 지금 여기서 당신의 전 인생에 영향을 미치게 될 문제를 결정해야 해요. 우리의 전 인생과 관련된 문제라고요! 그런데 당신의 그 비천한 친구의… 그 비천한 조카 때문에 그 중대한 문제를 도외시하려 하다니요…" 그녀는 프랑스어로 이렇게 덧붙였다. "그런데 당신은 당신의 그 유치한 중대한 일이라는 것 때문에, 이 심각한 문제에 대해 신경 쓰지도 못하는군요. 그건 나에겐 참을 수 없는 모독이에요!" 실비아는 숨을 헐떡였다.

티전스는 전령에게 지금 맥케츠니 대위가 어디에 있느냐고 물었다. 전령은 대위가 막사를 벗어나 신병 훈련소 대령이 대위를 찾으러 장교 두 사람을 보냈다고 대답했다. 티전스는 자기가 막사에 가겠다며 전령에게 택시를 불러오라고 명령했다. 전령은 공습 때문에 택시가 운행되지 않으니, 주둔 헌병대에게 말해 긴급한 군사 작전용으로 택시 한 대를 징발하면 어떻겠냐고 했다. 정원에서 세 차례에 걸쳐 대공포가 발사되었다. 그다음 한 시간에 걸쳐 2, 3분 간격으로 대공포가 발사되었다. 티전스가 전령에게 말했다. "좋아, 좋아!" 공습 소리가 몹시 끔찍스러웠다. 푸른색의 민간인용 속달편지가 티전스에게 전달되었다. 공작 부인이 보낸 것이었다. 공작 부인은 온실에 사용할 석탄이 프랑스 정부에 의해 금지 당했다며, 영국 군 당국을 통해 석탄을 받을 수 있도록 티전스가 조처해주리라 믿는다면서, 즉시 회신해 달라고 요구했다. 이 편지를 읽는 동안 티전스는 상당히 곤혹스러웠다. 요란한 소리에 정신없었던 실비아는 그 편지가 루앙에 있는 발렌타인 워놉이 보낸 것이 틀림없다고 소리쳤다. 그러면서 워놉은 일생을 좌우할 문제에 대해 티전스가 한 시간도 생각할 시간을 주지 않으려고 하는 것이냐고 말했다. 티전스는 실비아 옆에 있는 의자로 가서는 공작 부인의 편지를 건넸다.

티전스는 길게 천천히 진지하게 사과를 하고는, 길게 천천히 진지하게 설명했다. 그는 실비아가 마음대로 결정할 수 있는 문제를 자신과 상의하기 위해 이 먼 데까지 수고스럽게 와 주었는데, 자신은 중차대한 임무를 맡은 군인이라 실비아와 이야기 노중 언제라노 방해받을 수밖에 없다며 이에 상당히 유감이라고 했다. 그리고 자신과 관련된 부분에 대해선 그로비와 그로비에 있는 모든 것은 실비아 마음대로 해도 좋으며 그로비를 유지하는 데 필요한 돈도 충분히 받게 될 것이라고 했다.

실비아는 갑자기 찾아든 절망감에 소리쳤다.

"그 말은 당신은 그로비에서 살지 않겠다는 뜻이군요." 티전스는 그 일은 나중에 저절로 정해질 거라고 했다. 그리고 전쟁은 상당히 오랫동안 지속될 것이며, 전쟁이 지속되는 한 자신이 그로비로 돌아가는 건 불가능하다고 했다. 실비아는 그 말은 티전스가 죽을 작정을 하고 있다는 것을 의미한다고 했다. 그리고 만일 티전스가 죽는다면, 거실과 그 위에 있는 침실에 들어갈 빛을 차단하는 그로비 저택 남서쪽 구석에 있는 그 커다란 삼나무를 베어버리겠다고 했다… 이 말에 티전스는 움찔했다. 그는 분명히 그 말에 움찔했다. 실비아는 이 말을 한 것이 후회스러웠다. 실비아가 티전스를 움찔하게 만들고 싶었던 것은 다른 이유에서였기 때문이었다.

티전스는 자신은 죽을 의향이 없을 뿐만 아니라, 그런 문제는 자신이 결정할 수 없는 것이라고 했다. 그리고 자신은 명령받은 곳으로 가야 하며 명령받은 대로 해야 한다고 말했다.

실비아가 소리쳤다.

"당신이 말이에요! 당신이! 그건 참 창피스럽네요. 그 멍청한 사람들이 내리는 명령에 따라 가라면 가고 오라면 오다니요. 당신이!"

티전스는 자신이 속한 대대로 돌아가지만 않는다면 큰 위험에 처하지는, 아니 전혀 위험에 처하지는 않을 것이라고 실비아에게 진지하게 설명했다. 그리고 자신이 명예를 실추시킬 일을 저지르지 않고, 맡은 일을 게을리만 하지 않는다면, 원래 속했던 대대로 다시 돌아가지는 않을 것이라고 했다. 그런 일은 절대 없을 거라고 했다.

게다가 자신은 할 수 있는 일이 많지 않아, 전선에 배치된 대대에서 근무하기에 적합하지도 않다고 했다. 그리고 실비아가 본 여기 있는 사람들은 전선에 배치되기엔 육체적으로 적합하지 않다는 사실을 알아야 한다고 했다. 이 말에 실비아는 이렇게 말했다.

"그래서 여기 있는 사람들이 모두 그렇게 끔찍스럽게 생긴 거군요… 보기 흉하지 않은 사람을 찾기 위해선 여기 오면 안 되겠어요… 랜턴을 들고 다니던 디오게네스[146]도 거기에 비하면 아무것도 아니네요."

그가 말했다.

"그걸 다른 식으로도 볼 수 있소… 대부분의 사람, 가령 대부분의 당신 친구들은 전쟁 초창기에 죽었고, 혹 아직도 살아 있다면, 더 활동적으로 전쟁에 참여하고 있기 때문일 거요." 티전스는 실비아가 보기 흉하지 않다고 말한 것은 주로 신체적으로 건강한가의 의미에서인 것 같다고 했다. 그러면서 자신이 타고 다니는 말은 폐마(廢馬)에다가 독일 품종의 순종도 아니지만, 그 말은 자신의 몸무게를 감당할 수 있다고 했다. 그는 또한 전쟁 전에 직업 군인이었던 실비아의 친구들은 지금 모두 사라졌다고 했다. 그들은 모두 죽거나 폐인이 되었다고 했다. 하지만 폐마로 가득 찬 이 커다란 마을은 지금도 제대로 돌아가고 있다고 했다. 그러면서 이 쇼를 방해하는 것은 폐마들이 아니라, 폐마보나도 훨씬 덜 보기 좋은 실비아의 친

---

[146] Diogenes(412~323 B.C.): 그리스 철학자로 정직한 사람을 찾기 위해 대낮에도 랜턴을 들고 아테네를 돌아다녔다고 한다.

구들, 그러니까 장관들(그들이 전문가라면, 전문적인 수회자(收賄者)라고 했다)이라고 했다.

실비아는 비통하게 소리쳤다.

"그들이 수회자라면 당신은 왜 영국에 남아 그들을 막지 않았나요?" 실비아는 영국에 남아 사회가 잘 돌아가게 하는 사람이 엄밀한 의미에서 진짜 성공적인 전문 정치가라고 했다. 그리고 그런 사람들과 같이 있으면 전쟁이 벌어지고 있다는 사실조차도 모를 거라고 했다. 또 그게 바라는 것이 아니냐고도 물었다. 그러고는 이런 난폭한 장난을 위해 인생을 포기해야 하느냐고 물었다… 실비아는 점점 더 커져가는 공습 소리에 점점 더 커져가는 증오심을 느끼며 말을 이었다… 물론 정치가들은 비천한 자들이라 전쟁 전이라면 집안에 들일 생각조차 하지 않았을 것이라고 했다… 하지만 이 모든 것이 영국을 양심이나 전통 그리고 예의조차 없는 자들이 사는 황폐한 곳으로 만들어 놓고서 영국을 떠나버린 사람들 잘못이 아니라면, 그 누구의 잘못이겠냐고 물었다. 그러고는 자신이 싫어하는 어느 정부 관료가 시골 저택에서 어떤 습성을 갖고 있는지에 대해 자세히 설명하곤, 이렇게 말을 맺었다. "그건 당신 잘못이에요. 왜 당신은 지금의 이런 지위가 아니라 영국의 대법관이나 재무장관이 되려고 하지 않았나요? 당신이 갖고 있는 능력과 영향력 정도면 그렇게 될 수 있었는데도 말이에요. 그랬더라면 모든 일이 효율적이고 정직하게 운영되었을 거예요. 당신 형 마크는 당신 능력의 10분의 1밖에 없어도 한 부서의 영구적인 장이 되었는데, 당신이 가진 능력과 영향력… 그리고 성실성 정도라면 오르지 못할 자리가 어디 있겠어요?" 그러면서 실비아는 "아, 크리스토퍼!"라고 거의 흐느끼면서 말을 마쳤다.

전화를 걸러 갔다 온 전직 선임상사 카울리는 포가 발사되는 사이사이에 정부 관료의 습성에 대한 실비아의 가벼운 질타를 듣고는 입을 벌렸다. 그러더니 다음 포가 발사되기 전 이렇게 소리쳤다. "부인, 저도 그렇게 생각합니다! … 대위님이 오르지 못할 지위는 없습니다… 대위님은 지금 대위의 급료를 받으시면서 여단장님의 일을 하고 계십니다… 대위님이 받는 대우는 진짜 창피할 정도입니다… 우리 모두가 받는 대우도 창피할 정도구요. 우리는 매번 속고 사기 당하고 있습니다… 신병들에 대한 처우도 그렇습니다… 저 위에선 신병들에게 행군 준비를 하라고 해놓고는, 그 명령을 취소합니다. 그리고 다시 행군 명령을 내리다가 다시 취소하기도 하고요. 그래서 병사들은 지금 자신이 물구나무를 서고 있는지, 아니면 똑바로 서 있는지조차 모를 지경이 됐습니다… 사실 병사들은 지난밤 여기를 떠나도록 되어 있었습니다. 그래서 역까지 행군해 갔는데, 다시 되돌아가라면서 6주 동안은 올 필요 없다고 했답니다… 그런데 지금 다시 내일 아침 해뜨기 전까지 철도역까지 오라는 명령을 받았답니다. 철도가 파업 중이라 트럭을 타고 오라고 했답니다… 이러니 병사들이나 중대 사무실 사람들이 속 터지지 않겠습니까? 진짜 황당합니다. 독일군놈들도 이런 식으로 하지는 않을 겁니다."

그는 티전스에게 애정 어린 쉰 목소리로 말했다. "여기요, 친… 아니 대위님… 군사들을 출병시킬 장교를 구할 수 없을 것 같습니다. 적격인 장교들은 어떤 부대를 출병시켜야 하는지 알고는 모두 기겁했습니다. 그래서 내일 아침 5시 이전엔 아무도 캠프로 돌아오지 않을 겁니다. 내일 아침 4시에 출병시킬 병사가 있다는 소식을 듣게 된다면 절대 안 돌아올 겁니다… 지금처럼…" 그는 쉰 목소리로 티전스 대위 대신 자신이 직접 병사들을 파견하겠다고 말했다. 그러면서 티전스도 자신이 병사들을 파견할 능력이 있다는 사실을 알고 있지 않느냐고 말했다. 그리곤 사실 부대를 인솔하기로 되어 있는 소령이 이 호텔에 머물고 있는 걸 보았다고 했다. 하지만 소령은 내일 아침 4시에 나타나지 않고, 7시경에 차를 타고 역으로 갈 게 분명하다고 했다. 그래서 5시 이전에 병사들을 출병시키는 것은 아무 의미가 없을 거라고 했다. 게다가 그때는 여전히 어두워서 독일군 비행기는 병사들이 움직이는 것을 알 수 없을 거라고 했다. 그는 티전스가 5시까지 캠프에 와서 마지막으로 한번 둘러보고 지휘관만이 서명할 수 있는 서류에 서명하면 기쁠 것 같다고 했다. 하지만 자기 병이 도진 탓에 티전스 대위가 전날 밤 잠을 자지 못했다는 걸 알고 있기 때문에 자신은 자신이 받은 휴가 중 하루 반나절을 병사들을 파견하는 데 쓰기로 했다고 했다. 게다가 휴가 동안 고향에 갈 것이기 때문에, 오랫동안 있어왔던 곳을 한번 돌아보는 것도 좋을 것 같다고 했다.

몹시 창백한 얼굴로 티전스가 말했다.

"느와르꾸르에 있었을 때의 09모건 기억하나?"

카울리가 대답했다.

"안 납니다. 그 친구가 대위님 부대 소속이었습니까? … 어제 죽은 그 병사 말입니다. 제 불찰로 대위님 팔에 안겨 죽은 병사 말씀이죠? 제가 거기에 있었어야 했는데." 그는 하사관 부인들이 남편이 아슬아슬하게 죽음을 면했다는 소식을 듣게 되면 다행으로 여긴다면서 이렇게 말했다. "대위님 바로 앞에서 죽었습니다. 대위님에게는 아주 충격적인 일이었을 겁니다. 진짜 난장판이었죠… 대위님은 그 병사가 죽을 때 마치 아기를 안듯 팔에 안고 있었습니다. 대위님은 진짜 놀랄 정도의 애정을 보여주셨습니다! 자신의 부하라면 그럴 수 있습니다… 왕이 일등병에게 경례를 하는데도 그 일등병이 아는 척도 하지 않을 때가 언젠지 아십니까? … 그건 바로 일등병이 죽었을 때입니다…"

실비아와 티전스는 램프에서 흘러나오는 푸른빛을 받아 얼굴이 하얗게 보였다. 티전스는 눈을 감고 있었고 이 나이 든 선임상사는 발언권을 독점했다는 사실에 기뻐 이야기를 이어갔다. 선임상사는 캠프로 갈 준비를 하려고 자리에서 일어났다. 그의 몸이 약간 흔들거렸다.

"아닙니다." 그는 담배를 멋지게 흔들면서 말했다. "느와르꾸르에 있었을 때의 09모건이 기억나지는 않습니다… 하지만 기억합니다…"

여전히 눈을 감은 채 티전스가 말했다.

"난 그 친구가 그였다고 생각했네…"

"이닙니다." 선임상사는 덩덩한 어조로 밀을 이었나. "전 그 친구가 기억나진 않습니다… 제가 단지 기억하는 건 당시 대위님에게 벌어진 일입니다!" 그는 자랑스러운 듯이 실비아를 쳐다보았다. "대위님은 그 친구의 발을 붙잡으셨습니다… 부인께서는 대위님이 무엇으로 그 친구의 발을 잡으셨는지 믿지 못하실 겁니다. 절대로 믿지 못하실 겁니다! … 희미하게 달빛이 비치는 가운데 그 일은 아주 조용히 벌어졌습니다… 포병대의 입장에서 보면 그건 대단한 일은 아닐 수 있습니다… 우린 독일군을 기습했습니다… 독일군들은 무슨 목적이었는지 최전선에 있는 참호를 포기하려는 것 같았습니다… 그래서 오히려 전 초조했습니다… 그들이 거의 아무것도 하지 않아 오히려 겁이 났습니다… 독일군들은 최악의 일을 저지르기 전에는 거의 아무것도 하지 않는 것처럼 보이기 때문입니다… 물론 그들은 이따금 기관총을 쏘아대기는 했지만 말입니다… 우리 참호 오른 편에 독일군 비행기가 한 대 보였습니다… 그리고 아직은 새벽이라 달은 빛나고 있었습니다. 정말 놀라울 정도로 평화로웠습니다. 약간의 안개도 끼었고… 서리도 단단했습니다… 진짜 믿지 못할 정도로 서리가 단단했습니다… 포탄이 떨어지면 위험해질 정도로 말입니다.”

실비아가 말했다.

“그렇다면 그때 땅은 진흙 상태가 아니었나요?” 이 말에 티전스는 실비아에게 말했다. “당신이 더 이상 듣고 싶지 않으면, 이야기를 그만둘 거요.” 실비아는 아주 단조로운 어조로 대답했다. “아니에요… 더 듣고 싶어요.”

카울리는 자기 이야기에 좀 더 효과를 주기 위해 분발했다.

“진흙 상태였냐고요?” 그가 말했다. “당시엔 전혀 진흙 상태가 아니었습니다… 속보로 걸을 때, 죽은 독일군의 얼어붙은 얼굴을 밟고 지나갔습니다… 그날과 그 전날 우리는 엄청난 수의 독일군들을 죽였거든요… 바로 그게 그들이 참호를 그렇게 쉽사리 포기한 이유였던 게 틀림없을 겁니다. 어쨌든 그들은 자신들이 떠나게 될 거란 것을 알고는, 우리에게 그 시신들을 묻으라고 남겨둔 겁니다… 하지만 그들이 어떻게 반격할지를 생각하니 진짜 불안했습니다… 반격은 처음 저항했을 때보다 늘 10배는 강력했으니까요. 그래서 패잔병 소탕 병력과 후원군이 와 우리 앞으로 나아갔을 때 진짜 기뻤습니다. 윌셔 출신들인 그들은 웃고 있었습니다… 제 마누라도 그 지방 출신입니다… 그래서 전 이렇게 말했죠. '진짜 훌륭한 군대야…' " 이 연대에서도 말 잘하기로 소문난 카울리는 목소리를 약간 낮추어 말을 이었다. "대위님은 두 손으로 발을 잡으셨습니다. 얼어붙은 땅에 앉아 몸을 꼿꼿이 세우고 말입니다… 마치 기도할 때처럼요. 지금처럼 이렇게!" 그는 손가락 사이에 담배를 끼우곤, 두 손을 치켜들며 팔목을 가까이 붙였다. 그러고는 손가락을 안쪽으로 살짝 구부렸다. "달빛을 받으면서 이렇게 몸을 꼿꼿이 세우시곤…"

티전스가 말했다.

"그날 밤 내가 본 사람이 09모건이라고 생각했었네… 내가 죽은 것처럼 보인 것은 당연해… 사실 난 거의 숨을 쉴 수가 없었거든… 어느 병사가 그 친구의 팔죽지에 총을 갖다 대고 발사하는 걸 봤네… 내가 바닥에 누워 있을 때 말이야…"

카울리가 말했다.

"아, 대위님도 보셨군요… 전 병사들이 그 이야기를 하는 걸 들었습니다… 하지만 당연하게도 누가 어디서 그랬는지는 말하지 않더라고요!"

티전스는 대수롭지 않다는 듯 이렇게 말했다. 하지만 진심으로 대수롭지 않게 느끼는 것은 아닌 것 같았다.

"그 부상당한 병사 이름은 스틸리코였네… 기이한 이름이지… 아마 콘웰 출신이었을 거야… 우리 중대 앞에 있는 B중대 소속이었지."

"하지만 대위님은 그들을 군사 재판에 넘기시지 않았죠?" 카울리의 질문에 티전스는 안 넘겼다고 하고는, 자신은 확신할 수가 없어서 그랬다고 했다. 사실 그는 확신은 했지만 바닥에 누워 있을 때, 개인적인 문제로 걱정하고 있어서 자신이 목격한 사건의 의미를 잘 몰랐다고 말했다. 그러면서 티전스는 작은 목소리로 장교는 자신의 판단력을 발휘해야 한다고 말했다. 그는 이런 경우엔 보지 않는 게 더 현명하다고 판단했었다고 말했다… 그의 목소리는 거의 들리지 않을 정도로 작아졌다. 실비아는 티전스가 지금 어떤 정신적인 고통의 정점에 다다르고 있다는 사실을 분명하게 알 수 있었다. 티전스는 갑자기 카울리에게 소리쳤다.

"그자가 2년 뒤에 죽게 하려고 당시에 면죄부를 주었다면 그건 너무 잔인한 짓이야!"

카울리는 티전스의 귀에다, 위로하듯이 그리고 애정 어리게 어떤 말을 하였다. 하지만 너무 작게 하여 실비아는 그가 무슨 말을 했는지 알아들을 수 없었다. 실비아는 이들의 친밀함이 참기 힘들었다. 실비아는 아무렇지도 않다는 어조로 물었다.

"그 한 사람은 또 다른 사람의 여자 친구나 부인을 희롱하고 있었던 것 같군요!"

카울리는 화가 난 듯 소리쳤다. "맙소사, 아닙니다! 그 친구들은 서로 합의를 보았던 겁니다. 한 사람은 고향으로 가게 해 주고, 다른 사람은 그 지옥에서 벗어나 응급치료소로 가게 할 정도의 부상을 서로 입혀주기로요." 실비아가 말했다.

"거기서 벗어나기 위해 그렇게까지 한다는 말이에요? …"
카울리가 말했다.

"맙소사, 부인, 병사들에게 거긴 지옥입니다… 하사관의 목숨과 장교의 목숨의 차이는 바로 전선에 있는가 없는가의 문제입니다… 제가 나이도 많고 이번이 일곱 번째 전투였지만, 이번 전투에서도 여러 번 비명을 질렀습니다…"

그는 잠시 말을 멈추더니 다시 말을 이었다. "이건 제 생각, 아니 다른 많은 병사들의 생각이지만, 흉벽(胸壁) 위에 모자를 올려놓고 손을 들어 올리면, 2분 안에 독일군 저격병의 총알이 관통할 겁니다. 그래서 병사들 말마따나 휴가를 갈 만한 부상을 입게 될 거고요… 선임상사로 군 생활을 23년 해온 저한테 그런 일이 벌어진다면…"

똑똑한 전령이 들어와 택시를 찾아냈다고 말하곤 사라졌다.

선임상사는 말했다. "병사들은 동료에게 부상을 입히기 위해 총살당하는 위험도 무릅씁니다… 그들은 동료를 사랑하죠. 여자들에 대한 사랑을 능가할 정도로요…" 이 말을 듣고 실비아는 치통이 생긴 듯이 "아" 하고 소리쳤다. 그러자 신임상사는 "병사들은 그렇습니다. 아주 감동적이죠…"라고 대답했다.

선임상사의 서 있는 자세는 몹시 불안정했지만 목소리만은 아주 분명했다. 그는 이런 식이었다. 선임상사는 티젠스에게 이렇게 말했다.

"대위님도 집안일 걱정을 하셨다니 묘하네요… 아프간 전투에 참전했던 시절 격전지에서 있었던 일이 기억납니다. 우리 딸 위니가 홍역에 걸렸다는 아내 편지를 받았었죠… 저와 제 아내는 단 한 가지 문제에서 의견이 달랐습니다. 전 플란넬을 입혀야 한다고 했지만 아내는 면 플란넬이면 충분하다고 생각했습니다. 윌셔 사람들은 링컨셔 사람들만큼 울을 중요하게 생각하지 않거든요. 링컨셔 양들은 털이 길죠… 돌 사이로 날아오는 총알을 온종일 피하면서도 떠올랐던 생각은… 부인도 아이를 키우는 어머니이기 때문에 아시겠지만, 홍역에 걸렸을 때는 아이를 따뜻하게 해주는 것이 가장 중요하다는 것이었습니다… 전 계속해서 거의 울다시피 혼잣말을 했습니다… 위니에게 울을 입혀야 해! 위니에게 울을 꼭 입혀야 해! … 부인도 아이를 키우시니 아시겠죠. 전 대위님 테이블 위에 있던 아드님 사진을 본 적이 있습니다. 이름이 마이클이라고 했나요? … 대위님이 부인과 아이를 잊지 않으셨다는 것을 아시겠죠."

실비아는 낭랑한 목소리로 말했다.

"이제 그만 말씀하시는 게 좋을 것 같군요!"

실비아는 정원에 있는 대공포에서 나는 소리에 정신이 없었다. 대공포는 호텔 건너편에 있어, 머리를 깨트릴 것 같은 불규칙한 폭발음 사이사이에 상대방 말을 한두 마디 알아들을 수는 있었지만 말이다. 이 때 실비아는 갑작스럽게 떠오른 크리스토퍼의 모습에 얼이 빠졌다. 그건 요크셔에 있는 시누이의 집에 머물렀을 때, 홍역으로 아이의 체온이 화씨 105도까지 올라갔을 때의 남편 모습이었다. 당시 마을 의사는 시도하려고 하지 않았지만, 크리스토퍼는 자신의 책임 하에 쪼갠 얼음이 가득 담긴 욕조에 아이를 넣었다… 실비아는 강한 램프 불빛 아래 아이를 어설프게 안은 채, 깨진 얼음이 담긴 반쩍이는 욕조 표면 위로 몸을 숙이며 아무 표정 없이 서 있는 티전스를 보았다. 그는 지금처럼 아무 표정이 없었다… 실비아는 지금 그의 모습을 보고는 당시 그의 모습이 떠올랐던 것이다. 실비아가 분석할 수 없었던 남편 얼굴에 나타난 긴장감… 코감기에 걸린 것처럼 약간 숨 막혀 하면서도, 자신의 감정을 억누르려고 했던 모습 말이다. 당시 남편은 아무것도 바라보지 않았다. 그로비와 그 모든 것의 상속자인 그 아이마저 보고 있지 않는 것 같았다! … 다음 대공포가 발사되기 전 무언가가 실비아에게 말했다. "이 아이는 그의 자식이야. 아이를 살리기 위해서라면 그는 지옥에라도 갈 거다…" 실비아는 이렇게 말하는 사람이 콘셋 신부라는 것을 알았다. 실비아는 그게 사실이라는 것을 알고 있었다. 크리스토퍼는 아이를 살리기 위해 지옥에라도 갔을 것이다… 그 끔찍스런 욕조 앞에서 그 고통을 직시하고 있는 그의 모습을 상상해보면 알 수 있다! … 그들이 보는 앞에서 아이의 체온이 떨어지기 시작했다… 남편은 말했다. "강한 심장을 가졌어, 이 아이는! 진짜 강한 심장을 말이야!" 체온계의 수은 선이 정상 수치로 내려가는 것을 지켜보면서 남편은 숨을 죽였다… 실비아는 작게 말했다. "이 아이와 그놈의 엉시는 나 이 사람 거야… 난 이 둘 다를…"

하지만 남편이 그 문제로 고통받았으면 좋겠다고 생각한 때는 지금이 아니었다. 두 번째 대공포가 터지자 실비아는 술 좋아하는 이노 병사에게 말했다.

"그만 이야기했으면 좋겠어요!" 이 말에 크리스토퍼는 재빨리 이렇게 말했다.

"아내는 어떤 문제에 있어선 우리 견해와 일치하지 않네!"

실비아는 중얼거렸다. "일치하지 않는다고? 맙소사! …" 이 모든 일을 보면 볼수록 실비아는 증오심에 휩싸였다. 그리고 우울해졌다! 실비아는 남편이 애들이 하는 게임을 하면서 바보들 사이에 둘러싸여 있다고 생각했다. 이건 애들 게임보다 훨씬 더 끔찍스럽고 훨씬 더 불길한 게임이다… 총과 온갖 소음을 내는 도구들이 발사되는 소리는 극악무도하고 혐오스럽게 느껴졌다. 자신이 보기에 그건 애들이 자랑삼아 하는 어리석은 게임이었기 때문이었다… 캠피언이나 다른 비슷한 애가 이렇게 말한다. "야! 독일군 비행기가 떴어… 대공포로 한번 쏴보자! …" 왕의 생일날 공원에서 축포를 쏘듯 그들을 포를 쏘아댔다. 신분 높은 사람들이 잠을 자고 있거나, 이야기를 나누고 있는 호텔 정원에 포를 갖다 놓았다는 것 자체가 진짜 무례하다!

영국 본토에서 실비아는 이것이 그런 게임이라는 자신의 확신을 유지할 수 있었다. 저녁 식사를 하던 어느 장관의 집에서 실비아가 "이 혐오스러운 일들에 대해 그만 이야기해요."라고 말만 하면, 장관을 포함한 십여 명이 이 이야기를 너무 많이 했다며 즉시 실비아의 말에 동의를 표했다.

하지만 여기서는! … 실비아는 추잡한 일 한복판에 서 있는 기분이었다… 그건 끊임없이 움직였다. 바로 눈앞에서 사라지면서도 항상 거기에 있었다. 끊임없이 움직이는, 똬리를 튼 거대한 뱀의 다이

아몬드 무늬를 지켜볼 때처럼 말이다… 실비아는 절망스러웠다. 이 창피한 술꾼과 함께 이 일에 몰두하고 있는 티전스의 모습을 보면서 말이다. 실비아는 남편이 그 어떤 사람과도 머리를 맞대고 이야기를 나누는 것을 본 적이 없었다. 남편은 늘 한 마리 외로운 소 같았다… 하지만 지금은! 남편은 어느 누구와도 머리를 맞댄다. 본토에서라면 말도 걸지 않았을 바보 같은 참모장교나, 믿음직하지만 술에 찌든 상사 혹은 전령 복장을 한 거리의 아이와도… 그들이 나타나기만 하면, 남편은 이 게임의 하찮은 문제에 대해서, 가령 별 볼 일 없는 수백만 병사들의 세탁물이나 손발 치료 문제, 종교 문제, 사생아 문제, 그리고 죽음 등에 대한 문제로 머리를 맞대고 이야기한다… 하지만 이것은 얼마나 위선적이며 상상할 수 없을 정도로 심약한 행위인가? 그들은 자신들의 목적을 위해 이 살육의 향연을 부추기고 있는 것이다. 그들은 상상할 수 없을 정도의 고통과 공포를 수반하는 대학살을 통해 수많은 사람을 죽게 한다. 그러면서도 단 한 사람의 죽음에 대해선 몹시 고통스러워한다. 자신이 보기에 남편은 정신적으로 완전히 붕괴되고 있었다. 한 사람의 죽음 때문에! 자신은 남편이 그렇게 고통받는 것을 본 적이 없었다. 남편이 그처럼 공감을 구하는 것도 본 적이 없었다. 과묵의 화신과도 같았던 그가 말이다! 하지만 남편은 지금 고통스러워하고 있다! 지금 밀이다! … 자신이 보기에 고통은 끊임없이 퍼져, 저 영원한 밤까지 다다르는 것 같았다… 이 게임은 하사관들에게는 지옥이다! 장교들에게도 지옥이다.

술에 취해 코를 킁킁거리는 이 선임상사의 목소리에 담긴 진정어린 동정심에서 엄청난 사악함이 느껴졌다… 남자들이 난삽한 향연을 즐기기 위해, 이 공포와 엄청난 고통 그리고 이 세상이 처해 있는 끔찍한 상황을 야기했다는 생각이 들었던 것이다. 남자들의 명예라든지 남자들의 미덕, 그리고 협약을 준수하고, 깃발을 유지하고자 하는 남자들의 마음의 근저에는 궁극적으로 바로 이것이 있다고 느꼈다… 식욕과 욕정, 명정(酩酊)을 추구하는 거대한 전쟁이라는 카니발… 이것이 한 번 시작되면 멈추게 할 수 없다. 이건 결코 멈추지 않을 것이다… 이 게임의 즐거움, 즉 일단 피 맛을 보게 되면, 누가 이를 중단시키려 하겠는가? 남자들이 자신의 욕정을 발산하기 위해 흡연실에서 지저분한 이야기를 하는 것처럼, 이들도 그런 욕정을 느끼면서 이런 일에 대해 말하고 있는 것이다… 이것이 이 상황을 유일하게 설명해줄 수 있다.

이제는 완전히 취한 전직 선임상사의 말을 중단시킬 수 없듯이, 그것을 중단시킬 수는 없다. 선임상사가 이제 떠났다! 예상했듯이 생각이 다른 이 두 젊은 부부에게 한 마디 충고를 남기고서였다! 술을 마셨기 때문에 그는 그렇게 대담할 수 있었을 것이다!

이 끔찍한 장면을 상상하고 있던 실비아에게 그의 지혜로운 말이 의식에 들어왔다… 지혜롭지만 기이한 말이었다… 실비아는 그것을 가슴 속 깊이 느꼈다! … 옆 홀에서 누군가가 음악을 틀었다.

    곡물과 처녀들,
    라수스가 섬긴!

누군가 쉰 목소리로 노래했다.

거기 가 머물 수 있게 되었음을 알게 되니
너무도 기쁘오…

전직 선임상사는 실비아에게 몇 마디 기이한 말을 덧붙였다. 자신은 전투에 일곱 번 참가했는데, 자신이 전투에 나갈 때마다, 자기 아내는 처음 3일 동안 밤낮으로 집안에 있는 모든 시트와 베게 주머니의 실을 빼내어, 다시 헴스티치[147]를 놓았다는 것이다. 생각하지 않기 위해서라고 했다… 그의 이 말은 실비아 티젠스에게 하는 꾸지람 내지 훈계가 분명했다… 어쨌든 그가 옳다! 그는 콘셋 신부와 같은 계층 사람으로, 신부와 같은 지혜를 지닌 것 같았다.

축음기 소리가 들려왔다. 정원에 있는 대공포에서 여섯 번의 쿵하는 소리가 들려오는 가운데서도, 축음기에서 나오는, 우르르하는 소리가 밖에서 나는 요란한 소리와 섞여 들려왔다… 다음 소리가 이어지기 전 카울리는 실비아에게 작별인사를 하였다. 그는 티젠스 대위가 전날 밤 잠을 자지 못했다는 사실을 명심해 달라고 실비아에게 당부했다.

이때 실비아에게 뜬금없이 말보로 공작[148]부인이 앤 여왕[149]에게 보낸 편지 중에 나오는 구절이 떠올랐다. 플랑드르에서 전쟁을 하고 있는 장군을 찾아갔더니 장군은 신발을 신은 채, 자신에게 세 번이

---

[147] hemstitch: 천의 씨실을 풀고 날실을 몇 가닥씩 묶어서 만드는 것.
[148] Marlborough: 초대 말버러 공작으로 본명은 존 처칠(John Churchill, 1650~1722)로 그는 18세기 영국의 주요 싸움을 이끌었다.
[149] Queen Anne(1665~1714): 18세기 영국의 여왕으로 재위 기간은 1702년에서 1714년이었다.

나 영광을 베풀었다고 공작 부인은 편지에 적었다. 실비아는 편지 중 그 내용이 떠올랐다… 단지 티전스의 표정을 한번 보기 위해서라도 실비아는 이 말을 선임상사에게 한번 해볼까 하고 생각해보았다. 선임상사는 그 말을 이해하지 못할 것 같았기 때문이었다… 하지만 이해한다 해도 무슨 상관이겠는가! …

하지만 이 요란스러운 소리는 믿을 수 없을 정도로 커져, 출력이 200마력인 축음기 소리도 거의 들리지 않을 정도였다. 실비아는 자신이 알고 있다고 생각지도 못한 욕설을 비명처럼 질러댔다. 마취 상태에 있는 사람들이 그렇듯 실비아는 의식하지 못하는 상태에서 이런 욕설을 내뱉은 것이었다. 실비아는 자신이 누구인지 의식하지 못했던 것이다… 그녀는 여기 있는 무리 중 한 사람일 뿐이었다.

의자에서 자고 있던 장군은 잠에서 깨어나 이들이 이런 소음을 낸 장본인이라도 된다는 듯 악의에 찬 표정으로 이들을 응시했다. 소음이 멈추었다. 홀에서 뒤늦게 질러댄, 여인의 비명의 마지막 음절이 들려와, 소음이 완전히 멈추었다는 것을 알 수 있었다. 사람들이 일제히 소리쳤다. "제발 그 빌어먹을 놈의 축음기를 다시는 틀지 마시오!" 숨을 헐떡이는 소리와 기타 소리가 들리더니, 이내 침묵이 흘렀다. 그때 놀라운 목소리로 누가 외쳤다.

먼지보다도 덜…
그대의… 앞에서.

그러더니 웅얼거리는 소리가 난 다음 잠깐 멈추더니, 다시 이어졌다.

창백한 손을 나는 사랑하네…

장군은 의자에서 일어나 달려갔다… 그러더니 기가 죽어 돌아왔다.
"어느 빌어먹을 놈의 민간인 거물이군… 소설가라고 하더군… 그자의 노래를 중지시킬 수 없었어…" 그는 혐오스럽다는 듯이 이렇게 덧붙였다. "홀은 젊은 놈들과 창녀들로 가득 찼어… 모두 춤을 추고 있더군!" 윙윙거리는 소리가 나더니 나른한 왈츠 변주곡 풍의 음악으로 바뀌었다. "어둠 속에서 춤을 추다니!" 장군은 몹시 혐오스럽다는 어조로 말했다. "독일군들이 언제든지 여기 올 수도 있는데… 내가 알고 있는 것을 저들도 안다면! …"
실비아는 맞은편에 있던 그에게 소리쳤다.
"은색 단추가 달린 푸른색 제복을 입은 사람을 다시 보게 된다면 재미있지 않을까요? 근사하고 체격도 좋은 사람들 말이에요?"
장군은 이렇게 소리쳤다.
"나도 그자들이 보고 싶소… 이런 작자들은 정말 지긋지긋하니…"
티전스는 카울리에게 하였던 말을 이어서 하였다. 그것이 무엇이었는지 실비아는 듣지 못했지만, 실비아가 보기에 카울리는 이미 한 이야기를 계속 웅얼거리면서 대답하는 것 같았다.
"제가 퀘타에서 병장으로 근무했을 때가 기억납니다. 군마에게 물을 먹이라고 헤링이란 병사를 보냈었죠. 그 친구는 말이 무섭다고 그 일만은 면제해달라고 사정을 했지만 말입니다… 말은 그 친구를 떨어뜨려 강물에 빠지게 했죠… 그리고는 자신도 넘어져 그 친구 얼굴을 말발굽으로 밟았습니다… 그때 그 친구 모습은 진짜 끔찍스러웠습니다… 군대에서 일어날 수 있는 긴급 사태에 대해 제가 아무리 이야기했어도 소용없었습니다… 전 정말 기분이 좋지 않았습니다. 사리염[150]을 사대느라 엄청난 돈이 들었으니까요…"

실비아는 티전스가 사람들이 죽어나가는 것을 좋아하지 않는다면, 이러한 이야기를 듣고 전쟁에 대한 욕망이 없어지게 될 거라고 소리치려 했다. 하지만 카울리는 사색에 잠긴 듯 말을 이었다.

"사리염으로 치료할 수 있다고 하더군요… 물론 2주일 동안 여자도 가까이해선 안 되고요… 저도 그건 알았어요. 그래서 말발굽 자국이 박힌 헤링의 얼굴을 계속 바라보았죠. 그런데… 정부공관에 진짜 괜찮은 것이 하나 있었습니다…"

선임상사는 갑자기 소리쳤다.

"부인 면전에서 실례입니다만…" 그는 담배꽁초를 이빨로 물고는 티전스에게 자신을 택시에 태워주면, 다음 날 아침 병사들을 자신이 처리하겠다고 말했다.

그는 티전스의 팔에 기대고 다리를 60도의 각도로 벌리고 걸었다.

실비아는 중얼거렸다. "그럴 순 없어… 신사라면 그럴 수 없어… 저 노병사가 그런 힌트까지 주었는데 말이야… 만일 피한다면 진짜 겁쟁이야… 2주일 동안… 여긴 사람도 없는데…" 실비아는 "맙소사" 하고 소리쳤다.

의자에 앉아 있던 노장군은 고개를 돌려 말했다.

---

[150] 사리염은 약품으로도 사용되었다.

"부인, 내가 부인이라면 은색 단추의 푸른색 제복을 입은 친구들이 여기 있었으면 좋겠다는 말은 하지 않았을 거요. 물론 우린 서로의 말을 이해는 합니다만…"

실비아는 혼잣말을 계속했다. "당신도 보았지… 이 사화산 같은 사람조차도… 충혈된 눈으로 내 옷을 벗기는 모습을 상상하는걸… 그런데 왜 그 사람은 그렇게 못하겠어? …"

실비아는 큰 소리로 말했다.

"하지만 장군님도 같이 있는 사람들이 지긋지긋하다고 하셨잖아요!"

실비아는 중얼거렸다.

"에잇! … 내가 생각하는 것을 말할 거야… 아무도 내가 겁쟁이라고 하지 못할 거야…"

실비아는 이렇게 말했다.

"장군님, 그건 제가, 여기 보이는 사람들이 아니라, 은색 단추가 달린 푸른색 제복을 입은 체격 좋은 남자하고 육체관계를 맺겠다고 말하는 것과 다를 바 없지 않나요? …"

장군이 말했다.

"물론, 그런 식으로 부인이 말한다면…"

실비아가 말했다.

"그럼 다른 식으로는 어떻게 말해야 하나요? …" 실비아는 테이블로 다가가 브랜디를 한 잔 가득 채웠다. 노장군은 실비아를 곁눈질했다.

"맙소사" 그가 말했다. "이런 식으로 술을 마시는 여자라니…"

283

실비아가 말했다.

"장군님은 가톨릭 신자시죠? 오하라라는 이름도 그렇고 아일랜드 억양도 약간 있으신 걸 보니… 그리고 같이 있는 사람들을 보면… 무슨 말인지 아시죠… 그건 특별한 목적[151]이 있는 거예요! … 장군님이 성모송을 부를 때…"

속에서 술이 진하게 자극하는 것을 느끼면서 실비아는 희미한 불빛 아래에 있는 티전스를 바라보았다.

실비아에게는 씁쓸하지만 재미있게도, 장군은 티전스에게 이렇게 말했다.

"자네 친구는 좀 취했더군… 부인과 같이 있기엔 어울리지 않았네!"

티전스가 말했다.

"제 아내와 오늘 밤 식사를 같이 하게 될 줄 예상치 못했습니다… 그 장교는 장교로 임관된 것을 자축하고 있었습니다. 그래서 모른 척 할 수가 없었습니다…" 장군은 이렇게 대답했다. "아! 물론 그랬겠지… 아마도…" 그러고는 다시 의자에 앉았다.

티전스의 그 큰 몸집에 실비아는 압도되었다. 실비아는 숨을 헐떡였다… 티전스는 몸을 앞으로 숙이더니 그가 약간 술에 취해서 그렇다고 말했다.

티전스는 이렇게 말했다.

"호텔 라운지에서 사람들이 춤을 추고 있소…"

---

[151] special intention: (가톨릭) (미사의) 특별한 목적.

실비아는 고리버들로 만든 의자에 격렬하게 몸을 꼬고 앉았다. 의자엔 희푸른 쿠션이 놓여있었다. 실비아가 말했다.

"다른 사람과는 춤을 안 출 거예요… 소개 받고 싶지도 않아요…" 이렇게 강하게 말하자 티전스가 말했다.

"당신에게 소개해줄 사람도 없소…"

실비아가 말했다.

"자선 모임이라도 소개 받고 싶지 않아요!"

티전스가 말했다.

"아주 재미가 없을 거라 생각하오… 나도 춤을 춰 본지 6개월도 더 되었으니…" 실비아는 자신의 사지에 넘쳐흐르는 아름다움을 느낄 수 있었다. 실비아는 황금색 천으로 만든 가운을 입고 있었고, 비할 데 없이 아름다운 그녀의 머리는 귀 윗부분에서 말려있었다. 실비아는 베누스베르크 노래[152]를 흥얼거렸다. 다른 건 몰라도 자신은 음악은 잘 안다고 생각했다.

실비아가 말했다. "육군 여자 보조 부대가 있는 곳을 베누스베르크라고 부른다죠? 안 그래요? 당신이 비너스를 따라다니다니 참 기이하네요… 불쌍한 엘리자베스[153]를 한번 생각해봐요!"

---

[152] Venusberg music. 중세 전설에 의하면 베누스베르크는 동굴에서 사랑의 여신 비너스(Venus)가 알현식을 했다고 전해지는 동독 남서부의 산이다. 독일의 작곡가 바그너(Wagner)의 오페라 <탄호이저>(Tannhäuser)는 탄호이저라는 기사를 중심으로 전개되는데 요정에 둘러싸여 보낸 환상의 세계 베누스베르크를 떠나 현실 세계로 돌아온 탄호이저가 과거의 환상의 나라를 회상할 때 연주되는 음악이 바로 베누스베르크 음악이다.
[153] 엘리자베스 워놉을 지칭.

그들이 춤을 추고 있던 방은 몹시 어두웠다… 실비아는 자신이 남편의 품에 안겨 있다는 사실이 기이하게 느껴졌다… 실비아는 남편보다 춤을 더 잘 추는 사람들을 알고 있었다… 남편은 아파보였다… 실제로 아픈지도 모른다… 아, 불쌍한 발렌타인 엘리자베스… 얼마나 우스운 상황인가! … 축음기에선… <숙명>이라는 음악이 흘러나오고 있었다. 신부님 보셨죠! … 제가 그이의 품에 안겨있어요! … 물론 춤 솜씨는 별로예요… 하지만 실제에 다가갔어요. 아주 가까이! … "특별한 목적이 잘 이루어졌으면 좋겠네요!…" 실비아는 그의 입술에 키스할 뻔했다… 거의! … 프랑스 사람들은 그것을 에프뤼레[154]라고 부른다… 하지만 실비아는 그렇게 겸손을 떨지는 않을 것이다. 티젠스는 실비아를 좀 더 꽉 안았다… 요 몇 달 동안 아무런… 주님이 내게 영광을 베풀어주셨어… 티젠스는 실비아가 자신의 입술에 키스할 뻔했다는 사실과… 자신도 거기에 거의 대응할 뻔했다는 사실을 알고 있었다… 민간인 소설가가 마지막 불을 껐다… 티젠스가 말했다. "이야기를 좀 하는 게 어떻겠소…" 실비아가 말했다. "그럼 제 방에서 이야기해요! 몹시 피곤하거든요… 수면제를 먹었지만, 6일 동안 전혀 자지를 못했어요…" 티젠스가 말했다. "물론, 그렇게 합시다. 어떻게 다른 곳에서 이야기할 수 있겠소? …" 놀라울 정도로… 실비아가 입고 있는 금색 천으로 된 가운은 왕이 대관식 때 입는 콜로비엄 신도니스[155] 같았다… 그들이

---

[154] Effleurer: '살짝 스치다'란 의미의 프랑스어.
[155] colobium sindonis: 대관식 때 영국 여왕이 입는 흰색 리넨으로 만든 소매 없는 여성복 드레스.

계단을 올라갈 때 실비아는 탄호이저는 늘 뚱뚱한 테너였다는 사실이 떠올랐다… 베누스베르크 음악이 그녀의 귀에 들려오는 듯했다… 실비아는 이렇게 말했다. "66가지의 말로 표현할 수 없는 것들! 나는 재판관처럼 냉철하다… 그래야 한다!"

제3부

1

 열린 문으로 들어온 한줄기 광선에 총사령관의 그림자가 드리워지자, 마치 신의 섭리에 의한 것처럼 크리스토퍼 티전스는 잠에서 깼다. 그는 자신이 자는 모습을 총사령관이 보는 것을 몹시 싫어했다. 몹시 야위고 멋진 자태를 자랑하는 장군은 금박 입힌 청동무공훈장과 수많은 훈장 띠를 차고선 문턱을 멋지게 넘었다. 그러고는 고개를 돌려 밖에 있는 누군가에게 이야기했다. 옛날에는 신이 이런 식으로 하늘에서 내려왔을 것이다! 티전스가 잠에서 깨게 된 것은 분명히 밖에서 들려오는 소리 때문이었을 것이다. 하지만 티전스는 신의 섭리로 자신이 깨어난 것이라고 생각하고 싶었다. 그는 어떤 형태로든지 신호를 받고 싶었던 것이다! 잠에서 막 깨어난 티전스는 자신이 지금 어디에 있는지 확신할 수 없었다. 하지만 장군의 첫 번째 질문에 일관성 있게 대답하고, 몸을 빳빳이 세울 정도의 정신은 갖고 있었다. 장군이 말했다.
 "티전스 대위, 자네 부대에 왜 소화기가 없는지 설명해줄 수 있겠나? 자네 부대에서 화재가 나면 얼마나 큰 재앙이 벌어질지 알고 있나?"

티전스가 경직된 목소리로 대답했다.

"소화기를 얻을 수 없었습니다."

장군이 말했다.

"도대체 어떻게 그럴 수 있나? 정식 부서에 소화기 신청을 한 건가? 자넨 어떤 부서에 신청해야 하는지 알고는 있나?"

티전스가 대답했다.

"영국 부대라면 제가 부품을 신청할 부서는 영국 육군 공병대입니다. 그래서 제가 영국 육군 공병대에 신청서를 보냈더니, 제 부대는 자치령에서 온 병사들로 구성되었기 때문에 제가 신청할 부서는 군수품부라는 답변을 받았습니다. 그래서 군수품부에 소화기를 신청했더니 영국 장교가 지휘하는 자치령 소속 부대에는 소화기를 제공하지 않는다며, 본토에 있는 민간인 회사에 신청하라는 지시를 받았습니다… 그래서 여러 제조회사에 신청했지만 그들 모두 자신들은 육군성 이외엔 물품을 팔 수 없게 되어 있다는 답변만 했습니다… 전 아직도 민간업체에 물품 신청을 하고 있는 중입니다."

장군은 고개를 돌려 자신을 수행하고 있던 레빈 대령에게 이렇게 말했다. "레빈 대령 이 사실을 기록해두게. 그리고 이 문제에 대해 한번 조사해 보게." 장군은 다시 티전스에게 말했다.

"자네 연병장을 걸어오다가 훈련을 담당하는 자네 부하 교관이 훈련에 대해 아무것도 모른다는 사실을 알게 되었네. 차라리 그 교관을 부대 하수구 청소하는 일에 투입하는 게 좋겠어. 그 친구는 너무 더러워."

티전스가 대답했다.

"부사관 교관은 아주 유능합니다. 그 교관은 영국 육군 수송대 소속 장교입니다. 제 부대엔 지금 보병 장교가 거의 없습니다. 하지만 육군 최고회의 지시단의 지침에 따라 열병식에는 장교가 반드시 있어야 합니다."

장군은 무미건조한 어조로 말했다.

"난 군복을 보고서 그 장교가 어느 소속인지 알았네. 난 자네가 현재 할 수 있는 범위 내에서 최선을 다하지 않는다고는 생각지 않네." 캠피언 장군이 지금 검열관으로서의 역할을 하고 있다는 사실을 고려해볼 때, 지금 그의 이 행동은 아주 훌륭한 것이었다. 장군 뒤에서 레빈은 의미심장하게 눈을 감았다 떴다 하며 티전스에게 신호를 보내고 있었다. 하지만 장군은 놀랄 정도로 무미건조한 태도를 보였다. 그는 반들반들한 체리색 안면 근육을 전혀 움직이지 않았으며, 정중하게 보이려 하면서도 완벽할 정도로 아무 표정이 없었다. 별로 중요하지 않은 일에 이 거물이 이렇게까지 정중하게 행동하다니!

장군은 막사를 둘러보았다. 티전스 대위의 사무실에는 담요가 덮인 탁자, 그리고 버팀대에 걸려있는 커다란 달력이 있었다. 그 달력 날짜에는 붉은 잉크와 푸른색 잉크로 줄이 그어져 있었다. 그가 말했다.

"가시 벨드를 차고 오게나. 15분 뒤에 나랑 취사장을 한번 둘러보기로 하지. 하사관 조리장에게 그렇게 이야기하게. 자네 부대 취사장은 어떤가?"

티전스가 대답했다.

"아주 좋은 취사장입니다."

장군이 말했다.

"자넨 진짜 운이 좋군. 진짜 운이 좋아! … 이 캠프에 자네 부대 같은 취사병과 야외용 오븐이 있는 부대는 별로 없어…" 그는 채찍 손잡이로 열린 문을 가리켰다. 장군은 아주 분명한 어조로 다시 말했다. "가서 벨트를 차고 오게." 자리에서 일어난 티전스는 잠시 머뭇거린 후 이렇게 말했다.

"장군님, 제가 지금 구금 중이란 사실을 알고 계십니까?"

캠피언 장군은 위협적으로 말했다.

"난 지금 자네에게 임무를 수행하라는 명령을 내린 거네."

윗선에서 내린 명령에 티전스는 비틀거리며 문을 나섰다. 장군의 목소리가 들려왔다. "저 친구는 분명히 취하지 않았어." 티전스가 네 걸음쯤 걸어갔을 때 레빈 대령이 그의 옆으로 왔다.

레빈은 팔꿈치를 잡고 티전스를 부축하며 이렇게 속삭였다.

"자네 몸이 안 좋은 것 같아, 내가 자네와 같이 가길 장군님께서 바라시네. 자네는 지금 구금에서 풀려난 거야!" 그는 몹시 기뻐하며 이렇게 소리쳤다. "자넨 아주 잘하고 있어… 놀라워. 자네에 대해 장군님께 모두 말씀드렸네… 오늘 아침 파견된 부대는 자네가 지휘한 부대뿐이었네…"

티전스는 투덜거리듯 말했다.

"임무를 수행하라는 명령을 받았다는 건 내가 구금에서 풀려났다는 의미라는 걸 물론 나도 알고 있네." 그는 목소리가 거의 나오지 않았다. 그는 혼자 가고 싶다고 하곤 이렇게 말했다. "억지로 날 이렇게 만들었어… 내가 가장 바라지 않는 게 바로 구금에서 풀려나는 것이네…"

레빈은 숨을 헐떡이며 말했다.

"거부해서는 안 되네… 장군을 화나게 해선 안 돼… 그렇게 하면 안 돼… 게다가, 장교가 군사 재판을 요구할 순 없네."

티전스가 말했다. "자넨 약간 시든 꽃무 같군… 미안하네… 갑자기 그런 생각이 들었어!" 대령은 아주 약간 몸을 숙였다. 그의 콧수염 가장자리는 약간 고르지 않았고, 그의 눈은 조금 충혈되었으며, 면도한 부위엔 약간 덜 깎인 부분도 있었다. 레빈은 이렇게 소리쳤다.

"빌어먹을! … 자네에게 무슨 일이 벌어지든 내가 상관하지 않을 거라고 생각하나? … 새벽 3시 반에 오하라 장군이 내 사무실로 뛰어들어 왔네… 장군이 뭐라고 했는지는 말하지 않겠네…" 티전스는 퉁명스럽게 대답했다.

"하지 말게! 나도 현재 참을 만큼 참았으니 말이야…"

레빈은 절망적으로 소리쳤다.

"자네도 이해해주기 바라네… 누구에 대해 나쁘게 이야기한 말은 믿을 수 없네…"

티전스는 이빨을 드러내며 그를 똑바로 바라보면서 말했다.

"누구에 대해서 말인가? … 누구에 대해 나쁘게 이야기했단 말인가? 빌어먹을!"

레빈은 힘없이 말했다.

"두 사람 다에 대해 말이네…"

"그렇다면 그만두게!" 티전스가 말했다. 그는 약간 비틀거리며 본부까지 걸어간 뒤, 거기서부터는 행군하듯 걸어갔다. 그건 티전스에게 고난이었다. 그들은 임시 막사 구석에서 티전스를 엿보고는 자리를 떴다… 하지만 그들은 늘 임시 막사 구석에서 티전스를 엿보고는 자리를 떴다! 그건 장교를 보았을 때 하는 하사관들의 습성이었다. 맥케츠니도 임시 막사 문간에서 티전스를 쳐다보았다. 그도 역시 자리를 떴다… 틀림없다! 그도 소식을 들은 게… 하지만 맥케츠니는 지금 울적할 것이다. 어젯밤 캠프를 벗어난 맥케츠니를 호되게 질책하는 게 티전스의 의무이기 때문이다. 그래서 티전스를 피하는 건지도 모른다… 그걸 알 길은 없다… 티전스는 오른쪽으로 몸을 약간 기울인 채 비틀거리며 걸었다. 길은 울퉁불퉁했다. 그는 자신의 다리가 자신의 몸에서 분리된 하나의 부풀어 오른 물체로, 자신이 끌고 다녀야 할 물건처럼 느껴졌다. 찻잔을 나르던 당번병을 만난 티전스는 그에게 이렇게 말했다. "그걸 내려놓고 재빨리 달려가 하사관 조리장을 내게 데려오게. 그리고 15분 뒤 장군님이 직접 취사장을 둘러보실 거라고 전하게." 당번병은 차를 흘리며 달렸다.

  군의관이 아름답다고 생각하는 여자들 사진으로 잔뜩 장식된, 어두침침한 임시 막사에 들어온 티전스는 벨트를 차는 데 상당한 어려움을 겪었다. 처음엔 모자 벗는 것을 잊었고, 다음에는 윗도리를 입는데 머리를 잘못 넣었으며, 버클을 채우려고 할 때는 손가락이 잘 움직여지지 않았다. 그는 군의관이 사용하던 금이 간 면도용 거울에 비친 자신의 모습을 바라다보았다. 정말 면도가 깨끗이 되었다.

  티전스는 그날 아침 6시 반에 면도를 했다. 병사들을 파견한 지

5분 뒤였다. 군용 트럭은 당연히 1시간 늦게 도착했다. 그가 특별히 세세하게 면도를 한 것은 신의 섭리였던 것 같다. 오만할 정도로 차분한 남자의 모습이 거울 속에 나타났다. 거울에 난 금 때문에 얼굴은 둘로 나뉘어 있었다. 하얀 안색의 반쪽짜리 얼굴이 둘 보였다. 양쪽 광대뼈 부근은 붉은색을 띠었고, 희끗희끗한 머리는 헝클어져 있었으며, 가느다랗고 긴 흰 머리는 몹시 하얗다. 최근 티전스의 머리는 상당히 희어졌다. 하지만 분명 초췌해 보이진 않았다. 걱정에 찌든 모습도 아니었다. 맥케츠니가 그의 등 뒤에서 말했다.

"맙소사, 도대체 이게 무슨 일이오? 책상 정리가 제대로 안 되었다며 장군이 나를 호되게 질타하니 말이오!"

티전스는 거울 속을 들여다보며 말했다.

"책상 정리를 제대로 했어야지. 우리 대대가 질타 받은 건 그것 하나뿐이네."

그렇다면 장군은 자신이 맥케츠니에게 맡긴 중대 사무실로 갔던 게 분명하다. 맥케츠니는 헐떡이며 말했다.

"헌병대장을 때려 눕혔다고들 하던데…"

티전스가 말했다.

"여기서 하는 말들은 에누리해서 들어야 한다는 걸 모르나?" 티전스는 경멸스럽다는 듯이 냉담한 어조로 이렇게 말했다.

티전스는 헐떡이며 달려온 하사관 조리장에게 말했다. 조리장은 흰 수염을 한, 아주 고참 하사관으로 몸집이 컸다.

"장군님이 취사장을 둘러보실 거요… 더러운 취사병 옷이 로커에 들어 있지 않두록 확신히 해주시오!" 그것만 괜찮으면 취사장에는 아무 문제가 없을 거라고 티전스는 확신했다. 그저께 아침 자신이 직접 점검해 보았기 때문이었다. 아니면 그게 어저께였나?…

병사들을 파견하려다 취소되었기 때문에 밤새 자지 않았던 날 다음 날이었다… 하여튼 그건 중요치 않았다. 티전스가 말했다.

"취사병들에게 흰옷을 지급하진 않겠소… 분명 어딘가 숨겨놓았을 테니. 명령에 위반되긴 하지만."

팔자수염을 한 하사관 조리장은 모든 것을 다 안다는 듯 미소 지으며 먼 곳을 바라보았다.

"장군님은 취사병들이 흰옷을 입고 있는 걸 좋아하십니다." 그가 말했다. "그런데 장군님은 취사병들에게 흰옷이 지급되도록 한 명령이 취소된 걸 모르실 겁니다."

티전스가 말했다.

"뜻하지 않은 난관은 그 빌어먹을 취사병들이 교대할 때 그 더러운 옷들을 자기 숙소로 가져가지 않고 로커 어딘가에 쳐 넣기 때문에 생기는 거요."

레빈이 아주 분명한 어조로 이렇게 말했다.

"티전스, 장군님이 자네에게 이걸 갖다 주라고 날 보내셨네. 몸이 약간 위태위태하다고 느끼면 한번 냄새를 맡아보게. 자네는 이틀 밤을 연속으로 새지 않았나." 그는 손바닥에 든 은색 튜브에 담긴 스멜링 솔트[156]를 내밀었다. 그러면서 장군도 종종 현기증을 느낀다고 했다. 하지만 사실 이 스멜링 솔트는 레빈 자신이 마드무아젤

---

[156] smelling-salt: 냄새를 맡으면 정신을 차리게 하는 데 효용이 있다.

드 바이를 위해 늘 가지고 다녔던 것이었다.

티전스는 이 스멜링 솔트가 담긴 용기가, 거의 눈치 채지 못할 정도로… 정말 믿지 못할 정도로 약간 움직인 침실 문 청동 손잡이를 왜 떠올리게 하는지 자문해보았다. 물론 그건 거울에 비친 실비아의 반짝이는 화장대 위에 바로 저런 부드러운 은색 튜브가 있었기 때문일 것이다… 자신이 보는 모든 것이 왜 그 미묘하게 움직인 손잡이를 떠올리게 하는 걸까? 하고 티전스는 생각해 보았다.

"대위님이 하고 싶은 대로 하십시오." 하사관 조리장은 말했다. "하지만 장군님이 검열하실 때는 로커에 늘 옷 하나는 남겨 놓을 겁니다. 장군님은 늘 그 로커로 곧장 가셔서 로커 문을 열어보세요. 장군님이 그러시는 걸 3번이나 보았습니다."

"이번에 그런 게 발견되면 그 옷 주인은 군사 재판을 받게 될 거요." 티전스가 말했다. "깨끗한 식단표를 준비하시오."

"장군님은 더러운 옷을 찾아내시는 걸 진짜 좋아하십니다." 하사관 조리장은 말했다. "취사장에 대해 아무것도 모르는 분에겐 그건 이야기할 거리를 줄 수 있으니까요… 내 식단표를 갖다 놓겠습니다. 대위님… 장군님을 20분 정도만 붙들어 주세요. 부탁하고 싶은 건 그게 전부입니다."

레빈은 몸을 흔들며 떠나는 하사관 취사장을 보며 말했다.

"진짜 똑똑한 사람이야. 김열을 빈다는데도 저렇게 자신만만하다니…" 레빈은 과거에 자신이 받았던 검열을 떠올리고는 몸을 떨었다.

"진짜 똑똑한 하사관이지!" 티전스는 이렇게 말하곤 맥케츠니에게 말했다.

"저녁 식사를 한번 살펴봐 주게. 장군님이 한번 둘러볼지도 모르니."

맥케츠니가 어두운 어조로 말했다.

"이봐요, 티전스 대위, 이 부대 지휘관이 나요, 아님 당신이오?"

티전스 대신 레빈 대령이 큰 소리로 말했다.

"이게 뭐야? 도대체 이게…"

티전스가 말했다.

"맥케츠니 대위는 자신이 나보다 선임이기 때문에, 자신이 이 부대를 지휘해야 한다고 불평하는 거네."

레빈이 소리쳤다.

"모든…" 그는 맥케츠니에게 힘주어 말했다. "이보게, 여기 있는 모든 부대의 지휘권은 사령부가 결정하네. 거기에 대해 오해가 없기 바라네."

맥케츠니는 고집스럽게 말했다.

"오늘 아침 티전스 대위가 제게 부대를 이끌라고 요청했습니다. 전 그게…"

"자네는" 레빈이 말했다. "훈련과 휴대용 식량을 담당하도록 이 부대에 배속되었네. 장군이 알기에, 자네 삼촌인가 뭔가 하는 사람이 티전스 대위가 뒤를 봐주는 사람이 아니었다면, 자네는 지금 이 순간 정신 병원에 있었을 거라는 사실을 명심하게."

맥케츠니의 얼굴에 경련이 일었다. 그는 공수병에 걸린 사람들이 하는 것처럼 침을 삼켰다. 그는 주먹을 치켜들고 소리쳤다.

"우리 삼…"

레빈이 말했다.

"한 마디라도 더 하면, 그 순간 병원에 갈 줄 알게. 내 호주머니에 명령서가 있어. 이제, 해산. 속보로!"

맥케츠니가 머뭇거리며 문으로 가자 레빈은 이렇게 덧붙였다.

"자네는 오늘 밤 전선으로 가던지, 아니면 이혼 휴가를 받고서도 이혼하지 않은 것에 대해 특별 조사 위원회의 조사를 받던지 하게. 그것도 아니면 장군이 자네에게 보여준 호의에 대해 티전스 대위에게 고마워하게."

막사가 약간 도는 것 같았다. 티전스는 스멜링 솔트가 담긴 병을 열어 코에 갖다 댔다. 톡 쏘는 냄새를 맡으니 막사가 더 이상 움직이지 않았다. 티전스가 말했다.

"장군을 기다리게 해서는 안 되지."

"장군님이 자네에게 10분 정도 시간을 주라고 하셨네." 레빈이 말했다. "장군님은 지금 자네의 임시 막사에 앉아 계시네. 피곤하신 것 같아. 이 일 때문에 장군님도 몹시 걱정을 하고 계셔. 오하라 장군은 장군이 모신 첫 번째 지휘관이었다고 하시네. 게다가 임무를 잘 수행하시는 유능한 분이고."

티전스는 고기 상자로 만든 임시 경대에 몸을 기댔다.

"자네가 저 맥케츠니란 친구를 제대로 쫓아냈이." 티진스가 말했다. "난 자네에게 그런 재주가 있는지 몰랐네…"

"아," 레빈이 대답했다. "장군과 같이 지내다 보니, 장군이 하던 방식을 따라 한 것뿐이네. 그런데 제대로 효과를 본 거지. 나도 장군이 다른 사람을 그런 식으로 혼내는 걸 본 적은 별로 없네. 장군에게 맞서려는 사람은 없으니, 당연한 것이겠지만… 그런데 바로 오늘 아침 내가 장군의 방에서 개인적인 편지를 쓰고 있었는데, 장군이 퍼뭐뭐 하는 장교와 이야기를 하시고 계시더군… 면도를 하면서 말이야. 장군은 정확히 이렇게 말했네. '오늘 밤 전선에 가든지, 군사재판을 받던지 선택하게…' 그래서 나도 저 어린 친구에게 장군이 한 말과 비슷한 말을 한 거네…"

티젼스가 말했다.

"이제 가보는 게 좋을 것 같군."

겨울 햇살을 받으며 레빈은 자신의 팔을 티젼스의 팔 아래에 넣고는, 쾌활하게, 하지만 서두르지 않고 티젼스 쪽으로 몸을 기울였다. 이런 모습을 연출하는 것이 티젼스에게는 참을 수 없었지만, 그래야 한다는 것은 인정했다. 날이 맑아 사물의 윤곽이 아주 선명했다… 잔인할 정도로 선명했다…

몸집이 작은 신병 훈련소 부관이 마치 바람에 날려가듯 재빠르게 그들을 지나갔다. 레빈은 그의 인사를 받고 손을 흔들고는, 티젼스와의 대화에 도취된 상태에서 계속 걸었다. 그가 말했다.

"자네와… 자네 부인은 오늘 밤 장군님 댁에서 저녁 식사를 하게 될 걸세. 그리고 서부 사단을 지휘하는 장군을 만나게 될 거야. 그리고 오하라 장군도… 자네와 자네 부인은 지금 별거 중이라고 알고 있는데…" 티젼스는 대령의 팔에서 자신의 왼쪽 팔을 빼려고 하다가 애써 그만두었다.

그의 마음은 숌부르크처럼 관 모양의 머리를 가진 군마가 된 것 같았다. 장애물 경주를 할 때 물웅덩이 앞에서 숌부르크를 타고 멈추어 서 있듯이, 티전스의 마음도 그렇게 멈추었다. 그의 입에선 "법, 법, 법, 법" 하는 소리가 났고 손엔 감각이 없었다. 티전스가 말했다.

"그럴 필요가 있어서 그런 것이네. 장군이 그걸 그런 식으로 본다면 말이야. 하지만 나는 그걸 다른 식으로 보고 있네." 그의 목소리는 몹시 피곤해 보였다. "물론" 그가 말했다. "장군이 가장 잘 아시겠지만 말이네!"

레빈의 얼굴에는 열의가 넘쳤다. 레빈은 말했다.

"자넨 괜찮은 친구야! 진짜 괜찮은 친구야! 우린 모두 한 배를 탔네… 이제, 나에게 이야기해 주겠나? 오하라 장군을 대신해서 말이야. 오하라 장군이 어젯밤에 취했나?"

티전스가 말했다.

"퍼론 소령과 내 방을 밀치고 들어왔을 때는 취하지 않았다고 생각하네… 나도 거기에 대해 계속 생각해 보았네! 내 생각에 장군은 나중에 취한 것 같네… 처음 내가 방에서 나가달라고 했을 때 장군은 문기둥에 기대 서 있었네… 아마 그때 혼란스러워한 게 분명하네! 난 그때 나가지 않으면 체포명령을 내리겠다고 장군에게 말했네."

레빈은 "음음음" 소리를 냈다.

티전스가 말했다.

"그선 명백한 내 의무였네… 당시 난 정신이 아주 말짱했어… 분명히 말하는데 당시 난 정신이 아주 말짱했네…"

레빈은 말했다. "난 자네가 과연 정신이 말짱했는지에 대해 의구심을 갖는 게 아니네… 하지만… 우린 모두 한 식구지 않나… 그 일이 얼마나 끔찍하고 참기 힘든 것인 줄은 아네… 하지만 오하라 장군은… 헌병으로서… 자네 방에 들어갈 수 있는 권리가 있네…"

티전스가 대답했다.

"그게 장군의 권리라는 데에 내가 이의를 제기하는 것은 아니네. 오하라 장군의 상태에 대해 캠피언 장군이 내 의견을 물어보시니, 내가 당시 아주 말짱한 정신이었다는 것을 확인해 준 것뿐이야…"

그들은 지금 티전스의 사무실로 가는 길 너머에 있는 길로 가고 있었다. 가까이 붙어 걸어가던 그들은 프랑스 풍경이 그려진 커다란 벽걸이 양탄자를 내려다 보았다.

"장군은" 레빈이 말했다. "자네 생각을 몹시 알고 싶어 하시네. 간단히 말하자면 그건 오하라 장군이 술을 너무 마셔서 지금 하고 있는 일을 계속할 수 있는지 아닌지에 대한 문제네! … 장군은 자네 말을 받아들이겠다고 말씀하시네… 자네를 그렇게 믿는 분은 없을 걸세…"

"내가 어떤 사람인지 알고 계시니, 장군은 그 이하로 하실 수는 없을 거네." 티전스는 심사숙고한 듯이 말했다.

레빈이 말했다.

"맙소사, 자넨 되풀이해 말하고 있군!" 이렇게 말하곤 그는 재빨리 이렇게 덧붙였다. "장군은 내가 이 문제를 처리하기 바라시네. 장군은 내 말과 자네 말을 받아들이실 거야. 자네가 용서해주기…"

티전스는 정신이 완전히 나갔다. 저 아래에 있는 센강[157]이 불붙

---

[157] Seine: 프랑스 파리에 있는 강.

은 에스(S)자 같이 보였다. 티전스가 말했다. "뭐라고?" 그러고 나선 다시 이렇게 말했다. "아, 그래, 용서하지… 그건 고통스러운 일이네… 자네는 지금 무엇을 하고 있는지 모르는 것 같군."

그는 갑자기 말을 멈추었다.

"맙소사! … 캐나다 철도원들이 내 병사들과 같이 가기로 되어 있었나? 캐나다 철도원들은 오늘 이쪽 철도선을 수리하기 위해 파견되었는데. 그리고 또, 갈 데가 더 있기도 하고… 그래서 보내지 않고 있는데… 두 개의 명령이 같은 날 같은 시각에 왔네. 호텔에서도 여기서도 사령부에 연락을 취할 수 없었네."

레빈이 말했다.

"그건 괜찮네. 장군은 몹시 기뻐하실 걸세. 장군이 그 문제에 대해 자네에게 말씀하실 걸세!" 티전스는 안도의 한숨을 내쉬었다.

"좀 전에 내가 받은 명령들이 서로 충돌된다는 사실이 기억났네… 기억하기에 끔찍스러울 정도로 충격적이었네… 내가 그들을 군용 트럭에 실어 보낸다면 철도 보수 작업이 지연되고… 보내지 않는다면 자네가 혼쭐이 나겠고… 그래서 난 몹시 걱정스러웠네…"

레빈이 말했다.

"자네가 방문 손잡이가 움직이는 것을 보았기 때문에 그걸 기억하는 거네…"

티전스는 멍한 표정으로 말했다.

"그랬네. 명령 받은 것 중 내가 잊은 것이 있다는 사실을 갑자기 깨달았을 때 그 기분이 얼마나 더러운지 자네도 알 걸세. 마치 명치가…"

레빈이 말했다.

"뭔가를 잊었을 때 생각해 낼 수 있는 가장 좋은 변명은 부관에게 떠넘기는 것이네… 내가 연대 장교였을 때…"

갑자기 티젼스는 고집스럽게 말했다.

"그런데 자넨 그걸 어떻게 알았나? … 문손잡이에 대해 말이야. 실비아는 그걸 볼 수 없었는데…" 그러고는 이렇게 덧붙였다. "실비아는 내가 무슨 생각을 하고 있었는지도 알 수 없었을 걸세… 문에 등을 돌리고 있었고, 거울에 비친 내 모습을 보면서, 내게도 등을 돌리고 있었으니 말이야… 실비아는 무슨 일이 일어났는지조차 몰랐네… 그래서 문손잡이가 돌아가는 걸 볼 수 없었던 거네."

레빈은 망설이듯 말하였다.

"내가…" 그가 말했다. "그 말은 하지 말아야 했던 것 같은데… 자네가 우리에게 이야기해주었네… 그러니까, 자네가 말했네…" 햇빛에 비친 티젼스의 얼굴은 창백했다. 레빈이 말했다. "이보게… 자네는 모르는 것 같군… 자네 어린 시절에 혹 그런 적 있나?"

티젼스가 말했다.

"도대체… 무슨 말인가?"

"말을 한 적 있었나… 잠을 자면서 말이야!" 레빈이 물었다.

놀랍게도 티젼스는 이렇게 대답했다.

"그게 어때서? … 그건 별 일도 아닌데 말이야. 내가 과로도 하고, 잠도 자지 못해서…"

레빈은 티젼스가 모든 것을 안다고 생각하면서 이렇게 말했다.

"하지만 우리가 어렸을 때 잠을 자면서 말을 하면… 정신이 좀 이상하다고들 하지 않나?"

티젠스는 전혀 화내지 않고 이렇게 말했다.

"반드시 그렇진 않네. 그건 정신적 압박을 받고 있다는 의미일 뿐이네. 그리고 정신적 압박을 받는다고 해서 모두 비정상이 되진 않네… 절대 그렇진 않네… 게다가 그게 뭐 중요한가?"

레빈이 말했다.

"자네는 상관없단 말인가? … 맙소사!" 그는 낙담한 표정으로 몸을 숙이곤 풍경을 바라보았다. 그가 말했다. "이 빌어먹을 전쟁, 이 빌어먹을 전쟁 때문이네! … 저 풍경을 좀 보게…"

티젠스가 말했다.

"이건 고무적인 광경이네, 정말로. 인간은 원래 늘 야수 같은 본성을 지니고 있네. 우리는 늘 거짓말을 하고, 배신하고, 상상을 통해 뭔가를 바라고, 우리 스스로를 기만하지. 평화로울 때나, 전쟁할 때나 똑같이! 하지만 이 풍경 어디에는 엄청난 수의 사람들이 있네… 이 전선 너머로 좀 더 시야를 넓혀보면 더 많은 사람들이 그곳에 있네. 700만에서 1,000만의 사람들이 말이야… 그들 모두는 필사적으로 가고 싶지 않은 어떤 곳을 향해 움직이고 있어. 필사적으로 말이네! 그들 모두는 두려워하고 있지. 하지만 그들은 모두 거기로 가고 있어. 거대한 냉목석 의시가, 인산 억사 선체를 동해 인류가 자랑할 만한 제대로 된 일을 완성하려는 노력의 일환으로, 인간들을 그쪽으로 움직이게 하고 있는 거네. 그 노력은 그들이 평생 동안 자랑스럽게 생각할 수 있는 유일한 것이야… 하지만 그들과 다른 삶을 살고 있는 사람들의 삶은 더럽고 시시하고 불명예스러워… 자네나… 내 삶처럼 말이네…"

레빈이 소리쳤다.

"맙소사, 자넨 참 염세주의자군!"

티전스가 말했다. "오히려 낙관론이라는 걸 모르겠나?"

레빈이 말했다. "하지만 우린 이 전투에서 패하게 될 걸세… 상황이 얼마나 절박한지 자넨 몰라."

티전스가 말했다.

"나도 잘 아네. 날씨가 바뀌자마자 우린 끝장이 나게 될 테지."

"우린 그들을" 레빈이 말했다. "저지하지 못할 거네. 절대로."

티전스가 말했다. "하지만 성공이건 실패건 그건 내가 말하는 인류의 자랑거리와는 아무 상관이 없네. 전 인류의 차원에서 생각해 보면, 상대방을 인류에서 제외할 수 없으니 말이네. 우리가 지면, 그들이 이기는 것이니 말이지. 자네가 생각하는 미덕 혹은 비르투스[158]에 성공이 필수적으로 따라야 한다면, 우리 대신 그들이 그 성공을 제공해 줄 수 있을 테니 말이야. 그러니 중요한 것은 우리 나름의 정직함을 우리가 고수하는 데 있네. 지진이 일어나 집이 무너져 지붕이 머리로 떨어지든 아니든 말이네. 그게 바로 우리가 하고 있는 것이네…"

레빈이 말했다.

"난 모르겠네… 본토에서 무슨 일이 벌어지고 있는지 자네도 안

---

[158] virtus: 고대 로마의 남성의 덕성, 특히 용기를 상징하는 신.

다면…"

티전스가 말했다.

"알고 있네… 내 손바닥처럼 내 나라의 땅에 대해 잘 알고 있네. 내가 사실을 전혀 모른다 해도, 난 그런 삶을 창조해 낼 수 있어."

레빈이 말했다.

"자네가 할 수 있다고 나도 믿네." 그러고는 이렇게 덧붙였다. "물론 자네는 할 수 있을 거네… 하지만 우리가 이 문제를 해결할 수 있는 유일한 방법은 자네를 희생시키는 거네. 술주정뱅이 두 사람이 자네 아내의 침실을 침범했으니 말이야…"

티전스가 말했다.

"그렇게 말도 많고… 그렇게 과장도 하는 걸 보니, 자네 혈통이 앵글로 색슨족은 아니구먼!"

레빈은 갑자기 소리쳤다.

"우리가 도대체 무슨 이야기를 하고 있었던 거지?"

티전스는 차가운 어조로 말했다.

"난 어떤 일이 벌어졌는지 알아내려는 유능한 군 당국자인 자네 수중에 있네. 난 자네가 중단시킬 때까지 상투적인 말을 뱉어낼 준비가 되어 있어."

레빈이 대답했다.

"제발 날 도와주게. 이 일은 정말이지 너무나도 고통스럽네. 장군이 내게 지난밤에 무슨 일이 있었는지 알아보라고 지시하셨네. 스스로 그 일을 감당하려 하지 않으시네. 두 사람 모두에게 애정을 갖고 계시니 말이야."

티전스가 말했다.

"나보고 자네를 도와달라고 부탁하는 건 지나친 것 같은데… 내가 자면서 뭐라고 했나? 그리고 내 처가 장군에게 뭐라고 했어?"

레빈이 대답했다. "장군은 자네 부인을 만나보려 하지 않으시네. 스스로를 믿을 수 없으신 게지. 왜냐하면 자네 부인이 장군을 갖고 농락할 거란 사실을 알고 있으시니 말이야."

티전스가 말했다.

"이제 좀 상황파악을 하시는 모양이군. 지난 7월에 60이 되셨는데 이제야 아시기 시작하나보군."

레빈이 말했다. "우리가 알게 된 것도 내가 자네에게 이야기한 방법으로 알게 된 것이네. 그리고 물론 오하라 장군에게도 들었고. 장군은, 또 다른 당사자인 퍼… 뭐시기란 친구에겐 말 한마디도 못하게 했네. 면도를 하면서 장군은 이렇게 말하시더군. '자네 이야기는 듣지 않겠네. 자네 말은 듣지 않겠어. 전선으로 가는 기차가 올 때, 즉시 그 기차를 타고 전선으로 가게. 아니면 내가 국왕 폐하께 개인적으로 청을 해 자네를 강등시키고 말 거야.'"

티전스가 말했다. "장군이 그렇게 직설적으로 말할지는 몰랐네."

레빈이 대답했다. "장군은 끔찍스러울 정도로 충격을 받으셨네. 자네가 자네 부인과 헤어진다면, 혹은 자네 부부 중 그 누구에게라도 안 좋은 일이 벌어진다면, 장군의 환상은 모두 무너질 걸세. 그리고…" 그는 잠시 말을 멈추더니 이렇게 말했다. "자네 혹시 서스턴 소령이라고 아나? 포병 부대 소속인데? 우리 대공포 부대에 소속된 부대 말이네… 장군은 그 소령과 아주 가깝더군…"

티전스가 말했다.

"그 서스턴이란 자는 롭덴 무어사이드 출신이네… 개인적으로는 모르고…"

레빈이 말했다.

"서스턴 소령이 한 말에 장군의 기분이 몹시 상했네…"

티전스가 말했다.

"맙소사!" 이렇게 말하고 다시 말을 이었다. "그자는 나에 대해 장군에게 나쁘게 이야기할 수 없네… 그렇다면 그건…"

레빈이 말했다.

"자네는… 다른 사람과 반대편에 선 입장에서 장군에게 이야기가 전달되기를 바라나?"

티전스가 말했다.

"검열 문제로 취사병들을 너무 오랫동안 취사장에 묶어 두게 될 것 같네… 하지만 자네가 장군이 시키는 일을 하는 한, 난 자네 수중에 있네…"

레빈이 말했다.

"장군은 지금 자네 막사에 계시네. 거기 혼자 있는 것을 아주 다행으로 여기시지. 한 번도 혼자 계신 적이 없었거든. 장군께서는 장관에게 개인적인 편지를 쓸 거라고 하셨네. 그리고 내가 자네에게서 알아낼 수 있는 것을 모두 알아낼 때까지 자네를 붙잡아두어도 좋다고 하셨네…"

티전스가 말했다.

"서스턴 소령이 말한 일이 실제로 벌어졌다면… 서스턴은 여태까지 주로 프랑스에서 살았네… 하지만 나한테 그 이야기는 하지 않는 게 좋겠어…"

레빈이 말했다.

"서스턴 소령은 대공포 부대 소속으로 프랑스 민간 정부와 접촉하는 연락장교네. 그런 사람들은 대개 프랑스에서 오래 살았네. 아주 괜찮고 조용한 사람이야. 보통은 장군과 체스를 두면서 이야기를 나눈다네… 장군은 장군이 자네에게 한 말에 대해 이야기할 걸세…"

티전스가 말했다.

"맙소사! … 장군도 이야기를 할 거라고… 점점 더 올가미가 죄어오는 것 같군…"

레빈이 말했다.

"이런 식으로 계속 이야기할 수는 없네… 좀 더 직설적으로 말하지 않은 내 잘못이야. 하지만 이런 식으로 온종일 할 수는 없어. 우리 모두 버티지 못할 걸세. 난 지금 거의 돌아버릴 지경이거든…"

티전스가 말했다.

"자네 부친은 정말 어디 출신이신가? 프랑크푸르트 출신은 아니시지? …"

레빈이 말했다.

"콘스탄티노플[159]이네… 할아버지는 술탄의 재정 담당 관리셨지. 우리 부친은 메디이디에 훈장[160]과 함께 우리 할아버지가 선물로 받

---

[159] Constantinople: 동로마 제국의 수도로서 오늘날에서는 터키의 이스탄불이다.

은 아르메니아 여자에게서 난 자식이셨네."

"그래서 자네 매너가 그렇게 좋고 상식도 있었구먼. 자네가 영국인이었다면 지금쯤 난 자네 모가지를 부러뜨렸을 거네."

레빈이 말했다.

"고맙군! 난 항상 영국 신사처럼 행동하려고 했네. 하지만 이제부턴 야만적으로 보일 정도로 대놓고 물을 거네." 그는 말을 이었다. "진짜 이상한 것은 자네가 워놉을 부를 때 빅토리아 시대[161]의 정확한 편지 집필가의 언어를 사용한다는 거였네. 내가 이름을 언급한 것을 양해해 주게. 그래야 빨리 끝낼 수 있으니 말이네. 자네는 '미스 워놉'이라고 2, 3분 간격으로 말했네. 그래서 장군은 다른 그 어떤 주장보다도 이를 근거로 확신하게 되셨네. 자네들 관계가 완벽할 정도로…"

티전스는 눈을 감은 채 말했다.

"내가 자면서 미스 워놉에게 이야기를 했나보군…"

몸을 약간 떨고 있던 레빈이 말했다.

"정말 이상했네… 자넨 유령 같았어… 저기 의자에 앉아 탁자 위에 팔을 올려놓고선 말을 하고 있었네. 워놉 양에게 편지를 쓰고 있는 것 같았네. 당시 햇살이 막사 안을 비췄지. 자네를 깨우려고 했지만 장군이 날 막았네. 장군은 자신이 알아내야 할 일이 있고

---

[160] Order of the Medjidje: 이 훈장은 오토만 제국의 기사 훈장에 해당하는 것으로 1851년에 제정되었다.
[161] 영국의 빅토리아(Victoria) 여왕이 통치하던 시절을 지칭하는 말로 이 시대는 신사적인 것을 숭상하고 존경받는 것을 자랑으로 여기던 시절이었다.

또 알아낼 수 있다고 생각하시는 것 같았네. 장군은 자네가 사회주의자가 아닌가하는 생각을 하고 계시네."

"그랬을 거네." 티전스가 거기에 대해 한마디 했다. "장군이 이제 뭘 좀 알기 시작한다고 내가 말하지 않았나? …"

레빈이 소리쳤다.

"하지만 자넨 아니지 않은가, 사회…"

티전스가 말했다.

"물론 아니지. 자네 부친이 콘스탄티노플 출신이고, 자네 모친께선 조지 왕조 시대 사람인 게 맞다면 자네가 왜 그렇게 매력적인 사람인지 설명이 되지. 자넨 진짜 멋진 사람이야. 게다가 지적이고… 장군이 자네에게 내가 사회주의자인지 알아보라고 시켰다면 그 질문에 답해주지."

레빈은 이렇게 말했다.

"아니네… 그 질문은 장군이 직접 하시려고 남겨 놓은 거네. 자네가 사회주의자라고 대답하면 장군은 자신의 유언장에서 자네 이름을 뺄 작정인 것 같더군…"

티전스가 말했다.

"장군의 유언장이라고! … 아, 그래, 물론, 장군이 내게 뭔가 남겨주실 수도 있지. 하지만 그게 오히려 내가 사회주의자라고 말할 수 있는 동기가 되지 않을까? 난 그 돈을 원치 않으니 말일세."

레빈은 실제로 뒤로 한 걸음 물러섰다. 돈, 특히 유산으로 상속받은 돈을 그는 가장 신성시하고 있기 때문이었다. 레빈은 이렇게 소리쳤다.

"그런 문제에 대해 자네가 농담하는 걸 난 도무지 이해할 수 없네!"

티전스는 즐거운 듯 대답했다.

"내가 노장군의 돈을 얻기 위해 장군의 비위를 맞출 거라고 생각하진 않겠지" 그러고는 이렇게 덧붙였다. "이제 이 문제는 여기서 끝내는 게 좋지 않겠나?"

레빈이 말했다.

"자네 괜찮나?"

티전스가 대답했다.

"괜찮네… 내가 좀 감정적이었던 걸 양해해주게. 자네는 영국인이 아니기 때문에 그런 문제로 당황하진 않겠지."

레빈은 화가 난 듯 소리쳤다.

"빌어먹을, 난 뼈 속까지 영국인이야! 내게 뭐 잘못된 게 있나?"

티전스가 말했다.

"전혀 없네… 전혀 잘못된 것 없네. 그게 바로 자네가 영국인이 아니라는 증거야. 우리 모두… 우리에게 무엇이 잘못되었는지는 중요치 않네… 나와 미스 워놉의 관계에 대해 자네는 어떻게 생각하나?"

티전스가 아무런 감정도 싣지 않고 질문을 했고, 레빈은 자신의 태생에 대해 여전히 신경 쓰고 있었기 때문에, 티전스가 한 말을 처음에는 이해하지 못했다. 자신은 윈체스터와 모들린 대학에서 공부했다고 항의한 레빈은 "아!" 하고 소리치곤 다시 생각할 시간을 가졌다.

그는 마침내 말했다. "최소한 매력적일 거라고는 생각했지만… 그 여자가 젊고 매력적이라고 장군이 알려주지 않았다면, 난 자네가 그 여자를 까다롭고 잔소리 심한 노처녀 정도로만 여기고 있다고 생각했을 거네… 물론 나에게 그건 충격으로 다가왔네… 자네에게 누군가 있다는 것 말이네… 그러니까 자네가… 어쨌든… 내가 봐도 난 단순한 것 같네…"

티전스가 말했다.

"장군은 어떻게 생각하시나?"

"장군은…" 레빈이 말했다. "고개를 한쪽으로 젖히시곤 자네를 굽어보셨지. 견과를 떨어뜨린 구멍에서 들려오는 소리를 유심히 듣는 까치처럼 뭔가 생각하는 표정을 지으면서 말이네… 처음 장군은 실망스러워하는 것처럼 보였지만 나중엔 상당히 기뻐하셨어. 아주 순수한 기쁨의 표정을 지으셨네… 막사 밖으로 나왔을 때, 장군은 '인 비노 베리타스'[162]라고 말씀하시곤 라틴어로 잠이 무엇이냐고 물으시더군… 하지만 당시엔 나도 그 단어가 기억나지 않았네…"

티전스가 말했다.

"내가 무슨 말을 했나?"

레빈은 머뭇거리듯 대답했다. "자네가… 한 말을 그대로 전하는 건 상당히 어렵네… 자구 하나까지 자네가 한 말을 다 기억할 수는 없어… 그래서 상당히 띄엄띄엄 기억을 하네… 자네는 일반적으로 젊은 여자에게 하지 않을 말을 그 여자에게 하고 있었네… 자네가 자네 부인에게 충격을 주지 않고 사실을 알려주려고 노력하는 게 분명히 보였네… 자넨 왜 자네가 부인과 헤어지기로 결심하게 되

---

[162] in vino veritas: 라틴어로 '와인 속에 진실이 담겨 있다'는 의미.

었는지 설명해주려고 했네… 자넨 그 젊은 여자가… 자네가 부인과 헤어지려 한다는 사실에 난감해 하고 있다고 생각하고 있던 것 같았네…"

티전스는 아무렇지도 않은 듯 말했다.

"이것은 상당히 고통스러운 일이네. 지난밤에 무슨 일이 있었는지 자네에게 정확하게 이야기해 주겠네."

레빈이 말했다.

"자네가 그래 준다면 좋지!" 이렇게 말하고 그는 자신 없는 말투로 이렇게 덧붙였다. "내가 특별조사 위원회 위원이라는 사실을 명심해주기 바라네. 자네가 사건의 순서에 따라 무덤덤하게 이야기해 준다면 내가 장군에게 보고하는 데 훨씬 용이할 걸세."

티전스가 말했다.

"고맙네…" 잠시 기다리더니 티전스는 말을 이었다. "지난밤, 정확한 시간은 알 수 없지만, 1시 반쯤 난 아내와 쉬러 갔네. 내가 캠프에 돌아온 게 4시 반이었고, 걸어서 돌아오는 데 30분 이상 걸렸으니까, 내가 이야기하려는 시점, 그러니까 일이 벌어진 시간은, 4시 이전이었을 거네."

레빈은 말했다. "시간은 중요치 않네. 우리는 그 일이 새벽에 벌어졌다는 사실을 알고 있네. 오하라 장군이 3시 35분에 날 찾아와서 이야기했으니까. 장군이 내 사무실로 오는 데 5분 걸렸을 거네."

티전스가 물었다.

"정확하게 고발 내용이 무언가…"

"고발 내용은" 레빈이 대답했다. "여러 가지였네… 그래서 장군의 말을 다 알아들을 수가 없었어. 가장 간단한 내용은 자네가 술에 취해 상관을 폭행했다는 거였네. 그리고 또 자네 중대 사무실에서 헌병대 사건 기록부에 부적절한 코멘트를 했다는 부가적인 고발도 있었네… 난 그게 무슨 말인지 알 수 없었네… 하지만 자네가 헌병 문제로 장군과 말다툼을 벌인 것 같아 보였네…"

티전스가 말했다. "그게 바로 이 일의 진상이네." 그러고는 이렇게 물었다. "내가 때렸다는 장교는 누구인가? …"

레빈이 무미건조하게 대답했다.

"퍼론이었네."

티전스가 말했다.

"장군이 아닌 게 확실한가? 내가 오하라 장군을 때렸다는 고발을 했다면 난 내 죄를 인정할 준비가 되어 있네."

레빈이 말했다. "그건 죄를 인정하고 말고의 문제가 아니네. 자네에게 그런 고발을 하지는 않았네. 그리고 자넨 지금 구금된 게 아니란 것을 분명히 알고 있게… 구금된 후 임무 수행 명령을 받게 되면, 자동적으로 구금에서 해제되니 말이네."

티전스는 침착하게 말했다.

"그건 나도 잘 알고 있네. 그리고 캠피언 장군이 취사장을 점검하는 데 나의 동행을 명령한 것도 바로 그 때문이라는 것도 알고 있어… 하지만 좀 의심스럽네… 그게 이 문제를 덮는 가장 좋은 방법인지 한번 심각하게 생각해보게… 오하라 장군을 때렸다고 내가 인정하고, 내가 술에 취했다고 인정하는 게 좀 더 나은 방법이라고 생각하네. 맨 정신에 장교가 장군을 때리지는 않으니 말일세. 그럼

이 일은 대수롭지 않은 일이 될 걸세. 하급 장교가 술에 취해 강등되는 경우는 매일 일어나다시피 하는 일이니까."

레빈이 "잠깐만"을 두 번 외치더니 이내 끔찍하다는 듯 소리쳤다.

"스스로를 희생시키려는 자네의 강박관념 때문에… 자넨 균형감을 잃었어. 자넨 캠피언 장군이 신사라는 사실을 잊고 있어. 이 부대에선 모든 일을 그런 은밀한 방식으로 처리하진 않네."

티전스가 말했다.

"이 일을 더 이상 참을 수 없네… 이 모든 것을 들추어내는 것은 너무 끔찍스럽네. 내가 강등되는 건 거기에 비하면 아무것도 아니야."

레빈이 말했다.

"장군님은 정확하게 무슨 일이 있었는지 몹시 알고 싶어 하시네. 무슨 일이 있었는지 정확하게 진술하라는 명령을 따라주게."

티전스가 말했다.

"그건 진짜 저주스럽군…" 티전스는 거의 1분 여 동안 아무 말도 하지 않았다. 레빈은 초조한 듯 리듬에 맞추어 말채찍으로 자신의 각반을 내리쳤다. 티전스는 몸을 빳빳이 세우곤 진술하기 시작했다.

"오하라 장군이 내 아내 방문 앞에 와서는 느닷없이 문을 열고 들어왔네. 당시 난 장군이 술에 취했다고 생각했었네. 하지만 장군의 주장도 있고, 지금 와서 생각해 보니, 장군은 술에 취했다기보다는 무슨 오해를 해서 온 것 같네. 내가 장군을 던져버린 복도에는 또 다른 남자가 누워 있었네. 오하라 장군은 그 사람이 퍼론 소령이라고 했네. 사실 난 그 사람이 퍼론 소령인지 몰랐네. 난 퍼론 소령을 잘 알지도 못하는데다가 당시 그는 군복을 입고 있지 않았거든. 난 그자가 나에게 전화 받으라고 온 프랑스 웨이터라고 생각했었네. 그자의 얼굴을 문 주변에서 한 번밖에 보지 못했기 때문이었네. 그자는 문 주변을 살피고 있었네. 당시 내 아내는 거의⋯ 옷을 입지 않은 상태였고. 그래서 난 그자의 턱 아래를 잡고 문밖으로 던져버렸네. 난 힘이 아주 센 데다, 아주 힘껏 던졌거든. 난 흥분했네. 하지만 필요 이상으로 흥분하진 않았네⋯"

레빈은 소리쳤다.

"하지만⋯ 새벽 3시에! 누가 전화를!"

"난 사령부와 자네 부서에 전화를 걸려고 했었네. 밤새 내내 그랬네. 카울리 소위도 내게 전화를 걸려고 하고 있었고. 나는 캐나다 철도원들을 어떻게 해야 하는지 몹시 알고 싶었거든. 아내의 방에 있을 때부터 난 세 번이나 전화를 받으러 나갔네. 한번은 캠프에서 전령이 오기도 했었고. 난 당시 우리 가족의 영지 문제로 아내와 아주 어려운 이야기를 나누고 있었네. 우리 가문의 영지가 커서 세부적인 일도 몹시 복잡했거든. 난 당시 아내가 머물고 있던 방의 옆방을 잡았는데 그때까지 아내 방과 통하는 문을 열어 놓았었네. 그때 난 웨이터인지 전령인지 하는 자가 복도에서 내 방문을 노크하는 소리를 들었네. 호텔의 야근 보이는 피부가 검고, 옷매무새가 단정치 못한, 좀 뚱한 자였네⋯ 페론과 아주 비슷했어."

레빈이 말했다.

"그런 이야기까지 다 할 필요가 있겠나? 우리⋯"

티전스가 말했다.

"필요한 이야기만 진술해야 한다면, 자네가 내게 질문을 하는 편이 나을 것 같네…"

레빈이 말했다.

"계속해 보게… 퍼론 소령이 군복을 입지 않았다는 진술은 받아들이겠네. 소령도 자신이 욕실을 찾으러 다녔기 때문에 잠옷차림이었다고 진술했거든."

티전스는 "아" 하고 소리치고는 잠시 생각에 잠긴 후 이렇게 말했다.

"퍼론 소령이 한 진술의 요지가 무엇이지… 말해줄 수 있겠나?

레빈이 말했다. "퍼론 소령은 내가 방금 말한 내용을 진술했네. 자신은 욕실을 찾으러 다니고 있었는데, 호텔에서 자본 적이 없었던 터라 아무 문이나 열고 둘러보았다고 했네. 그런데 문을 연 즉시 누군가 엄청난 힘으로 자신을 복도에 던져 벽에 머리를 부딪쳤다고 했네. 퍼론 소령은 당시 너무도 정신이 멍해 무슨 일인지 몰랐지만, 자신을 공격한 사람에게 욕설을 퍼부었다고 했네… 그때 오하라 장군이 방에서 나왔다고 했네."

티전스가 말했다.

"퍼론 소령이 뭐라고 욕을 했다고 하나?"

레빈은 망설이듯 말했다. "진술할 때 그 내용은 상술하지 않았네."

티전스가 말했다.

"내 생각엔 뭐라고 욕을 했는지 아는 게 중요할 것 같은데."

레빈은 말했다.

"난 모르겠네… 자네가 날 용서해 준다면… 오하라 장군이 온 뒤 30분 후 퍼론 소령이 날 만나러 왔네. 소령은 몹시… 초조해 하면서 걱정도 하더군. 이 말은 해야겠네만, 자네 부인 때문에 말이야. 그리고 자네를 이 일에서 빠지게 하고 싶어 하더군! … 퍼론 소령은 온갖 소리를 다 질러댔던 것 같아. '도둑이야'라고 할 수도 있었겠고, '불이야'하고 소리 지를 수도 있었을 거네… 하지만 오하라 장군이 방에서 나왔을 때, 너무도 정신이 없어 퍼론 소령은 자신은 자네 아내의 초대로 그 방에 갔는데… 아, 용서하게… 자네에게 너무도 큰 빚을 졌네… 진짜 너무도 큰 빚을… 자네가 자신을 협박하려 했다고 장군에게 말했다는 거야!"

티전스가 말했다.

"그래? …"

레빈은 거의 애원하듯 말했다. "그게 퍼론 소령이 복도에서 오하라 장군에게 말한 내용이네. 소령은 자신이 진짜 미친 짓을 했다고 고백했네… 그리고 나한테는 자네가 자신을 협박했다고는 하지 않았네…"

티전스가 말했다.

"내 아내가 그자에게 허락했다는 말은 하지 않았나? …"

레빈은 눈물을 글썽거리면 말했다.

"더 이상 못 하겠네… 자네를 계속해서 고통스럽게 하느니 차라리 위임받은 이 일에서 손을 떼야겠네…"

"위임받은 일을 그만둘 수는 없네." 티전스가 말했다.

레빈이 대답했다. "나도 위임받은 일을 그만둘 수 있어." 그는 훌쩍이며 말을 이었다. "이 빌어먹을 전쟁! … 이 빌어먹을 전쟁! …"

티전스가 말했다.

"자네가 괴로운 게, 퍼론 소령이 내 아내의 양해로 그 방에 갔다고 한 말을 자네도 믿는다고 나에게 말해야 하는 거라면, 나도 그자의 말이 사실이라는 것을 아네. 그리고 내가 아내의 방에 있을 거라는 것도 내 아내가 예상한 일이라는 것 또한 사실이네. 사실 아내는 간통이 아니라 재미를 원했던 거네. 서스톤 소령이 캠피언 장군에게 말했듯이, 나도 내 아내가 퍼론 소령과 같이 있었다는 것을 아네. 프랑스에서 말이야. 이쌍고 레프로방쉐라는 곳에서."

"그 장소 이름은 그게 아니네." 레빈은 흐느끼는 듯이 말했다. "그 이름은 세인트… 세인트… 세인트 뭐뭐네. 세벤느 산맥[163]에 있는."

티전스가 말했다.

"이보게! 그렇게 괴로워하지 말게나…"

"하지만 난…" 레빈은 말을 이었다. "자네에게 너무 큰 빚을 졌어…"

티전스가 말했다. "이 일은 내가 끝내는 게 좋을 것 같네."

레빈이 말했다.

"이번 일로 장군님은 몹시 상심하실 거네. 자네 부인에 대해 절대적인 신뢰를 갖고 계셨거든. 누군들 안 그랬겠나? … 서스턴 소령이 장군에게 무슨 말을 했을지 짐작이라도 가나?"

"서스턴 소령은 그런 종류의 일에 내해 잘 알고 있는 신뢰할 만한 사람이네." 티전스가 대답했다. "내 아내에 대한 장군의 믿음은 잘

---

[163] Cevennes: 프랑스 남부에 있는 산맥.

못된 것이 아니네… 단지 더 이상의 퍼레이드는 앞으로 없을 걸세. 조만간 우리 모두 그렇게 될 걸세…" 티전스는 비통하게 이렇게 덧붙였다. "자네에게는 그런 상황이 오진 않을 걸세. 터키인 아니면, 유대인이기 때문에 자네는 단순하고 동양적인, 그리고 한 여자만을 바라보는 성실한 사람이니 말이네…" 그는 다시 말을 이었다. "하사관 조리장이 검열 문제로 병사들이 저녁 식사 하는 걸 막지 않았으면 좋겠는데… 물론 그렇게 하지 않겠지만…"

레빈이 말했다.

"그게 도대체 뭐가 중요한가? 퍼레이드 할 때 장군은 병사들을 3시간도 기다리게 하는데."

티전스가 말했다. "물론, 그게 퍼론 소령이 오하라 장군에게 한 말이라면, 장군이 혹 취한 건 아닌가 하는 내 의구심이 상당 해소될 수 있을 거네. 오하라 장군은 실제로 걸쇠를 부수고 들어오더니 이렇게 소리쳤네. "어디 있어? … 협박자들?" 난 장군을 방에서 내보내는 데 3분이나 걸렸네. 당시 난 침착하게 불을 껐네. 그런데 장군은 내 아내를 한번 봐야겠다고 고집을 피우더군. 장군은 잠이 들면 깊이 자는 사람이네. 그런데 상당한 양의 술을 마시고 잠을 자다가, 퍼론 소령이 '협박', '도둑'이라고 외치는 바람에 갑자기 잠에서 깨게 된 거지… 이 도시에서 잡아들여야 할 일정 수의 협박자들이 있을 거네. 오하라 장군은 협박 현장을 잡고 싶었을 거야. 게다가 헌병 문제로 날 미워하기도 했었고. 난 초라한데다가 장군이 잘 알지도 못하는 사람이지만, 퍼론은 백만장자로 통하잖나. 퍼론은 백만장자일 거네. 아주 인색하다고 모두들 이야기는 하지만 말이야. 그래서 퍼론은 자신이 협박받았다는 상황을 상정해냈고, 그런 일이 벌어졌다고 장군에게 말했을 거네."

티전스는 다시 말을 이었다.

"하지만 난 퍼론이 못 들어오게 문을 닫았고, 그가 퍼론이라는 사실조차 몰랐네. 난 그자가 나한테 전화 왔다고 알리러 온 호텔 야근 보이라고 생각했었네. 난 포효하는 사티로스[164]를 본 것 같았네. 내 말은 오하라 장군이 그렇게 보였단 말이네… 다시 말하지만 난 정신이 말짱했네… 장군은 문기둥에 기대며, 내 아내를 다시 한 번 더 봐야겠다고 고집을 피우면서, 내 아내를 '티전스 부인'이 아니라, '그 여자' 혹은 '바람둥이 여자'라고 계속 부르더군… 그때 난 뭔가 이상하다는 생각이 들었네. 난 "여긴 내 아내 방입니다."라고 여러 번 이야기했지만 장군은 그 여자가 내 아내인지 어떻게 알겠느냐는 식으로 말을 했네. 그리고… 호텔 라운지에서 내 아내가 자신에게도 추파를 던졌다며, 퍼론이 아니라 자신도 그 피해자가 될 수 있었을 거라고 했네… 장군은 내가 누군가를 협박하기 위해 창녀를 불러들였다는 생각하는 것 같았네… 얼마 지나지 않아 난 몹시 지쳤네… 복도에 장군의 참모인 어떤 부관이 보여, 그에게 오하라 장군을 당장 데려가지 않으면 술 취한 죄목으로 장군을 구금하도록 명령하겠다고 했네. 그 말을 듣고 장군은 미친 듯이 화를 냈네. 난 장군을 문밖으로 밀어내기 위해 가까이 갔네. 그때 장군에게시

---

[164] satyr: 그리스 신화에 나오는 반인반마로, 얼굴은 사람의 모습이고 몸통과 귀는 말의 모습을 한 사티로스는 입이 거칠고 성격이 포악하다.

위스키 냄새가 분명히 났네. 그것도 아주 강하게… 하지만 장군은 자신이 진짜 능욕 당했다고 생각하는 것 같았네. 그리고 정신을 차린 것 같았어. 난 장군을 슬쩍 밀어 방에서 내보냈네. 나가면서 장군은 구금될 것을 각오하라고 내게 소리쳤어. 그래서 난 내가 구금된 상태라고 생각한 거네… 그래서 아내와 세부 사항을 결정하자마자, 걸어서 캠프로 돌아왔네. 폐 때문에 군의관은 나더러 호텔에 머무르라고 했지만, 난 늘 캠프가 내 숙소라고 생각해서였네. 난 병사들을 배웅했네. 더 이상 명령을 내릴 필요가 없어, 난 자러 숙소로 간 것이네. 그게 아침 6시 30분쯤이었어. 7시경에 맥케츠니 대위를 깨워 내 부관들과 대대의 퍼레이드, 그리고 중대 사무실을 맡아달라고 부탁했네. 그리고 내 막사에서 아침을 먹고는 일이 어떻게 진전되는지 기다리며 내 사무실로 간 거네. 이 정도면 중요한 내용은 다 말했다고 생각하네만…"

2

 성 미카엘·성 조지 상급 훈작사[165]이자 무공훈장(殊勳章) 수여자인 로드 에드워드 캠피언 장군은, 영광스러운 광채를 발하면서 쇠고기 통조림 상자에 앉아, 군용 담요가 덮인 널빤지로 만든 테이블 위로 몸을 숙이고는 국방상에게 보내는 기밀 편지를 쓰고 있었다. 겉으로 볼 때 그는 상당히 기분이 좋아보였지만, 속으로는 당혹감으로 의기소침했다. 그는 문장을 마칠 때마다 (그는 점차 만족감을 느끼면서 글을 써 갔다), 속으로 "이 녀석을 도대체 어떻게 해야 하지?" 혹은 "이 난잡한 상황에서 어떻게 하면 그 애 이름을 거론하지 않을 수 있지?"라는 생각을 했다.

 그는 정부 당국에서 프랑스인들이 철도 파업을 한 원인이 무엇인지 의견을 알려달라는 요청을 받아 이 편지를 쓰고 있었다. 장군은 자신의 생각 대신에 자신의 휘하 부대원 대다수의 의견이 무엇인지 보고하는 기발한 방법을 생각해냈다. 하지만 이건 위험한 발상이었다. 정부 당국과 충돌하게 될지도 모르기 때문이었다. 하지만 그는

---

[165] Knight Commander of (the Order of) St. Michael and St. George.

정부가 지역 민간인을 상대로 조사해보아도 자신이 쓴 내용이 (장군은 자신이 쓰는 말이 자신의 개인적인 생각으로 간주되지 않도록 신경 써서 썼다) 맞을 거라는 사실을 알게 되리라고 확신했다. 게다가 그는 정부가 자신을 어떻게 해도 개의치 않았다.

장군은 자신의 군 경력에 대해 만족스러웠다. 전쟁 초기 그는 병력 동원에 실질적으로 많은 공헌을 한 뒤, 기마 보병을 지휘하며 동양에서 혁혁한 공을 세웠다. 그는 해상을 오가는 병력을 조직하고 파견하는 데 두각을 나타내 현재 그가 지휘하고 있는 통신부는 중요한 부서가 되었고, 다들 이 부서를 지휘할 수 있는 유일한 사람은 캠피언 장군이라고 생각하게 되었다. 내각의 의견이 갈려서 대부분의 영국군을 동양 어딘가로 이동시키기로 결론 날 수 있었기 때문에 이곳은 아주 중요한 부서가 되었고 이는 공개된 비밀이었다! 캠피언 장군이 보기에 정부가 이런 태도를 취하는 데에는 이 정책이 대영 제국에 필요하다는 인식과 세계 정치뿐만 아니라 병력 이동과 관련된 전략적 차원에서 그렇게 할 필요가 있다고 생각되었기 때문이었다. 하지만 사람들은 종종 이러한 사실을 망각하고 있었다. 여기에 대해선 할 말이 많다. 대영 제국의 이해관계는 중동과 극동, 즉 콘스탄티노플의 동쪽까지 뻗어 있다. 이는 부인될 수도 있겠지만 가능한 명제. 서부 전선에서 지금 벌어지고 있는 전투는, 비교적 최근까지 그랬듯이, 명예롭기는 하지만, 상당히 힘들었고, 영국이 점유한 극동 국가와는 상당히 떨어져 있어, 영국의 위신을 높이는 게 아니라 오히려 떨어뜨렸다. 게다가 전쟁 초기에 불행하게도 영국이 콘스탄티노플 앞에서 군사적 과시를 하는 바람에 이슬람교도들에 대한 영국의 위신이 상당히 깎였다. 따라서 유럽권에 속하는 터키와 인도의 북서쪽 국경 사이에 있는 지역에서 영국이 갖고 있는 엄청난 병력을 과시한다면, 이슬람교도나 힌두교도 그리고 다른 동양 종족에게, 대영 제국은 마음만 먹으면 언제든지 엄청난 병력을 전쟁에 투입할 수 있다는 사실을 보여줄 수 있을 것이다. 하지만 그렇게 한다면 서부 전선에서 벌이고 있는 전쟁에선 분명 손실을 보게 될 것이고, 서부 전선에서의 영국의 위상도 손실을 입을 것이다. 프랑스에서 철수하는 건 동양 국가들에게 별 의미가 없지만 동맹국을 포기하는 대가로 영국은 적국과 타협할 수 있을 것이다. 그리고 연합국들도 아무런 손실을 입지 않고, 오히려 식민지 외연을 확대한 채, 적국을 떠날 수 있게 될 것이다. 적국은 당분간 식민지를 떠맡고 싶지 않을 것이기 때문이다.

캠피언 장군은 연합국들을 저버리는 문제에 대해 지나치게 감상적이지는 않았다. 장군은 그들을 싸우는 조직으로선 존중했다. 전문적인 군인에게 그건 상당히 중요한 사실이다. 직업 군인으로서 캠피언 장군은 감상적으로 불명예스럽단 이유로 대영 제국의 영토를 확장하는 일을 포기할 수는 없었다. 여러 국가가 연루된 이 전쟁이 시작되기 전 이미 그런 계약은 맺어졌다. 그리고 틀림없이 그런 계약은 다시 맺어질 것이다. 게다가 영국 국민 전체 중 소수에 속하지만, 상대적으로 시끄럽고 위협적인 집단은 적국을 좋아하기 때문에, 이렇게 하면 정부는 그들의 표를 얻을 수 있게 될 것이다.

하지만 전략적인 차원에서 볼 때(전략이란 적군의 병력과 실제로 접하는 병력의 이동과 관련된 문제라는 사실을 명심해야 한다고 캠피언 장군은 생각했다) 캠피언 장군은 이 계획은 미친 사람의 머리에서 나온 게 틀림없다고 생각했다. 우선 이런 조처가 얼마나 불명예스러운가를 생각해야 한다. 그리고 실제로 실행에 옮겨질 수 있을 가능성도 거의 없다. 영국이 서부 전선에서 철수하는 것이 얼마나 끔찍할 것인지 민간인은 모르고 있거나, 의도적으로 무시하려 들지 모른다. 하지만 장군은 상상만 해도 두려웠다. 장군은 직업 군인이었기 때문에 그 모습을 상상만 해도 온몸이 떨렸다. 그들은 지금 이곳에 아직까지 적군과 한 번도 접촉해 보지 않은 거대한 군대를 가지고 있다. 그 군대를 철수시키려 한다면, 이곳 사람들은 우호적인 집단에서 즉각 적대적인 집단으로 변하게 될 것이다. 적대적인 나라에서 병력을 이동하는 것은 우호적으로 도와주거나 최소한 방해하지 않는 거주민이 있는 영토에서 병력을 이동할 때보다, 몇 갑절이나 시간이 더 오래 걸리기 마련이다. 게다가 이 엄청난 병력에 식량도 공급해야 하고, 적군을 뚫고 탄약도 공급해야 한다. 그것도 지역 철도를 이용하지 않고서는 불가능하다. 하지만 철도를 이용하려 한다 해도 당장 철도 사용이 금지당할 것이다. 그리고 전선을 축소하고 퇴각을 시도한다 해도, 여기 병사들은 참호전[166]에 대비해서만 훈련을 받았고, 장교들은 퇴각하는 군대에는 생명과도 같은 부대끼리의 통신을 유지하는 문제에 있어 전혀 문외한이어서, 퇴각 작전은 상당한 어려움에 봉착하게 될 것이다. 사실 그들은 통신을 유지하는 훈련을 거의 받지도 않았다. 그들이 있던 훈련 캠프는 수

---

[166] trench warfare: 양군이 참호를 이용하는 전투.

류탄 던지기나 기관총 사용을 가르치는 데 훈련을 국한했고, 말 잘하는 민간인이 육군성에 설치한 다른 부서들은 총기 사용을 거의 무시하고 있었기 때문이다. 따라서 퇴각할 조짐만 보여도, 적군은 이 거대한, 거의 조직되지 않은 혹은 어설프게 조직된 병력을 후방에서 공격할 것이다.

직업군인은 이러한 상황을 태연히 바라보고자 하는 유혹을 느낀다. 장군들은 선봉대 지휘관이 대 실패를 거두었을 때, 후방에서 퇴각하는 병력을 지켜줌으로써 종종 탁월한 공을 세울 수 있기 때문이다. 하지만 캠피언 장군은 자신이 그런 공을 세우고 싶은 마음이 드는 것에 대해 경계했다. 자신은 자기 지휘 하에 있는 수많은 병사들이 학살당하는 것을 태연히 바라볼 수 없으며, 퇴각에 성공한다 해도 이런 식으로 퇴각할 때는 끔찍한 살육을 피할 수 없게 될 거라고 생각하였기 때문이다. 게다가 참호전에 대비해 대략적인 훈련만 받았지, 본질적으로는 민간인으로 구성된 부대원들을 재빨리 이동할 수 있는 가망은 별로 없다고 생각했다. 하지만 이런 일이 일어날 경우를 대비해, 당연한 일이지만, 캠피언 장군은 자신의 계획을 짰다. 그는 자신의 개인 숙소에 4개의 커다란 종이로 덮인 칠판을 비치해 두었고, 거기에 자신이 파견하였거나 자신의 수중에 있어서, 자신이 통솔할 수 있는 부대 이름을 매일매일 바꾸어 적어두었다. 하지만 매일 밤, 특히 잠자리에 들기 진, 그런 일을 맡지 않게 해달라고 기도했다. 그는 휘하 부대에서의 자신의 인기를 매우 소중하게 여겼다. 그래서 그들에게 끔찍한 중압감과 참을 수 없는 고통을 안겨다줄 때, 그들이 자신을 어떻게 바라볼지 생각하기조차 싫었다.

따라서 그는 퇴각을 실행에 옮길 계획을 세우려고 본국 정부에서 요청한 질문에 대한 답변으로, 현재 쓰고 있는 편지에 퇴각 시 벌어질 수 있는 이런 측면을 매우 강하게 부각시켰다. 하지만 본국 정부에 있는 민간인들은 이 작전에 연관되게 될 병사들의 고통에 전적으로 무관심하며, 군사적 긴급 상황에 대해서도 전혀 모르기 때문에, 지금 자신이 쓰는 글이 쓸데없을 수 있다는 생각도 했다.

모든 상황을 고려해볼 때, 장군은 국방상에게 보내는 이 은밀한 편지에 수많은 사람들에게 꽤 불쾌하게 들릴 내용을 담았다. 장군은 글을 쓰면서 껄껄 웃었다. 그의 등 뒤에 있는 열린 문으로 들어온 햇살이 그의 영광스러운 몸을 비추었다. 장군은 이렇게 말했다.

"앉게, 티전스. 레빈 대령, 10분 동안 자네를 찾지 않을 거네." 고개를 들지 않은 채, 그는 계속 편지를 썼다. 곁눈질로 보니 티전스가 여전히 서 있어 신경이 쓰였다. 장군은 짜증스러운 듯이 말했다. "앉게, 앉아…"

그는 계속 글을 써 내려갔다.

"현재 벌어지고 있는 심각한 교통 장애는 이 나라 정부가 적극적으로 부추기는 것은 아닐지라도, 최소한 묵과하고 있다는 것이 이곳 사람들의 일반적인 견해입니다. 즉, 우리가 대규모 병력을 본토나 다른 곳에 보낸다면 어떤 일이 일어날지 미리 알려주려는 의도입니다. 그러니까 단일 지휘권을 시행하라는 시위라고 볼 수 있습니다. 여기서는 단일 지휘권이 신속하고 성공적으로 이 전쟁을 끝내는 데 필수적이라고 보고 있습니다…"

장군은 이 문장을 쓰고 잠시 멈추었다. 아주 핵심에 가까운 말이었다. 그 자신이 단일 지휘권을 절대적으로 지지하고 있었기 때문이었다. 그리고 전쟁을 끝내는 데 단일 지휘권이 필수적이라는 것도 그의 견해와 같았기 때문이다. 군 역사를 살펴보면, 공동 군사 작전은, 가령 크세르크세스 1세[167]의 전투와 그리스 로마 전쟁 당시 펼친 작전에서부터 말보로 공작의 전투와 나폴레옹의 전투, 그리고 1866년에서 1870년 사이에 있었던 프로이센 공동 군사 작전에 이르기까지의 모든 공동 군사 작전은, 상대적으로는 작지만 같은 체제로 움직이는 군대가 불완전한 조화를 이루며 혹은 전혀 조화를 이루지 못하며 움직이는 대규모 연합국보다 몇 곱절이나 효율적이라는 사실을 알 수 있다. 현대에 와서 무기가 발달은 했어도 전략에는 아무런 차이가 없으며, 전술에 있어서는 오직 시간과 숫자상의 차이만 가져왔다. 그리스 연합군이 전쟁을 하던 시절과 마찬가지로 오늘날의 전쟁의 승패는 주어진 곳에 병력이 적절한 순간에 도달하느냐에 달렸다. 무기가 45킬로미터 떨어진 곳에서 날아오는 것인가 혹은 손으로 잡고 손으로 작동하는 무기인가는 중요하지 않다. 하늘에서 미사일을 떨어뜨려 목숨을 빼앗는지 혹은 땅 표면에서 유독 가스로 목숨을 빼앗는지는 중요치 않다. 전투에서, 궁극적으로 전쟁에서 승리를 거두는 것은 주어진 장소에 병력이 도달하는 시기를 결정하는 두뇌다(그건 주어진 장소에 병력을 오게 할 수 있는 하나의 두뇌이시, 일치하지 않는 직진을 서로에게 수행하라고 요구하는 여섯 개의

---

[167] Xerxes: 페르시아의 왕(519~465 B.C.)으로 기원전 480년에 그리스에 침입하다 살라미스(Salamis)의 해전에서 패배하여 퇴각했다.

두뇌가 아니다).

레빈은 조용히 방으로 들어와 장군이 쓰고 있는 편지 옆에 놓여 있는 담요 위에 메모 쪽지를 올려 놓았다. 그 쪽지에는 이렇게 씌어 있었다. "장군님이 생각하고 계신 사건의 전말이 맞다고 티젠스가 전적으로 인정했습니다. 오히려 오하라 장군의 행위가 합당하다는 데 좀 더 적극적이었습니다. 티젠스는 모든 것을 장군님 결정에 맡기겠다고 했습니다."

장군은 깊은 안도의 한숨을 쉬었다. 방 안으로 들어온 햇살이 눈부셨다. 티젠스가 벨트를 차는데 잠시 실수를 하는 것을 보고 장군은 가슴이 철렁했다. 장교는 군사 재판을 요구하거나 고집할 수 없다. 하지만 캠피언은 티젠스가 군사 재판을 받겠다고 고집하면 거부할 수 없었을 것이다. 티젠스에게는 자신이 뒤집어쓴 오명을 사람들 앞에서 벗을 권리가 있으므로 그의 청을 거부할 수는 없기 때문이었다. 하지만 그렇게 된다면 돌이킬 수 없는 위기가 닥치게 될 것이다. 거의 25년 동안 (아니 30년이 틀림없다!) 오하라 장군과 군 생활을 같이 하여 그를 잘 알고 있던 캠피언은 당시 오하라가 술에 취했을 거라고 확신했다. 하지만 그는 오하라를 아주 좋아했다. 입이 상당히 걸기는 하지만, 오하라는 다듬지 않은 다이아몬드[168] 같은 인물로 아주 유능했기 때문이었다… 캠피언은 진짜 안도가 되었다.

장군은 날카로운 어조로 말했다.

"앉으라니까, 티젠스! 자네가 거기 서 있는 게 짜증나네!" 장군은

---

[168] rough-diamond: 세련되지 않아도 훌륭한 자질이 있는 사람을 지칭.

이렇게 중얼거렸다. "참 고집 센 녀석이야… 가버렸군!" 그의 마음과 눈은 마지막으로 쓴 문장에 가 있었지만 여전히 짜증스러웠다. 장군은 마지막 문구를 다시 읽어보았다. "여기서는 단일 지휘권이 신속하고 성공적으로 이 전쟁을 끝내는 데 필수적이라고 보고 있습니다…"

그는 나지막하게 휘파람을 불면서 자기가 쓴 편지를 바라다보았다. 상당히 두꺼웠다. 단일 지휘권에 대해 어떻게 생각하느냐에 대한 질문은 받지 않았지만 그 내용을 여기에 집어넣고 싶었다. 그리고 그 결과를 받아들일 마음의 준비를 확실히 했다. 그 결과는 상당히 난감할 수도 있을 것이다. 귀국하도록 조처될 수도 있을 것이다. 그럴 가능성은 상당히 많다. 그래도 그건 병사들을 빼앗기고 있는 그 불쌍한 퍼플즈 장군의 상황보다는 낫다. 장군은 샌드허스트[169]에서 퍼플즈와 같이 있었다. 그들은 같은 날 같은 연대에 장교로 임관되었다. 퍼플즈는 정말 훌륭한 군인이었지만 성격이 몹시 급했다. 그는 병사가 모자랐지만, 군에서 화제가 될 정도로 정말 잘 하고 있었다. 하지만 그건 그에게 너무나 고통스러운 일이었고 그의 부하들에겐 너무도 부당한 압박이었다. 날씨가 바뀌자마자 적들은 틀림없이 달려들 것이다. 그러면 퍼플즈는 귀국하게 될 것이다. 그게 바로 웨스트민스터와 다우닝가[170]에 있는 자들이 바라는 것이다. 퍼플즈는 마음대로 말을 해대는 사람이다. 그들은 피플즈가 재앙을 겪게

---

[169] Sandhurst: 영국 육군 사관 학교(Royal Military Academy)의 소재지.
[170] Downing street: 영국 런던 중앙부의 관청가.

한 뒤 그를 본토로 보낼 것이다. 그가 망신을 당하지 않는다면, 퍼플즈는 그들에게 목 안의 가시와도 같은 존재로 남게 되기 때문이다. 반면에 그가 망신을 당한다면, 아무도 퍼플즈의 말에 귀 기울이지 않을 것이다. 참 똑똑한 책략이다… 교활한 책략이다!

캠피언은 쓰고 있던 종이를 책상 위로 밀어주면서 티전스에게 말했다.

"이것 좀 읽어보겠나?" 티전스는 전령이 예의 차원에서 가져다 준 소고기 통조림 상자에 앉아 있었다. 장군은 중얼거렸다. "진짜 옷이 남루하군. 군복에 기름얼룩이 세 개, 아니 네 개나 있어. 머리도 잘라야 하고 말이야. 진짜 한심한 일이야. 이 녀석 이외엔 아무도 이 일에 개입하려 들지 않아. 이 녀석은 선동가야. 맞아 그게 바로 이 녀석의 본질이지. 진짜 선동가야!"

티전스의 골치 아픈 상황으로 장군의 마음은 상당히 혼란스러웠다. 그는 허공에 뜬 기분이었다. 그는 여동생 레이디 클라우딘 샌드바크와 오랜 세월을 같이 살았다. 그리고 티전스 부친이 살아 있던 당시, 인도에서 귀국한 장군은 그로비에서 상당한 세월을 보냈다. 그는 티전스의 모친을 숭배했다. 그녀는 성인(聖人)이었다! 지금 생각해 보니, 장군의 목가적인 삶은 그로비에서 보낸 것이었다. 인도도 그렇게 나쁘진 않았다. 하지만 인도에서의 생활을 즐기려면 젊어야 한다…

그저께 장군은 자신이 쓰려고 하는 이 편지 때문에 본토에 돌아가게 된다면, 그로비가 있는 클리블랜드 선거구에서 국회의원으로 입후보해야겠다는 생각을 했다. 그로비의 영향력과 그 지역에 있는 조카의 영향력, 카슬메인이 거기에 땅은 많이 갖고 있진 않지만, 철제품 제작 지역에 샌드바크가 지닌 영향력을 십분 활용한다면, 선거에 당선될 가능성이 상당히 있을 것 같았다. 그렇게 되면 자신은 어떤 자들의 목 안의 가시가 될 수 있을 거라고 생각했다.

장군은 그로비에 거주할 생각도 해보았다. 티전스를 군대에서 나오게 하는 건 어려운 일이 아닐 것이다. 그러면 그들 모두, 그러니까 자신과 티전스, 그리고 실비아는 같이 살 수 있을 것이다. 그게 자신이 생각하는 이상적인 가정이자 거주지였다…

물론 자신은 군인의 업무를 보기에 늙었다. 예순이 다 된 사람으로서 전투 부대를 지휘하지 못한다면 군 경력에 크게 도움이 될 일은 없을 것이다. 하지만 군대를 지휘하고 귀족의 직위를 확실히 얻게 된다면, 하원에서 비중 있는 정치를 할 수 있을 것이다. 그러면 인도를 달라고 요구하여 육군 원수로서 생을 마칠 수도 있을 것이다.

하지만 자신이 맡을 수 있는 유일한 지휘권은(군 지휘관의 건강 등급이 상당히 높아졌다!) 그 불쌍한 퍼플즈가 맡고 있는 지휘권이다. 게다가 퍼플즈의 병사들도 모두 기진맥진한 상태라, 그 지휘권을 넘겨받는 것은 기분 좋은 일이 아닐 것이다. 캠피언은 이 모든 문제를 티전스에게 털어놓기로 했다. 부대자루처럼 앉아 있던 티전스는 이제 막 다 읽은 편지 초안을 놓고 장군을 바라보고 있었다. 장군이 말했다.

"어떤가?"

티전스가 말했다.

"이 문제를 이처럼 강하게 피력하시는 건 아주 좋습니다. 강하게 피력하지 않으면 우리에겐 승산이 없습니다."

장군이 말했다.

"자네도 그렇게 생각하나?"

티전스가 말했다.

"전 확신합니다… 하지만 지휘권을 집어던질 마음의 준비를 하시고, 정치에 뛰어들 마음이 있으시다면…"

장군이 소리쳤다.

"자넨 진짜 대단한 친구야… 지금 내가 생각하고 있는 게 바로 그거네."

"그렇게 대단한 건 아닙니다." 티전스가 말했다. "그런 적극적인 생각을 하시는 분이 하원에 절실하게 필요합니다. 장군님 매제분은 요구만 하면 언제든지 귀족 작위를 받을 수 있고, 웨스트 클리블랜드의 의원 자리도 언제든 공석이 될 겁니다. 매제분의 영향력과 카슬메인 경의 영향력(물론 거기 장군님 조카의 땅은 많지 않지만, 조카분께서는 그 지역에서 상당히 존경 받고 있습니다)을 동원하시고, 그로비를 장군님의 본부로 이용하신다면…"

장군이 말했다.

"계획이 참 엉망이지, 그렇지 않은가?"

티전스는 얼굴 표정 하나 바뀌지 않고 대답했다.

"아닙니다. 장군님. 실비아가 그로비를 소유하게 될 것이기 때문에, 자연스럽게 장군님은 그로비를 본부로 삼을 수 있을 겁니다… 그리고 장군님 사냥 말들이 아직도 그곳에 있으니 말입니다…"

장군이 말했다.

"실비아가 진짜 그로비를 갖기로 되어 있나? … 맙소사!"

티전스가 말했다.

"장군님이 그런 생각을 갖고 계신다는 걸 아는 건 대단한 마술이 아닙니다…"

장군이 말했다.

"맹세코, 난 그로비를 포기하기보다는 차라리 천국, 아니 천국은 아니고, 인도에 갈 기회를 포기하겠네."

티전스가 말했다. "장군님이 인도를 얻을 기회는 충분히 있습니다… 문제는 어떤 식으로냐는 것입니다. 그들이 장군님께 16분대를 맡긴다면…"

장군이 말했다. "난 그 불쌍한 퍼플즈 자리를 꿰차긴 싫네. 난 그 친구와 샌드허스트에 같이 있었단 말이네…"

티전스가 말했다. "그건 어느 것이 최선이냐의 문제입니다. 나라와 장군님을 위해서 말입니다. 제가 장군님이라면, 서부 전선에 있는 부대를 지휘하고 싶어 할 것 같습니다…"

장군이 말했다.

"난 모르겠네… 이것이 내 경력의 논리적 결말인지 말이네… 하지만 내 군 경력이 끝나가고 있다고는 생각지 않아… 난 지금 아주 건강하네. 10년 후엔 그게 무슨 차이가 있겠나?"

티전스가 말했다. "누군가는 장군님이 그렇게 하시길 바랄 겁니다…"

장군이 말했다.

"내가 전투 부대를 지휘했는지 아니면 이 빌어먹을 휘틀리의 옷

가게를 지휘했는지 아무도 모를 거네."

티전스가 말했다

"전 압니다… 하지만 페리 장군이 본토에 가게 된다면, 16분대는 훌륭한 지휘관이 절실하게 필요하게 될 겁니다. 특히 모든 병사의 신뢰를 받는 장군님이 필요하게 될 겁니다… 그건 멋진 직위입니다. 장군님은 전쟁 후에도 지금 서부 전선에 있는 사람 모두를 얻게 될 것입니다. 그러면 귀족의 직위를 분명히 얻게 되실 거고요… 그건 하원에서 프리랜서로 일하는 것보다 분명히 더 낫습니다."

장군이 말했다.

"그러면 이 편지는 어떻게 하나? 아주 잘 쓴 편지인데. 난 이 편지를 버리고 싶지 않네."

티전스가 말했다.

"장군님은 전적으로 단일 지휘권을 지지한다는 사실을 간간이 드러내고 싶으면서도 장군님이 분명하게 그렇다고 이야기했다고 그들이 지적하는 건 원치 않으신 거죠?"

장군이 말했다.

"바로 그거네. 내가 바라는 게 바로 그거야…" 장군은 이렇게 덧붙였다. "자네도 나와 같은 생각을 하고 있는 것 같군. 정부가 중동에 군대를 투입하기 위해 서부 전선에서 군대를 철수하겠다고 하는 건 연합국들에 으름장을 놓아 그들이 주장하는 단일 지휘권을 포기하게 하려고 짠 일이야. 철도 파업이 우리가 철수를 시작하면 어떤 일이 벌어질지 보여주는 일종의 시위인 것처럼 말이네…"

티전스가 말했다.

"그런 것 같습니다. 물론 전 내각의 기밀에 관여하고 있지 않습니다. 그리고 전처럼 그들과 연락이 닿는 것도 아니고요… 하지만 제가 보는 바로는 이렇습니다. 동방 원정을 지지하는 내각의 멤버는 아주 소수입니다. 한 명이 그 일을 주도하고 있고 거기에 몇몇의 구경꾼이 가세를 하고 있는 것 같습니다. 하지만 동방 원정을 포기하도록 그를 설득하느라 전쟁을 끝내는 일이 연기되고 있습니다. 그게 바로 제가 보는 현재 상황입니다."

장군이 소리쳤다.

"하지만, 맙소사! … 어떻게 그럴 수가 있나? 그자는 수백만 명의 피가 흐르는 복도를 따라 걷고 있는 거야. 그런 상황에선 그자도 버틸 수 없어… 그자는 전쟁을 연장하고 있는 거네. 그동안 병사들은 죽어 가는데! … 난 도무지…" 그는 자리에서 일어나 막사 안을 쿵쿵거리며 왔다 갔다 걸었다. "본더스트롬에서였지." 그는 말했다. "우리 병사들의 절반이 몰살당했어… 내 잘못으로 말이야. 내가 잘못된 정보를 받았거든…" 그는 말을 잠시 멈추더니 다시 이었다. "맙소사! … 맙소사! … 이제 알겠네… 진짜 참을 수 없군! 18년이 지난 뒤에야 알게 되다니. 난 당시 여단장이었네. 자네가 맡은 부대, 그러니까 글라모건셔 부대의 여단장이었지… 협곡으로 들어간 우리 병사들이 총알 세례를 받고 죽었네… 그걸 보면서도 우리는 막지 못했어…. 정말 지옥 같았네." 장군은 말을 이었다. "그게 바로 진짜 지옥이었네… 그 일이 있고 나서 난 1년 동안 글라모건셔 부대를 검열하지 않았네. 그들의 눈을 바라보아야 한다는 생각조차 견딜 수 없었어… 블러도 마찬가지 상황이었네. 아니 블러는 나보다 상황이 더 나빴어… 그 친구는 그 이후로 고개를 들고 다닌 적이 없었어…"

티전스가 말했다.

"괜찮으시다면, 이제 그만하시죠."

장군은 발을 쿵 하고 한번 구르더니 멈추었다. 그리고 물었다.

"응? … 왜 그래? 무슨 일이야?"

티전스가 말했다.

"전 어젯밤에 죽은 병사를 안고 있었습니다. 바로 이 막사에서죠. 지금 제가 앉아 있는 곳입니다. 그건 제… 일종의… 요새 흔히 말하는 콤플렉스가 됐습니다…"

장군이 소리쳤다.

"맙소사! 미안하네… 내가 그렇게 해선 안… 난 그 누구 앞에서도 그렇게 행동한 적 없었네… 불러에게도… 가타커에게도. 내 가장 친한 친구들이었지만 말이네. 스피온 콥 이후에도 그런 적은…" 장군은 갑자기 말을 멈추더니 다시 이었다. "나는 자네를 절대적으로 믿네. 자네가 본 것이나… 내가 방금 말한 것을 자네가 발설하지 않을 거라고 믿네…" 그는 잠시 말을 멈추더니 귀를 기울이는 까치처럼 말을 이었다. "남아프리카에선 날 백정 캠피언이라고 불렀네. 가타커를 등골 빼는 사람이라고 부르듯이 말이네. 내가 자네 앞에서 바보짓을 했다고 해서 다른 이름으로 불리고 싶지는 않네… 아니야, 빌어먹을, 바보짓을 한 것은 아니야. 난 성녀 같은 자네 모친을 아주 좋아했어…" 그는 말했다. "그건 지휘관이 받을 수 있는 가장 자랑스러운 찬사였네… 백정이라고 불리면서도 병사들이 날 추종한 것 말이네. 그건 그들이 내게 보여준 신뢰였고, 사령관으로서 내겐 자신감을 주었네! … 지휘관은 잘못된 순간에 수만 명의 병사를 잃지 않으려면, 올바른 순간에 수백 명의 병사를 잃을 각오를 해야 하네…!" 그는 말했다. "성공적인 군사 작전은 진지를 빼앗고 지키는 데 있는 것이 아니라, 병력의 희생을 최소화하여 진지를 빼앗고 지키는 데 있네… 난 민간인들도 그런 사실을 알았으면 하네. 병사들은 알고 있네. 병사들은 내가 그들을 무자비하게 이용하지만, 단 한 명의 목숨도 헛되이 버리지 않는다는 사실을 말이야…" 그는 소리쳤다. "빌어먹을, 자네 부친이 살아 있었을 때, 내가 그런 골치 아픈 일을 당할 거란 생각만 했어도… 하던 이야기로 돌아가지… 내가 육군상에게 보내는 편지 말이네…" 장군은 불쑥 이렇게 내뱉었다. "맙소사! … 셰익스피어[171]의 글을 읽을 때, 그자는 무슨 생각을 할까? '최후의 심판의 날에 붙게 되는 머리와 다리, 팔이…' 다음에 어떻게 되지? 헨리 5세가 병사들에게 하는 연설인데… '모든 사람의 몸은 왕의 것이지만… 모든 사람의 영혼은 자신의 것이다… 왕은 없지만 왕의 대의가 올바르길'… 맙소사! 맙소사! … '모든 오점 없는 병사들에게 그 대의를 시험해볼 정도로'… 자넨 그런 생각을 해본 적 있나?"

티전스는 몹시 놀랐다. 장군은 분명히 혼란스러운 상태였다. 하지만 무엇 때문에? 생각할 시간이 없다. 캠피언 장군은 분명 과로 때문에 그런 것이다… 비전스는 이렇게 소리쳤다.

---

[171] 셰익스피어(Shakespeare)의 <헨리 5세>(Herny V)의 4막 1장에서 헨리 왕이 하는 대사.

"장군님" 그가 말했다. "쓰시던 편지 이야기를 계속하시는 것이 어떻겠습니까? … 전 프랑스 사람들 생각에 대해 장군님이 쓰신 글 취지에 맞게, 보고서를 쓸 준비가 되어 있습니다. 그러면 그 짐은 제가 지게 될 겁니다…"

장군은 흥분한 듯 말했다.

"그건 안 되네, 안 돼! … 자넨 지금도 짐이 많아. 자네에 대한 극비 보고서를 보면 자넨 프랑스와 지나치게 이해관계를 공유하고 있다고 의심받고 있네. 그래서 문제가 힘들어지는 거라고… 난 서스턴 소령을 시켜 쓰도록 할 작정이네. 서스턴은 좋은 친구야. 믿을 만하고…" 티전스는 약간 몸을 떨었다. 놀랍게도 장군은 이렇게 말했다.

등 뒤에서 나는 늘 듣는다.
서둘러 다가오는 시간의 날개 달린 마차를
그리고 저기 내 앞에 놓여 있다
거대한 영원의 사막이! …[172]

"이게 바로 이 저주받은 전쟁을 하고 있는 장군들의 삶이네… 자네는 장군들이 모두 무지한 바보라고 생각하지. 하지만 난 책을 읽는 데 상당한 시간을 썼네. 17세기 이후에 나온 책들은 읽은 적이

---

[172] 이 시는 17세기 영국의 시인 앤드루 마블(Andrew Marvell, 1621~1678)이 쓴 「수줍은 연인에게」(To his Coy Mistress)라는 시에 나오는 내용이다. 다음에 캠피언이 인용하는 구절도 이 시에서 나온 것이다.

없지만 말이네."

티전스가 말했다.

"저도 압니다… 제가 열두 살 때 장군님은 클라렌든 백작[173]이 쓴 『위대한 반역의 역사』를 읽도록 하셨습니다."

장군이 말했다.

"만일 우리가, 그러고 싶지는 않지만, 간단히 말해…" 그는 침을 삼켰다. 장군이 침을 삼키는 것을 보는 것은 특이한 일이다. 장군의 제복이 아니라 장군의 얼굴을 바라보았을 때 그는 안쓰러울 정도로 야위었다.

티전스는 생각했다.

"장군이 뭐 때문에 저렇게 초조해하지? 아침 내내 초조해했어."

장군이 말했다.

"내가 말하는 스타일은 아니지만, 다시는 못 만날 경우에 대비해서 하는 말인데, 자네는 내가 무식한 사람이라고 생각하지 않았으면 하네."

티전스는 이렇게 생각했다.

"장군은 아픈 게 아니야… 그리고 내가 너무 아파 죽을 것 같다고 생각할 리는 없어… 이런 부류의 사람들은 자신의 마음을 어떻게 표현해야 하는지 제대로 몰라. 장군은 지금 나에게 친절히 대하고 싶은데 그렇게 하는 방법을 모르는 거야…"

---

[173] Clarendon: 본명은 에드위드 하이드(Edward Hyde)로 그는 영국의 정치가, 역사학자로서 『위대한 반역의 역사』(History of the Great Rebellion)를 썼다.

장군은 잠시 말을 멈추더니 말을 이었다.
"하지만 마블의 시 구절에는 그보다 더 멋진 것도 있네…"
티전스는 생각했다.
"장군은 지금 시간을 벌려고 하는 중이야… 도대체 왜 그러지? … 무엇 때문에 그렇지?" 장군은 정신이 약간 나간 것 같았다. 장군은 담요 위에 올려놓은 자기 손톱을 바라보며 말했다.
"예를 들어 이런 구절도 있네."

무덤은 멋지고 은밀한 곳이다.
하지만 거기선 아무도 포옹해주지 않는다…

이 말을 듣고 티전스는 큰 키의 멋진 몸에 얇은 옷을 걸친 실비아의 모습이 갑자기 떠올랐다… 아내는 화장대 양쪽에 있는 두 개의 전등 불빛을 환하게 받으며 겨드랑이에 가볍게 분을 바르고 있었다. 아내는 입가를 살짝 움직이고는, 거울 속에 비친 그를 쳐다보고 있었다. 입꼬리를 약간 움직이면서… 티전스는 중얼거렸다.
"누군가는 멋지고 은밀한 곳으로 갈 것이다… 왜 가지려 하지 않는가?" 아내는 백단향을 베이스로 만든 향수 냄새를 풍기고 있었다. 아내가 백조의 솜털로 만든 분첩으로 그 은밀한 곳을 바를 때, 그는 아내가 흥얼거리는 소리를 들을 수 있었다. 악의적으로 흥얼거렸다! 티전스가 문손잡이가 살짝 움직이는 것을 본 것은 바로 그때였다. 실비아는 여기저기 널려 있는 은색 화장품 사이로 팔을 뻗었다. 진짜 관능적이었다! 하지만 깨끗했다! 아내의 금색 시스 가운은 엉덩이까지 내려와 있었다.

그렇다. 아내는 한 번에 너무 세게 샤워커튼을 당긴 것이다!

빛나면서 영광스럽지만, 쭈글쭈글한 장군의 얼굴을 보고 티전스는 물결무늬가 있는 헬멧 안에 들어 있는 오래된 사과를 떠올렸다. 장군은 담요가 덮인 테이블 앞에 놓인 소고기 통조림 상자에 다시 앉았다. 그는 아주 큰 황금색 만년필을 만지작거리며 말했다.

"티전스 대위, 내가 하는 말에 정신을 집중하게!"

티전스가 말했다.

"알겠습니다." 티전스는 가슴이 철렁했다.

장군은 그날 오후 티전스가 이동 명령을 받게 될 거라고 했다. 그러면서 새로운 이동 명령을 불명예스러운 것으로 여기면 안 된다고 강한 어조로 말했다. 오히려 진급이라고 했다. 캠피언 장군은 보충대를 지휘하는 대령에게 티전스의 군용 수첩에 가능한 한 최고의 추천서를 쓰라고 지시했다고 했다. 티전스는 어려운 문제에 대한 해결책을 찾는 데 탁월한 재능을 보였다고 적으라고 했으니, 대령은 그렇게 쓸 것이라고 장군은 말했다! 게다가 캠피언 장군은 16분대를 지휘하는 자신의 친구 페리 장군에게 요청할 거라고 했다…

티전스는 생각했다.

"맙소사, 전선으로 가겠구나. 나를 페리 장군의 부대에 보낼 모양이군… 그건 분명 죽으러 가는 거야!"

페리 장군이 지휘하는 연대의 6대대 부지휘관으로 임명해달라고 요청할 거라고 했다.

디전스는 자기도 모르게 이렇게 말했다.

"파트리치 대령이 좋아하지 않을 겁니다. 대령은 맥케츠니 대위가 돌아오길 손꼽아 기다리고 있습니다!"

티젼스는 이렇게 혼잣말을 했다.

"숨이 끊어질 때까지 나에 대한 이런 부당한 처우에 대해 싸워야겠다."

장군은 갑자기 소리쳤다.

"바로 그거네… 자넨 쓸데없는 걱정을 해…"

장군은 강하게 스스로를 억제하면서, 대단히 중요한 인물이 아주 하찮은 존재에게 말할 때처럼 건조한 어투로 물었다.

"자네 건강 등급이 뭐지?"

티젼스가 말했다.

"최하등급입니다. 폐가 엉망입니다!"

장군이 말했다.

"내가 자네라면 그런 것은 잊겠네… 부지휘관은 안락의자에 앉아 대령이 죽기를 기다리는 것밖에는 할 일이 없어." 그러곤 이렇게 덧붙였다. "그게 내가 자네를 위해 해줄 수 있는 최선이네… 나도 진짜 생각을 많이 해보았어. 하지만 그게 내가 자네에게 해줄 수 있는 최선이야."

티젼스가 말했다.

"물론, 전 제 건강 등급에 대해 생각하지 않을 겁니다…"

물론 티젼스는 자신에 대한 부당한 처우에 대해 저항하지 않을 것이다!

이건 천재지변이다! 천둥이 쳐서 댐이 무너질 때처럼. 그의 마음은 엄청난 물살과 싸우고 있었다. 그때 느끼게 될 가장 큰 공포는 무엇일까? 진흙, 소음, 마음 한편에 자리 잡고 있을 두려움? 혹은 걱정? 걱정이다! 너의 눈썹은 늘 약간의 긴장을 하고 있다… 눈에 늘 나타나는 피로감처럼!

장군은 냉담하게 말했다.

"내가 해줄 수 있는 다른 건 없다는 사실을 알게나."

티젼스는 대답했다.

"장군님이 더는 해주실 수 없다는 걸 잘 알고 있습니다…" 티젼스의 이 말은 장군을 상당히 짜증 나게 했다. 장군은 티젼스가 이의를 제기하기 바랐다. 그는 티젼스가 이 문제에 대해 따지기를 바랐다. 그는 자기 아들에게 자살을 권유하는 로마 가톨릭 신부 같았다. 하지만 그는 티젼스가 자신에게 항의를 해서 티젼스가 창피한 존재라는 사실을 확실하게 보여주고 싶었다… 그러나 그렇게 할 수가 없게 되었다. 티젼스는 그에게 그런 기회를 주지 않을 작정이었던 것이다. 장군이 말했다.

"자네는 알아야 하네. 난, 아니, 그 어떤 지휘관도 그런 일이 휘하 부대에서 일어나도록 해서는 안 된다는 것을 말이네."

티젼스가 말했다.

"그렇게 말씀하신다면 받아들여야겠지요."

장군은 그를 치겨보고는 이렇게 말했다.

"이미 말했지만 이건 승진이네. 자네가 명령을 받아들이는 방식에 참 감동받았어. 자네는 물론 군인은 아니야. 하지만 자네는 훌륭한 시민군 장교가 될 걸세. 우리 병력이 지금은 다 시민군이지만…"

그는 다시 말을 이었다. "한 마디 더 하지… 군 생활에서는 어떤 잘못도 저지르지 않았지만, 자네처럼 사생활이 이해할 수 없고 당혹스러운 사람은 없을 거네…"

티전스는 중얼거렸다.

"제대로 봤군! …"

장군이 말했다.

"장교의 사생활과 군대 생활 모두 전술적 차원에서는 전략이네… 피할 수 있다면 난 자네의 사생활을 캐내고 싶지 않아. 그건 몹시 당혹스러운 일이니까… 하지만 이것 하나는 이야기하지… 난 신중하고 싶네. 하지만 자네는 세상을 알아! … 자네 처는 진짜 아름다운 여자지… 그래서 추문도 돌았어… 자네가 그 추문을 일으키지 않았다는 건 인정하네… 하지만 그런 일이 있는데도, 내가 자네를 비호하는 것처럼 보인다면…"

티전스가 말했다.

"계속하실 필요 없습니다… 이해했습니다…" 티전스는 그 음울하고 밉살스러운 맥케츠니가… 그저께 밤에… 한 말을 기억해내려고 했다. 하지만 기억해낼 수가 없었다… 그건 분명 실비아가 장군의 첩일 거라는 거였다. 티전스 기억에 당시 그 말은 황당하게 들렸다… 하지만 그들은 어떻게 달리 생각할 수 있었겠는가? 티전스는 이렇게 중얼거렸다. "내가 여기에 있을 수 없게 되었구나!" 그는 큰 소리로 말했다. "물론 그건 제 잘못입니다. 남자가 자기 여자를 통제하지 못한다면 그건 남자 잘못이니까요."

장군은 계속 말을 이었다. 그는 자신의 선임자 중 한 사람이 여자와 관련된 추문으로 지휘권을 상실했으며 그곳을 할렘으로 바꾸어 버렸다고 했다.

휘둥그래진 눈으로 쳐다보는 티젼스를 보면서 장군은 이렇게 소리쳤다.

"내가 실비아나 다른 사교계 여자들 때문에 지휘권을 잃을까봐 걱정한다고 생각한다면…" 그가 말했다. "그건 아니네…" 장군은 논리적으로 말을 이었다.

"우리가 생각해야 할 사람은 병사들이야. 그들도 생각을 하네. (그들도 원한다면 생각할 권리는 있지) 여자에게 잘못하는 사람에게 자신의 목숨을 맡길 수 없다고 말이야…" 그러곤 장군은 이렇게 덧붙였다. "그리고 그들 생각이 옳을 걸세… 잘못된 남자는… 내 말은 애인에게 찻집을 차려주는 남자가 아니라, 자기 처를 파는 남자를 말하네… 아니면… 어쨌든 우리 부대에서는… 프랑스 사람들은 대수롭지 않게 생각하겠지만! … 그런 남자는 전투에 임했을 때 보통은 겁을 집어 먹더군… 명심하게. 난 '항상'이라고 말하지 않았네… '보통은'이라고 했지… 이름이 아무개인 친구가 하나 있었네."

그는 어떤 에피소드에 대해 말했다.

티젼스는 장군이 고통스러운 현실에서 벗어나 진정한 군인의 삶을 살았고, 진정한 퍼레이드를 했던 인도로 돌아가고자 노력하는데서 비애를 느꼈다. 하지만 디젼스는 장군이 하는 말에 집중할 필요를 느끼지 않았다. 집중할 수도 없었다. 자신은 이제 전선으로 갈 것이니 말이다…

티젼스는 자기 마음에 집중했다. 이제 어떤 생각을 해야 할까?

그는 자신의 군 생활을 돌이켜보았다. 과거에 이와 비슷한 순간이 왔을 때 자신은 어떤 생각을 했을까? … 하지만 과거에 이와 비슷한 순간은 한 번도 없었다! 돌진하고, 넘어가고, 대기하고, 불길하고 혐오스러운 일도 했다. 심지어 사상자 치료 후송소에서 일한 적도 있었다! 하지만 항상 맑은 정신이었다. 지금처럼 의기소침하고 기가 꺾인 적은 없었다.

티전스는 장군에게 말했다.

"제가 이 부대에 남아 있을 수 없다는 것은 알겠습니다. 이곳 생활이 즐거웠기 때문에 떠나야 한다는 사실이 유감입니다… 하지만 꼭 6대대에 가야 합니까?"

티전스는 이 순간 자신이 어떤 동기에서 이런 말을 했는지 스스로 의아스러웠다. 자신은 장군에게 왜 그런 질문을 했을까? … 앞으로 있을 일이 그림처럼 눈앞에 펼쳐졌다. 새벽녘 높다란 프랑스 기차에서 내린다. 보이지 않는 군인들에게 지급되고 있는 흰 빵 덩어리를 빛이 비추고 있다… 영국인 병사들의 군모에 타원형 빛이 비춘다. 그들 대부분은 서부 지역 출신이다. 그들은 빵을 별로 원치 않는 것 같다… 나무가 우거진 강변 위로 빛이 능선처럼 길게 이어져 있다. 그때 갑자기 어떤 소리가 사방으로 퍼져나간다! … 광야에 있는 오두막집 세탁장에서 비를 피하고 있을 때, 오두막집 사람의 옷이 삶아지고 있는 세탁용 가마에서 들려오는 보글보글하는 소리처럼, 아주 크지는 않지만 정신 집중을 요구하는 끔찍한 소리가 말이다! … 포격이다! …

장군이 말했다.

"내가 자네를 달리 처리할 수 있는 방법을 생각해낸다면 그리하 겠네… 하지만 자네와 연관된 이 모든 끔찍한 소동 때문에… 달리 손을 쓸 수가 없었네… 내가 오하라 장군의 직무를 지금까지 중지 시켜달라고 요청했다는 걸 알고 있나? …"

장군이 자기 부하들을 얼마나 믿지 않는지, 그리고 또 얼마나 신 임하는지를 보고 티젼스는 놀랐다! … 그가 성공적인 장교가 될 수 있었던 이유가 그것이다. 신임하는 부하에게 일을 맡기면서도, 그들 의 약점이 될 수 있는 술, 여자, 돈 문제에 있어서는, 그들을 늘 불신 하는 것 말이다… 그는 인간에 대해 잘 알고 있다!

티젼스가 말했다.

"제가 오하라 장군을 잘못 판단했다는 사실은 인정합니다. 레빈 대령한테도 그렇게 말했습니다. 그리고 왜 그랬는지도 설명했습 니다."

장군은 만족스러운 듯하면서도 아이러니컬하게 말했다.

"참 난감한 상황이네… 자네는 장군을 구금했네… 그러곤 지금 장군에 대해 잘못 판단했다고 말하고 있어! … 난 자네가 자네 의무 를 이행하지 않았다고 말하는 것은 아니네…" 이렇게 말하곤 군인 의 행동 규정집에 나오는 윌리엄이란 군인의 고전적인 사례를 이야 기했다. 그는 열병식에 술에 취해 온 대령을 구금하지 않아 군사 재판을 받고 강등된 인물이었다… 장군은 그 이야기가 어울리지 않 는 이 상황에서 그 이야기를 하면서 즐거워하는 것 같았다.

티젼스는 아주 천천히 이야기했다.

"제가 오하라 장군을 구금하다니요! 그건 절대 아닙니다! 그 문제에 대해선 레빈 대령과 아주 상세하게 이야기를 나누었습니다."

장군은 불쑥 이렇게 말했다.

"난 자네 처를 성녀라고 생각했네… 아니, 분명 성녀가 맞네…"

티전스가 말했다.

"제 아내에 대해선 고발이 안 들어왔습니까?"

장군이 말했다.

"들어왔네!"

티전스가 말했다.

"제가 모든 책임을 지겠습니다."

장군이 말했다.

"그렇게 하도록 내버려두진 않겠네… 난 이 문제를 철저하게 알아볼 작정이야… 자네는 자네 처에게 몹시 못되게 굴었어… 자네도 인정하지? …"

티전스가 말했다.

"제가 배려심이 상당히 부족해서…"

장군이 말했다.

"실제로 자네 처와 오랫동안 별거 상태였지? 그게 다 자네의 잘못된 행실 때문이라는 것도 부인 못 하겠지? 얼마 동안 별거를 해왔나?"

티전스가 말했다.

"잘 모르겠습니다… 6년 아니면 7년인 것 같습니다!"

장군은 쏘아붙이듯 말했다.

"그럼 한번 생각해 보게… 자네가 자네 여자 친구에게 담배 가게를 차려주느라 파산했다고 나에게 고백했을 때부터였나? 그러니까 1912년 라이에서…"

티전스가 말했다.

"1912년 이후로 서로 사이가 좋지 않았습니다."

장군이 물었다.

"왜 그랬나? … 자네 처는 진짜 아름다운 여자야. 또 사랑스럽지. 그런데 뭘 또 바라나? … 게다가 자네 아이의 어머니이기도 하고…"

티전스가 말했다.

"이런 것까지 다 이야기해야 합니까? … 우리의 불화는… 성격차에서 생겼습니다. 장군님 말처럼, 제 아내는 아름답고 만사에 개의치 않는 여자입니다… 제 말은 매력적으로 만사에 개의치 않는다는 말입니다. 하지만 저는…"

장군이 소리쳤다.

"그래, 바로 그거야… 자네는 도대체 어떤 사람인가? … 자네는 군인이 아니야. 그런데 진짜 훌륭한 군인의 자질을 가졌어. 때로 나도 놀랄 정도로 말이야. 하지만 자넨 재앙이야. 자네와 관련된 모든 사람에게 자넨 재앙이란 말이야. 자네는 자만심이 강하고 불도그처럼 고집스러워… 자네 때문에 난 정말 미치겠네… 그리고 자넨 그 아름다운 여자의 인생을 망쳤단 말이야… 자네 처는 성녀의 기질을 가졌었네… 그런데 지금은! 자네 실명 좀 들어봐야겠네!"

티전스가 말했다.

"군에 오기 전 저는 통계가로 일했습니다. 통계청 2등 서기관이었습니다."

장군은 비난하듯 소리쳤다.

"그런데 그 부서에서 자네를 내쳤구먼! 자네가 그 이해할 수 없는 소동을 일으켜서…"

티전스가 말했다.

"제가 단일 지휘권을 옹호해서였습니다…"

장군은 길게 장광설을 늘어놓기 시작했다. "그런데 자넨 왜 단일 지휘권을 옹호했나? 그게 자네와 무슨 상관인데?" 장군은 티전스에게 왜 정부 부서에서 원하는 통계를, 설령 조작을 해서라도, 그런 통계를 주지 않았느냐고 물었다. 그리고 부하들이 자신의 양심에 따라 행동하려 한다면, 규율이 왜 필요하겠냐고도 했다. 본토 정부가 연합국들을 속이기 위해 조작된 통계를 요구했다 해도 그렇게 해야 한다고 했다. 그러면서 티전스에게 자신이 프랑스인인지, 영국인인지 물었다. 그리고 티전스의 이런 잘못 때문에 그를 위해 뭔가를 해주는 게 불가능하다고 했다. 티전스 정도의 재능이면 프랑스 총사령관의 참모로 배속되어야 하지만, 티전스에 대한 극비 보고서엔 그렇게 하지 말라고 적혀 있으며, 거기에 밑줄까지 쳐있다고 했다. 그러면서 장군은 티전스에게 어디로 보내야겠냐고 물으면서 푸른 눈으로 뚫어지게 티전스를 바라보았다.

"도대체, 신을 두고 하는 말인데… 내가 전지전능하신 신의 이름을 신성 모독적으로 사용하는 것은 아니네… 도대체, 자네를 어디로 보낼 수 있겠나? 지금 자네의 건강 상태로 볼 때, 자네를 지금 전선으로, 특히 페리 장군 부대에 보내면, 자네가 죽을 수도 있다는 걸 나도 아네. 날씨가 바뀌면 독일군이 그 부대로 쳐들어올 테니 말이야."

그는 다시 말을 이었다. "자네도 이해하겠지만 난 육군성이 아니네. 난 장교를 어디로 보낼 위치에 있지 않아. 난 자네를 몰타[174]나 인도로 보낼 수 없어. 물론 프랑스 내의 다른 부대로 보낼 수도 없고. 난 자네를 본토로 보낼 수는 있네. 불명예제대를 시켜서 말이야. 자네를 자네가 원래 소속된 부대로 보낼 수는 있지. 승진시켜서 말이네! … 내 상황을 이해하겠나? 나에겐 다른 선택권이 없네."

티전스가 말했다.

"모두 이해가 가는 건 아닙니다."

장군은 침을 삼키고는 몸을 좌우로 흔들었다. 그리고 말했다.

"난 진짜 자네 걱정이 많이 되네. 절대로 자네가 쫓겨난 것처럼 보이게 하지는 않을 거네… 자네가 맥케츠니 자신이라고 해도 절대로 그렇게 내버려두진 않을 거야! 내가 자네에게 줄 수 있는 최상의 자리는 내 참모 자리야. 하지만 그렇게 할 수는 없어. 다른 사람들의 이목이 있으니. 또…"

장군은 잠시 말을 멈추고는 머뭇거리며 말했다.

"난 신이 존재한다고 믿네… 그래서 악이 번성한다 해도 결국은 선이 승리할 거라고 믿고 있어! … 그리고 무고하다면, 언젠가 무고하다는 사실이 밝혀질 거라 생각하네… 내 나름대로의 소박한 방식으로 신의 섭리가 이루어질 수 있도록 돕고 싶네… 난 언젠가 누군

---

[174] Malta: 지중해 중부의 시칠리아 섬 남방의 섬으로 현재는 몰타 공화국으로 하나의 독립국이다.

가가 '그 모든 상황을 낱낱이 아는 캠피언 장군이…' 그 와중에 자네를 승진시켰다고 말했으면 좋겠네." 장군은 이렇게 덧붙였다. "이건 대단한 것은 아니야. 그리고 정실 인사도 아니고. 자네 위치에 있는 그 누구에게라도 난 그 정도는 했을 거네."

티전스가 말했다.

"최소한 그건 기독교 신사다운 행동입니다!"

장군의 눈에 약간의 즐거운 기운이 감돌았다. 그가 말했다.

"나도 이런 상황에 익숙지 않네… 난 부하 장교를 늘 도와주고 싶네… 하지만 이번 같은 경우는…" 그러곤 이렇게 덧붙였.

"빌어먹을… 프랑스 9군단을 지휘하는 장군은 내 친한 친구네… 하지만 자네에 대해 극비 보고서에 뭐라고 쓰여 있는지 알면서 그 친구에게 자네를 데려가 달라고 요청할 수는 없네. 그건 이미 끝난 거야!"

티전스가 말했다.

"제가 제 조국보다 다른 나라의 이득을 우선시하는 사람으로 생각하지 않았으면 합니다. 그리고 저에 대한 극비 보고서를 살펴보시면, 저에 대해 안 좋게 평가한 글에 G. D란 글자가 적혀 있다는 걸 아시게 될 겁니다… 그건 드레이크 소령 이름의 첫 글자입니다…"

장군은 어리둥절하다는 듯이 말했다.

"드레이크… 드레이크라… 들어본 이름인데."

티전스가 말했다.

"그건 중요치 않습니다… 드레이크 소령은 절 좋아하지 않는 사람입니다…"

장군이 말했다.

"그런 사람은 많지. 자넨 인기를 얻으려고 노력하지 않으니 말이야."

티젠스는 중얼거렸다.

"장군은 느낌으로 알고 있어! … 하지만 실비아는 드레이크가 내 아이의 생부라고 생각하고 있고, 또한 실비아는 내가 파멸되기 원하고 있다고 내가 장군에게 이야기할 거라고 장군은 예상치 못할 거야! 물론 장군은 그런 사실을 느낌으로 알 거야. 나와 실비아는 장군의 아들, 딸처럼 가까운 사이니 말이야. 자신을 어디로 배속해야 할 것인가에 대한 노장군의 질문에 대한 분명한 답은 마크 형이 자신을 사단 수송대 지휘관으로 배치하라는 명령을 내리도록 했다는 사실을 상기시켜 주기만 하면 된다… 그런데 그 사실을 노장군에게 상기시켜 줄 수 있을까? 그렇게 할 수 있는 일인가?"

사단 수송대를 지휘한다는 생각은 티젠스에게는 천국과도 같았다. 두 가지 이유에서였다. 우선은 말을 관장한다는 점에서 상대적으로 안전하기 때문이다… 그리고 자신이 그 일을 맡은 것을 알게 되면 발렌타인의 마음이 편해지게 될 것이기 때문이다.

천국이다! … 하지만 남을 구슬려서 힘든 보직에서 쉬운 보직으로 바꿀 수 있나? 다른 사람들은 그렇게 히길 몹시 원할 것이다. 반면에… 발렌타인 워놉 생각을 해 봐라! 티젠스는 운이 다한 부대에 자신이 속해 있다는 생각에 고통스러운 마음으로 런던을 방황하는 워놉을 상상해 보았다. 워놉은 이 소식을 듣게 될 것이다. 실비아가 말할 것이기 때문이다! 실비아는 분명히 워놉에게 전화를 걸어 말할 것이다. 그런 다음 자신이 수송대에 있다고 형 마크에게 편지를 쓰는 자신의 모습을 상상해 보았다. 마크 형은 그 사실을 30초 안에 워놉에게 알려줄 것이다. 아니, 전보를 쳐야겠다. 티젼스는 장군이 이야기하는 동안, 전보의 내용을 쓰는 자신의 모습을 상상해 보았다. 그리고 장군의 이야기가 끝나자마자 전보 내용을 전령에게 주는 모습도 상상해 보았다… 하지만 과연 자신은 장군에게 그 명령을 상기시켜 줄 수 있겠는가! … 그럴 수 있겠는가? … 영국 성공회의 성인[175]이 과연 그렇게 할 수 있겠는가?

그리고 자신이 그 일을 감당할 수 있을까? 이따금 떠오르는 09모건의 환영을 어떻게 감당할 것인가? 어제 숌부르크를 타고 다니는 내내 09모건이 관 모양의 머리를 한 말의 오른쪽 어깨 부분에 있는 것처럼 보였다. 말은 넘어질 것만 같았다! … 그래서 말을 멈추게 하고 싶은 강한 충동을 느꼈다. 정말이지 끔찍스러울 정도로 우울했다! 중압감을 느꼈다! 지난 밤 호텔에서 자신이 느와르꾸르에서 목숨을 살려준 사람이 바로 모건이라는 생각이 갑자기 들어, 거의 기절할 뻔했다… 이건 진짜 심각한 문제다! 이것은 자신의 뇌에 금이 갔다는 의미일 수도 있다. 정신적 상해 말이다! 이런 일이 계속된다면… 피지배 민족[176] 특유의 어안이 벙벙한 눈을 한, 항상 너저분하였던 09모건이, 그의 말 오른쪽 어깨 부분에 나타난다면! 얼굴 반쪽

---

[175] 티젼스의 롤모델은 성공회의 성인이다. 이를 두고 실비아는 티젼스가 예수를 롤모델로 삼고 있다고 생각하고 있다.
[176] 여기서는 영국의 지배를 받는 민족을 의미.

이 날아가지 않은 살아 있는 모습으로… 그런 일이 계속 일어난다면 자신은 말을 많이 타야 하는 수송대 업무를 감당할 수 없을 것이다.

하지만 시도는 해볼 것이다… 게다가 글 좀 쓴다는 어떤 바보 같은 민간인이 군대에 있는 모든 말과 노새를 폐기해야 한다는 주장을 담은 글을 신문에 투고하고 있다… 말똥이 페스트를 퍼트린다는 이유에서였다! … 육군 최고회의 지시단에서 더는 말을 이용하지 말라는 명령을 내릴지도 모른다! … 밤에 트럭으로 부대원이 쓸 물자를 실어 나르는 장면을 상상해 보라. 그게 바로 그 천재가 바라는 것이다! …

그건 틀림없이 1916년 9월이었을 것이다. 로커[177]에서 샤토 케밀에 있는 기지로 수송대를 이동시키는 일을 한두 번 했던 것이 기억난다… 당시 숨조차 제대로 쉬지 않으면서, 생각해 낼 수 있는 모든 금속, 그러니까 말의 재갈, 트레이스 체인[178], 수레의 차축 볼트… 등을 천으로 싸서 소리 나는 것을 막았다. 하지만 칠흑 같은 어두움 속에서 항상 무엇인가가 쨍그랑거리기도 하고, 덜컥거렸다. 소고기 통조림은 오래된 쇳소리를 냈다… 그러면 길게 휭 하는 소리가 나고, 독일군이 쏜 포탄이 쾅 하며 언덕 아래에 있는 길모퉁이에 정확하게 떨어졌다. 거기는 두 사람 이상 함께 가지 말라는 경고 표지가 있었나… 그런데 이런 일을 8킬로미터 떨어진 곳에서도 들리는 군

---

[177] Locre: 웨스트플란데런주(West Flanders)의 벨기에 지역에 있는 작은 마을.
[178] trace-chains: 말의 멍에를 물추리막대에 연결시키는 긴 체인.

용 트럭으로 한다고 한번 상상해 보라! … 대대는 식량이 모자라게 될 것이다! … 말을 싫어하는 그 민간인 천재는 기마병이 전쟁에서 공을 세우는 것보다는 차라리 연합군이 전쟁에서 지는 게 낫다는 식의 말을 했다! … 말똥을 제거하고 싶은 열정이 진짜 놀랍기만 하다! … 말에 대한 증오심은 사회적 현상이다… 기마병은 마카사르유(油)[179]가 뚝뚝 떨어지는 긴 콧수염을 하고 아침 식사로 캐비아와 초콜릿, 그리고 없어져야 할 포메리 그레노 샴페인[180]을 먹기 때문이다… 티전스는 이렇게 중얼거렸다. "맙소사, 내가 엉뚱한 생각을 하고 있었네! 언제까지 내가 이럴 거지? 난 이제 한계에 이르렀어." 그는 장군이 하던 말을 듣고 있지 않았던 것이다.

장군이 말했다.

"없다고?"

티전스가 말했다.

"못 들었습니다!"

"자네 귀가 먹었나?" 장군이 물었다. "난 간단명료하게 말한 것 같은데. 자네가 이 캠프에 비치된 군마가 없다고 방금 말하지 않았나? 난 신병 훈련소를 지휘하는 대령이 사용하는 말이 없냐고 자네에게 물었네… 독일 말인 걸로 아는데!"

티전스는 중얼거렸다.

"맙소사! 내가 장군하고 이야기를 하고 있었군. 도대체 내가 뭐에

---

[179] Macassar oil: 머릿기름으로 사용된다.
[180] Pommery Greno: 프랑스의 포메리(Pommery)와 그레노(Greno)라는 사람이 1858년에 세운 샴페인 회사에서 생산된 술.

관해 이야기한 거지?" 티전스는 마치 언덕에서 굴러떨어지고 있는 듯한 느낌이 들었다. 그가 말했다.

"예, 숌부르크란 말입니다. 마른에서 잡은 독일군 포로의 말입니다. 그래서 우리 병적에 올라와 있진 않습니다. 그건 대령의 사적인 소유물입니다. 제가 한번 타봤습니다…"

장군은 무미건조한 어조로 소리쳤다.

"자네가 그랬군…" 그는 여전히 무미건조한 어조로 덧붙였다. "영국 육군 수송대 소속 호치키스 소위가 자네에 대해 맹비난을 하고 있는 거 아나?"

티전스는 재빨리 말했다.

"그게 숌부르크 문제 때문이라면… 그의 조처는 대실패였습니다. 호치키스 소위가 제게 어디서 자라고 명령할 권한이 없듯이 그 말에 대해 그 어떤 명령을 내릴 권한이 없습니다… 그리고 호치키스와 그 비열한 베이찬 경이 군마에게 주려는 그 끔찍한 고통을 제가 책임 맡고 있는 말이 당하도록 하느니 차라리 제가 죽는 편이 낫습니다…"

장군은 말했다.

"자네는 바로 그 이유로 죽을 것 같군!"

장군은 이렇게 덧붙였다. "말이 학대받는 걸 반대하는 것은 옳은 일이야. 하지만 자네가 하는 그 빈대 때문에 자네기 갈 수 있는 유일한 자리로 발령받지 못하게 된다면." 장군은 마음을 조금 진정시킨 뒤 이야기했다. "자네는 모를지도 모르겠군. 자네 형 마크가…"

티전스가 말했다.

"알고 있습니다…"

장군은 말했다. "자네 형이 자네가 가길 바라는 19사단이 4군단 소속이고, 호치키스가 담당하는 말이 4군단 말이라는 사실을 알고 있나?"

티전스가 말했다.

"장군님 말씀이 전적으로 옳습니다. 장군님이 저에게 해주실 수 있는 다른 것은 없습니다…" 그는 이제 끝났다. 그가 어떻게 받아들일지 아는 것 이외에는 이제 아무것도 남은 것이 없었다! 티전스는 이제 취사장으로 갔으면 하는 마음이 들었다.

장군이 말했다.

"내가 무슨 말을 하고 있었지? … 난 지금 몹시 피곤하네… 이건 누구라도 견디기 힘든 일이야…" 장군은 군복 안쪽에서 청금석색의 작은 보관(寶冠)이 그려진 지갑을 꺼냈다. 그러곤 거기서 접은 종이 하나를 꺼내 바라보다가 벨트와 군복 사이에 넣었다. 그러곤 이렇게 말했다. "내가 이 나라에 도움이 될 수 있는 존재라면, 자네가 내 에너지를 쓰게 하는 게 (자네 문제로 내 에너지를 고갈시키는 것 말이네!) 적들을 도와주는 것이란 생각은 안 해 보았나? … 난 요즘 하루에 4시간밖에 자지 못하네… 자네에게 물어볼 게 하나 있어." 그는 벨트에 끼어 넣은 종이를 한번 쳐다보더니 다시 접어 벨트와 군복 사이에 다시 넣었다.

티전스는 다시 다른 생각을 하기 시작했다… 그를 괴롭히는 것은 진흙에 대한 공포였다. 하지만 기이하게도 진흙에 있을 때는 집중포화를 받은 적이 없었다… 그래서 진흙에 대한 공포가 자신을 괴롭힐 거라고는 생각지 않았다. 하지만 몹시 지친 목소리가 다음과 같이 속삭이는 소리가 들려 왔다. "에스 이스트 니히트 쥬 에르트라겐. 에스 이스트 다스 다스쥰스 페르로런 하트."[181] 절망적으로 말한 이 독일어의 의미는 이렇다. '참을 수 없어. 우리를 파멸시킨 것은 저것이야… 진흙이라고!' 그는 진흙이 가득 찬 화산 분화구에서, 계곡 사이에서, 끔찍스러울 정도로 많은 진흙으로 덮인 절벽에서 이 소리를 들었다… 티전스는 호기심에서 혹은 지시를 받아서, 자신이 배속된 프랑스 부대가 있는 베르딩[182]에서, 아무것도 할 일이 없던 어느 휴일 오후, 안내인과 함께 외곽에 있는 도몽인가 두오몽인가 하는 진지를 찾아갔다. 그 진지는 1주일 전 (그 날이었는지는 확실치 않다. 자신은 시간에 대한 감을 잃었으니 말이다) 적에게서 탈취한 것이었다… 그건 아마 11월… 정확히 11월 초였을 것이다… 해는 놀랄 정도로 빛나고 있었고, 하늘엔 구름 한 점 없었다. 맑은 하늘 아래에서 높이 솟아오른 진흙 더미는 자신들을 둘러싸고 있었다… 그때 진흙이 움직였다… 견과류를 먹으며 어깨를 흔들거리면서 유유히 걷고 있는 프랑스 포격수를 따라서 움직였다… 탈주병들 이었다! … 움직이는 진흙은 독일 탈주병들 이었던 것이다… 하지만 우리는 그들의 모습을 볼 수가 없었다. 그들을 이끄는 장교는 진흙으로 두껍게 뒤덮인 안경을 끼고 있어서 그의 눈 색깔을 볼 수 없었다. 그가 달고 있는 6개의 훈장은 제비가 막 짓기 시작한 집 같았고,

---

[181] 독일어로 원문은 다음과 같다.
　　Es ist nicht zu ertragen; es ist das dasz uns verloren hat.
[182] Verdun: 프랑스 로렌주, 뫼즈 데파르트망(Department)에 있는 도시.

그의 수염은 종유석(鍾乳石) 같았다… 다른 병사들은 눈만 보였다. 그들의 눈은 몹시 생기 있었고 하늘처럼 푸른색이었다! … 그들은 함부르크 연대의 장교가 이끌고 가는 탈주병들이었던 것이다! 제3 보병 중대가 여기를 다녀간 것 같았다! 믿을 수 없다… 그 말이 그 장교가 지나가면서 한 말이었다. 전혀 부끄러워하지도 않고, 인간의 모습은 완전히 상실한 채 말이다. 끝장났다고 했다! … 진흙으로 뒤덮인 이 움직이는 도마뱀 같은 탈주병들은 그 후에도, 오후 내내 자신의 옆을 지나갔다… 자신은 이들보다 먼저 여기를 빠져나간 탈주병들의 모습을 그려보았다… 전진 토치카 안에서 … 아니다, 그들은 당시 토치카가 없었다… 진흙으로 둘러싸인 고립된 장소에서, 계곡 사이에 끔찍스럽게 고립된 채… 세상의 마지막 날에, 영원 속에 정지되어 있는 그들을 말이다. 이때 몹시 부드럽고 음란한 속삭임처럼 약간 느끼하기까지 한 독일어를 다시 들으니 정말 끔찍할 정도로 충격을 받았다… 그것은 분명 저주받은 자의 목소리였다. 지옥도 이 불쌍한 자들에게는 낯설지 않을 것이다… 프랑스 안내인은 냉소적으로 말했다. 오 디레 렝페르노 드 당뜨!¹⁸³… 그런데 이 독일군들이 이제 티전스에게 보복하고 있는 것이다. 그들은 이제 티전스의 강박관념이 된 것이다! 요새 말하는 콤플렉스가 된 것이다… 장군은 차갑게 말했다.

"대답을 거부하는 것 같은데?"

이 말에 티전스는 몹시 몸을 떨었다.

---

[183] On dirait l'Inferno de Dante: (프랑스어) '단테의 지옥 같다'는 의미.

그는 필사적으로 말했다.

"전 양쪽에서 받아들이기 어려운 사항을 조정해 결정을 내려야 했습니다. 내 아들의 이익을 위해서 말입니다." 도대체 내가 왜 이 말을 했지? … 티전스는 구역질이 날 것만 같았다. 자신이 실비아와 별거한 것에 관해 장군이 이야기하고 있었다는 사실이 떠올랐다. 그 일은 지난밤에 벌어졌다. 티전스는 말했다. "제가 옳았을 겁니다. 아니 틀렸을 수도 있습니다…"

장군이 얼음처럼 차갑게 말했다.

"그 점에 대해 상술하고 싶지 않다면…"

티전스가 말했다.

"더는 이야기하고 싶지 않습니다…"

장군이 말했다.

"이런 문제에는 끝이 없네… 하지만 내가 의무상 물어보아야 할 질문이 있네… 자네 결혼 생활에 관해 이야기하고 싶지 않다면, 강요할 순 없지… 하지만, 제기랄, 자네 제정신인가? 자네는 책임 질 줄 아는 사람이야? 전쟁이 끝나기 전에 미스 워놉과 같이 살 작정인가? 워놉이 지금 여기, 이 마을에 있나? 그게 자네가 실비아와 별거한 이유야? 그것도 하필이면 지금 이런 시기에!"

티전스가 말했다.

"아닙니다. 워놉과 아무런 관계가 없다는 것을 믿어 주시기 바랍니다. 관계가 전혀 없습니다! 그리고 앞으로도 관계를 맺을 생각이 없습니다. 전혀 없습니다! …"

장군이 말했다

"자네 말을 믿겠네!"

티전스가 말했다. "지난밤 벌어진 일을 생각해 보니 제가 아내를 부당하게 대했다는 확신을 하게 되었습니다… 전 아내에게 부당한 중압감을 주어왔습니다. 이런 말을 해야 한다는 것이 창피스럽습니다! 전 우리 아이의 미래를 위해 어떤 방침을 정했습니다. 하지만 아주 잘못된 방침이었습니다. 우리는 오래전에 헤어졌어야 했습니다. 그래서 아내가 모든 샤워커튼의 줄을 당기게 된 겁니다…"

장군이 말했다.

"잡아당겨…"

티전스가 말했다.

"어젯밤 일은 샤워커튼의 줄을 당긴 것에 지나지 않습니다. 아주 정당한 것이었습니다. 전 그것이 아주 정당하다고 생각합니다."

장군이 말했다.

"그런데 왜 그로비는 실비아에게 주었나? … 자넨 참 너그럽네, 안 그런가? … 자네가… 미션을 부여받았다고 생각하는 건 아니지? 혹시 자네가 다른 사람이라고 생각하는 건 아니지? … 남들을 용서해… 주어야 하는 그런…" 장군은 쓰고 있던 멋진 모자를 벗고 작은 삼베로 만든 손수건으로 이마를 닦은 뒤 이렇게 말했다. "자네 어머니는…"

그는 갑자기 말했다.

"오늘 밤 자네가 저녁 식사 하러 올 때… 제대로 차려입고 오기 바라네. 자네는 왜 외향에 그리 신경을 쓰지 않나? 자네 군복은 진짜 흉측해…"

티전스가 말했다.

"이것보다 더 좋은 군복이 하나 있었습니다… 하지만 지난밤에 죽은 병사의 피가 묻어서 못 입게 되었습니다…"

장군이 말했다.

"그럼 자넨 군복이 두 벌밖에 없다는 말인가? … 식사복은 있나?"

티전스가 말했다.

"예, 푸른색 옷이 있습니다. 오늘 밤에는 제대로 입고 갈 겁니다… 하지만 제가 입원해 있었을 때, 제 배낭 안에 들어 있던 것을 거의 다 도둑맞았습니다… 실비아의 두 개의 시트도 마찬가지입니다…"

"빌어먹을" 장군이 소리쳤다. "자네 부친이 남겨준 것을 모두 탕진했다는 소리는 아니지?"

티전스가 말했다.

"아버지가 제게 남겨주신 것들은 그 남겨주신 방식[184] 때문에 전 받지 않는 게 합당하다고 생각합니다…"

장군이 말했다.

"맙소사! … 이걸 한번 읽어보게!" 장군은 테이블 위에 놓고 보고 있었던 작은 종이를 그에게 던져주었다. 그 종이는 엎어져 있었다. 티전스는 장군이 작은 글씨로 쓴 글을 읽어보았다.

"대령의 말, 시트, 예수 그리스도, 워닙, 사회주의?"

---

[184] 아버지가 자살을 해서 재산을 물려받게 되었으니 유산 상속을 받지 않겠다는 의미다.

장군은 짜증난 듯 말했다.

"반대편이네… 반대편…"

종이 반대편에는 대문자로 '만국의 노동자'란 글자가 적혀 있었다. 작은 낫과 그 밖의 다른 도구들로 판 목판화 형태로 된 것이었다. 그리고 한쪽 페이지에는 '대역죄'라고 씌어 있었다.

장군이 말했다.

"이런 걸 전에 본 적이 있나? 이게 뭔지 아나?"

티전스가 말했다.

"네, 압니다. 제가 그것을 장군님께 보내드렸으니까요. 장군님 정보 부서에 보내드렸습니다…"

장군은 군용담요를 두 주먹으로 쿵 하고 세게 내리쳤다.

"자네가…" 그는 말했다. "그것 참 이해할 수가 없네… 믿을 수가 없어…"

티전스가 말했다.

"아닙니다… 장군님이 부대 지휘관들에게 사회주의자들이 병사들 군기를 해치기 위해 어떤 시도를 하고 있는지 알아보라는 명령을 보내셨습니다… 전 당연히 제 선임상사에게 물어보았습니다. 그랬더니 선임상사가 병사 중 하나가 이상한 것이라고 하면서 자신에게 주었다고 하는 종이를 하나 꺼냈습니다. 그 종이는 런던의 어느 거리에서 누군가 그 병사에게 준 것이라고 했습니다. 그 종이 위에 제 이름의 첫 글자가 적혀 있습니다!"

장군이 말했다.

"미안하네, 그러면 자넨 사회주의자가 아닌 거지?"

티전스가 말했다.

"장군님이 화제를 서서히 그 쪽으로 돌리실 줄 알고 있었습니다. 제 정치 철학에는 18세기에 사라지지 않은 것이 없습니다. 장군님은 17세기를 더 좋아하시지만요!"

"또 다른 샤워커튼이었나 보군." 장군이 말했다.

"물론입니다." 티전스가 말했다. "실비아가 저를 사회주의자라고 했다면 말입니다. 하지만 놀랍지는 않습니다. 전 이제 사라진 토리주의자이기 때문에 실비아는 절 그 누구라고도 말할 수 있을 겁니다. 전 일종의 마지막 메가테리움[185]입니다. 실비아가 그렇게 말했다 해도 절대 뭐라고 할 수는 없습니다…"

장군은 그의 말을 듣고 있지 않았다. 그가 물었다.

"자네 부친이 자네에게 돈을 물려준 방식에 뭐 잘못된 거라도 있나?"

"제 부친은" 티전스는 말했다. 장군은 그의 턱이 경직되는 것을 보았다. "자살하셨습니다. 러글즈란 자가 제 부친께… 우리나라 말로는 뭐라고 하는지 모르겠습니다만, 프랑스어로 절 마께로[186]라고 했기 때문입니다. 제 부친이 자살하신 것은 용서받을 수 없는 행동입니다. 신사라면 후손이 있을 때 자살해서는 안 되니까요. 그게 제 아이의 인생에 아주 심각한 영향을 미칠 수도 있다고 생각합니다…"

---

[185] megatherium: 모피가 부드러운 포유류 초식 동물로 200만~1만 1000년 전까지 남아메리카와 북아메리카의 남부에서 서식했다. 여기서는 더 이상 존재하지 않는 동물의 의미로 사용되고 있다.
[186] maquereau : (프랑스어) '뚜쟁이'라는 뜻.

장군이 말했다.

"난 도저히, 난 도저히 이 문제에 대해 더는 조사할 수가 없네⋯ 도대체 러글즈가 자네 부친에게 왜 그런 소리를 했나? ⋯ 전쟁이 끝난 뒤, 자네 뭐 하고 먹고 살 작정인가? 자네가 다녔던 부서에서는 자네를 복귀시키지 않을 텐데, 그렇지 않나?"

티젼스가 말했다.

"맞습니다. 제가 다니던 부서는 절 다시 고용하지 않을 겁니다. 이 전쟁에 참전한 모든 사람은 전쟁이 끝난 뒤, 오랫동안 낙인이 찍힐 겁니다. 그래도 괜찮습니다. 우리는 지금 즐기고 있으니까요."

장군이 말했다.

"자넨 진짜 이상한 소리를 하는구먼."

티젼스가 대답했다.

"제가 드리는 말씀이 대체로 그대로 이루어지는 걸 봐오셨지 않습니까. 우리가 이것을 넘어설 수 있을까요? 러글즈가 제 부친께 그런 말씀을 드린 이유는, 20세기에 살면서 17세기나 18세기에 속하는 것은 좋은 게 아니기 때문입니다. 더 정확히 말하자면 공립학교[187]의 윤리 제도를 진지하게 받아들이는 것은 좋지 않기 때문입니다. 전 진짜 영국의 공립 학교 출신입니다. 그건 18세기 산물입니다. 클리프턴 학교에서 주입한 진리에 대한 사랑과 아놀드[188]가 럭

---

[187] public school: 영국의 공립학교는 전통과 명예를 존중하고 보수적인 가치관을 가르쳤다. 티젼스가 이곳 출신이라는 사실은 그의 보수적 성향이 이에 영향을 받았음을 시사한다.
[188] Arnold: 19세기 영국의 문화 비평가이자 시인인 매튜 아놀드(Matthew Arnold, 1822~1888)의 부친인 토머스 아놀드(Thomas Arnold)를 지칭. 그는 유명 사립

비 스쿨 학생들에게 가르친 믿음, 즉 가장 사악한 죄는 교장에게 밀고하는 것이라는 믿음을 저는 지금도 갖고 있습니다. 다른 사람들은 학교에서 배운 것을 넘어섰지만 전 그렇게 하질 못했습니다. 전 아직도 사춘기 소년 같습니다. 그래서 이런 것들이 제게는 강박관념, 콤플렉스가 된 것입니다!"

장군이 말했다.

"이 모든 것이 아주 황당해 보이네… 교장에게 밀고한다는 건 무슨 맥락에서 한 말인가?"

티전스가 말했다.

"백조의 노래[189]치고는 그리 황당하지는 않습니다. 장군님은 제게 백조의 노래를 요청하셨습니다. 전 전선으로 갈 것이기 때문에 제 불행한 결혼 생활이 장군님 휘하의 병사들의 도덕성을 오염시키지는 않을 것입니다."

장군이 말했다.

"본토로 갈 생각은 없는가?"

티전스가 소리쳤다.

"물론 없습니다! 전혀 없습니다! 전 고향에 갈 수 없습니다. 전 어딘가에 묻혀야 합니다. 제가 영국에 돌아가야 한다면 전 자살을 해서 땅에 묻히는 것밖에는 선택권이 없을 겁니다."

장군이 말했다.

학교인 럭비 스쿨(Rugby School)의 교장으로 재직했다.

[189] swan-song: 백조는 죽기 직전에 아름답게 운다는 고대의 믿음에서 비롯된 말로 이 용어는 이 세상에 남겨두는 마지막 선물이란 의미를 갖고 있다.

"내가 자네에게 추천장을 써 줄 수 있는데…"

티전스가 물었다.

"그게 불가능하다는 것을 모르는 사람이 있습니까?"

장군이 말했다.

"하지만… 자살이라! 그러면 안 되네. 자네 말마따나, 자네 아들을 생각해야지."

티전스가 말했다.

"안 합니다. 자살하지는 않을 겁니다. 자살이 후손들에게 얼마나 나쁜 영향을 미치는지 보셨잖습니까. 그래서 제 부친을 용서할 수 없는 겁니다. 부친께서 자살하기 전에는 전 자살에 대해 생각해본 적도 없습니다. 하지만 이제는 생각해 보고 있습니다. 그건 도덕적 강단이 약해져서 생기는 겁니다. 그것은 오류를 하나의 가능한 일로 생각하는 것입니다. 자살은 왜곡된 심리적 상황에 대한 치유책이 아닙니다. 자살은 파산이나 군대 생활에서 생긴 재앙을 해결하는 방법입니다. 자살은 행동하는 사람들을 위한 것이지 생각하는 사람들을 위한 것은 아닙니다. 하지만 제 문제는 제가 여기에 있건 없건 같을 겁니다. 그건 해결될 수 없습니다. 남녀 간의 관계에 생길 수 있는 모든 문제가 바로 제 문제이기 때문입니다."

장군이 말했다.

"맙소사! …"

티전스가 말했다.

"전 미치지 않았습니다. 그게 바로 제 문제입니다… 하지만 이렇게 많은 말을 하다니 전 바보 맞습니다… 무슨 말을 해야 할지 몰라서 그런 겁니다."

장군은 테이블보를 바라보고 앉아 있었다. 그의 얼굴이 붉어졌다. 그는 몹시 기분이 안 좋아 보였다. 그가 말했다.

"하고 싶은 말을 해보게. 도대체 무슨 말을 하고 싶은가? … 이 모든 게 무슨 말이야? …"

티젠스가 말했다.

"진짜 죄송합니다. 저도 제 생각을 분명하게 말씀드리기 어렵습니다."

장군이 말했다.

"우리 둘 다 분명하게 이야기를 못 했지. 언어라는 게 뭐 때문에 있겠는가? 도대체 언어가 왜 있겠어? 우리는 뱅글뱅글 돌기만 했네. 난 자네의 현대적 방식을 이해하지 못하는 늙은 바보인가 보네… 하지만 자네는 현대적이 아니야. 그건 맞아… 그 하잘것없는 맥케츠니가 현대적이지… 그 친구에게 사단 수송대 일을 맡길 작정이네. 그러면 자네가 부대에서 일하는 데 방해가 되진 않을 테지… 그 친구가 뭘 했는지 아나? 이혼을 하려고 이혼 휴가를 얻어서 나갔는데, 이혼을 못한 거야. 그게 바로 현대적인거야. 그 친구는 자신의 윤리관이 있다고 말하더군. 내가 알기에 그 친구와 그 친구 처… 그리고 더러운 어떤 자식… 이 세 명이 한 침대에서 잤어. 그게 바로 현대적인 윤리관이야…"

티젠스가 말했다.

"아닙니다, 실제로 그렇지는… 하여튼 아내가 바람이 나면 남편은 어떻게 해야 합니까?"

이 말 자체가 모욕인 것처럼 장군은 말했다.

"그 창녀 같은 여자와 이혼을 해야지! 아니면 그냥 같이 살든가! …" 그는 말을 이었다. "짐승 같은 인간만이 여자들이 고미다락에서 혼자 살 수 있을 거라고 생각하네. 그 여자는 필히 죽게 될 걸세. 아니면 거리로 나설 것이네… 그걸 모르는 사람이 있나? 그 여자가 자기 옆에 있는 남자와… 살 거라고 생각하는 그런 머저리가 있겠어? … 그 여자는… 그 여자는 필히… 어떤 일이 벌어지든 남자는 그 결과에 책임을 져야 해." 장군은 반복해 말했다. "어떤 일이 벌어지든! 설령 여자가 이 세상의 모든 샤워커튼 줄을 당긴다 해도 말이야!"

티전스가 말했다.

"장군님. 하지만… 여전히… 뼈대가 있는… 집안엔… 어떤…" 이렇게 말하곤 말을 멈추었다.

장군은 말했다.

"뭔데…"

티전스가 말했다.

"남자 측 입장에선… 어떤 사람은… 그걸… 퍼레이드라고 부르더군요!"

장군이 말했다.

"그렇다면 더 이상의 퍼레이드는 없는 게 낫겠네…" 장군은 말했다. "빌어먹을! 모든 여자는 성녀야… 아이를 낳는 것이 어떤 것인지 한번 생각해 보게. 난 세상을 알아… 그걸 누가 견디어 내겠어? … 자네가? … 난 차라리 페리 장군이 있는 전선에서 최후까지 싸우다 전사하는 편을 택하겠네."

장군은 뭔가 안다는 표정으로 티전스를 바라보았다.

그가 물었다. "자넨 왜 이혼하지 않나?"

티전스에게 공포가 엄습해 왔다. 그는 이것이 이 면담에서 그가 겪게 될 마지막 공포라는 사실을 알았다. 그의 두뇌는 더 이상 감당할 수 없었다. 싸움, 소음, 욕설이 그의 눈과 귀에 파편적으로 들어왔다. 복잡한 문제다… 전쟁에 휘말린 세상을 나타내는 지도가 눈앞에 펼쳐졌다. 벌판처럼 큰 지도였다. 풀을 먹여 딱딱한, 두꺼운 초록색 종이로 만든 돋움새김을 한 지도, 그러니까 10에이커 크기의 돋움새김을 한, 풀을 먹인 딱딱하고 두꺼운 종이로 만든 지도였다. 그 위에는 09모건의 피가 보였다. 몇 년 전이었다… 아니 몇 달 전이었나?… 정확히 19개월 전이었다. 자신은 몽드 까, 아니 벨기에 몽타뉴 누아르[190]에 있는 어느 담배 나무에 앉아 있었다. 그때 자신은 그곳에서 무엇을 하고 있었나? … 지세(地勢)를 파악하고 있었다… 아니다… 본토에서 올 뚱뚱한 장군에게 안내를 하기 위해서 기다리고 있었다. 물론 그 장군은 오지 않았지만 말이다. 그때 벨기에인 담배 작물 소유주가 와서는 담배 작물을 손상시켰다며 길길이 소리를 질러댔다.

저 위에선 전쟁 전체를 조망할 수 있다… 수십 킬로미터까지, 적군이 점령해 더럽혀진 영토 너머까지, 독일 **본토**까지 볼 수 있다.

---

[190] Montagne Noire: 프랑스 중남부에 있는 산맥. '검은 산'이란 의미로 숲이 빽빽하게 우거져 검게 보인다는 이유로 이 이름이 붙었다.

독일 본토에서 숨을 쉬게 될 수도 있을 것이다… 오른쪽 어깨 너머로 부러진 이의 뿌리같이 보이는 지역이 보였다. 50도 각도 아래로 이프르의 클로스 홀[191]도 보였다… 그 뒤에 있는 검은 진지들도 보였다… 위차트 앞에 있는 독일군 진지도! …

그때는 거대한 공뢰(空雷)로 위차트를 박살내기 전이었다…

손목시계로 매 30초마다 검은 진지에 탈지면 같은 흰 연기가 피어올랐다… 위차트 앞에 있는 독일군 진지들에서였다. 우리 포병의 포 연습… 잘 맞추었다. 진짜 잘 맞추었다!

왼쪽으로 수 킬로미터 떨어진 곳… 구름 낀 날, 파도가 퍼져 생긴 희뿌연 빛 아래에, 햇빛을 받아 회색의 뿌연 광채를 내는 것이 있었다… 그것은 커다란 비행기 격납고의 유리 지붕이었다!

그때 여태까지 본 가장 큰 비행기가 등 뒤에서 4개의 작은 비행기들의 호위를 받으며 움직이고 있었다… 베튄[192] 옆 광재더미 너머로… 여자의 가슴같이 생긴 자주색이 감도는 푸른 광재더미 너머로… 푸른색이 감도는 자주색 광채더미 너머로, 아니 프랑스와 벨기에 풍의 고블랭직의 벽걸이 융단처럼 자주색보다는 푸른색이 더 많은 광채더미 너머로… 그리고 적막이 흘렀다… 거대한 먹구름이 덮인 하늘 아래에! …

포페링[193]에 포탄이 투하되었다… 8킬로미터 밖에서 그리고 그의

---

[191] Cloth Hall at Ypres: 벨기에에 있는 지역으로 1차 세계 대전 중 치열한 참호전이 벌어진 곳이다.
[192] Béthune: 북프랑스에 있는 도시.
[193] Poperinghe: 웨스트 플랑드르의 벨기에 지역에 있는 도시.

코앞에서… 포탄이 떨어졌다. 흰 증기가 생겼다 버섯 모양을 이루다 사라졌다… 이건 어떤 종류의 포탄일까? … 포탄에는 20가지 종류가 있다.

독일군 비행기가 포페링에 포탄을 투하하고 있었다! 아무 의미 없는 잔인한 행동이다. 진지 너머 8킬로미터 떨어진 곳이다. 프로이센식의 야만성… 포페링에는 찻집을 운영하는 두 명의 여자가 있었다… 얼굴이 붉은… 플루머 장군은 그들을 좋아했다… 훌륭한 노장군이었다… 그런데 둘 다 포탄에 맞아 죽었다… 누군가는 그 여자 중 하나와 쾌락과 이득을 노리고 잠을 잤을지도 모른다… 6,000명의 장교들은 틀림없이 얼굴이 붉은 두 여자에 대해 똑같은 생각을 했을 것이다. 좋은 여자들이었는데! … 하지만 그들은 독일군의 포탄에 맞았다… 그건 어떤 운명일까? … 6,000명의 남자가 욕망했지만, 독일군 포탄에 맞아 여러 개의 살덩어리로 조각나는 것은?

포페링을 포격하는 것은 진짜 프로이센주의[194], 독일군의 아무 의미 없는 잔인성을 보여주는 것 같았다! 이프르에서 8킬로미터 떨어진 찻집이 있는, 죄 없는 마을을… 적막에 휩싸인 흐릿한 밤색 하늘 아래, 버섯 모양으로 소리 없이 일어나는 연기, 비행기 격납고는 희미한 빛을 반사하고, 커다란 비행기는 베튄에 있는 광재더미 너머로 날아가고… 진짜 끔찍한 이름이다. 베튄…

독일군들은 우리기 포페링에 군인을 집결시키고 있다고 들은 것 같다. 군인을 집결시키는 마을에 포격을 가하는 것은 당연하다…

---

[194] Prussianism: 군국주의를 말함.

안 그러면 우리가 그들의 마을을 포격할지도 모르니 말이다. 그래서 그들은 조용한 회색빛 날에 포페링을 포격한 것이다.

그것은 전쟁의 규칙에 따른 것이다… 캠피언 장군은 독일군 비행기가 병원, 캠프, 마구간, 매음굴, 극장, 대로, 초콜릿 상점, 마을의 호텔을 포격한 것은 태연히 받아들이겠지만, 독일군 비행기가 그의 사저에 포탄을 투하하면 격노했을 것이다… 그게 바로 전쟁의 규칙이다! … 상대방의 사령부는 건드리지 않고 6,000명의 군인들이 욕구했던 여자들을 산산조각 내는 것 말이다…

그것은 19개월 전의 일이었다! … 지금은 감정이 너무 무뎌져, 전쟁에 휘말린 이 세상이 하나의 지도로 보인다… 풀을 먹인 딱딱하고 두꺼운 초록색 종이로 만든, 돋움 새김을 한 지도 말이다. 09모건의 피가 그 위로 희미하게 보이는. 지평선 끝에는 '백인 루테니아인'[195]이라고 적힌 영토가 있다! 도대체 그들은 누구인가?

그는 중얼거렸다. "맙소사! 내가 간질에 걸렸나?" 티전스는 이렇게 기도했다. "하늘에 계신 성인들이시여, 그것만은 면해주십시오!" 그는 또 이렇게 중얼거렸다. "아니다, 그건 아니야! … 내 마음을 내가 완전히 통제하고 있는 것을 보면." 그는 장군에게 이렇게 말했다.

"전 이혼할 수 없습니다. 그럴 이유가 없습니다."

장군은 말했다.

---

[195] Ruthenians: 구(舊) 오스트리아 영내의 서우크라이나, 특히 동갈리치·부코비나 지방에 살던 우크라이나인 또는 러시아인을 의미.

"거짓말 말게. 서스턴이 아는 것을 자네도 알고 있지 않은가. 자네도 그 잘못에 한몫 했다는 의미에서 그렇게 말한 것인가? … 그게 뭐든? 이혼할 수 없다고! 자네 말을 믿지 못하겠네."

티전스는 중얼거렸다.

"도대체 내가 왜 그 창녀 같은 여자를 방어해주려고 이리 안달을 하지? 황당하다. 이게 바로 내 강박관념 탓이야!"

루테니아 남쪽에 있는 백인 루테니아인은 비참한 민족이다. 그들이 독일인에 가까운지, 폴란드 인에 가까운지 알 수가 없다. 심지어 독일인들조차 그것을 모른다… 독일군들은 우리의 세가 약한 전선에 있는 자국민들을 데려가기 시작했다. 그들은 그들에게 정식 보병 훈련을 시킬 것이다. 그게 우리에게 기회를 주었다. 최소한 두 달 동안 그들은 강력하게 밀고 들어오진 않을 테니 말이다. 하지만 그 말은 봄에 그들이 대 공세를 벌일 것이란 의미이기도 하다. 이 친구들도 나름의 센스가 있다. 이 형편없는 참호에서 영국군 병사들이 유일하게 아는 것은 수류탄을 던지는 방법이다. 양쪽이 다 그랬다. 하지만 독일군은 그 문제를 해결할 것이다. 그들은 40미터 떨어진 곳에서 서서 상대방에게 수류탄을 던질 것이다. 소총은 쓸모없었다! 하! 하! 진짜 쓸모없었다! … 민간인들이 말하는 심리학에 따르면 그렇다!

징군이 말했다.

"난 그 말을 믿지 않네. 난 자네가 여자에게 담배 가게를 차려주지 않았다는 건 알고 있네. 1912년에 라이에서 자네가 한 말을 모두 기억하네. 당시 난 확신할 수 없었지만 지금은 확신하네. 자네는 내가 거기에 대해 생각해보도록 한 거야. 자넨 자네 아내의 부도덕한 행실 때문에 집을 폐쇄한 거야. 자네는 돈이 없어서 전 재산을 매각한 것처럼 내가 믿게 하려 한 거지. 자넨 전혀 재산을 매각하지 않았어."

… 소총이 쓸모없다는 바보 같은 생각이 퍼질 때 왜 심리학을 믿는 사람들은 기뻐서 요란하게 껄껄 웃는 걸까? 왜 여론 때문에 육군성은 소총과 통신 훈련을 완전히 배제한 훈련 과정을 채택하였나? 그것은 참 기이하다… 물론 재앙이기도 하다. 기이하다. 비열하지는 않지만 한심하다…

장군이 말했다. "진리에 대한 사랑이 선의의 거짓말에 대한 증오도 포함하지 않나? 난 포함하지 않는다고 생각하네. 포함한다면 자네 하인들이 자네가 집에 없다고 말할 수 없었을 거네…"

… 한심하군! 티전스는 중얼거렸다. 당연히 민간인들은 군인들이 바보처럼 보이고 속기를 바란다. 민간인들은 궁극적으로 창피를 당하거나, 죽게 될 사람들이 전쟁에서 승리하기를 바란다. 아니면 둘 다 다. 물론 그들의 사촌이나 약혼녀의 친척을 제외하고는 말이다. 상황은 바로 이렇다. 그 대단한 신사들이 기마병들이 전쟁에서 공을 세우게 하느니, 차라리 전쟁에서 지는 편이 낫겠다고 말한 것은 바로 이런 의미에서다… 하지만 새로운 발명품만이 위대한 일을 해낼 수 있다는 요새 생각은 단순하고 한심한 망상이다. 말을 없애고, 아주 단순한 것을 발명하여 스스로 신이 되었다! 그건 진짜 한심한 오류다. 화분같이 생긴 것에 화약을 채워 상대방 얼굴에 던진다. 짜잔![196] 전쟁에서 이겼다. 모든 병사가 죽어 넘어졌다! 그리고 미적거

리는 군부에 그러한 생각을 강요한 당신이 이 전쟁에서 승리한 사람이다. 당신은 세상의 모든 여자를 가질 자격이 있다. 그리고… 가졌다. 일단 기마병을 몰아냈으니 말이다! …

장군은 이렇게 말했다.

"교장 선생이라고!" 이 말을 듣고 티젠스는 정신을 차렸다. 그는 침착하게 말했다.

"장군님의 비난이 이처럼 끔찍할 정도로 긴 이유는 전 인생을 포괄하기 때문입니다."

장군이 말했다.

"논점을 흐리고 엉뚱한 곳으로 주의를 돌리게 해서는 안 되네… 1912년에 자네는 날 교장 선생처럼 생각했다고 말했네. 그런데 지금은 자네의 지휘관이고. 그건 같은 의미지. 그러니 자네는 내게 밀고를 해서는 안 되네. 그게 자네 말마따나 럭비 스쿨의 아놀드식 사고방식 아닌가. 그런데 '마냐 에 베리타스 에 프레브 프레 뭐뭐'[197]라고 말한 사람은 누군가?"

티젠스가 말했다.

"기억나지 않습니다."

장군이 말했다.

"자네 어머니가 무엇 때문에 그렇게 슬퍼하셨나? 그때가 1912년

---

[196] 원문에서는 'heigh presto'로 기술되어 있다. 이 말은 무슨 일을 마술처럼 쉽고 빨리 해냈을 때 내는 소리다.

[197] (프랑스어) Magna est veritas et praevalebit인데 캠피언 장군은 마지막 단어인 praevalebit를 정확히 기억하지 못하고 있는 것이다. 이 라틴어 문구는 '진리는 강하고 승리할 것이다'란 의미다.

이었나? 슬픔으로 돌아가셨지. 자네 모친이 임종 직전에 내게 편지를 썼네. 아주 큰 문제가 있다고 그러곤 내게 자네를 돌보아 달라고 부탁하셨어, 아주 특별히 말이네! 자네 모친이 왜 그랬나?" 장군은 잠시 말을 멈추더니 생각에 잠겼다. 그러곤 이렇게 물었다. "영국 성공회에서 성인은 어떻게 규정하나? 다른 종교에서는 영국 육군 사관 학교 시험처럼 아주 깔끔한 시성식(諡聖式)이라는 것이 있는데. 하지만 우리 성공회 사람들은… 난 오십 명의 사람이 자네 모친을 성녀라고 말하는 것을 들었네. 자네 모친은 성녀였어. 하지만 왜 성녀지?" 티전스가 말했다.

"그것은 조화 때문입니다. 자신의 영혼과의 조화 말입니다. 신이 영혼을 주셨기 때문에 영혼과 조화로운 사람은 하늘과 조화를 이룰 수가 있습니다."

장군이 말했다.

"무슨 말인지 모르겠네… 내가 자네에게 유산으로 남겨주려는 돈을 자네는 안 받을 것 같은데?"

티전스가 말했다.

"아닙니다. 받을 겁니다!"

장군이 말했다.

"하지만 자네는 자네 부친이 남겨준 돈을 거부하지 않았나. 자네 부친이 자네에 대한 험담을 믿었다는 이유로 말이야. 차이가 뭔가?"

티전스가 말했다.

"친구라면 자기 친구가 신사라고 믿어야 합니다. 자동적으로 말입니다. 그게 친구들 사이를 조화롭게 하는 겁니다. 장군님 친구들은 어떤 상황에 처했을 때 자동적으로 장군님과 같은 시각으로 보기 때문에 장군님 친구가 된 것입니다… 러글즈 씨는 제가 재정적으로 어렵다는 것을 알고 있었습니다. 그래서 그 상황을 상상해 보았을 겁니다. 그는 자신이 재정적으로 어려우면, 어떻게 할까 하고 상상해 보았을 겁니다. 여자가 부도덕하게 번 돈을 가지고 살아가는 걸 상상했을 겁니다… 그게 그 사람이 일하는 정부 부서 내에서는 자기 아내나 애인을 파는 것을 의미합니다. 그래서 자연히 그자는 제가 제 아내를 팔았다고 믿은 것입니다. 그게 그자가 제 부친에게 한 말입니다. 요지는 제 부친께서 그자의 말을 믿지 말았어야 했다는 겁니다."

"하지만 나는…" 장군이 말했다.

티젠스가 말했다.

"장군님은 저에 대한 험담을 절대로 믿지 않으십니다."

장군이 말했다.

"나는 자네 때문에 너무 걱정이 되네…"

여전히 눈물이 맺혀 있던 티젠스는 감상적으로 안정을 찾았다. 그는 긴 목초지와 검고 키 큰 느릅나무까지 이어지는 경지(耕地)를 바라보며 솔즈베리 근처 숲속을 걷고 있었다. 그 느릅나무에선 수목으로 둘러싸인 (수목으로 둘러싸였단 말이 맞다!) 조지 허버트[198] 교회의 뾰족답이 실짝 보였다. 성공회 성인의 르네상스 시대인 17세

---

[198] George Herbert: 영국의 종교시인이자 성공회 목사(1593~1633). 소위 형이상학파 시인이기도 했던 그는 1630년부터 솔즈베리(Salisbury)에 있는 교구에서 남은 생을 목사로 보냈다.

기 목사가 되어야 한다… 그는 아마 시를 썼을 것이다. 아니다, 시가 아니다, 산문이다. 더 당당한 표현 수단 말이다!

자신이 이러는 것은 향수병 때문이다! … 자신은 결코 고향으로 돌아갈 수 없을 것이다!

장군이 말했다.

"이보게… 자네 부친이… 난 자네 부친에게 무슨 일이 있었는지 걱정이 되네… 혹 실비아가 자네 부친을 괴롭게 할 만한 이야기를 했나?"

티전스는 분명한 어조로 말했다.

"아닙니다. 실비아에게 그런 책임을 물을 수는 없습니다. 제 부친께서는 아주, 아니, 거의 모르는 사람이 제게 한 험담을 믿으셨던 겁니다…" 티전스는 이렇게 덧붙였다. "사실 실비아는 제 부친과 연락을 하지 않았습니다. 돌아가시기 5년 전부터 제 부친과 실비아는 말을 나눈 적이 거의 없습니다."

장군은 티전스의 눈을 아주 준엄하게 바라보았다. 티전스의 얼굴을 바라보던 장군은 티전스의 콧구멍 가장자리가 하얗게 변하는 것을 보았다. 그는 중얼거렸다. "이 녀석은 자신이 아내의 본 모습을 드러냈다는 것을 알고 있군! … 맙소사!" 핏기 없는 얼굴을 한 티전스의 파란 도자기 색 눈은 놀라울 정도로 튀어나왔다. 장군은 생각했다. "참 못생겼군! 얼굴은 온통 뒤틀리고!" 그들은 서로를 바라보고 있었다.

침묵이 흐르는 가운데, 하우스 게임[199]에 관해 이야기하는 사람들의 목소리가 마치 중얼거리듯이 들려왔다. 하우스 게임은 패를 모르는 사람에게 아주 유리한 기본적인 게임이다. 이런 소리가 들리면 그들이 하우스 게임을 하고 있다는 증거다… 그들은 이미 저녁 식사를 마쳤던 것이다.

장군이 말했다.

"오늘은 일요일 아닌가?"

티전스가 말했다.

"아닙니다, 목요일입니다. 제 생각에 1월 17일…"

장군이 말했다.

"참 내가 바보 같군…"

병사들 목소리를 들으니 일요일 교회 종소리와 자신의 젊은 시절이 떠올랐다… 장군은 그로비의 석조 건물 구석에 있는 커다란 삼나무 아래에 매달아놓은 티전스 부인의 해먹 옆에 앉아 있었다… 바람은 동북동쪽에서 불어왔고, 미들즈브러 교회 종소리는 희미하게 들렸다. 당시 티전스 부인은 서른, 자신도 서른, 티전스의 부친은 서른다섯 정도 되었을 것이다. 티전스의 부친은 아주 강하면서 조용한 사람이었다. 몇 세대에 걸친 그의 선조처럼 아주 훌륭한 지주였다. 티전스가 그의… 그의… 그의 뭐지? … 신비주의인가? … 하여튼 티전스가 이런 것을 받은 것은 그의 부친에게서가 아니었다. 당시 인도에서 휴가 차 고향에 왔던 장군은 온통 폴로 생각뿐이었다. 밀을 놀라울 정도로 잘 다룬 디전스의 부친과 폴로에서 말을 타고 점수 내는 것에 관해 몇 시간이나 이야기를 나누고 있었다. 하지만

---

[199] Game of house: 바둑판무늬가 든 특수한 카드를 사용하는 게임.

티젼스는 훨씬 더 놀라울 정도로 말을 잘 다루었다… 그것은 그의 부친에게서 물려받은 것이었다. 모친에게서가 아니라! … 캠피언 장군과 티젼스는 계속해서 서로를 바라보았다. 그들은 마치 최면에 걸린 것 같았다. 구슬픈 억양의 병사들의 목소리가 계속 들려왔다. 장군은 자신도 틀림없이 창백할 거란 생각이 들었다. 그는 이렇게 중얼거렸다. "이 친구의 모친은 1912년 너무 상심해서 세상을 떠난 거야. 부친은 5년 뒤 자살했고. 티젼스 부친이 4, 5년이나 며느리와 이야기를 나누지 않았다니! 그럼 1912년으로 다시 돌아가게 되는 군… 그렇다면 내가 라이에서 이 친구를 질책했을 때, 그의 처는 퍼론과 프랑스에 있던 게 틀림없어."

그는 테이블 위에 놓여 있는 담요를 내려다보았다. 그는 여봐란 듯한 걱정스러운 표정으로 티젼스를 다시 쳐다볼 요량이었다. 그것은 그가 사람을 다루는 요령이었다. 그는 사람을 알기 때문에 성공적인 장군이 되었다. 그는 모든 남자가 통제하지 못하는 세 가지를 알고 있었다. 술, 돈… 섹스다. 하지만 티젼스는 그런 것 같지 않았다. 차라리 그랬으면 좋을 뻔했을 거란 생각이 들었다.

"모두 사라졌다… 자기 어머니! 아버지! 그리고 그로비! 이 친구는 지금 완전히 빈털터리다. 너무 힘든 상황에 처해 있다."

캠피언 장군은 생각했다.

"하지만 지금 그가 하고 있는 것은 옳은 일이야."

그는 티젼스를 바라볼 마음의 준비를 하였다… 그는 갑작스럽게 손을 뻗었다. 손을 무릎 위에 올려놓은 채 소고기 통조림 상자에 앉아 있던 티젼스의 몸이 기울어졌다. 갑작스럽게 기울어졌다. 마치 포탄에 맞은 오래된 집이 기울어지듯이. 그러곤 거기서 멈추더니 다시 몸을 바로 세웠다. 그러곤 장군을 계속 똑바로 응시했다. 장군은 조심스럽게 돌아보며 아주 조심스럽게 이야기했다.

"내가 웨스트 클리블랜드 의원직을 놓고 경쟁할 때, 자네는 내가 그로비를 총본부로 삼기를 원하나?"

티전스가 말했다.

"그렇게 하시길 부탁드립니다!"

그들 둘은 안도의 한숨을 쉬는 것 같았다. 장군이 말했다.

"그렇다면 자네를 붙잡아 둘 필요가 없겠군…"

티전스는 발뒤꿈치를 붙이고 창백한 얼굴로 일어섰다.

장군도 벨트를 추스르며 자리에서 일어나며 말했다.

"… 가도 좋네."

티전스가 말했다.

"제 취사장 말입니다… 하사관 조리장 케이스가 몹시 실망할 겁니다… 자신에게 10분만 준비할 시간을 준다면, 장군님은 그 어떤 문제점도 발견하지 못할 거라고 제게 말했습니다…"

장군이 말했다.

"케이스… 케이스… 케이스는 델리[200]에 있었을 때 고수대에 있었네. 지금쯤 최소한 병참장교는 됐어야 하는데… 그 친구에게는 여동생이라고 부르는 여자가 있었지…"

티전스가 말했다.

---

[200] Delhi: 인도 공화국 수도.

"아직도 여동생에게 돈을 보내고 있습니다."

장군이 말했다.

"군기호위 하사관 시절 그 친구는 그 여자 때문에 무단결근을 하여 일반사병으로 강등되었어… 그게 20년 전이 틀림없을 거야! … 알았네, 저녁 식사 점검을 하도록 하지!"

석회를 뿌린 벽과 거울이 달린 깨끗한 취사장 안을, 티젠스와 레빈 대령의 수행을 받으며 장군은 휘둥그레진 눈을 한 채, 국자를 들고 차려 자세로 서 있는, 흰옷 입은 취사병 사이를 걸었다. 그들의 눈은 튀어나왔지만 입가는 약간 올라가 있었다. 그들은 장군과 그 옆에서 멋지게 무관심한 척하며 서 있는 수행원들을 좋아했기 때문이다. 통로가 난로 파이프로 나누어진 취사장은 대성당의 본당 회중석(會衆席) 같았다. 바닥은 프랑스 광택제와 송진을 발라 반짝거리는 코크스 분으로 만들어졌다.

신이 강림이라도 한 듯 건물이 멈추었다. 취사병들이 숨을 죽이며 뚫어지게 주시하는 가운데, 연약해 보이면서도 광채가 나는 신은 잔걸음으로 일곱 개의 훈장이 달린 가장 좋은 군복을 입고 팔자수염을 한 채, 영원이라도 응시하듯 서 있는 대사제에게 다가갔다. 장군은 채찍 끝으로 선행 훈장 메달을 툭툭 쳤다. 모두가 귀를 곤두세우며 장군의 말을 들었다.

"케이스, 자네 누이는 어떻게 지내나? …"

먼 곳을 바라보면서 하사관이 말했다.

"케이스 부인으로 삼을까 생각 중입니다…"

장군은 리기다소나무로 만든 패널 쪽으로 가면서 말했다.

"자네가 원할 때 언제든지 자네를 병참장교로 추천해주겠네… 쿠에타[201]에서 야회 취사장을 검열하던 가넷 경을 기억하나?"

둥근 눈이 달린 흰색 관은 아이들의 크리스마스 악몽에 나오는 어릿광대를 닮았다. 장군은 말했다. "쉬어 자세로 있게… 쉬어!" 그들은 아이들의 꿈에 나오는 흰 물체처럼 움직였다. 모두 아이 같았다. 그들은 눈을 뒤룩거렸다.

케이스 하사관은 아주 먼 곳을 응시하는 것 같았다.

"제 누이가 좋아할 것 같진 않습니다." 그가 말했다. "전 준위로 있는 게 더 좋습니다."

광채 나는 장군은 가볍게 걸으면서 대성당 동쪽 복도에 있는 니스 칠한 패널 쪽으로 재빨리 갔다. 그들 옆에 있던 흰옷 입은 하사관은 즉시 미동도 하지 않는 둥그런 눈을 지닌 관 모양이 되었다. 패널에는 이렇게 쓰여 있었다.

차! 설탕! 소금! 커리 파우더! 밀가루! 후추!

장군은 채찍 끝으로 '후추'라고 쓰인 패널을 두드렸다. 맨 위 오른쪽에 있는 패널이었다. 그는 옆에 서 있는, 관모양의, 눈이 둥근, 흰옷 입은 하사관에게 말했다. "저것 좀 열어보겠나? …"

군장(軍葬)의 예를 갖추어 장례식을 치른 뒤 군악대가 자신들의 막사로 행군을 하며 돌아가는 것처럼, 티전스에게 이 일은 속보로 행군을 하다가 갑자기 해산하여 각자 돌아가는 것처럼 느껴졌다.

---

[201] Quetta: 영국령인 인도의 발루치스탄(Baluchistan)의 수도.

지은이 포드 매독스 포드

포드는 1873년 영국에서 출생하여 1939년에 사망한 영국의 소설가이자 시인, 비평가이다. 본명은 포드 매독스 휴이퍼(Ford Madox Hueffer)였지만 자신의 이름이 독일인 이름처럼 들려서 1919년 포드 매독스 포드(Ford Madox Ford)로 개명했다.
대표적인 소설로는 『훌륭한 군인』(The Good Soldier)과 『퍼레이즈 엔드』(Parade's End)가 있다.

1915년 군대에 지원해 프랑스로 파병.
    이때의 경험을 『퍼레이즈 엔드』의 티전스를 통해 제시. The Good Soldier 출판.
1908년 ≪잉글리쉬 리뷰≫(The English Review)를 창간.
1924년 현대문학에 지대한 영향을 미쳤던 ≪트랜스아틀란틱 리뷰≫(The Transatlantic Review)를 창간.

옮긴이 김일영

성균관 대학교 영문과를 졸업하고 University of Georgia 영문학 석사 학위, University of South Carolina 영문학 박사 학위를 취득했다. 한국 영어영문학회 연구이사, 한국 18세기 영문학회 회장, 한국 근대영미소설 학회 회장을 역임했고, 현재 성균관 대학교 영문과 교수로 재직 중이다.

논문: 「로렌스 스턴의 축소와 확대의 미학」, 「광대의 웃음: 『트리스트람 샌디』에 나타난 스턴의 샌디이즘과 스턴의 탈(반) 도그마적 사고」, 「선정소설에 나타난 여성의 광기와 빅토리아 사회: 오드리 부인의 비밀을 중심으로」, 「필딩의 새로운 글쓰기와 이중적 재현: 조셉 앤드류즈를 중심으로」, 「레베카에 나타난 금지된 지식/실재의 귀환과 가부장제의 비밀」, 「House of Words and Home of Friday」, 「『속죄』에 나타난 트라우마적 오독/"놓친 읽기"와 트라우마에 대한 (미완의) 증언으로서의 글쓰기」, 「Stoker's Dracula as a figure of pharmakos/scapegoat」 외 다수
역서: 『업둥이 톰 존스 이야기』, 『주석달린 드라큘라』 외 다수
저서: 『18세기 영국소설 강의』, 『영미소설 해설 총서: 로렌스 스턴』, 『영국소설과 서술기법』, 『상처와 치유의 서사』, 『기억과 회복의 서사』, 『공포와 일탈의 상상력』 외 다수

한국연구재단 학술명저번역총서 서양편·778

퍼레이즈 엔드 2

1판 1쇄	2018년 12월 30일
원 제	Parade's end
지은이	포드 매독스 포드(Ford Madox Ford)
옮긴이	김일영
편집교정	정지영
펴낸이	김진수
펴낸곳	**한국문화사**
등 록	1991년 11월 9일 제2-1276호
주 소	서울특별시 성동구 광나루로 130 서울숲IT캐슬 1310호
전 화	02-464-7708 / 3409-4488
팩 스	02-499-0846
이메일	hkm7708@hanmail.net
홈페이지	www.hankookmunhwasa.co.kr
블로그	http://blog.naver.com/hkm2012

책값은 뒤표지에 있습니다.

잘못된 책은 구매처에서 바꾸어 드립니다.
이 책의 내용은 저작권법에 따라 보호받고 있습니다.

ISBN 978-89-6817-701-9 04840
ISBN 978-89-6817-699-9 (전4권)

이 도서의 국립중앙도서관 출판예정도서목록(CIP)은 서지정보유통지원시스템 홈페이지(http://seoji.nl.go.kr)와 국가자료공동목록시스템(http://www.nl.go.kr/kolisnet)에서 이용하실 수 있습니다.(CIP제어번호: CIP2018039036)

'한국연구재단 학술명저번역총서'는 우리 시대 기초학문의 부흥을 위해
한국연구재단과 한국문화사가 공동으로 펼치는 서양고전 번역간행사업입니다.